隋唐诗词信手拈来

黄淑贞 编著

化学工业出版社
·北京·

隋唐詩詞信手拈來，黃淑貞編著
ISBN 978-986-477-252-0
本书由城邦文化事业股份有限公司【商周出版】同意经四川一览文化传播广告有限公司代理，将中文简体版权授权化学工业出版社。非经书面同意，不得以任何形式任意重制、转载。

北京市版权局著作权合同版权登记号01-2018-7410

图书在版编目（CIP）数据

隋唐诗词信手拈来 / 黄淑贞编著. —北京：化学工业出版社，2020.1
ISBN 978-7-122-35611-6

Ⅰ.①隋… Ⅱ.①黄… Ⅲ.①古典诗歌-作品集-中国-隋唐时代 Ⅳ.①I222

中国版本图书馆CIP数据核字（2019）第252588号

责任编辑：丁尚林　谢　娣　　　　　版式设计：史利平
责任校对：王素芹　　　　　　　　　封面设计：进　子

出版发行：化学工业出版社（北京市东城区青年湖南街13号　邮政编码100011）
印　　装：大厂聚鑫印刷有限责任公司
710mm×1000mm　1/16　印张27　字数460千字　2020年5月北京第1版第1次印刷

购书咨询：010-64518888　　　　　　　售后服务：010-64518899
网　　址：http://www.cip.com.cn
凡购买本书，如有缺损质量问题，本社销售中心负责调换。

定　　价：68.00元　　　　　　　　　　　　　　　版权所有　违者必究

前言

诗词的特性在于利用精简凝练的文字，表达出深厚、绵长的情感，反映现实，表述心灵的思考与无尽的想象。读诗词的好处除却体味情感，更能够丰富生命、强化文字创作能力。长久以来，唐朝被视为中国历来诗歌水平最高的黄金时代，名家辈出、名作不胜枚举，因此有"唐诗"之说，与"宋词"相提并论。

本书搜集隋唐时代各名家创作的诗词名作，撷取美妙精炼的名句，辅以简易的注释，说明名句中的艰深字词；加之精简但翔实的解析，叙述诗词的背景、内容与名句的意义和延伸使用的方法与变化；最后附以原文，以便读者能透过完整的诗词原文，深刻理解、感受诗文的美感。

本书除了具有阅读性，亦是极佳的写作参考工具书，依照作文常见的三种形态，分为"抒情篇""议论篇""叙事写物篇"三大篇章，便于读者依照写作时的需求查询诗词。篇章之下，更依照事物的概念类别与实用原则，细分为十大类、四十四中类、八十九小类，以详尽的路径分类，确保读者可以依照需求寻找到贴切恰当的诗词名句。

阅读和感受是增进文字使用、创作能力的不二法门。期望本书除了满足查询功能之外，更有助于读者能够从平日的阅读中，体会诗文的美妙，加强使用诗词的敏感度。

编著者黄淑贞与商周出版编辑部

目录

第一篇　抒情篇

第一章　感时

一、感怀时光

- 002　夕阳无限好，只是近黄昏。
- 002　今年欢笑复明年，秋月春风等闲度。
- 003　白头宫女在，闲坐说玄宗。
- 003　春欲暮，思无穷，旧欢如梦中。
- 004　欲并老容羞白发，每看儿戏忆青春。
- 004　当时年少春衫薄。骑马倚斜桥，满楼红袖招。

二、感叹年华

- 005　一年又过一年春，百岁曾无百岁人。
- 005　人生代代无穷已，江月年年只相似。
- 006　今人不见古时月，今月曾经照古人。
- 006　今年花似去年好，去年人到今年老。
- 006　公道世间唯白发，贵人头上不曾饶。
- 007　天时人事日相催，冬至阳生春又来。

007　年年岁岁花相似，岁岁年年人不同。
008　有花堪折直须折，莫待无花空折枝。
008　朱颜今日虽欺我，白发他时不放君。
009　君不见，高堂明镜悲白发，朝如青丝暮成雪。
009　昔别君未婚，儿女忽成行。
009　雨中黄叶树，灯下白头人。
010　浮生恰似冰底水，日夜东流人不知。
010　浮云一别后，流水十年间。
011　海日生残夜，江春入旧年。
011　酒债寻常行处有，人生七十古来稀。
012　传语风光共流转，暂时相赏莫相违。

第二章 感情

一、乡情

013　思乡

013　一年将尽夜，万里未归人。
013　九月九日望乡台，他席他乡送客杯。
014　人归落雁后，思发在花前。
014　不知何处吹芦管，一夜征人尽望乡。
015　今夜不知何处宿？平沙万里绝人烟。
015　日暮乡关何处是？烟波江上使人愁。
016　未老莫还乡，还乡须断肠。
016　共看明月应垂泪，一夜乡心五处同。
016　早秋惊落叶，飘零似客心。
017　此夜曲中闻折柳，何人不起故园情？
017　但使主人能醉客，不知何处是他乡。
018　何处是归程？长亭更短亭。
018　别离岁岁如流水，谁辨他乡与故乡？
019　君自故乡来，应知故乡事。
019　忽闻歌古调，归思欲沾巾。
020　思悠悠，恨悠悠，恨到归时方始休。
020　故乡今夜思千里，霜鬓明朝又一年。
020　马上相逢无纸笔，凭君传语报平安。
021　停船暂借问，或恐是同乡。
021　清明时节雨纷纷，路上行人欲断魂。
022　莫向樽前惜沉醉，与君俱是异乡人。

022　乡心新岁切，天畔独潸然。
023　乱山残雪夜，孤独异乡人。
023　落叶他乡树，寒灯独夜人。
023　举头望明月，低头思故乡。
024　露从今夜白，月是故乡明。

024　**归乡**
024　少小离家老大回，乡音无改鬓毛衰。
025　白日放歌须纵酒，青春作伴好还乡。
025　近乡情更怯，不敢问来人。

二、亲情

026　**父母**
026　一间茅屋何所值？父母之乡去不得。
026　手中十指有长短，截之痛惜皆相似。
027　慈乌失其母，哑哑吐哀音。
027　谁言寸草心，报得三春晖。

028　**亲人**
028　问姓惊初见，称名忆旧容。
028　洛阳城里见秋风，欲作家书意万重。
　　　复恐匆匆说不尽，行人临发又开封。
029　烽火连三月，家书抵万金。
029　遥知兄弟登高处，遍插茱萸少一人。

三、爱情

030　**期盼**
030　东边日出西边雨，道是无晴却有晴。
030　待月西厢下，迎风户半开。
031　洛阳城东桃李花，飞来飞去落谁家？
031　为爱好多心转惑，遍将宜称问傍人。
032　神女生涯原是梦，小姑居处本无郎。
032　得成比目何辞死，愿作鸳鸯不羡仙。
033　庄生晓梦迷蝴蝶，望帝春心托杜鹃。

033　与君别后泪痕在，年年着衣心莫改。

爱慕

034　妾拟将身嫁与，一生休。纵被无情弃，不能羞。
034　后宫佳丽三千人，三千宠爱在一身。
035　春风十里扬州路，卷上珠帘总不如。
035　美人如花隔云端。
035　落花如有意，来去逐船流。

相思

036　一行书信千行泪，寒到君边衣到无？
036　天长路远魂飞苦，梦魂不到关山难。
037　何当共剪西窗烛，却话巴山夜雨时。
037　身无彩凤双飞翼，心有灵犀一点通。
038　直道相思了无益，未妨惆怅是清狂。
038　春心莫共花争发，一寸相思一寸灰。
039　香雾云鬟湿，清辉玉臂寒。
039　海上生明月，天涯共此时。
040　除却天边月，没人知。
040　愿君多采撷，此物最相思。
041　觉来知是梦，不胜悲。

不渝

041　人事多错迕，与君永相望。
042　在天愿作比翼鸟，在地愿为连理枝。
　　　天长地久有时尽，此恨绵绵无绝期。
042　春风不相识，何事入罗帏？
042　春蚕到死丝方尽，蜡炬成灰泪始干。
043　深知身在情长在，怅望江头江水声。
043　曾经沧海难为水，除却巫山不是云。

婚姻生活

044　诚知此恨人人有，贫贱夫妻百事哀。
044　谢公最小偏怜女，自嫁黔娄百事乖。

难舍

045　七夕景迢迢，相逢只一宵。
045　多情只有春庭月，犹为离人照落花。
046　多情却似总无情，唯觉樽前笑不成。
046　妾心藕中丝，虽断犹牵连。

047　红楼隔雨相望冷，珠箔飘灯独自归。
047　欲忘忘未得，欲去去无由。
048　章台柳，章台柳，往日青青今在否？
048　纵使长条似旧垂，也应攀折他人手。
049　蜡烛有心还惜别，替人垂泪到天明。

049　**变心**
049　但见新人笑，那闻旧人哭？
049　易求无价宝，难得有心郎。
050　花红易衰似郎意，水流无限似侬愁。

050　**无缘**
050　如今俱是异乡人，相见更无因。
051　此情可待成追忆，只是当时已惘然。
051　狂风落尽深红色，绿叶成阴子满枝。
052　侯门一入深如海，从此萧郎是路人。
052　从此无心爱良夜，任他明月下西楼。
053　云雨巫山枉断肠。
053　刘郎已恨蓬山远，更隔蓬山一万重。
054　还君明珠双泪垂，恨不相逢未嫁时。

四、闺怨

054　山月不知心里事，水风空落眼前花。
055　玉颜不及寒鸦色，犹带昭阳日影来。
055　早知潮有信，嫁与弄潮儿。
056　何处是归程？长亭更短亭。
056　妾身未分明，何以拜姑嫜？
057　忽见陌头杨柳色，悔教夫婿觅封侯。
057　昔时横波目，今成流泪泉。
058　长安一片月，万户捣衣声。
　　　秋风吹不尽，总是玉关情。
058　门锁帘垂月影斜，翠华咫尺隔天涯。
059　思君如满月，夜夜减清辉。
059　思悠悠，恨悠悠，恨到归时方始休。
060　相恨不如潮有信，相思始觉海非深。
060　红颜未老恩先断。
061　啼时惊妾梦，不得到辽西。

061　暗牖悬蛛网，空梁落燕泥。
062　当君怀归日，是妾断肠时。
062　过尽千帆皆不是。
062　翡翠为楼金作梯，谁人独宿倚门啼？

五、悼亡

063　取次花丛懒回顾，半缘修道半缘君。
063　昔日戏言身后意，今朝都到眼前来。
064　惟将终夜长开眼，报答平生未展眉。
064　悠悠生死别经年，魂魄不曾来入梦。
065　清夜妆台月，空想画眉愁。
065　诚知此恨人人有，贫贱夫妻百事哀。

六、友情

066　一生大笑能几回？斗酒相逢须醉倒。
066　一愿世清平，二愿身强健。
　　　三愿临老头，数与君相见。
067　人生不相见，动如参与商。
067　十觞亦不醉，感子故意长。
068　山空松子落，幽人应未眠。
068　今夕复何夕？共此灯烛光。
069　今日听君歌一曲，暂凭杯酒长精神。
069　少年乐新知，衰暮思故友。
070　世人遇我同众人，唯君于我最相亲。
070　乍见翻疑梦，相悲各问年。
071　四海齐名白与刘，百年交分两绸缪。
071　平生风义兼师友。
072　别来何限意，相见却无辞。
072　我寄愁心与明月，随风直到夜郎西。
073　花径不曾缘客扫，蓬门今始为君开。
073　垂死病中惊坐起，暗风吹雨入寒窗。
074　故人入我梦，明我长相忆。
074　能来同宿否？听雨对床眠。
075　晚来天欲雪，能饮一杯无？

075　欲取鸣琴弹，恨无知音赏。
075　渭北春天树，江东日暮云。
076　嵩云秦树久离居，双鲤迢迢一纸书。
076　万里此情同皎洁，一年今日最分明。
077　落叶满空山，何处寻行迹？
077　还将两行泪，遥寄海西头。

七、别情

078　一曲离歌两行泪，不知何地再逢君？
078　一看肠一断，好去莫回头。
079　二十年来万事同，今朝歧路忽西东。
079　人分千里外，兴在一杯中。
080　丈夫不作儿女别，临歧涕泪沾衣巾。
080　丈夫非无泪，不洒离别间。
080　山回路转不见君，雪上空留马行处。
081　今日送君须尽醉，明朝相忆路漫漫。
081　分手脱相赠，平生一片心。
082　日暮酒醒人已远，满天风雨下西楼。
082　世情已逐浮云散，离恨空随江水长。
082　正当今夕断肠处，黄鹂愁绝不忍听。
083　同作逐臣君更远，青山万里一孤舟。
083　死别已吞声，生别常恻恻。
084　孤帆远影碧空尽，唯见长江天际流。
084　明日巴陵道，秋山又几重？
085　明日隔山岳，世事两茫茫。
085　松间明月长如此，君再游兮复何时？
085　长安陌上无穷树，唯有垂杨管别离。
086　春风知别苦，不遣柳条青。
086　柳条折尽花飞尽，借问行人归不归？
087　相知无远近，万里尚为邻。
087　相望知不见，终是屡回头。
088　桃花潭水深千尺，不及汪伦送我情。
088　浮云游子意，落日故人情。
088　海内存知己，天涯若比邻。
089　衰兰送客咸阳道，天若有情天亦老。
089　荷笠带夕阳，青山独归远。

090　莫愁前路无知己，天下谁人不识君？
090　数声风笛离亭晚，君向潇湘我向秦。
091　请君试问东流水，别意与之谁短长？
091　劝君更尽一杯酒，西出阳关无故人。

八、触景生情

092　一片花飞减却春，风飘万点正愁人。
092　人面不知何处去，桃花依旧笑春风。
093　山川满目泪沾衣，富贵荣华能几时？
093　山暝听猿愁，沧江急夜流。
094　今夜月明人尽望，不知秋思落谁家？
094　天阶夜色凉如水，坐看牵牛织女星。
094　天意怜幽草，人间重晚晴。
095　日出远岫明，鸟散空林寂。
095　月落乌啼霜满天，江枫渔火对愁眠。
096　世间无限丹青手，一片伤心画不成。
096　同来玩月人何在？风景依稀似去年。
097　江雨霏霏江草齐，六朝如梦鸟空啼。
097　西风残照，汉家陵阙。
098　念天地之悠悠，独怆然而涕下。
098　花明柳暗绕天愁，上尽重城更上楼。
098　花近高楼伤客心，万方多难此登临。
099　芳心向春尽，所得是沾衣。
099　芳树无人花自落，春山一路鸟空啼。
100　春水船如天上坐，老年花似雾中看。
100　春来遍是桃花水，不辨仙源何处寻。
101　相见时难别亦难，东风无力百花残。
101　相思相见知何日？此时此夜难为情。
101　秋阴不散霜飞晚，留得枯荷听雨声。
102　野旷天低树，江清月近人。
102　鸟声争劝酒，梅花笑杀人。
103　寒鸦飞数点，流水绕孤村。
103　残星几点雁横塞，长笛一声人倚楼。
104　无情最是台城柳，依旧烟笼十里堤。
104　蛱蝶纷纷过墙去，却疑春色在邻家。
104　鸿雁不堪愁里听，云山况是客中过。

- 105 馨香岁欲晚，感叹情何极。
- 105 兰浦苍苍春欲暮，落花流水怨离琴。

九、爱国之情

- 106 不求生入塞，唯当死报君。
- 106 沙场碛路何为尔？重气轻生知许国。
- 107 报君黄金台上意，提携玉龙为君死。
- 107 黄云陇底白云飞，未得报恩不得归。
- 108 感时思报国，拔剑起蒿莱。
- 108 宁为百夫长，胜作一书生。
- 109 还君明珠双泪垂，恨不相逢未嫁时。
- 109 愿得此身长报国，何须身入玉门关？

十、内心情绪

- 110 **欢喜**
- 110 却看妻子愁何在，漫卷诗书喜欲狂。
- 110 春风得意马蹄疾，一日看尽长安花。
- 111 雁引愁心去，山衔好月来。
- 111 **悲愁**
- 111 一叶叶，一声声，空阶滴到明。
- 112 一声何满子，双泪落君前。
- 112 人生有情泪沾臆，江水江花岂终极？
- 113 世事茫茫难自料，春愁黯黯独成眠。
- 113 白发三千丈，缘愁似个长。
- 114 抽刀断水水更流，举杯消愁愁更愁。
- 114 座中泣下谁最多？江州司马青衫湿。
- 115 弃我去者，昨日之日不可留；
  乱我心者，今日之日多烦忧。
- 115 访旧半为鬼，惊呼热中肠。
- 116 感时花溅泪，恨别鸟惊心。
- 116 暝色入高楼，有人楼上愁。
- 116 旧好肠堪断，新愁眼欲穿。
- 117 懒起画蛾眉，弄妆梳洗迟。

第三章 抒发自我

一、感伤身世

118　一卧东山三十春，岂知书剑老风尘。
119　千秋万岁名，寂寞身后事。
119　中路因循我所长，古来才命两相妨。
119　正是江南好风景，落花时节又逢君。
120　白发悲花落，青云羡鸟飞。
120　同是天涯沦落人，相逢何必曾相识？
121　但看古来盛名下，终日坎壈缠其身。
121　门前冷落鞍马稀，老大嫁作商人妇。
122　怅望千秋一洒泪，萧条异代不同时。
122　朝扣富儿门，暮随肥马尘。
123　万里悲秋常作客，百年多病独登台。
123　蓬门未识绮罗香，拟托良媒益自伤。
124　亲朋无一字，老病有孤舟。
124　鸡声茅店月，人迹板桥霜。
124　飘飘何所似？天地一沙鸥。

二、自娱自适

125　一船明月一竿竹，家住五湖归去来。
125　人生如此自可乐，岂必局束为人羁？
126　山中无历日，寒尽不知年。
126　山光悦鸟性，潭影空人心。
127　山寺鸣钟昼已昏，渔梁渡头争渡喧。
127　五岳寻仙不辞远，一生好入名山游。
128　今朝有酒今朝醉，明日愁来明日愁。
128　天生我材必有用，千金散尽还复来。
129　且乐生前一杯酒，何须身后千载名？
129　出入唯山鸟，幽深无世人。
129　田夫荷锄至，相见语依依。
130　多病所须唯药物，微躯此外更何求？
130　行到水穷处，坐看云起时。
131　我醉君复乐，陶然共忘机。
131　我醉欲眠卿且去，明朝有意抱琴来。
131　松风吹解带，山月照弹琴。
132　青箬笠，绿蓑衣，斜风细雨不须归。

132　春水碧于天，画船听雨眠。
133　春潮带雨晚来急，野渡无人舟自横。
133　相看两不厌，只有敬亭山。
133　若不休官去，人间到老忙。
134　倚杖柴门外，临风听暮蝉。
134　回看天际下中流，岩上无心云相逐。
135　晚年唯好静，万事不关心。
135　晚风吹行舟，花路入溪口。
136　深林人不知，明月来相照。
136　清时有味是无能，闲爱孤云静爱僧。
136　羞将短发还吹帽，笑倩旁人为正冠。
137　脱却朝衣独归去，青云不及白云高。
137　莫思身外无穷事，且尽生前有限杯。
138　朝钟暮鼓不到耳，明月孤云长挂情。
138　与老无期约，到来如等闲。
138　涧户寂无人，纷纷开且落。
139　随富随贫且欢乐，不开口笑是痴人。

三、抒解不平

139　人生由命非由他，有酒不饮奈明何？
140　人生在世不称意，明朝散发弄扁舟。
140　大道如青天，我独不得出。
141　不才明主弃，多病故人疏。
141　不见年年辽海上，文章何处哭秋风？
142　五花马，千金裘，呼儿将出换美酒，
　　　与尔同销万古愁。
142　世人闻此皆掉头，有如东风射马耳。
142　古来圣贤皆寂寞，惟有饮者留其名。
143　白日不照吾精诚，杞国无事忧天倾。
143　同学少年多不贱，五陵衣马自轻肥。
144　安能摧眉折腰事权贵，使我不得开心颜！
144　但是诗人多薄命，就中沦落不过君。
145　我未成名君未嫁，可能俱是不如人。
145　青蝇易相点，白雪难同调。
146　前不见古人，后不见来者。
146　洛阳城里春光好，洛阳才子他乡老。

147	纨绔不饿死,儒冠多误身。
148	停杯投箸不能食,拔剑四顾心茫然。
148	将略兵机命世雄,苍黄钟室叹良弓。
149	野夫怒见不平处,磨损胸中万古刀。
149	岁华尽摇落,芳意竟何成。
150	当路谁相假?知音世所稀。
150	嫦娥应悔偷灵药,碧海青天夜夜心。
150	宁为宇宙闲吟客,怕作乾坤窃禄人。
151	纵饮久判人共弃,懒朝真与世相违。
152	鬓毛不觉白毵毵,一事无成百不堪。

四、胸怀壮志

152	十年磨一剑,霜刃未曾试。
153	不知腐鼠成滋味,猜意鹓雏竟未休。
153	少小虽非投笔吏,论功还欲请长缨。
154	少年心事当拏云,谁念幽寒坐呜呃?
154	少年负壮气,奋烈自有时。
154	古来存老马,不必取长途。
155	永忆江湖归白发,欲回天地入扁舟。
155	仰天大笑出门去,我辈岂是蓬蒿人?
156	自谓颇挺出,立登要路津。
156	坐观垂钓者,空有羡鱼情。
157	长风破浪会有时,直挂云帆济沧海。
157	俱怀逸兴壮思飞,欲上青天揽明月。
158	雄鸡一声天下白。
158	会当凌绝顶,一览众山小。

五、怀古抒志

159	一去紫台连朔漠,独留青冢向黄昏。
159	出师未捷身先死,长使英雄泪满襟。
160	江东子弟多才俊,卷土重来未可知。
160	昔时人已没,今日水犹寒。
161	东风不与周郎便,铜雀春深锁二乔。
161	寂寂寥寥扬子居,年年岁岁一床书。

162　卫青不败由天幸，李广无功缘数奇。

六、咏物吟志

163　咏动物
163　一朝沟陇出，看取拂云飞。
163　何当击凡鸟，毛血洒平芜。
164　居高声自远，非是藉秋风。
164　采得百花成蜜后，为谁辛苦为谁甜？
164　深山月黑风雨夜，欲近晓天啼一声。
165　莫道无心畏雷电，海龙王处也横行。
165　露重飞难进，风多响易沉。

166　咏植物
166　不是花中偏爱菊，此花开尽更无花。
166　志士幽人莫怨嗟，古来材大难为用。
167　松柏本孤直，难为桃李颜。
167　高节人相重，虚心世所知。
168　唯有牡丹真国色，花开时节动京城。
168　数萼初含雪，孤标画本难。
168　秾（nóng）丽最宜新著雨，娇娆全在欲开时。

169　咏物质
169　方流涵玉润，圆折动珠光。
169　日落山水静，为君起松声。
170　古调虽自爱，今人多不弹。
170　直到天头无尽处，不曾私照一人家。
171　朝争暮竞归何处？尽入权门与幸门。
171　雕琢为世器，真性一朝伤。
171　劝君觅得须知足，钱解荣人也辱人。

第二篇 议论篇

第四章 论生命

一、人生领悟

- 174　一裘暖过冬，一饭饱终日。
- 174　人生直作百岁翁，亦是万古一瞬中。
- 175　十年一觉扬州梦，赢得青楼薄幸名。
- 175　他人骑大马，我独跨驴子。
  　　回顾担柴汉，心下较些子。
- 176　功名富贵若长在，汉水亦应西北流。
- 176　白头纵作花园主，醉折花枝是别人。
- 177　百岁有涯头上雪，万般无染耳边风。
- 177　身外何足言？人间本无事。
- 178　浮名浮利浓于酒，醉得人心死不醒。
- 178　假如三万六千日，半是悲哀半是愁。
- 178　细推物理须行乐，何用浮名绊此身？
- 179　处世若大梦，胡为劳其生？
- 179　逢人不说人间事，便是人间无事人。
- 180　经事还谙事，阅人如阅川。
- 180　蜗牛角上争何事？石火光中寄此身。
- 181　举世尽从愁里老，谁人肯向死前闲？

二、哲思禅道

- 181　千尺丝纶直下垂，一波才动万波随。
- 182　大海从鱼跃，长空任鸟飞。
- 182　不经一番寒彻骨，怎得梅花扑鼻香？
- 183　本来无一物，何处惹尘埃？
- 183　因过竹院逢僧话，又得浮生半日闲。
- 184　吾心似秋月，碧潭清皎洁。
- 184　改头换面孔，不离旧时人。

185　男儿大丈夫，一刀两段截。
185　时时勤拂拭，勿使惹尘埃。
186　睫在眼前长不见，道非身外更何求？
186　诗思禅心共竹闲，任他流水向人间。
187　丰衣足食处莫住，圣迹灵踪好遍寻。

第五章　论生活

一、社会现象

世情冷暖
188
188　人情翻覆似波澜。
188　白首相知犹按剑，朱门先达笑弹冠。
189　朱门酒肉臭，路有冻死骨。
189　君不见床头黄金尽，壮士无颜色。
190　门前冷落鞍马稀，老大嫁作商人妇。
190　侯门一入深如海，从此萧郎是路人。
191　冠盖满京华，斯人独憔悴。
191　时人莫小池中水，浅处无妨有卧龙。
192　楼前相望不相知，陌上相逢讵相识。
192　翻手作云覆手雨，纷纷轻薄何须数？

社会风气
193
193　人生莫作妇人身，百年苦乐由他人。
193　世人结交须黄金，黄金不多交不深。
193　古调虽自爱，今人多不弹。
194　妆罢低声问夫婿，画眉深浅入时无？
194　近来时世轻先辈，好染髭须事后生。
195　商人重利轻别离。
195　遂令天下父母心，不重生男重生女。
196　谁怜越女颜如玉？贫贱江头自浣纱。
196　骅骝拳局不能食，蹇驴得志鸣春风。

节日庆典
197
197　七夕景迢迢，相逢只一宵。
197　九月九日望乡台，他席他乡送客杯。
198　三月三日天气新，长安水边多丽人。
198　天时人事日相催，冬至阳生春又来。
199　火树银花合，星桥铁锁开。

199 直到天头无尽处,不曾私照一人家。
200 春城无处不飞花,寒食东风御柳斜。
200 桑柘影斜春社散,家家扶得醉人归。
201 清明时节雨纷纷,路上行人欲断魂。
201 普天皆灭焰,匝地尽藏烟。
202 节分端午自谁言?万古传闻为屈原。
202 万里此情同皎洁,一年今日最分明。
203 谁家见月能闲坐?何处闻灯不看来?
203 独在异乡为异客,每逢佳节倍思亲。

二、处世交际

❀

204 **真诚**
204 人生交契无老少,论交何必先同调?
204 珍重主人心,酒深情亦深。

205 **圆融**
205 四户八窗明,玲珑逼上清。
205 寄言处世者,不可苦刚强。

206 **谨慎**
206 未谙姑食性,先遣小姑尝。
206 君子忌苟合,择交如求师。
207 处世忌太洁,至人贵藏晖。
207 结交须择善,非识莫与心。
208 劝君不用分明语,语得分明出转难。
208 跻攀分寸不可上,失势一落千丈强。

三、工作谋生

❀

209 二月卖新丝,五月粜新谷。
209 只缘五斗米,辜负一鱼竿。
210 本卖文为活,翻令室倒悬。
210 田家少闲月,五月人倍忙。
211 春种一粒粟,秋收万颗子。
211 苦恨年年压金线,为他人作嫁衣裳。
211 海人无家海里住,采珠役象为岁赋。

212　采得百花成蜜后，为谁辛苦为谁甜？
212　虚怀事僚友，平步取公卿。
213　谁知盘中餐，粒粒皆辛苦。
213　击剑夜深归甚处，披星带月折麒麟。

四、日常生活

饮食
214　淹留膳茶粥，共我饭蕨薇。
214　紫驼之峰出翠釜，水精之盘行素鳞。
215　盘飧市远无兼味，樽酒家贫只旧醅。

茶酒
215　人生得意须尽欢，莫使金樽空对月。
216　三杯通大道，一斗合自然。
216　五碗肌骨清，六碗通仙灵，
　　　七碗吃不得也，唯觉两腋习习清风生。
217　是时连夕雨，酪酊无所知。
217　借问酒家何处有？牧童遥指杏花村。
217　举杯邀明月，对影成三人。
218　劝君今夜须沉醉，尊前莫话明朝事。
218　劝君终日酩酊醉，酒不到刘伶坟上土。
219　兰陵美酒郁金香，玉碗盛来琥珀光。

娱乐
219　元戎小队出郊垧，问柳寻花到野亭。
220　若待上林花似锦，出门俱是看花人。
220　唯有牡丹真国色，花开时节动京城。

第六章 论艺文教育

一、论勤学

222　三更灯火五更鸡，正是男儿读书时。
222　少年辛苦终身事，莫向光阴惰寸功。
223　好事尽从难处得，少年无向易中轻。
223　飞黄腾踏去，不能顾蟾蜍。

224　富贵必从勤苦得，男儿须读五车书。
225　寻章摘句老雕虫，晓月当帘挂玉弓。
225　童心便有爱书癖，手指今余把笔痕。
225　读书破万卷，下笔如有神。

二、论诗文

226　二句三年得，一吟双泪流。
226　大海从鱼跃，长空任鸟飞。
227　大雅久不作，吾衰竟谁陈？
227　不薄今人爱古人，清词丽句必为邻。
228　文章千古事，得失寸心知。
228　文章憎命达。
228　方流涵玉润，圆折动珠光。
229　以文长会友，唯德自成邻。
229　别裁伪体亲风雅，转益多师是汝师。
230　吟安一个字，捻断数茎须。
230　李杜文章在，光焰万丈长。
231　为人性僻耽佳句，语不惊人死不休。
231　若待上林花似锦，出门俱是看花人。
231　风清月冷水边宿，诗好官高能几人？
232　借问别来太瘦生，总为从前作诗苦。
232　庾信平生最萧瑟，暮年诗赋动江关。
233　清诗句句尽堪传。
233　童子解吟长恨曲，胡儿能唱琵琶篇。
　　　文章已满行人耳，一度思卿一怆然。
234　笔落惊风雨，诗成泣鬼神。
234　词源倒倾三峡水，笔阵独扫千人军。
235　新诗改罢自长吟。
235　尔曹身与名俱灭，不废江河万古流。
235　蓬莱文章建安骨，中间小谢又清发。

三、论艺术

236　**音乐**
236　女娲炼石补天处，石破天惊逗秋雨。

237 天然一曲非凡响，万颗明珠落玉盘。
237 古人唱歌兼唱情，今人唱歌唯唱声。
238 曲终人不见，江上数峰青。
238 曲罢不知人在否？余音嘹亮尚飘空。
239 此曲只应天上有，人间能得几回闻？
239 江城吹角水茫茫，曲引边声怨思长。
240 别有幽愁暗恨生，此时无声胜有声。
240 客心洗流水，余响入霜钟。
　　不觉碧山暮，秋云暗几重？
241 嘈嘈切切错杂弹，大珠小珠落玉盘。
241 谁家玉笛暗飞声？散入春风满洛城。
241 跻攀分寸不可上，失势一落千丈强。

242 **书画**

242 左盘右蹙如惊电，状同楚汉相攻战。
243 凌烟功臣少颜色，将军下笔开生面。

243 **舞蹈**

243 回裾转袖若飞雪，左鋋右鋋生旋风。
244 弦鼓一声双袖举，回雪飘飖转蓬舞。
244 昔有佳人公孙氏，一舞剑器动四方。

245 **棋艺**

245 得势侵吞远，乘危打劫赢。
245 雁行布陈众未晓，虎穴得子人皆惊。

第七章 论国家社会

一、政治国事

247 一封朝奏九重天，夕贬潮阳路八千。
248 字人无异术，至论不如清。
248 家国兴亡自有时，吴人何苦怨西施。
248 疾风知劲草，板荡识诚臣。
249 理国无难似理兵，兵家法令贵遵行。
249 圣代无隐者，英灵尽来归。
250 历览前贤国与家，成由勤俭破由奢。
250 兴废由人事，山川空地形。

二、讽谕针砭

- 251　一种风流一种死，朝歇争得似扬州？
- 251　一双笑靥才回面，十万精兵尽倒戈。
- 252　一骑红尘妃子笑，无人知是荔枝来。
- 252　日暮汉宫传蜡烛，轻烟散入五侯家。
- 253　世无洗耳翁，谁知尧与跖？
- 254　可怜夜半虚前席，不问苍生问鬼神。
- 254　冷眼静看真好笑，倾怀与说却为冤。
- 254　官仓老鼠大如斗，见人开仓亦不走。
- 255　炙手可热势绝伦，慎莫近前丞相嗔。
- 255　春宵苦短日高起，从此君王不早朝。
- 256　狡吏不畏刑，贪官不避赃。
- 256　相逢尽道休官好，林下何曾见一人。
- 257　美人首饰侯王印，尽是沙中浪底来。
- 257　珠玉买歌笑，糟糠养贤才。
- 258　商女不知亡国恨，隔江犹唱后庭花。
- 258　渔阳鼙鼓动地来，惊破霓裳羽衣曲。
- 259　总为浮云能蔽日，长安不见使人愁。
- 259　难将一人手，掩得天下目。

三、战事风云

260　谋略
- 260　和雪翻营一夜行，神旗冻定马无声。
- 261　射人先射马，擒贼先擒王。

261　边防
- 261　一夫当关，万夫莫开。
- 262　但使龙城飞将在，不教胡马度阴山。
- 262　落日照大旗，马鸣风萧萧。

263　英勇善战
- 263　一身能擘两雕弧，虏骑千重只似无。
- 263　一身转战三千里，一剑曾当百万师。
- 264　少年十五二十时，步行夺得胡马骑。
- 264　功名只向马上取，真是英雄一丈夫。

264 孰知不向边庭苦，纵死犹闻侠骨香。
265 黄沙百战穿金甲，不破楼兰终不还。
265 瞳瞳白日当南山，不立功名终不还。

266 征战苦楚
266 大漠风尘日色昏，红旗半卷出辕门。
266 可怜无定河边骨，犹是春闺梦里人。
267 生女犹得嫁比邻，生男埋没随百草。
267 田园寥落干戈后，骨肉流离道路中。
267 年年战骨埋荒外，空见蒲桃入汉家。
268 车辚辚，马萧萧，行人弓箭各在腰。
268 羌笛何须怨杨柳，春风不度玉门关。
269 秦时明月汉时关，万里长征人未还。
269 欲将轻骑逐，大雪满弓刀。
270 牵衣顿足拦道哭，哭声直上干云霄。
270 醉卧沙场君莫笑，古来征战几人回？
270 凭君莫话封侯事，一将功成万骨枯。
271 战士军前半死生，美人帐下犹歌舞。

四、忧国忧民

271 今来县宰加朱绂（fú），便是生灵血染成。
272 可怜身上衣正单，心忧炭贱愿天寒。
272 白水暮东流，青山犹哭声。
273 任是深山更深处，也应无计避征徭。
273 安得广厦千万间，大庇天下寒士俱欢颜，风雨不动安如山！
274 拜迎长官心欲碎，鞭挞黎庶令人悲。
274 苗疏税多不得食，输入官仓化为土。
275 虐人害物即豺狼，何必钩爪锯牙食人肉？
276 路旁老人忆旧事，相与感激皆涕零。
276 闻道长安似弈棋，百年世事不胜悲。

第三篇 叙事写物篇

第八章 叙说事理

一、事理寓意

278　九曲黄河万里沙，浪淘风簸自天涯。
278　人怜巧语情虽重，鸟忆高飞意不同。
279　丈夫盖棺事始定，君今幸未成老翁。
279　千呼万唤始出来，犹抱琵琶半遮面。
280　夕阳无限好，只是近黄昏。
280　大都好物不坚牢，彩云易散琉璃脆。
281　女娲炼石补天处，石破天惊逗秋雨。
281　山光物态弄春晖，莫为轻阴便拟归。
282　手中十指有长短，截之痛惜皆相似。
282　只在此山中，云深不知处。
283　可怜日暮嫣香落，嫁与春风不用媒。
283　向使当初身便死，一生真伪复谁知？
284　此曲只应天上有，人间能得几回闻？
284　何必奔冲山下去，更添波浪向人间。
284　忽闻海上有仙山，山在虚无缥缈间。
285　抽刀断水水更流，举杯消愁愁更愁。
285　东风不与周郎便，铜雀春深锁二乔。
286　为爱好多心转惑，遍将宜称问傍人。
286　红颜未老恩先断。
287　凌烟功臣少颜色，将军下笔开生面。
287　射人先射马，擒贼先擒王。
288　时来天地皆同力，运去英雄不自由。
288　海日生残夜，江春入旧年。
289　泾溪石险人兢慎，终岁不闻倾覆人。
　　　却是平流无石处，时时闻说有沉沦。
289　草木有本心，何求美人折？
290　蚍蜉撼大树，可笑不自量。
290　欲穷千里目，更上一层楼。

291　欲觉闻晨钟，令人发深省。
291　野火烧不尽，春风吹又生。
291　曾经沧海难为水，除却巫山不是云。
292　无边落木萧萧下，不尽长江滚滚来。
292　睫在眼前长不见，道非身外更何求？
293　蛱蝶纷纷过墙去，却疑春色在邻家。
293　过尽千帆皆不是。
294　嫦娥应悔偷灵药，碧海青天夜夜心。
294　鸣声相呼和，无理只取闹。
295　凭君莫话封侯事，一将功成万骨枯。
295　丑女来效颦，还家惊四邻。
295　馨香岁欲晚，感叹情何极。

二、人事变化

296　一丸五色成虚语，石烂松薪更莫疑。
297　人世几回伤往事，山形依旧枕寒流。
297　人事有代谢，往来成古今。
298　山围故国周遭在，潮打空城寂寞回。
　　　淮水东边旧时月，夜深还过女墙来。
298　天上浮云如白衣，斯须改变如苍狗。
298　天翻地覆谁可知，如今正南看北斗。
299　玄都观里桃千树，尽是刘郎去后栽。
299　别来沧海事，语罢暮天钟。
300　来如春梦几多时，去似朝云无觅处。
300　明年此会知谁健？醉把茱萸仔细看。
301　昔人已乘黄鹤去，此地空余黄鹤楼。
301　宫女如花满春殿，只今惟有鹧鸪飞。
302　庭树不知人去尽，春来还发旧时花。
302　鸟去鸟来山色里，人歌人哭水声中。
302　闲云潭影日悠悠，物换星移几度秋。
303　诗侣酒徒消散尽，一场春梦越王城。
303　种桃道士归何处？前度刘郎今又来。
304　凤凰台上凤凰游，凤去台空江自流。
304　繁华事散逐香尘，流水无情草自春。
305　旧时王谢堂前燕，飞入寻常百姓家。
305　离别家乡岁月多，近来人事半消磨。

三、事物状态

306　上穷碧落下黄泉，两处茫茫皆不见。
306　川上风雨来，须臾满城阙。
307　日暮酒醒人已远，满天风雨下西楼。
307　他生未卜此生休。
308　司空见惯浑闲事，断尽苏州刺史肠。
308　春潮带雨晚来急，野渡无人舟自横。
309　轩然大波起，宇宙隘而妨。
309　除却天边月，没人知。
310　无情最是台城柳，依旧烟笼十里堤。
310　溪云初起日沉阁，山雨欲来风满楼。
311　蜀道之难难于上青天。
311　乐往必悲生，泰来犹否极。

第九章　描写人物

一、形貌仪态

313　貌美

313　一枝红艳露凝香。
313　人面不知何处去，桃花依旧笑春风。
314　天生丽质难自弃，一朝选在君王侧。
　　　回眸一笑百媚生，六宫粉黛无颜色。
314　玉容寂寞泪阑干，梨花一枝春带雨。
315　名花倾国两相欢，常得君王带笑看。
315　秀色掩今古，荷花羞玉颜。
316　宗之潇洒美少年，举觞白眼望青天，
　　　皎如玉树临风前。
316　芙蓉如面柳如眉。
317　春风十里扬州路，卷上珠帘总不如。
317　借问汉宫谁得似？可怜飞燕倚新妆。
318　鬓云欲度香腮雪。
318　谁怜越女颜如玉？贫贱江头自浣纱。

319　青春

319　娉娉袅袅十三余，豆蔻梢头二月初。
319　杨家有女初长成，养在深闺人未识。

319 隔户杨柳弱袅袅，恰似十五女儿腰。
320 秾丽最宜新著雨，娇娆全在欲开时。

含羞
320 千呼万唤始出来，犹抱琵琶半遮面。
321 妆罢低声问夫婿，画眉深浅入时无？

妆扮
321 云想衣裳花想容。
322 照花前后镜，花面交相映。
322 学梳蝉鬓试新裙，消息佳期在此春。
323 懒起画蛾眉，弄妆梳洗迟。

高雅
323 天寒翠袖薄，日暮倚修竹。
324 绝代有佳人，幽居在空谷。

矫捷
324 身轻一鸟过，枪急万人呼。
325 草枯鹰眼疾，雪尽马蹄轻。

衰丑
325 多病多愁心自知，行年未老发先衰。
325 丑女来效颦，还家惊四邻。

二、言语行为

言谈
326 平生不解藏人善，到处逢人说项斯。
326 含情欲说宫中事，鹦鹉前头不敢言。

纯真
327 郎骑竹马来，绕床弄青梅。
　　同居长干里，两小无嫌猜。
328 遥怜小儿女，未解忆长安。

狂放
328 我本楚狂人，凤歌笑孔丘。
329 李白斗酒诗百篇，长安市上酒家眠。

329　花须连夜发，莫待晓风吹。
330　科头箕踞长松下，白眼看他世上人。
330　气岸遥凌豪士前，风流肯落他人后？
331　痛饮狂歌空度日，飞扬跋扈为谁雄？
331　新丰美酒斗十千，咸阳游侠多少年。

挥霍

332　一掷千金浑是胆，家无四壁不知贫。
332　六博争雄好彩来，金盘一掷万人开。
333　黄金买歌笑，用钱不复数。

随便

333　翻手作云覆手雨，纷纷轻薄何须数？
334　颠狂柳絮随风舞，轻薄桃花逐水流。

虚伪

334　白鹭之白非纯真，外洁其色心匪仁。
335　晚将末契托年少，当面输心背面笑。

三、才能学识

优秀

335　一夫当关，万夫莫开。
336　三分割据纡筹策，万古云霄一羽毛。
336　天恐文章中道绝，再生贾岛在人间。
337　天然一曲非凡响，万颗明珠落玉盘。
337　世人皆欲杀，吾意独怜才。
338　功盖三分国，名成八阵图。
338　白也诗无敌，飘然思不群。
338　兵法五十家，尔腹为箧笥。
339　宣父犹能畏后生，丈夫未可轻年少。
339　桐花万里丹山路，雏凤清于老凤声。
340　将略兵机命世雄，苍黄钟室叹良弓。
341　敏捷诗千首，飘零酒一杯。
341　莫言马上得天下，自古英雄尽解诗。
342　莫愁前路无知己，天下谁人不识君？
342　鸟啼花落人何在？竹死桐枯凤不来。

342 摇落深知宋玉悲，风流儒雅亦吾师。
343 腹中贮书一万卷，不肯低头在草莽。

343 低劣
343 生来不读半行书，只把黄金买身贵。
344 声色狗马外，其余一无知。

四、思想风范

344 丹青不知老将至，富贵于我如浮云。
345 天地英雄气，千秋尚凛然。
345 古人日以远，青史字不泯。
346 吾爱孟夫子，风流天下闻。
　　红颜弃轩冕，白首卧松云。
346 我身虽殁心长在，暗施慈悲与后人。
347 到门不敢题凡鸟，看竹何须问主人？
348 春蚕到死丝方尽，蜡炬成灰泪始干。
348 遥想吾师行道处，天香桂子落纷纷。
348 诸葛大名垂宇宙。

五、人性心态

349 光明
349 东门酤酒饮我曹，心轻万事如鸿毛。
350 洛阳亲友如相问，一片冰心在玉壶。

350 难测
350 天可度，地可量，唯有人心不可防。
350 长恨人心不如水，等闲平地起波澜。
351 海枯终见底，人死不知心。
351 楚客莫言山势险，世人心更险于山。

第十章 绘写景物

一、自然景观

山水

- 九曲黄河万里沙,浪淘风簸自天涯。
- 山随平野尽,江入大荒流。
- 古木无人径,深山何处钟?
- 只在此山中,云深不知处。
- 白日依山尽,黄河入海流。
- 江流天地外,山色有无中。
- 吴楚东南坼,乾坤日夜浮。
- 忽闻海上有仙山,山在虚无缥缈间。
- 空山不见人,但闻人语响。
- 春潮带雨晚来急,野渡无人舟自横。
- 泉声咽危石,日色冷青松。
- 流波将月去,潮水带星来。
- 飞流直下三千尺,疑是银河落九天。
- 桃花流水窅(yǎo)然去,别有天地非人间。
- 桃花尽日随流水,洞在清溪何处边?
- 气蒸云梦泽,波撼岳阳城。
- 海日生残夜,江春入旧年。
- 海风吹不断,江月照还空。
- 轩然大波起,宇宙隘而妨。
- 造化钟神秀,阴阳割昏晓。
- 黄河远上白云间,一片孤城万仞山。
- 烟销日出不见人,欸乃一声山水绿。
- 远上寒山石径斜,白云生处有人家。
- 潮平两岸阔,风正一帆悬。

田园

- 渡头余落日,墟里上孤烟。
- 绿波春浪满前陂,极目连云罢亚肥。
- 绿树村边合,青山郭外斜。

二、四季风景

364　春

364　千里莺啼绿映红，水村山郭酒旗风。
364　山光物态弄春晖，莫为轻阴便拟归。
365　天街小雨润如酥，草色遥看近却无。
365　日出江花红胜火，春来江水绿如蓝。
365　夜来风雨声，花落知多少？
366　春城无处不飞花，寒食东风御柳斜。
366　春眠不觉晓，处处闻啼鸟。
367　恻恻轻寒翦翦风，小梅飘雪杏花红。
367　乱花渐欲迷人眼，浅草才能没马蹄。
367　簇锦攒花斗胜游，万人行处最风流。

368　夏

368　南州溽暑醉如酒，隐几熟眠开北牖。
368　荷风送香气，竹露滴清响。

369　秋

369　八尺龙须方锦褥，已凉天气未寒时。
369　山明水净夜来霜，数树深红出浅黄。
370　空山新雨后，天气晚来秋。
370　青山隐隐水迢迢，秋尽江南草未凋。
370　秋色从西来，苍然满关中。
371　朔风吹海树，萧条边已秋。
371　停车坐爱枫林晚，霜叶红于二月花。
371　晚色霞千片，秋声雁一行。
372　树树皆秋色，山山唯落晖。

372　冬

372　千山鸟飞绝，万径人踪灭。
373　风吹雪片似花落，月照冰文如镜破。

三、日夜天象

373　日

373　大漠孤烟直，长河落日圆。

374 日轮当午凝不去，万国如在洪炉中。
374 赫赫炎官张火伞。

夜

375 人闲桂花落，夜静春山空。
375 小时不识月，呼作白玉盘。
376 月光如水水如天。
376 可怜九月初三夜，露似真珠月似弓。
376 回乐烽前沙似雪，受降城外月如霜。
377 江上柳如烟，雁飞残月天。
377 江天一色无纤尘，皎皎空中孤月轮。
378 明月出天山，苍茫云海间。
378 明月松间照，清泉石上流。
378 松月生夜凉，风泉满清听。
379 星垂平野阔，月涌大江流。
379 春江潮水连海平，海上明月共潮生。
380 鸟宿池边树，僧敲月下门。
380 雁引愁心去，山衔好月来。

气象

381 一叶叶，一声声，空阶滴到明。
381 大雪满初晨，开门万象新。
382 川上风雨来，须臾满城阙。
382 白雪却嫌春色晚，故穿庭树作飞花。
382 忽如一夜春风来，千树万树梨花开。
383 风头如刀面如割。
383 溪云初起日沉阁，山雨欲来风满楼。
384 随风潜入夜，润物细无声。

四、人文环境

城乡

384 二十四桥明月夜，玉人何处教吹箫？
385 人人尽说江南好，游人只合江南老。
385 人生只合扬州死，禅智山光好墓田。
386 天下三分明月夜，二分无赖是扬州。
386 初因避地去人间，及至成仙遂不还。

386 姑苏城外寒山寺,夜半钟声到客船。
387 洛阳城里春光好,洛阳才子他乡老。
387 香稻啄余鹦鹉粒,碧梧栖老凤凰枝。
388 国破山河在,城春草木深。

园林建筑

388 四户八窗明,玲珑逼上清。
389 南朝四百八十寺,多少楼台烟雨中。
389 宫女如花满春殿,只今惟有鹧鸪飞。
390 画栋朝飞南浦云,珠帘暮卷西山雨。

交通

390 山从人面起,云傍马头生。
391 两岸猿声啼不住,轻舟已过万重山。
391 蜀道难,难于上青天。

五、花木鸟兽

392 一树春风千万枝,嫩于金色软于丝。
392 不知细叶谁裁出?二月春风似剪刀。
392 可怜日暮嫣香落,嫁与春风不用媒。
393 自去自来堂上燕,相亲相近水中鸥。
393 西塞山前白鹭飞,桃花流水鳜鱼肥。
394 两个黄鹂鸣翠柳,一行白鹭上青天。
394 洛阳城东桃李花,飞来飞去落谁家?
394 穿花蛱蝶深深见,点水蜻蜓款款飞。
395 娟娟戏蝶过闲幔,片片轻鸥下急湍。
395 桂子月中落,天香云外飘。
395 桃花一簇开无主,可爱深红爱浅红?
396 留连戏蝶时时舞,自在娇莺恰恰啼。
396 野火烧不尽,春风吹又生。
397 无边落木萧萧下,不尽长江滚滚来。
397 漠漠水田飞白鹭,阴阴夏木啭黄鹂。
397 数丛沙草群鸥散,万顷江田一鹭飞。
398 涧户寂无人,纷纷开且落。
398 颠狂柳絮随风舞,轻薄桃花逐水流。

第一篇 抒情篇

感时 第一章

一、感怀时光

 夕阳无限好,只是近黄昏。

夕阳的景色虽然美不胜收,
可惜已临近黄昏,很快便将消失。

【解析】本句出自李商隐的《乐游原》。乐游原,为长安(今陕西西安市)城内东南的一处高地,适合登高远眺,是唐朝著名的游览胜地。傍晚时分,人在京城长安的李商隐,本欲借登高以缓解心中不快,然见落日余晖虽美,但黄昏将至,夜幕即将笼罩大地,有感好景无法常驻,进而对生命的美好时光平添无限感怀。本句可用来表达对人生晚景的留恋,只是来日不多,故要更加珍惜光阴。另可用来比喻人或事物由极盛转衰。

【出处】唐·李商隐《乐游原》诗:"向晚意不适,驱车登古原。夕阳无限好,只是近黄昏。"

 今年欢笑复明年,秋月春风等闲度。

年复一年都在欢笑中度过,
多少美好年华也被轻易地消磨过去。

【解析】白居易在诗中描写琵琶女自述早年贪图眼前享乐的卖笑生涯，虚掷了人生最宝贵的青春时光，等到容颜衰去才恍然大悟，但已唤不回流逝的光阴。本句可用来形容在安逸欢乐中虚度年轻岁月。

【出处】唐·白居易《琵琶行》诗："……自言本是京城女，家在虾蟆陵下住。十三学得琵琶成，名属教坊第一部。曲罢曾教善才伏，妆成每被秋娘妒。五陵年少争缠头，一曲红绡不知数。钿头银篦击节碎，血色罗裙翻酒污。今年欢笑复明年，秋月春风等闲度……"（节录）

 白头宫女在，闲坐说玄宗。

满头白发的宫女依然健在，
正闲坐着谈论唐玄宗当年的旧事。

【解析】行宫，指的是天子在京城之外的住所。从青春到年老一直幽居于深宫的宫女，亲身经历了唐玄宗在位期间的盛世繁华到衰颓破败。作者借行宫内的白发宫女闲谈唐玄宗时代的美好过去，寄托人事盛衰如云烟梦幻，青春转眼即逝的感伤。本句可用来形容饱经风霜的老人缅怀陈年往事。

【出处】唐·元稹《行宫》诗："寥落古行宫，宫花寂寞红。白头宫女在，闲坐说玄宗。"（此诗一说作者为王建）

 春欲暮，思无穷，旧欢如梦中。

春天即将要过去了，留下的是无穷尽的思绪，
回想往日的欢乐，仿佛身在梦中一样。

【解析】温庭筠借描写春日将尽，示意那些曾经拥有的美好时光终将如梦幻般地消逝，不禁令其柔肠百转，忧思无穷。本句可

用来形容对逝去的欢愉时光感到无限怀念与惆怅。

【出处】唐·温庭筠《更漏子·星斗稀》词:"星斗稀,钟鼓歇,帘外晓莺残月。兰露重,柳风斜,满庭堆落花。虚阁上,倚阑望,还似去年惆怅。春欲暮,思无穷,旧欢如梦中。"

欲并老容羞白发,每看儿戏忆青春。

想要除去衰老的容颜,却为满头的白发而感到羞惭,
每当看着孩子们在嬉戏,便会回忆起年轻时的岁月。

【解析】刘长卿望着小孩子天真玩耍的童稚神态,再对照如今自己的白首老态,不禁对过往青春时光涌上无比的感怀思念。本句可用来形容人年老时回想年少往事,充满欣羡与怀念之情。

【出处】唐·刘长卿《戏题赠二小男》诗:"异乡流落频生子,几许悲欢并在身。欲并老容羞白发,每看儿戏忆青春。未知门户谁堪主,且免琴书别与人。何幸暮年方有后,举家相对却沾巾。"

当时年少春衫薄。骑马倚斜桥,满楼红袖招。

回忆少年时的我,穿着单薄的春衫,
骑马倚靠在斜桥边,整楼的女子都挥着红袖向我招手。

【解析】韦庄追忆年少在江南生活时,骑马倚桥,意气风发,终日醉宿温柔乡的浪漫岁月。而这些缱绻欢愉的过往乐事,却也让他在年老时充满时不我待的感伤。本句可用来形容人对年轻时风流倜傥岁月的怀念。

【出处】唐·韦庄《菩萨蛮·如今却忆江南乐》词:"如今却忆江南乐,当时年少春衫薄。骑马倚斜桥,满楼红袖招。翠屏金屈曲,醉入花丛宿。此度见花枝,白头誓不归。"

二、感叹年华

一年又过一年春,百岁曾无百岁人。

一年即将过去,但马上又是另一年的春天,
人们总是向往活到百岁,但是却不曾听过有活到百岁的人。

【解析】作者一方面叹惜春光转瞬即逝,同时也兴起了对生命短暂的感伤以及面对衰老的无奈。本句可用来感叹人生在世,光阴有限,故要及早把握,不可轻易蹉跎。

【出处】唐·宋之问《宴城东庄》诗:"一年又过一年春,百岁曾无百岁人。能向花前几回醉?十千沽酒莫辞贫。"(此诗一说作者为崔敏童)

人生代代无穷已,江月年年只相似。

人的生命因世代传承而没有穷尽,
江上的明月年复一年总是相像。

【解析】面对春江月色的美景,作者张若虚体悟到个人的生命虽短促无常,却能借由世代的传承而绵延不已,正可与明月、江水恒常共存。由于张若虚在《全唐诗》中仅存诗两首,晚清学者王闿运称张若虚的《春江花月夜》是"孤篇横绝,竟为大家",意指他仅凭一首诗便奠定了其在诗史上的地位。本句可用于对比宇宙的永恒与生命的短暂。

【出处】唐·张若虚《春江花月夜》诗:"……江畔何人初见月?江月何年初照人?人生代代无穷已,江月年年只相似。不知江月待何人,但见长江送流水……"(节录)

今人不见古时月，今月曾经照古人。

现在的人不曾见过古时的月亮，
但现在的人所看见的月亮，却曾经照耀过古时的人。

【解析】李白在诗中运用回还往复的回文技巧，表现出古月、今月实为同一月，唯古人、今人不断更迭替换，这也意味着人在永恒的明月之下显得多么渺小。本句可用于感慨宇宙无尽，而人的寿命却有限。

【出处】唐·李白《把酒问月》诗："……今人不见古时月，今月曾经照古人。古人今人若流水，共看明月皆如此。唯愿当歌对酒时，月光长照金樽里……"（节录）

今年花似去年好，去年人到今年老。

今年的花开得比去年还要好，
但去年的人到了今年却更加衰老了。

【解析】此为诗人岑参到一位任职员外郎的韦姓友人家中赏花时所作。其诗借由每年的花开花落，表达花落尚可明年再开，而人老却永远回不去年少，意在劝人珍惜有限的光阴。本句可用于感伤年华易逝，应及时把握青春时光。

【出处】唐·岑参《韦员外家花树歌》诗："今年花似去年好，去年人到今年老。始知人老不如花，可惜落花君莫扫。君家兄弟不可当，列卿御史尚书郎。朝回花底恒会客，花扑玉缸春酒香。"

公道世间唯白发，贵人头上不曾饶。

这世上唯一公平的只有白发（时光），
即使是达官贵人的头顶也不会轻易放过。

【解析】杜牧认为世间最公平的唯有时间，任何人都躲不掉衰老和生命的时间流逝的命运。这首诗表面上看似是在感叹生命短暂，劝人凡事应要看开，但实际上是在暗喻人世间除了时间之外，全无公道可言，借此抒发其对当时政局的不满。本句除可用来说明时间流逝，不分贫贱富贵都无法逃避，另可用来形容世上除了时间以外，没有一件事是公平合理的。

【出处】唐·杜牧《送隐者一绝》诗："无媒径路草萧萧，自古云林远市朝。公道世间唯白发，贵人头上不曾饶。"

天时人事日相催，冬至阳生春又来。

天地四时运转，世间事物变化，
每天都在催人变老。冬至之后白天渐长，而春天很快又要来临了。

【解析】本句出于杜甫的《小至》。小至，即二十四节气之一冬至的前一天，传统习俗上家家户户会在这一天捣米做汤圆，以便冬至当日全家团圆时一起食用。杜甫主要是在诗中感叹韶光似箭催人老，过了冬至，人就又老了一岁！本句可用来形容时令变化流转，光阴流逝不复返。其中"冬至阳生春又来"一句，贴切恰当地描述了在传统民俗中，冬至之后，人们迎接新春到来的生活方式。

【出处】唐·杜甫《小至》诗："天时人事日相催，冬至阳生春又来。刺绣五纹添弱线，吹葭六管动浮灰。岸容待腊将舒柳，山意冲寒欲放梅。云物不殊乡国异，教儿且覆掌中杯。"

年年岁岁花相似，岁岁年年人不同。

每一年的花开花谢，情况都很相像，
但人却是岁岁年年有着不同的变化。

【解析】刘希夷以年年岁岁的"花相似"和"人不同"作对

比，意在提醒人们时光无情流逝、青春盛壮永难常驻。其诗题"代悲白头翁"，表示此诗为代替白头老翁而悲，也隐含怜悯他终将走入老病衰亡的意味。本句可用在对韶光流逝、生命有限的感慨上。

【出处】唐·刘希夷《代悲白头翁》诗："……已见松柏摧为薪，更闻桑田变成海。古人无复洛城东，今人还对落花风。年年岁岁花相似，岁岁年年人不同……"（节录）

 ## 有花堪折直须折，莫待无花空折枝。

把握时机在花朵盛开的时候折取花枝，不要等到花谢了以后才去攀折空花枝。

【解析】诗人以"有花"比喻青春年华，以"无花"比喻年华老去，旨在告诫人们应把握如花绽放的年少时光，切莫等到如花谢的垂暮之年再来悔恨，也已无济于事了。可用来劝人珍惜年少青春或勇于把握机会，以免年老时追悔莫及。

【出处】唐·杜秋娘《金缕衣》诗："劝君莫惜金缕衣，劝君惜取少年时。有花堪折直须折，莫待无花空折枝。"（此诗一说是无名氏所作）

 ## 朱颜今日虽欺我，白发他时不放君。

你们这些面容红润的年轻人，
虽然现在在青春年华上胜过我，但将来白发也一样不会放过你们的啊！

【解析】白居易在诗中用诙谐戏谑的口吻告诫后生晚辈，提醒他们韶光似箭，朱颜转眼变白头，切莫蹉跎人生宝贵有限的青春时光。本句可用来感慨韶华如矢，过了青春无少年，故要及时把握。

【出处】唐·白居易《戏答诸少年》诗："顾我长年头似雪，饶君壮岁气如云。朱颜今日虽欺我，白发他时不放君。"

君不见,高堂明镜悲白发,朝如青丝暮成雪。

你没看见,年迈的父母对镜自照时,为了满头白发而悲伤,仿佛早上看时还是一头乌黑发丝,但到了晚上便成了花白一片。

【解析】李白在诗中运用夸张修饰的笔法,把人生从年少到年老的过程,比喻成一个人在朝暮之间,一头黑发转瞬化为白头,以强调时光飞逝。本句可用来感叹青春岁月容易消逝。

【出处】唐·李白《将进酒》诗:"君不见,黄河之水天上来,奔流到海不复回。君不见,高堂明镜悲白发,朝如青丝暮成雪……"(节录)

 ## 昔别君未婚,儿女忽成行。

当初我和你分别的时候,你还没有结婚,而我们再度相见时,你已经儿女成群了。

【解析】本句出自杜甫《赠卫八处士》。处士,指有才学而隐居没有做官的人。杜甫描写他和卫姓好友分别后的这一段岁月里,世事变化的速度,快到令人无法想象。本句可用来形容时光倏忽流逝,使人兴起岁月不待人之感。

【出处】唐·杜甫《赠卫八处士》诗:"……焉知二十载,重上君子堂。昔别君未婚,儿女忽成行……"(节录)

 ## 雨中黄叶树,灯下白头人。

雨中,老树上的叶子已经枯黄,而灯下,老人的头上满是白发。

【解析】作者司空曙与表弟卢纶皆具诗名,皆位列"大历十才子"之中。本诗为司空曙描写卢纶到他荒僻的住所探访,并留下来过夜,让孤贫又年老的他倍感兄弟之间的温情。其借写雨景中树上的枯黄落叶，映衬昏灯下风烛残年的白头老翁，以抒发自己年迈衰朽的伤嗟。本句可用来形容青春一去不再的悲凉与辛酸。

【出处】唐·司空曙《喜外弟卢纶见宿》诗："静夜四无邻，荒居旧业贫。雨中黄叶树，灯下白头人。以我独沉久，愧君相见频。平生自有分，况是蔡家亲。"

浮生恰似冰底水，日夜东流人不知。

人生就仿佛冰层底下的流水，日夜不停地悄悄流逝，人们却不曾知晓。

【解析】本句出自杜牧《汴河阻冻》诗。汴河，为通济渠的一部分，主要位于今河南开封市境内。通济渠，是隋炀帝时发动河南、淮北的民众所开凿的大运河。杜牧从汴河的冰底水联想到人生，因为从河冰上看不出有什么变化，但事实上，冰下的河水却是一直在流动着的，正如人生岁月在无声无息地消逝一般，人们往往没有察觉，蓦然回首才发现青春早已逝去。本句可用于形容年华在不知不觉中流逝而去。

【出处】唐·杜牧《汴河阻冻》诗："千里长河初冻时，玉珂瑶佩响参差。浮生恰似冰底水，日夜东流人不知。"

浮云一别后，流水十年间。

自上次分别之后，我俩的行踪就像浮云一样飘忽难定，
十年岁月匆匆，如流水般地逝去。

【解析】本句出自韦应物的《淮上喜会梁川故人》诗。淮上，指淮水边。梁川，又作梁州，位于今陕西汉中市境内。韦应物在诗中描写他和故友阔别十年重逢后的喜悦与感慨，以"浮云"比喻别后的漂泊不定，以"流水"比喻光阴易逝，抒发其对

世事沧桑以及年华老去的感伤。本句可用来感叹相别多年，时光飞逝。

【出处】唐·韦应物《淮上喜会梁川故人》诗："江汉曾为客，相逢每醉还。浮云一别后，流水十年间。欢笑情如旧，萧疏鬓已斑。何因北归去，淮上对秋山。"

 ## 海日生残夜，江春入旧年。

黑夜还没有消尽，太阳已从海面上升起，
旧的一年还没有过完，江上已显现出春天的气息。

【注释】海日：海上的太阳。此指长江水面。

【解析】本句出自王湾《次北固山下》诗。诗题中的"次"字，指临时住宿或驻扎之意，此处指船只停泊。北固山，位于今江苏镇江市境内。岁末泛舟夜行于长江之上的王湾，借写朝日东升和春意初动，驱走了黑夜与旧岁，表达时序更迭而年华匆匆逝去的心境。本句可用以抒发时光流逝，岁不我与的喟叹；另可用来比喻新生的事物即将取代旧有的事物；还可用于形容岁暮早春前，天将破晓时的江海风光。

【出处】唐·王湾《次北固山下》诗："……海日生残夜，江春入旧年。乡书何处达？归雁洛阳边。"（节录）

 ## 酒债寻常行处有，人生七十古来稀。

虽然到处欠了很多买酒钱，但不过是寻常小事，
毕竟人能活到七十岁已不多见了。

【解析】本句出自杜甫《曲江》诗。曲江，为唐代长安著名的游览胜地。杜甫因向唐肃宗谏言而遭到冷落，深感力不从心的他来到曲江醉酒赏春，写成此诗。诗人在诗中感叹人生短暂，来

日已无多，纵使生活穷困不如意，他依然坚持要趁着有限的生命流连美好风景，更不惜典衣沽酒来买醉。本句可用来形容把握当下，及时行乐的心情。

【出处】唐·杜甫《曲江》诗二首之二："朝回日日典春衣，每向江头尽醉归。酒债寻常行处有，人生七十古来稀……"（节录）

传语风光共流转，暂时相赏莫相违。

我要转告明媚的春光，请与我一同流连共乐，
即使是短暂停驻也好，千万不要违背了我的这一点心愿啊！

【解析】杜甫目睹由春花、蝴蝶和蜻蜓等景物构成的美丽春景，兴起了惜春的心念，渴望春日风光能为他暂住停留。本句可用来形容春光短暂易逝，人们应及时把握、用心欣赏。

【出处】唐·杜甫《曲江》诗二首之二："……穿花蛱蝶深深见，点水蜻蜓款款飞。传语风光共流转，暂时相赏莫相违。"（节录）

第二章 感情

一、乡情

【思乡】

 一年将尽夜,万里未归人。

在一年将尽的除夕夜里,
我却身在离乡万里之地,无法归家。

【解析】此诗为作者戴叔伦晚年之作,抒发除夕夜仍羁旅在外,无法返乡和家人团聚的郁闷和落寞。本句可用来形容岁末年终,孤独客居他乡的凄苦心情。

【出处】唐·戴叔伦《除夕夜宿石头驿》诗:"旅馆谁相问?寒灯独可亲。一年将尽夜,万里未归人。寥落悲前事,支离笑此身。愁颜与衰鬓,明日又逢春。"

 九月九日望乡台,他席他乡送客杯。

九月九日登上望乡台远眺,
身在异乡的我为友人设宴送行,更添愁思满怀。

【解析】农历九月九日为重阳节,人们习惯在这一天登高、赏菊和饮酒。王勃描述他客居成都时，于重阳节登上高台为他人送行，感受自己身在异乡，送客他人的心境，乡愁更加地浓郁、强烈。本句除了可用于说明旧时重阳节，人们有相约登高以避凶厄的习俗之外，更可用来抒发外乡游子佳节思乡的情怀。

【出处】唐·王勃《蜀中九日》诗："九月九日望乡台，他席他乡送客杯。人情已厌南中苦，鸿雁那从北地来？"

 人归落雁后，思发在花前。

我返家的归期，还在雁群从南飞回北方之后，
而我回家的念头，却是早在春花绽放之前就萌生的啊！

　　【解析】古代称农历正月初七为"人日"。作者薛道衡因事滞留南方，诗中抒发他羁旅在外归心似箭以及度日如年的煎熬，欣羡雁群能比自己更早回到家乡。本诗句可用来形容思乡心切，而现实却必须再等待才能如愿。

　　【出处】隋·薛道衡《人日思归》诗："入春才七日，离家已二年。人归落雁后，思发在花前。"

 不知何处吹芦管，一夜征人尽望乡。

不知哪里传来了吹奏芦管的乐音，
令出征的战士们整夜忍不住遥望着家乡的方向。

　　【注释】芦管：乐器名。用芦苇的茎部制成，是胡人吹奏乐器的一种。

　　【解析】本诗的前段，作者李益先用"沙似雪""月如霜"营造出前线战地萧瑟凄寒的氛围。而后段描写忽然响起的笛声幽怨悲凉，正好把征人的心境推向极致的孤寂，以致思念亲人的情感浓烈到只能用彻夜望乡来消解了。本句可用来形容哀婉的乐曲或

歌声，触动了在外战士或游子的思乡情怀。

【出处】唐·李益《夜上受降城闻笛》诗："回乐烽前沙似雪，受降城下月如霜。不知何处吹芦管，一夜征人尽望乡。"

今夜不知何处宿？平沙万里绝人烟。

在这样绵延万里、荒无人烟的沙漠中，
今天晚上要住到哪里呢？

【解析】岑参描写将士行军在广袤无垠的沙漠上所见的苍茫荒凉景致，借此表达军旅生涯的艰苦及其思乡的情怀。本句可用来抒写夜晚面对广阔且荒无人烟的沙漠时，心中兴起一股凄清哀婉的乡愁。

【出处】唐·岑参《碛中作》诗："走马西来欲到天，辞家见月两回圆。今夜不知何处宿？平沙万里绝人烟。"

日暮乡关何处是？烟波江上使人愁。

天色已近黄昏，却还看不到家乡在何处？
望着烟波江景，心中更添几许惆怅。

【解析】黄鹤楼的故址，在今湖北武汉市武昌蛇山的黄鹄矶头，相传有古人在此地飞升成仙，骑黄鹤离去。作者崔颢登上黄鹤楼后，被云烟弥漫的江上景象所感染，进而勾起游子的思乡愁绪，于是撰写此诗。本句可用于形容游子身在远方，心生思念故乡之情。

【出处】唐·崔颢《黄鹤楼》诗："……晴川历历汉阳树，芳草萋萋鹦鹉洲。日暮乡关何处是？烟波江上使人愁。"（节录）

未老莫还乡，还乡须断肠。

年纪未老不要太早返回故乡，
此时回乡，必会悲伤得痛断肝肠。

【解析】人在江南避乱的韦庄，心里明明很想回乡，但却因中原战乱而有家归不得。他也知道此时若回乡目睹家园满目疮痍的场面，必定会愁肠寸断，所以用反语安慰自己，年纪尚未很大，还能在外多漂泊一些日子，等年迈时再还乡。本句可用来抒发长久离家或有家难归的人对家乡的深切思念。

【出处】唐·韦庄《菩萨蛮·人人尽说江南好》词："……垆边人似月，皓腕凝霜雪。未老莫还乡，还乡须断肠。"（节录）

 ## 共看明月应垂泪，一夜乡心五处同。

今夜大家共同仰望着一轮明月时，应该都会掉下泪来，
纵使我们分处在五个不同的地方，但思念家乡的心却是一样的。

【解析】白居易在诗中倾诉战事蔓延不止，又遇上饥荒，手足分散各地的悲伤，在一个月圆之夜，想起了那些离散在五处的兄弟姐妹们，勾引出对家乡的思念之情。本诗可用来形容离散的亲人，即使身处异地不得相见，但心中对家园的思念是一样的深切。

【出处】唐·白居易《望月有感》诗："……吊影分为千里雁，辞根散作九秋蓬。共看明月应垂泪，一夜乡心五处同。"（节录）

 ## 早秋惊落叶，飘零似客心。

初秋时分，树叶飘落，令人心惊，
飘零的落叶就像是漂泊无依的旅人。

【解析】作者孔绍安在初秋时节见到叶子从树上翻飞飘落，便联想到此时离乡在外的自己，处境正和从空中飘落的树叶一样，虽然万般不情愿，却也身不由己，充满无奈凄凉之感。本句可用来形容异乡游子思归的心情。

【出处】隋·孔绍安《落叶》诗："早秋惊落叶，飘零似客心。翻飞未肯下，犹言惜故林。"

此夜曲中闻折柳，何人不起故园情？

在这样的夜晚，听到有人用笛子吹奏哀伤的《折杨柳》曲，谁会不因此而兴起思乡情怀呢？

【注释】折柳：乐曲名，也称《折杨柳》。曲调忧伤悲凉，充满伤春惜别、思念征人之意。

【解析】古人离别时有折柳相送之习，因"柳"谐音"留"之故，以表不舍的离情别绪，而《折杨柳》曲就是一首抒发别离之苦的曲子。李白描写客居洛阳的游子听见《折杨柳》曲凄婉的笛声，不禁勾起内心浓烈的怀乡之情。本句可用来形容羁旅他乡的人在夜里听到哀伤的乐音，因而触动对故乡的思念之情。

【出处】唐·李白《春夜洛城闻笛》诗："谁家玉笛暗飞声？散入春风满洛城。此夜曲中闻折柳，何人不起故园情？"

但使主人能醉客，不知何处是他乡。

只要主人能够让作为客人的我喝得酩酊大醉，我就不会记起自己仍然身在异乡了！

【解析】作者李白表面上是说，若受到主人的殷勤款待，贪杯的他便足以忘记自己到底身在何方，实则借此抒发其思乡的苦闷情怀。唯有醉倒，方能暂时抛却其对故乡萦绕不去的想念。本句可用来形容以酒消愁，淡化思乡情绪。

【出处】唐·李白《客中作》诗："兰陵美酒郁金香，玉碗盛来琥珀光。但使主人能醉客，不知何处是他乡。"

 ## 何处是归程？长亭更短亭。

哪里是回家的道路呢？放眼望去，
只见十里一设的长亭接连着五里一设的短亭。

【解析】长亭和短亭是古代设于路边，供行人休息的亭子，十里设一长亭，五里设一短亭。此词一说李白主要在描写游子羁旅他乡，从高处俯望远方，不禁感叹自身前途茫茫，不知未来何去何从。另一说认为是写女子久候心上人回家，却只见长亭短亭而不见人影的失落情怀。本句可用来形容归途或其他目标十分遥远，令人心生怅惘。另可用来形容女子痴心期盼丈夫或情人归来。

【出处】唐·李白《菩萨蛮·平林漠漠烟如织》词："……玉阶空伫立，宿鸟归飞急。何处是归程？长亭更短亭。"
（节录）

 ## 别离岁岁如流水，谁辨他乡与故乡？

离开故乡已经很多年了，光阴如流水般地逝去，
到了现在，哪还能够分辨出何处是异乡、何处是故乡呢？

【解析】作者李颀在外漂泊多年，于诗中抒发其浓郁的思乡情愁，描写游子离乡太久，甚至有反认他乡是故乡的哀伤。本句可用来形容游子离乡多年，内心深切怀念故土的思乡之情。

【出处】唐·李颀《失题》诗："紫极殿前朝伏奏，龙华会里日相望。别离岁岁如流水，谁辨他乡与故乡？"

君自故乡来，应知故乡事。

你从家乡出来，
应该了解乡里最近发生的事情吧？

【解析】离乡在外的王维偶遇同乡人，热切地向对方打探故园的近况，显见他对家乡的热切关心以及他乡遇故知的雀跃之情。本句可用来形容游子对家乡的殷切思念。

【出处】唐·王维《杂诗》诗三首之二："君自故乡来，应知故乡事。来日绮窗前，寒梅着花未？"

 ## 忽闻歌古调，归思欲沾巾。

忽然收到你寄来的风格高雅古朴的诗作，
勾起我想要返乡回家的念头，泪水因而沾湿了衣巾。

【解析】本句出自唐朝杜审言的《和晋陵陆丞早春游望》。晋陵，位于今江苏常州市。陆丞，指的是姓陆的县丞。县丞，是古代官名，为辅佐县令的官员。作者叙写他远别家乡，宦游江南，在早春时节收到陆姓友人寄来一篇名为《早春游望》的诗。诗句风格古典素朴，深深撩动了诗人压抑在心中的浓浓乡愁，忍不住泪如雨下。后来诗人依原诗格律酬答对方一首诗，便是本诗的来源。此一名句可用来描写游子在外，听到古调或怀旧乐音，内心涌起归乡情思。

【出处】唐·杜审言《和晋陵陆丞早春游望》诗："独有宦游人，偏惊物候新。云霞出海曙，梅柳渡江春。淑气催黄鸟，晴光转绿蘋。忽闻歌古调，归思欲沾巾。"（此诗一说作者为韦应物）

思悠悠，恨悠悠，恨到归时方始休。

思念和怨恨悠长绵延，这种恨意一定要等到归乡时才能够罢休。

【解析】此诗一说白居易意在抒发游子渴盼赋归，却迟迟无法如愿的愁苦。另一说认为，白居易是在描写闺中妇女悲伤地倚楼思念着远别的丈夫，唯有等到丈夫回家，方能化解心中的愁恨。因此，本句除了可以用来形容长年羁旅在外的游子，因归家不易而心生无限惆怅哀伤之外，另可用来形容满怀思念愁怨的女子，渴盼出远门的丈夫早日返家团聚。

【出处】唐·白居易《长相思·汴水流》词："汴水流，泗水流，流到瓜洲古渡头，吴山点点愁。思悠悠，恨悠悠，恨到归时方始休，月明人倚楼。"

 ## 故乡今夜思千里，霜鬓明朝又一年。

除夕夜里，游子在千里之外思念着故乡，两鬓的头发早已皓白如霜，而无论如何思念，到了明早，又是新一年的开始。

【解析】除夕本应是全家团聚守岁的节日，作者高适却在离家千里之外的旅馆寒灯下，彻夜难眠。一想到自己长年在外，如今白发斑驳，远离故土，看着除夕佳节家家户户欢聚一堂过年，而自己只能只身客居他乡，两相对比，内心更觉凄苦。本句可用来形容除夕旅居外地的人，深深思念故乡与亲人的心境。

【出处】唐·高适《除夜作》诗："旅馆寒灯独不眠，客心何事转凄然？故乡今夜思千里，霜鬓明朝又一年。"

 ## 马上相逢无纸笔，凭君传语报平安。

在路上和你偶然相遇，一时之间找不到纸笔写信，就只能请你帮我转告家人，说我一切平安。

【解析】诗人岑参告别了在长安的家人，远赴安西（唐朝管理天山以南西域地区所设立的都护府）担任节度使（唐代设立的地方军政长官）高仙芝幕僚的途中，巧遇了正准备入长安城的使者。然而匆忙之中，两人身上都没有带纸笔，诗人急切地希望对方传话给在城里的家人，表示自己一切都好，希望亲人不要担心，语气中流露出强烈的思念。本句可用来形容异乡游子思念家乡亲人，却又不能返家的无奈。

【出处】唐·岑参《逢入京使》诗："故园东望路漫漫，双袖龙钟泪不干。马上相逢无纸笔，凭君传语报平安。"

停船暂借问，或恐是同乡。

停下船来暂且借问你一声，
或许我们还是同一乡里的人呢！

【解析】作者崔颢在诗中描写女子乘舟，忽听到邻船男子熟悉的乡音，便停船询问对方是否与自己来自同乡，表现出同乡青年男女在异地萍水相逢的喜悦之情。本句可用来形容离乡游子遭遇同乡时，备感惊喜与亲切的心境。

【出处】唐·崔颢《长干曲》诗四首之一："君家何处住？妾住在横塘。停船暂借问，或恐是同乡。"

清明时节雨纷纷，路上行人欲断魂。

清明节这天落雨纷飞，
无法返家的人走在路上心情格外哀伤，显出失魂落魄的神情。

【解析】清明，是二十四节气之一，通常在公历四月初。传统习俗中，清明节通常要祭祖扫墓或是结伴踏青。历来清明前后，也多是有雨的天气。杜牧在诗中除了描述清明节这天春雨绵绵，也道出了本该和家人团聚的游子仍奔走在外,心中无限感伤。本句可用来抒发孤身异乡之人,逢清明时节的思乡心情。另外也可用来形容清明时节潇潇细雨的气候特征。

【出处】唐·杜牧《清明》诗:"清明时节雨纷纷,路上行人欲断魂。借问酒家何处有?牧童遥指杏花村。"

 莫向樽前惜沉醉,与君俱是异乡人。

面对酒杯,不必害怕喝醉,
我与你都是漂泊在外的异乡游子啊!

【解析】本句出自晚唐韦庄的《江上别李秀才》。所谓秀才,为读书人的泛称。韦庄与一位李姓友人原都住在长安,后来为了躲避战乱,各奔东西。一个偶然的机会,两人在异乡重逢却又要匆匆道别,临行之际,彼此相互劝酒,借由酣畅大醉来化解流离外地的沉痛伤怀。本句可用来形容同在异乡为异客,无法回乡的慨叹。

【出处】唐·韦庄《江上别李秀才》诗:"前年相送灞陵春,今日天涯各避秦。莫向樽前惜沉醉,与君俱是异乡人。"

 乡心新岁切,天畔独潸然。

思念家乡的心情到了新年就更加急切,
人在天涯只能独自流泪。

【解析】新年本该是全家团聚的日子,作者却因被贬谪到荒远之地而不得返家,不禁感伤自己沦落天涯的悲惨境遇而潸然泪下。本句可用来抒发逢年过节,孤身异乡的人思乡情切。

【出处】唐·刘长卿《新年作》诗:"乡心新岁切,天畔独潸然。老至居人下,春归在客先。岭猿同旦暮,江柳共风烟。已似长沙傅,从今又几年?"(此诗一说作者为宋之问)

乱山残雪夜，孤独异乡人。

山峰重叠参差，被未融化的雪给覆盖着，这样寂寥的夜晚，孤单的我，一个人滞留在外地。

【解析】这首诗是崔涂客寓巴蜀时所作，诗中描写他在除夕夜晚，身在巴山道途中，离家乡江南无比遥远，路程又极为艰辛，于是以诗抒发难以和家人团聚的落寞。本句可用来形容寒冬中异乡之人的孤独与思乡情怀。

【出处】唐·崔涂《巴山道中除夜有怀》诗："迢递三巴路，羁危万里身。乱山残雪夜，孤独异乡人。渐与骨肉远，转于僮仆亲。那堪正漂泊，明日岁华新。"

 ## 落叶他乡树，寒灯独夜人。

异乡的树叶片片飘落，寒夜灯下，
只照着我一人的孤独身影。

【解析】作者马戴在诗中描写自己寓居京城长安郊外的灞上时，见秋叶纷飞，寒夜独对灯影幢幢，内心深感孤寂无依，愈发思念家乡的亲友。本句可用来形容在萧瑟秋夜，只身他乡的悲凉心境。

【出处】唐·马戴《灞上秋居》诗："灞原风雨定，晚见雁行频。落叶他乡树，寒灯独夜人。空园白露滴，孤壁野僧邻。寄卧郊扉久，何门致此身？"

 ## 举头望明月，低头思故乡。

抬头仰望天上的一轮明月，
低头不禁想念起自己的家乡。

【解析】客居在外的李白，凝望着夜空中清冷如霜的秋月，进而触发其内心深切的思乡情怀。本句脍炙人口,为唐诗中的经典名句,可用来形容异乡游子的思乡之情。

【出处】唐·李白《静夜思》诗:"床前明月光,疑是地上霜。举头望明月,低头思故乡。"

 ## 露从今夜白,月是故乡明。

从今夜起进入白露的节气,露水将愈加发白,
而故乡的月色是最为明亮的。

【解析】作者杜甫在二十四节气中的白露这一天,写下这首诗。创作此诗时,他和几位弟弟因战乱而分散逃难,家早已不复存在。望着天上清冷的明月,诗人不仅忧心家人的安危,也勾起了心中浓郁的怀乡之情。本句可用来形容游子思念家乡之情。

【出处】唐·杜甫《月夜忆舍弟》诗:"戍鼓断人行,秋边一雁声。露从今夜白,月是故乡明。有弟皆分散,无家问死生。寄书长不达,况乃未休兵。"

《 归乡 》

 ## 少小离家老大回,乡音无改鬓毛衰。

年轻时离开家乡,直到年老时才返家,
虽然家乡的口音没有改变,但两鬓的毛发已经稀疏了。

【解析】此诗为作者贺知章晚年之作,诗人在诗中回首当年离家时年岁尚小,而今相隔多年后才得以返回故里,纵使口音未改,但容颜却早已布满风霜。本句可用来形容游子久居外地,重返故园时喜悦又陌生的忐忑心情,同时也抒发了岁月催人老的感慨。

【出处】唐·贺知章《回乡偶书》诗二首之一："少小离家老大回，乡音无改鬓毛衰。儿童相见不相识，笑问客从何处来？"

 ## 白日放歌须纵酒，青春作伴好还乡。

我要白天放声歌唱、畅快痛饮，
眼下风和日丽，正好伴我一路返回故乡。

【解析】本诗描写安史之乱到了尾声，唐军终于收复了洛阳一带的失土。在外漂泊多年的杜甫听闻捷报，忍不住激动落泪。他准备趁着明丽春光当前，携着妻儿一同返回故乡。本句可用来形容带着欣喜欲狂的心情返回家乡。

【出处】唐·杜甫《闻官军收河南河北》诗："……白日放歌须纵酒，青春作伴好还乡。即从巴峡穿巫峡，便下襄阳向洛阳。"（节录）

 ## 近乡情更怯，不敢问来人。

离家乡越近越感到紧张害怕，
不敢询问旁人有关家乡的近况。

【解析】诗人在诗中主要描写久居在外的游子重返家园前，一方面想要提早知道家乡的情况，另一方面却忧虑消息不佳，陷入两难。本句可用来形容离家很久的人近乡情切的心情。

【出处】唐·李频《渡汉江》诗："岭外音书绝，经冬复历春。近乡情更怯，不敢问来人。"（此诗一说作者为宋之问）

二、亲情

【父母】

一间茅屋何所值？父母之乡去不得。

一间茅屋能值多少钱呢？
只因为这里是父母生养我的地方，如何忍心离开呢！

【解析】本句出自唐代王建的《水夫谣》。水夫谣，意为拉纤人的歌。纤，指的是拉船前进的绳子。王建在诗中描写水夫虽然工作艰苦，却怎么也不愿离开家乡、另谋出路，原因在于他对家中至亲情感的牵绊。本句可用来形容子女眷恋父母，不舍离开家乡。

【出处】唐·王建《水夫谣》诗："……一间茅屋何所值？父母之乡去不得。我愿此水作平田，长使水夫不怨天。"（节录）

手中十指有长短，截之痛惜皆相似。

手上的十根手指头虽然长短不一，
但无论截断哪一根的痛楚都是一样的。

【解析】东汉才女蔡琰因战乱而身陷胡地十二年，其后曹操虽将其赎归，但返回中原的蔡琰仍日夜思念在胡地的子女，作有《胡笳十八拍》《悲愤诗》等。刘商在诗中模仿蔡琰的口吻，抒发其迫于现实而与子女分隔两地的无奈。本句可用来形容同出的子女性情虽各有不同，但父母对他们的疼爱都是一样的，根本无法取舍。另可用来比喻事物有所差别本是一种必然的现象。

【出处】唐·刘商《胡笳十八拍》诗十八首之十四:"莫以胡儿可羞耻,恩情亦各言其子。手中十指有长短,截之痛惜皆相似。还乡岂不见亲族,念此飘零隔生死。南风万里吹我心,心亦随风渡辽水。"

 ## 慈乌失其母,哑哑吐哀音。

慈乌失去了母乌,
发出哑哑悲痛的声音。

【解析】慈乌,是乌鸦的一种,体形较小,相传长大后会衔食哺养母乌。白居易在诗中通过描写慈乌知恩反哺的行为,来讽刺世间不孝顺父母的人,连禽鸟都不如。本句可用于形容失去父母后,为人子女的痛苦悲伤。

【出处】唐·白居易《慈乌夜啼》诗:"慈乌失其母,哑哑吐哀音。昼夜不飞去,经年守故林。夜夜夜半啼,闻者为沾襟。声中如告诉,未尽反哺心。百鸟岂无母,尔独哀怨深?应是母慈重,使尔悲不任。昔有吴起者,母殁丧不临。嗟哉斯徒辈,其心不如禽。慈乌复慈乌,鸟中之曾参。"

 ## 谁言寸草心,报得三春晖。

子女的孝心有如小草一般,
哪能报答得了母亲仿佛春天阳光般温暖慈爱的养育之情呢!

【注释】三春:指春季的三个月,旧称农历正月为孟春,二月为仲春,三月为季春,合称三春。

【解析】本句出自唐代孟郊的《游子吟》诗。孟郊在诗中以"寸草心"比喻子女的孝心,以"三春晖"比喻慈母将子女养育成人的浩瀚恩泽,借此来颂扬母爱的伟大。本句可用于表现母爱昊天罔极，子女无以为报。

【出处】唐·孟郊《游子吟》诗："慈母手中线，游子身上衣。临行密密缝，意恐迟迟归。谁言寸草心，报得三春晖。"

《亲人》

 问姓惊初见，称名忆旧容。

初次见面时，询问你的姓氏就感到吃惊，
等你说出名字，我才回忆起你以前的模样。

【解析】作者李益的童年到青少年时期，唐王朝发生了一场历时八年、动摇国本的"安史之乱"。诗中描写他和表弟自小因动乱而分开，两人再相见时已为成人，即使相逢也认不出对方，直到互报姓名，才激动地相认。由于两人从初见不识到惊喜相认的转折充满戏剧性，更彰显出乱世兄弟的浓厚至情。本句可用来表达久别重逢时惊喜交集的复杂情绪。

【出处】唐·李益《喜见外弟又言别》诗："十年离乱后，长大一相逢。问姓惊初见，称名忆旧容……"（节录）

 洛阳城里见秋风，欲作家书意万重。
复恐匆匆说不尽，行人临发又开封。

洛阳城里秋风乍起，想写一封信寄给家人，表达思念的深重，写好后担心匆忙之间很多话来不及写出来，于是在送信的人出发前又急忙拆开信封，看看还要补上哪些文字。

【解析】客居洛阳的张籍见秋风起而想念故乡的家人，写好一封家书后却在信寄出前感到言犹未尽，眼见送信人马上就要上路了，他连忙拆开信来仔细端看，希望不要遗漏了什么重要内容，细腻描绘出羁旅游子对家乡亲人牵缠不断的挂念。本句可用来形容写信给远方的家人，然思念情深实是千言万语都难以尽述的。

【出处】唐·张籍《秋思》诗："洛阳城里见秋风，欲作家书意万重。复恐匆匆说不尽，行人临发又开封。"

烽火连三月，家书抵万金。

战火已经连续了好几个月，
如果这时候能收到家人写来的书信，真是足以抵得上万两黄金的价值。

【解析】安史之乱爆发后，战火延续不断，造成对外音讯隔绝，杜甫因不知离散家人的生死安危，故渴盼能获得家人捎来报平安的消息。本句可用来形容兵荒马乱中，能够得到家人的音讯是一件极其珍贵的事。

【出处】唐·杜甫《春望》诗："……烽火连三月，家书抵万金。白头搔更短，浑欲不胜簪。"（节录）

遥知兄弟登高处，遍插茱萸少一人。

遥想我的兄弟们按照重阳旧例，应登上高山，
他们全都佩戴着茱萸，唯独少了我这个人。

【解析】此诗为王维十七岁时，独自在长安过重阳节时所作。诗中他运用侧笔，想象着故乡的兄弟们对自己的思念，流露出彼此相忆的手足情深。本句可用来形容亲友佳节团聚，而自己却身在远方的思念。另可用以说明重阳节有登高、佩戴茱萸等避邪的风俗。

【出处】唐·王维《九月九日忆山东兄弟》诗："独在异乡为异客，每逢佳节倍思亲。遥知兄弟登高处，遍插茱萸少一人。"

三、爱情

【期盼】

  东边日出西边雨，道是无晴却有晴。

东边出着太阳，西边却正下着雨，
这样到底算是无晴（情）还是有晴（情）呢？

【解析】这首诗中，刘禹锡描摹少女的口吻，写她爱上了船上唱歌跳舞的男子，但对男子的心意没有把握，便以天气的晴雨变化，比喻她还捉摸不定对方的情意，其中"晴"字谐音双关"情"字。本句可用于形容爱情在暧昧不明时，不确定对方感情意向时的矛盾心情。

【出处】唐·刘禹锡《竹枝词》诗二首之一："杨柳青青江水平，闻郎江上踏歌声。东边日出西边雨，道是无晴却有晴。"

  待月西厢下，迎风户半开。

等待十五日那个月上西厢的夜晚，
迎着夜风，厢房的门户半掩半开着。

【注释】厢：正房两侧的房间。

【解析】这是唐著名传奇小说《莺莺传》中，千金小姐崔莺莺回给书生张生的情诗，约定在农历十五日的月圆之夜，于西厢房相会。诗意表露了沉浸在爱恋中的人既期待又焦虑的复杂心情。本句可用来形容青年男女等待月下与心上人约会的心情。

【出处】唐·元稹《莺莺传》之《明月三五夜》诗:"待月西厢下,迎风户半开。拂墙花影动,疑是玉人来。"

 ## 洛阳城东桃李花,飞来飞去落谁家?

洛阳城东边的桃花和李花,
落花随着风飞舞,不知飞落到哪一户人家?

【解析】作者在诗中通过描写洛阳的红颜少女目睹满城春花漫天纷飞,不知最后花落谁家,进而生出对未来的憧憬和期待;对桃李花落,青春易逝的感伤情怀。另可用来形容暮春落花随风轻柔飘动的景象。

【出处】唐·刘希夷《代悲白头翁》诗:"洛阳城东桃李花,飞来飞去落谁家?洛阳女儿惜颜色,坐见落花长叹息。今年花落颜色改,明年花开复谁在……"(节录)

 ## 为爱好多心转惑,遍将宜称问傍人。

因为爱好太多,内心反而更加困惑,
只好到处请教旁人,询问自己的妆扮是否合宜?

【解析】在这首诗中,作者韩偓描写一名待嫁女子,眼看婚期将近,一心希望在婚礼上穿着打扮得更完美,又担心因喜爱过多,反而分辨不出哪种妆扮才真正适合自己,于是紧张得四处询问旁人的意见。这句诗可用来形容女子期待成婚,在婚前兴奋不安的情绪。而其中"为爱好多心转惑"一句,另可用来比喻一个人心意不专,兴趣广泛庞杂,结果无一专精,一事无成。

【出处】唐·韩偓《新上头》诗:"学梳蝉鬓试新裙,消息佳期在此春。为爱好多心转惑,遍将宜称问傍人。"

神女生涯原是梦，小姑居处本无郎。

巫山神女的生活原来不过是一场梦罢了，
未嫁的女儿仍然独处闺中，还没有情郎。

【注释】神女：指巫山神女。相传楚王游高唐时，曾梦见有巫山神女与之相会。后人多用以指娼妓。

【解析】李商隐在诗中描写一名女子幽居深闺，夜里辗转难眠时，回顾起过往，尽管也曾像巫山神女一样对爱情充满幻想与追求，不过到头来还是孤单一人，终究没有美好的结局，因此希望值得托付终身的人能赶紧出现。本句可用以形容未婚女子的孤独寂寞以及对爱情的渴盼。

【出处】唐·李商隐《无题》诗二首之二："重帷深下莫愁堂，卧后清宵细细长。神女生涯原是梦，小姑居处本无郎……"（节录）

得成比目何辞死，愿作鸳鸯不羡仙。

如果能够和心爱的人像比目鱼一样成双成对，就算是死了也甘愿，
宁愿当形影不离的鸳鸯，也不去羡慕神仙般的生活。

【解析】作者卢照邻在这首诗中描写了京城豪门府中的歌姬舞女们对爱情的勇敢追求与强烈渴望，诗中以"比目"和"鸳鸯"两物，来比喻情人爱侣之间相伴相爱的情感。本句可用来形容青年男女对美满爱情的热烈向往。

【出处】唐·卢照邻《长安古意》诗："……借问吹箫向紫烟，曾经学舞度芳年。得成比目何辞死，愿作鸳鸯不羡仙。比目鸳鸯真可羡，双去双来君不见……"（节录）

庄生晓梦迷蝴蝶,望帝春心托杜鹃。

庄子在拂晓时梦见自己幻化成蝴蝶,醒来后茫茫然不知是自己变成蝴蝶,还是蝴蝶变成了自己。

我的情感和蜀王望帝一样,寄托杜鹃鸟的啼声来传达我期待春天的一片心意。

【注释】望帝:指古代蜀王杜宇,号望帝。相传他死后的灵魂化为杜鹃,日夜悲啼,泪尽继以泣血而亡。

【解析】作者李商隐晚年回顾自己一生的遭遇,借用"庄周梦蝶"的典故,寄托人生如梦之感,又借"望帝啼鹃"的故事,抒发他心中的悲伤就像是杜鹃哀鸣般,直到泣血也仍执着不悔。本句可用于表达浮生若梦,短暂易逝,纵使内心哀伤至极,也难以割舍对生命中美好情感的殷切渴盼。

【出处】唐·李商隐《锦瑟》诗:"锦瑟无端五十弦,一弦一柱思华年。庄生晓梦迷蝴蝶,望帝春心托杜鹃……"(节录)

 ## 与君别后泪痕在,年年着衣心莫改。

与你分别后,我当时流泪的痕迹应该还留在你的衣襟上,
希望你每年穿着这件衣服时,看见我的泪痕,
牢记我对你的深情而不变心。

【解析】诗人元稹通过这首诗,描写女子担心即将远别的情人喜新厌旧,希望对方日后目睹留有她泪痕的衣裳时,可以顾念两人的缱绻旧情,不要见异思迁。本句可用于形容期盼爱人真心不变。

【出处】唐·元稹《夜别筵》诗:"夜长酒阑灯花长,灯花落地复落床。似我别泪三四行,滴君满坐之衣裳。与君别后泪痕在,年年着衣心莫改。"

【 爱慕 】

 妾拟将身嫁与,一生休。纵被无情弃,不能羞。

我想要将一生的情感全都托付给这个人,
纵使最后遭到无情抛弃,也不因受人嘲笑而感到羞愧。

【解析】这是一首浪漫的恋词。韦庄在词中描写一名感情奔放的女子,在春游时爱上一风流少年。她义无反顾地决意以身相许,并奉献自己一生一世的爱,若日后得不到对方的真心相待,甚至将她抛弃,亦无怨无悔。只要能和自己选择的人共结连理,她甘心拿一生的幸福来冒险。本句可用来形容女子追求爱情的决心。

【出处】唐·韦庄《思帝乡·春日游》词:"春日游,杏花吹满头。陌上谁家年少,足风流。妾拟将身嫁与,一生休。纵被无情弃,不能羞。"

 后宫佳丽三千人,三千宠爱在一身。

后宫中貌美的妃嫔不下三千人,但皇帝却把对所有人的爱都集中在杨贵妃一人身上。

【解析】白居易在此描写杨贵妃因丽质天生而得宠于唐玄宗,从此玄宗便不把后宫其他美貌如花的妃嫔放在眼里了。本句可用来形容在众人之中,一人独受宠爱或被器重。

【出处】唐·白居易《长恨歌》诗:"……承欢侍宴无闲暇,春从春游夜专夜。后宫佳丽三千人,三千宠爱在一身。金屋妆成娇侍夜,玉楼宴罢醉和春……"(节录)

春风十里扬州路,卷上珠帘总不如。

在春风中走过了扬州十里路,沿路上一家家的珠帘卷起,但里头没有一个女子比你更美丽动人。

【注释】扬州:位于今江苏境内,是唐朝商业往来的运输中心以及海内外交通的重要港口,相当繁盛热闹。

【解析】早已心有所属的杜牧走在繁闹的扬州路上,看着珠帘里那些打扮得花枝招展的美女,全都不如自己心仪的那名女子来得标致可人。本句可用来形容对自己意中人的痴心恋慕,另也可用来形容女子的面貌姣好出众。

【出处】唐·杜牧《赠别》诗二首之一:"娉娉袅袅十三余,豆蔻梢头二月初。春风十里扬州路,卷上珠帘总不如。"

 美人如花隔云端。

佳人美丽如花,只是与我之间的距离,如似在遥远的云端。

【解析】李白在这首词中描写其思念一位远方的美人,无奈两人相隔之远,如在天空中的云朵一般,可望而不可即。本句可用来形容难以接近意中人,只能痴心远望对方。也可用来形容和心上人彼此远隔,相见困难重重。

【出处】唐·李白《长相思》词:"长相思,在长安。络纬秋啼金井阑,微霜凄凄簟色寒。孤灯不明思欲绝,卷帷望月空长叹。美人如花隔云端……"(节录)

 落花如有意,来去逐船流。

飘落在水面上的花朵仿佛对小舟怀有情意一般,
一直紧随着船只漂流。

第一篇 抒情篇 ———— 035

【解析】作者储光羲在诗中描写青年男女于日暮时分结伴回家的欢乐情景,并借写落花漂动,随船而流,反映出彼此间想要坦露情愫却又不敢直说的微妙心理。本句可用于形容对某人或某事的执着与眷恋。

【出处】唐·储光羲《江南曲》诗四首之三:"日暮长江里,相邀归渡头。落花如有意,来去逐船流。"

《 相思 》

 一行书信千行泪,寒到君边衣到无?

在书信中每写下一行字,就流尽了我千行的泪水,
你那里的天气已转寒冷,寄给你的衣服,不知你收到了没?

【解析】作者通过这首诗,抒发一位妻子对驻守边疆的丈夫的关怀与思念之情。以"一行书信"对比"千行泪",表达出妻子对丈夫的真挚深情。本句可用来形容妻子或情人极为挂心、思念远方的丈夫或爱人。

【出处】唐·陈玉兰《寄夫》诗:"夫戍边关妾在吴,西风吹妾妾忧夫。一行书信千行泪,寒到君边衣到无?"(此诗一说为陈玉兰的丈夫王驾所作)

 天长路远魂飞苦,梦魂不到关山难。

天那么高旷,路那么遥远,即使在梦中,
魂魄也难以飞越那重重阻隔的关塞与山岭啊!

【解析】作者为唐代著名大诗人李白。他为了深化心中浓烈的相思之苦,以"关山"代指与其想念之人相隔路遥,甚至即使在

梦中，也跨不过迢递重山，与心上人见上一面。借此表示这份相思之情终究难解。本句可用来形容极为思念远方之人。

【出处】唐·李白《长相思》词："……上有青冥之高天，下有渌水之波澜。天长路远魂飞苦，梦魂不到关山难。长相思，摧心肝。"（节录）

何当共剪西窗烛，却话巴山夜雨时。

何时能够与你共坐在西窗下，一边剪去烛芯，
一边追述今晚我在巴山看着窗外夜雨时思念你的心情呢！

【注释】剪西窗烛：坐在西边窗户下，剪去已烧残的烛芯，使烛火更明亮。今多指思念妻子而盼望聚首，亦可指在夜晚与亲友聚谈。

【解析】李商隐羁旅在外，难定归期，夜里看着窗外淅沥的落雨，深切思念在家乡的妻子，内心忧闷寂寞。随后他心念一转，想象今宵的雨中愁思，不也可以成为日后夫妻重聚时的话题吗？于是将当下的相思之苦，化为未来剪烛夜谈时的美好憧憬。本句可用来形容期盼与妻子欢聚，共话衷肠的思念之情。亦可用于形容期待与友聚首的思念之情。

【出处】唐·李商隐《夜雨寄北》诗："君问归期未有期，巴山夜雨涨秋池。何当共剪西窗烛，却话巴山夜雨时。"

身无彩凤双飞翼，心有灵犀一点通。

我俩身上虽没有长出如五彩凤凰一样可以比翼双飞的翅膀，
但彼此的心灵却能够像犀角一样两头相通。

【注释】灵犀：相传犀牛是一种灵异的兽类，犀牛角中有一条白线相通两端。后来经常以灵犀来比喻两人意念相契，情意相投。

【解析】李商隐在诗中抒发了对意中人的思念，纵使两人前一晚才相见，今日却已迫不及待渴望再见到对方，即使一时无法如愿，诗人仍坚信两人的情意是息息相通的。本句可用来比喻两人的默契十足，只是现实环境中暂时无法长相厮守。

【出处】唐·李商隐《无题》诗二首之一："昨夜星辰昨夜风，画楼西畔桂堂东。身无彩凤双飞翼，心有灵犀一点通。隔座送钩春酒暖，分曹射覆蜡灯红。嗟余听鼓应官去，走马兰台类转蓬。"

直道相思了无益，未妨惆怅是清狂。

明明知道相思是一件没有益处的事，
为何不把这满怀的愁绪化为洒脱和狂放呢！

【解析】这首诗描写一名女子在历经情感上的挫败后，仍衷心渴望真爱的到来，即便断不了的情思让她心烦意乱，但她强忍住失意愁绪，故作潇洒来抚慰自己过度痴情所带来的煎熬。本句可用来安抚身陷情网的人，以洒脱的态度来面对感情的难题。

【出处】唐·李商隐《无题》诗二首之二："……风波不信菱枝弱，月露谁教桂叶香。直道相思了无益，未妨惆怅是清狂。"（节录）

春心莫共花争发，一寸相思一寸灰。

两情相悦的心意，最好不要和春天的花朵一起竞相开放，
因为寸寸相思时常换来的是寸寸灰烬啊！

【解析】李商隐在诗中描写一幽居深闺的女子期望和心上人长相厮守的心愿落空，她便不希望爱恋的心与绚丽的春花一同争荣

竟发，因为对爱情的渴望越浓，只会让她的失望更深。本句可用来形容相思或恋情难以圆满的强烈痛苦。

【出处】唐·李商隐《无题》诗四首之二："飒飒东风细雨来，芙蓉塘外有轻雷。金蟾啮锁烧香入，玉虎牵丝汲井回。贾氏窥帘韩掾少，宓妃留枕魏王才。春心莫共花争发，一寸相思一寸灰。"

香雾云鬟湿，清辉玉臂寒。

头发被渗着花香的雾气沾湿，
双臂在皎洁的月光下忍受寒凉。

【注释】香雾：指夜雾渗着花的香气。

云鬟：指女子盘卷如云的秀发。

【解析】此诗为杜甫在长安时想念鄜州（位于今陕西境内）的妻小而作。诗中他不明写自己对妻子的思念，而是想象妻子在清冷的月夜下，任由鬟湿臂寒地思忆自己的深情神态，如此一来，两人相互挂念的心情也就不言而喻了。本句可用来形容女子深夜不寐，思念心上人的景象。

【出处】唐·杜甫《月夜》诗："今夜鄜州月，闺中只独看。遥怜小儿女，未解忆长安。香雾云鬟湿，清辉玉臂寒。何时倚虚幌？双照泪痕干。"

海上生明月，天涯共此时。

月亮从海面上冉冉升起，
我们虽然天各一方，却可以同时共看明月来想念对方。

【解析】作者张九龄描写自己在月夜下遥想着远方的情人或亲人，此时此刻正与自己一样望着皎洁的明月，借月互传彼此心中的相思之情。本句可用来表达对远方的亲友或情人的思念之情。

【出处】唐·张九龄《望月怀远》诗:"海上生明月,天涯共此时。情人怨遥夜,竟夕起相思。灭烛怜光满,披衣觉露滋。不堪盈手赠,还寝梦佳期。"

 ## 除却天边月,没人知。

我的一片深情,
除了天边的明月,又有谁知道呢?

【解析】韦庄通过词作,描写一女子与情人相别正好届满周年。期间女子饱受相思苦楚,承受的煎熬无人可讲,难以排遣的情思只好对着天上的明月倾诉。本句可用来形容用情至深,但对方毫不知情或无处可诉。另可用来比喻事情极为隐秘,不敢让人知道。

【出处】唐·韦庄《女冠子·四月十七》词:"四月十七,正是去年今日,别君时。忍泪佯低面,含羞半敛眉。不知魂已断,空有梦相随。除却天边月,没人知。"

 ## 愿君多采撷,此物最相思。

希望你经过时多加采摘(红豆),
因为它最能寄托人们的相思之情了。

【解析】红豆,又名相思子,古人常用其来比喻爱情或相思。王维在诗中借红豆来抒发对远方情人或友人的思念,希望对方也同样珍惜彼此的这段情谊。本句可用来表达对心上人或友人的想念与深厚情意。

【出处】唐·王维《相思》诗:"红豆生南国,春来发几枝?愿君多采撷,此物最相思。"

觉来知是梦,不胜悲。

一觉醒来,惊觉方才与情人相见只是一场梦,更感到无限悲伤。

【解析】韦庄在词中描写自己日夜思念心爱的女子,女子的神情样貌早已烙印在他的脑海中,进而在夜里成梦。能在梦中和心上人相会固然甜蜜,但醒后的失落实比未梦见时更令人伤悲。本句可用来形容思念成梦,醒来却美梦成空的情景。

【出处】唐·韦庄《女冠子·昨夜夜半》词:"昨夜夜半,枕上分明梦见。语多时。依旧桃花面,频低柳叶眉。半羞还半喜,欲去又依依。觉来知是梦,不胜悲。"

【 不渝 】

 人事多错迕,与君永相望。

人世间的事情本来就有很多的不如意,
虽然和夫君你相隔遥远,但愿彼此能一直相对互望。

【解析】杜甫在诗中描写一位新嫁娘向戍守战地的丈夫喊话,期盼丈夫在前方英勇杀敌后,尽快返家相聚,而她也会一直等待丈夫的胜利归来。本句可用来形容男女之间的坚贞情感。

【出处】唐·杜甫《新婚别》诗:"……君今往死地,沉痛迫中肠。誓欲随君去,形势反苍黄。勿为新婚念,努力事戎行。妇人在军中,兵气恐不扬。自嗟贫家女,久致罗襦裳。罗襦不复施,对君洗红妆。仰视百鸟飞,大小必双翔。人事多错迕,与君永相望。"(节录)

在天愿作比翼鸟，在地愿为连理枝。
天长地久有时尽，此恨绵绵无绝期。

相爱的两个人，在天上愿意成为并翅齐飞的双鸟，在地上愿意成为不同根但枝叶相连的相思树。天地虽然长久，也有穷尽的一天，但这段无法圆满的遗憾，却永远没有终止的时候。

【解析】白居易的《长恨歌》是一首长篇叙事诗，刻画了唐玄宗和杨贵妃的爱情悲剧。白居易借用部分史实，结合神话与民间传说，重新诠释杨贵妃和唐玄宗之间的至情至爱，以及恃宠而骄、荒废国事和安史之乱等历史故事。这两句诗可用来形容夫妻或情人之间恩爱永不改变。也可用来表达彼此永远相爱的誓言。

【出处】唐·白居易《长恨歌》诗："……临别殷勤重寄词，词中有誓两心知。七月七日长生殿，夜半无人私语时。在天愿作比翼鸟，在地愿为连理枝。天长地久有时尽，此恨绵绵无绝期。"（节录）

 ## 春风不相识，何事入罗帏?

春风和我并不相识，为何要吹入我的罗帐里呢?

【解析】李白在诗中以女性的口吻描写她对远行在外的丈夫或情人的专一情感。以春风吹入卧房床榻上的罗帐，隐含生活中闯进了不相关的人或事物，而不为所动之喻。本句可用来形容忠于自己思念或爱恋的人，心无旁骛。

【出处】唐·李白《春思》诗："燕草如碧丝，秦桑低绿枝。当君怀归日，是妾断肠时。春风不相识，何事入罗帏?"

 ## 春蚕到死丝方尽，蜡炬成灰泪始干。

春天的蚕到临死前还在吐丝，蜡烛烧成灰的时候蜡泪才会流干。

【解析】李商隐在诗中借蚕丝的"丝"双关相思的"思",借蜡烛燃烧时所滴下的蜡泪暗喻相思的"泪",表现出对爱情的执着无悔,至死方休。本句可用来形容忠诚坚贞的爱情。另可用于形容品格高尚的人为了追求某种理想而奉献终生,死而后已。

【出处】唐·李商隐《无题》诗:"相见时难别亦难,东风无力百花残。春蚕到死丝方尽,蜡炬成灰泪始干。晓镜但愁云鬓改,夜吟应觉月光寒。蓬山此去无多路,青鸟殷勤为探看。"

深知身在情长在,怅望江头江水声。

我很清楚地知道,只要此身还在人世,情意就会永远长存,但却只能惆怅地看着江头潺潺的流水声。

【解析】历来多认为此诗乃李商隐追悼亡妻王氏,但也有人主张,这是一首怀念已逝恋人之作。诗人于暮秋时分,独自漫步在长安游览胜地曲江畔,纵使美景在前,也难以排遣其想念伊人的怅惘深情。诗中以"身在情长在"来昭示他的生命只要一日不死,情感便一日不会改变,又以"望"代替"听"江水声,更能反映其哀痛到心神恍惚的情状,导致视觉、听觉错乱交融。本句可用来形容人的感情深长而执着,至死都不会动摇。

【出处】唐·李商隐《暮秋独游曲江》诗:"荷叶生时春恨生,荷叶枯时秋恨成。深知身在情长在,怅望江头江水声。"

曾经沧海难为水,除却巫山不是云。

曾经见过大海的壮阔,就觉得其他地方的水都不能称作是水;看过了巫山的云后,就觉得别处的云也不能算是云了。

【解析】此诗为元稹为亡妻韦丛而作,诗中表达其对已逝妻子的无限追怀,即便众多美貌的女子出现在眼前也不为所动,因为在他的心目中，韦丛永远是独一无二，更是其他女子无法取代的。本句可用来形容对爱情的专一。另可用来比喻人的见识愈广，眼界就愈开阔，追求的目标自然也就更高。

【出处】唐·元稹《离思》诗五首之四："曾经沧海难为水，除却巫山不是云。取次花丛懒回顾，半缘修道半缘君。"

【 婚姻生活 】

诚知此恨人人有，贫贱夫妻百事哀。

我确实明白死别的遗憾是难免的，然而发生在贫贱夫妻的身上，更显得所有的事情都是如此悲哀啊！

【解析】元稹在诗中追忆与妻子生前艰苦相依的过往。虽然他也了解死别乃世间常有之事，但任何事情发生在像他们这样贫穷的夫妻身上，都会令人感到处境更为悲怜。其中"贫贱夫妻百事哀"一句，可用来形容夫妻在贫贱之时，容易遭遇苦难挫折，凡事皆不顺遂。另外本句也可用来形容共患难的夫妻，生死相隔时悲伤恸绝。

【出处】唐·元稹《遣悲怀》诗三首之二："……尚想旧情怜婢仆，也曾因梦送钱财。诚知此恨人人有，贫贱夫妻百事哀。"（节录）

谢公最小偏怜女，自嫁黔娄百事乖。

东晋宰相谢安最偏爱侄女谢道韫，我出身名门的妻子韦丛就如她一样的身份高贵，只是韦丛自从嫁给了有如春秋时代齐国黔娄一般贫困的我之后，便开始诸事不顺心。

【解析】元稹借写东晋名相谢安的职务以及其对侄女谢道韫的偏爱，来模拟妻子韦丛其实也和谢道韫同样出身名门。只是如此贤惠多才的女子，在嫁给和春秋贫士黔娄一样穷困的自己后，百事不顺，足见婚后生活艰难困苦。本句可用来形容受宠的女孩嫁至贫穷人家后生活艰辛。

【出处】唐·元稹《遣悲怀》诗三首之一："谢公最小偏怜女，自嫁黔娄百事乖。顾我无衣搜荩箧，泥他沽酒拔金钗。野蔬充膳甘长藿，落叶添薪仰古槐。今日俸钱过十万，与君营奠复营斋。"

【 难舍 】

七夕景迢迢，相逢只一宵。

（牛郎与织女）等了漫长的一年，终于等到七月七日的夜晚，但能相守一起的时光，也只有这一个晚上。

【解析】七夕，指农历七月七日。相传织女为天帝孙女，长年织造云锦天衣，但与牛郎结为夫妇后，荒废织事。天帝大为震怒，令两人分隔于银河两岸，终年只能遥遥相对，每年七夕才得以相会。唐朝诗僧清江，在诗中描写牛郎和织女好不容易盼到七夕的短暂相聚，却又要马上面临隔日一早的分离，语气充满无限悲戚。本句可用来形容期盼已久的相会，却又要匆匆离别的不舍。另可用来说明七夕本为传说中的牛郎织女相聚的日子，后世即以此日为"情人节"。

【出处】唐·清江《七夕》诗："七夕景迢迢，相逢只一宵。月为开帐烛，云作渡河桥。映水金冠动，当风玉珮摇。惟愁更漏促，离别在明朝。"

多情只有春庭月，犹为离人照落花。

只有庭院前的春月如此多情，还为正处于离情的我照映着一地落花。

【解析】诗人张泌描写他在春月落花前追忆旧日情人,诗中把本是无情的明月,说得如人一般有情,寄寓自己始终忘不了对方的缱绻深情,而被月光照映满地的花朵,就像是诗人失落寂寞的情感,再也回不去昔时的欢爱时光。本句可用来形容对曾经相恋之人的牵记与思念。

【出处】唐·张泌《寄人》诗:"别梦依依到谢家,小廊回合曲阑斜。多情只有春庭月,犹为离人照落花。"

 ## 多情却似总无情,唯觉樽前笑不成。

本是一个多情的人,在离别前夕却像是无情之人一般,在饯别的筵席上对着酒杯,怎么也无法展露笑颜。

【解析】作者杜牧表面上是在描写他与心爱的女子在别离的酒席上,有别于平日相处时的深情款款,彼此相对无言,甚至难以强颜欢笑,感情似乎相当冷淡。然而事实上,诗人笔下的"无情",实则是在表达多情人面对即将到来的分离时,纵有千言万语,一时却不知从何说起的矛盾心绪。本句可用来形容人情到深处,无法表露,外表显得冷漠无情的样子。

【出处】唐·杜牧《赠别》诗二首之二:"多情却似总无情,唯觉樽前笑不成。蜡烛有心还惜别,替人垂泪到天明。"

 ## 妾心藕中丝,虽断犹牵连。

我对你的情感就如同藕中的丝一样,
虽然藕已经折断,但藕丝却仍然相连。

【注释】藕:莲的地下茎,是一种可食的植物,切开后中间有细丝相连。

【解析】孟郊在此诗中描写妇人被丈夫抛弃后的哀怨不舍。诗中以"匣中镜"和"藕中丝"作对比，意指丈夫的心有如破镜，绝不可能修复重圆，而自己的心却有如藕丝一般，迟迟无法恩断情绝。后来"藕断丝连"这个成语，也是由此演变而出。本句可用来形容在情爱中情意未绝的样子。

【出处】唐·孟郊《去妇》诗："君心匣中镜，一破不复全。妾心藕中丝，虽断犹牵连。安知御轮士，今日翻回辕。一女事一夫，安可再移天？君听去鹤言，哀哀七丝弦。"

红楼隔雨相望冷，珠箔飘灯独自归。

隔着雨丝与你曾住过的红楼遥遥对望，心中凄凉，
细雨在灯火下如珠帘般飘摇，而孤单的我，只能黯然地踏上归途。

【注释】珠箔：本指珠帘，此指细雨密布如帘。

【解析】李商隐描写他在春雨之中，来到昔日恋人住过的红楼前徘徊。隔着迷蒙细雨怅然遥望，内心孤寒寂寥，深知自己对伊人的情意依然绵长且难以忘怀。本句可用以形容重游旧地，怀念旧人的心情。

【出处】唐·李商隐《春雨》诗："怅卧新春白袷衣，白门寥落意多违。红楼隔雨相望冷，珠箔飘灯独自归。远路应悲春晼晚，残宵犹得梦依稀。玉珰缄札何由达？万里云罗一雁飞。"

欲忘忘未得，欲去去无由。

想要忘掉你却如何也忘不了，想要离开你却找不到任何能离去的理由。

【解析】由诗题"寄远"可知，此诗的收信者是一位令白居易刻骨牵记的远方心上人。由于系恋过于深重，使他萌生了亟欲遗忘和离去的念头，但却无论如何也难以忘情。本句可用来形容对意中人思念深切、爱恨交织的矛盾心绪。

【出处】唐·白居易《寄远》诗:"欲忘忘未得,欲去去无由。两腋不生翅,二毛空满头。坐看新落叶,行上最高楼。暝色无边际,茫茫尽眼愁。"

章台柳,章台柳,往日青青今在否?

章台的柳树啊,章台的柳树啊,以往那株青色美丽的垂柳如今还在吗?

【注释】章台:指长安城内的一条街。一说章台为汉代妓院的所在地,后指妓女聚集的地方。

【解析】诗题一作《寄柳氏》,为韩翃于安史之乱后,寄赠昔日宠姬柳氏之作。诗中的"柳"为双关语,以柳枝喻指柳氏,寄托他对柳氏的想念,后来人们也用"章台杨柳"来比喻离别。此一名句可用来表达对旧时情人的怀念与问候。

【出处】唐·韩翃《章台柳》诗:"章台柳,章台柳,往日青青今在否?纵使长条似旧垂,也应攀折他人手。"

纵使长条似旧垂,也应攀折他人手。

即使杨柳条垂垂依旧,也应该已被别人给攀折了吧!

【解析】韩翃与其宠姬柳氏因安史之乱而被迫离散,诗中借柳枝来比喻柳氏。由于两人分开甚久,加之战乱,韩翃认为即便佳人如今仍貌美如花,恐怕也早就被他人垂涎而夺去了,语气充满无限的哀怨。本句可用来表达对旧日情人的眷恋不舍。

【出处】唐·韩翃《章台柳》诗:"章台柳,章台柳,往日青青今在否?纵使长条似旧垂,也应攀折他人手。"

蜡烛有心还惜别，替人垂泪到天明。

蜡烛好像有心似的不忍人们分别，替我们的别离流泪到天亮。

【解析】蜡烛内有烛芯，杜牧在诗中运用谐音双关"蜡烛有心"赋予蜡烛和人一样的情感，以及蜡烛燃烧时所滴下来如泪的蜡油，也被其拟人化成人的眼泪，借蜡烛的垂泪，寄托内心的哀伤与惜别之情。本句可用来形容夜里烛光下不忍和心上人离别的凄凉心情。

【出处】唐·杜牧《赠别》诗二首之二："多情却似总无情，唯觉樽前笑不成。蜡烛有心还惜别，替人垂泪到天明。"

【 变心 】

 ### 但见新人笑，那闻旧人哭？

只看见新人的欢笑，哪里听得到旧人的哭泣呢？

【解析】作者杜甫在此诗中描写一名出身良好的佳人，因娘家失势，遭到个性轻薄的丈夫毫不留情的抛弃，另娶新妇。在丈夫的眼中，只看得到年轻新人的笑语，哪里在乎被休弃的前妻内心悲愤欲绝。本句经常用来指责人薄幸，另结新欢，无情无义。

【出处】唐·杜甫《佳人》诗："……世情恶衰歇，万事随转烛。夫婿轻薄儿，新人美如玉。合昏尚知时，鸳鸯不独宿。但见新人笑，那闻旧人哭……"（节录）

 ### 易求无价宝，难得有心郎。

获得无价的金银财宝很容易，
但想要遇到一位真心相待的情郎却非常困难。

【解析】本诗作者为著名的女诗人鱼玄机。诗题一作《寄李亿员外》。鱼玄机曾为李亿的妾,甚得宠爱,后因李妻的谗言而受到冷落,遂入咸宜观成为女道士。鱼玄机在诗中以"无价宝"对比"有心郎",说明世上能够忠于爱情的男子极少,大多对女人是喜新厌旧的,借此抒发自己惨遭薄幸人抛弃的激愤。本句可用来形容女子对专一爱情的渴望或绝望。

【出处】唐·鱼玄机《赠邻女》诗:"羞日遮罗袖,愁春懒起妆。易求无价宝,难得有心郎。枕上潜垂泪,花间暗断肠。自能窥宋玉,何必恨王昌。"

 花红易衰似郎意,水流无限似侬愁。

红艳的花容易凋谢,就仿佛你对我的情意一样,而水奔流不止,恰似我心中无尽的愁绪。

【解析】作者刘禹锡在诗中描写女子唯恐失去情人的爱,致使内心生出无限的愁思,以"花红易衰"来比喻爱情虽然甜美,但不久情感便会逐渐转淡,可见其所钟情的男子对于爱情并非始终相待。本句可用来说明男子容易变心,而女子为情所苦。

【出处】唐·刘禹锡《竹枝词》诗九首之二:"山桃红花满上头,蜀江春水拍山流。花红易衰似郎意,水流无限似侬愁。"

〖无缘〗

 如今俱是异乡人,相见更无因。

如今我们都流落他乡,想要再次相见,恐怕是没有机会了。

【解析】韦庄在词中回忆昔日曾在花前月下,与一女子彻夜谈心，相约日后再见，无奈天明道别后却从此音讯全无。事隔多年，心想彼此皆在异乡漂泊，韦庄虽有渴盼与女子重逢的愿望，但也只能搁在心里，毕竟在战乱的年代，想要得知亲人旧友的下落，极为困难。本句可用来形容与情人离散，相见遥遥无期。

【出处】唐·韦庄《荷叶杯·记得那年花下》词："记得那年花下，深夜，初识谢娘时。水堂西面画帘垂，携手暗相期。惆怅晓莺残月，相别，从此隔音尘。如今俱是异乡人，相见更无因。"

此情可待成追忆，只是当时已惘然。

这份感情何必等到逝去后才来追思回忆，当时已经令人迷惘怅然了。

【解析】李商隐回忆逝去的恋情，认为当初自己早已深陷失落茫然的情境，随着年岁增长，那份失去的痛楚一直如影随形，从来不曾消逝过。本句可用来表达对过往恋情的念念不忘及深深遗恨。

【出处】唐·李商隐《锦瑟》诗："……沧海月明珠有泪，蓝田日暖玉生烟。此情可待成追忆，只是当时已惘然。"（节录）

狂风落尽深红色，绿叶成阴子满枝。

强风吹落了一地的红花，树上的绿叶繁盛，覆盖成荫，结满了果实。

【注释】阴：通"荫"字，覆荫、遮蔽。

【解析】南宋人计有功编《唐诗纪事》记载，作者杜牧早年游湖州（位于今浙江境内）时，曾邂逅一名十余岁的小女孩，因见其年幼而未娶。十四年后，他来到湖州担任刺史，想要迎娶当年那位一见倾心的女子，却得知对方早已嫁人生子，只能惆怅地写下此诗。其中"子满枝"的"子"便是双关"果子"和"子女"。本句可用来比喻心仪女子或往日情人已嫁人生子。

【出处】唐·杜牧《怅诗》诗:"自是寻春去校迟,不须惆怅怨芳时。狂风落尽深红色,绿叶成阴子满枝。"

侯门一入深如海,从此萧郎是路人。

一旦进入了深幽似海的官宦显贵人家的大门,
从此即使是有情人也形同路人。

【注释】萧郎:本指未称帝前的梁武帝萧衍,后常用作女子对所爱男子的借称。

【解析】崔郊在诗中描写他和姑母家的一名婢女相恋,后来婢女被卖入门禁森严的官宦人家,从此两人难得见上一面,也不得交谈,诗人只能作诗抒发心中的无奈。本句可用来形容因门第悬殊而被迫与相爱的人分开。另外,可用来讽刺某些因故得势的人,不再与亲人旧朋往来的势利现实。

【出处】唐·崔郊《赠去婢》诗:"公子王孙逐后尘,绿珠垂泪滴罗巾。侯门一入深如海,从此萧郎是路人。"

从此无心爱良夜,任他明月下西楼。

自佳期落空后,从此没有心思欣赏良宵美景,任凭明月独自落到西楼边。

【解析】李益早年赴长安应试时认识名妓霍小玉,两人相爱且约定白首,但李益返家后,母亲却命其迎娶表妹,李益不敢忤逆母命而从之。霍小玉知道婚约生变,积思成疾,最终忧愤而死。李益在诗中抒发其对景怀人的感伤,更深信此后人间任何好风好景都不会再让他心生涟漪,表达其内心悔怨至深。本句可用来形容失恋或恋人失约后，对一切美好事物全都兴味索然的痛苦心情。

【出处】唐·李益《写情》诗："水纹珍簟思悠悠，千里佳期一夕休。从此无心爱良夜，任他明月下西楼。"

 ## 云雨巫山枉断肠。

战国时楚王梦见与巫山神女相会这般虚妄的故事，听了只是叫人徒增伤感罢了！

【解析】李白在《清平调》诗中通过描写战国时楚王和巫山神女在梦中幽会的传说，突显出唐玄宗与杨贵妃两人的恩爱。本句可用来形容恋情如梦似幻，不切实际，令人惆怅。

【出处】唐·李白《清平调》诗三首之二："一枝红艳露凝香，云雨巫山枉断肠。借问汉宫谁得似？可怜飞燕倚新妆。"

 ## 刘郎已恨蓬山远，更隔蓬山一万重。

刘郎的处境，都怨恨蓬莱山离他相当遥远了，更何况我与蓬莱山的距离还隔着万重山呢！

【注释】刘郎：一说指西汉汉武帝，因信方士之言，曾派人到蓬莱仙岛求仙药。另一说指东汉人刘晨，曾与阮肇入天台山采药遇两仙女，至仙女家里留宿半载，后返家时子孙已历七代，欲再返仙境已不复得。

蓬山：即蓬莱山，为神话传说中的仙山。后泛指仙境。

【解析】李商隐久候一女子而对方迟迟未至，便借用传说中东汉人刘晨与仙女结缘的典故，表达自己与女子之间的阻隔如万重山之遥，也暗喻两人今后想要见面是难以实现的愿望了。本句可用来形容对远别情人或与心上人不得相见的怨恨与思念。

【出处】唐·李商隐《无题》诗四首之一："来是空言去绝踪，月斜楼上五更钟。梦为远别啼难唤，书被催成墨未浓。蜡照半笼金翡翠，麝熏微度绣芙蓉。刘郎已恨蓬山远，更隔蓬山一万重。"

还君明珠双泪垂，恨不相逢未嫁时。

将宝贵的珍珠还给你时，眼泪忍不住流了下来，
多么遗憾我不是在未嫁人前与你相遇。

【解析】此诗表面上是描述一已婚妇人婉拒男子的追求，并表达对两人相见恨晚的无奈之情，然而背后的深意实是作者张籍为拒绝平卢淄青节度使（中唐时辖区主要位于今山东一带）兼检校司空李师道的笼络而作。唐朝在安史之乱后，朝廷疲弱，各地藩镇拥兵自重，这些节度使多以利诱拉拢文人，扩张势力。诗中张籍自比是有夫之妇的"妾"，把李师道比作"君"，并将其给予的厚利比成"明珠"，暗喻自己对朝廷的忠诚正如节妇忠于丈夫一样。本句可用来形容女子虽为某人所爱，但不愿背叛丈夫而回绝了对方。另可用来比喻对国家忠心不二，绝不与叛乱者同流合污。

【出处】唐·张籍《节妇吟·寄东平李司空师道》诗："君知妾有夫，赠妾双明珠。感君缠绵意，系在红罗襦。妾家高楼连苑起，良人执戟明光里。知君用心如日月，事夫誓拟同生死。还君明珠双泪垂，恨不相逢未嫁时。"

四、闺怨

山月不知心里事，水风空落眼前花。

山中的明月不能理解我的心事，水面上的轻风无端吹落了眼前的花朵。

【解析】作者温庭筠于词中描写一女子夜深不寐，因渴盼远在天涯的丈夫或情人归来的希望一再落空，内心积怨益深，故见到山月、水风落花都觉得了然无趣，甚至觉得这一切都像是在和自己作对一般。本句可用来形容期望恋人早归而不可得时，心中的失望与哀愁。

【出处】唐·温庭筠《梦江南·千万恨》词："千万恨，恨极在天涯。山月不知心里事，水风空落眼前花。摇曳碧云斜。"

玉颜不及寒鸦色，犹带昭阳日影来。

容颜再美也比不上寒秋乌鸦的姿色，乌鸦尚可自由飞入昭阳殿，身上仿佛沐浴着昭阳殿中温暖的日光。

【注释】昭阳：宫殿名，为西汉汉成帝宠妃赵昭仪的住所。赵昭仪，为汉成帝皇后赵飞燕之妹赵合德。

【解析】王昌龄借写西汉班婕妤幽居于长信宫的史实，抒发后宫妃妾失宠的悲哀。班婕妤因贤才而为汉成帝所宠幸，后来赵飞燕姐妹得宠，班婕妤恐谮言招来祸事，便退侍太后于长信宫。诗中以"玉颜"比喻班婕妤的韶美姿容，以"寒鸦"比喻赵家姐妹，以"日影"暗喻君恩，感叹玉颜不如寒鸦能获得日影的青睐，委婉地表达出宫廷妇女的积怨愤恨。本句可用来形容女子失去恩宠或爱情的苦闷幽怨。

【出处】唐·王昌龄《长信秋词》诗五首之三："奉帚平明金殿开，且将团扇共徘徊。玉颜不及寒鸦色，犹带昭阳日影来。"

早知潮有信，嫁与弄潮儿。

早知道潮水涨落有一定的时间，我应该嫁给随潮来去的船夫。

【解析】李益在诗中描写一名商妇抱怨丈夫久出未归且言而无信,她天真地想象,若是当初嫁与弄潮的男儿,或许就不会像现在一样饱受独守空闺的痛苦。明人钟惺、谭元春编《唐诗归》评曰:"荒唐之想,写怨情却真切。"本句可用来形容女子渴盼丈夫或爱人归来,期待团聚的心情。

【出处】唐·李益《江南曲》诗:"嫁得瞿塘贾,朝朝误妾期。早知潮有信,嫁与弄潮儿。"

何处是归程?长亭更短亭。

哪里是回家的道路呢?放眼望去,
只见十里一设的长亭连接着五里一设的短亭。

【注释】长亭:古时城外每十里设置,供行人休憩的驿站。

短亭:古代城外每五里处所设立的亭子。设于路边,供行人休息。

【解析】此词一说李白描写的是游子羁旅他乡,眼见一路上供人休息的驿站与亭子相接,感叹前途茫茫,不知未来何去何从的怅然。另一说认为是描写思妇久候心上人回家,却不见人影的失落情怀。本句可用来形容女子期盼丈夫或情人归来。另可用来形容归途或目标遥远,令人心生怅惘。

【出处】唐·李白《菩萨蛮·平林漠漠烟如织》词:"……玉阶空伫立,宿鸟归飞急。何处是归程?长亭更短亭。"(节录)

妾身未分明,何以拜姑嫜?

新婚才一天,还来不及去祭拜祖先,丈夫便被迫去当兵,在夫家的媳妇连名分都还不确定,不知怎么拜见公婆?

【解析】姑嫜是称谓,旧称丈夫的父母。古代习俗,女子嫁到夫家三日后，要先告家庙、上祖坟，然后拜见公婆，才算成婚。诗中描述新嫁娘刚过门一天，丈夫便被派去出征，按当时礼法，等同婚礼尚未完成，造成女子不知如何面对夫家长辈的难堪境地。本句可用来形容女子名分地位未获认可，内心矛盾难安。

【出处】唐·杜甫《新婚别》诗："兔丝附蓬麻，引蔓故不长。嫁女与征夫，不如弃路旁。结发为君妻，席不暖君床。暮婚晨告别，无乃太匆忙。君行虽不远，守边赴河阳。妾身未分明，何以拜姑嫜……"（节录）

忽见陌头杨柳色，悔教夫婿觅封侯。

忽然看见路旁杨柳的色泽青翠鲜艳，
不禁后悔过去让丈夫出外寻求立功封爵的决定。

【解析】王昌龄在诗中描写深闺少妇登楼远望时，见春色一片，绿意盎然，却只能独自欣赏美景，不免怨悔当初鼓励丈夫远行去求取富贵功名，导致如今自己独守空闺、青春虚度。本句可用来形容妻子对丈夫热衷名利，长期不在家的悔恨。

【出处】唐·王昌龄《闺怨》诗："闺中少妇不知愁，春日凝妆上翠楼。忽见陌头杨柳色，悔教夫婿觅封侯。"

昔时横波目，今成流泪泉。

往日眼波流动的美丽眼睛，今日却泪如泉水般地流个不止。

【解析】李白在诗中描写一名从前眼神顾盼有情的女子，因长期盼不到心上人归来而终日以泪洗面，足见其对心上人思恋至深。本句可用来形容女子相思成空的悲伤。

【出处】唐·李白《长相思》诗:"日色已尽花含烟,月明欲素愁不眠。赵瑟初停凤凰柱,蜀琴欲奏鸳鸯弦。此曲有意无人传,愿随春风寄燕然。忆君迢迢隔青天,昔时横波目,今成流泪泉。不信妾肠断,归来看取明镜前。"

长安一片月,万户捣衣声。
秋风吹不尽,总是玉关情。

月光映照着长安城,耳边传来家家户户捶打征衣的声音。阵阵秋风吹来,撩拨起心中的愁绪,都是怀念远在玉关的征人的深情。

【注释】捣衣:一说指把衣物放在石砧上,再用木杵反复捶击以去污。另一说指用杵捶打生丝以去蜡,使生丝柔白绵软,以便织成衣物。

玉关:即玉门关,位于今甘肃敦煌市之西北,为古来通西域之要道。

【解析】李白在诗中描写银色月光下的长安城,妇女们正忙着替玉门关外的丈夫洗衣或赶制冬季征衣,此起彼落的捣衣声中蕴含着妻子对丈夫的深情惦念。接着描写秋风不止,更撩拨着捣衣妇人心中无尽的情愁。明末清初学者王夫之在《唐诗评选》中评曰:"前四句是天壤间生成好句,被太白拾得。"本句可用来形容女子对出征远方的丈夫的思念之情。

【出处】唐·李白《子夜吴歌·秋歌》诗:"长安一片月,万户捣衣声。秋风吹不尽,总是玉关情。何日平胡虏?良人罢远征。"

门锁帘垂月影斜,翠华咫尺隔天涯。

在门户深锁、帘幕垂下的房间里,独自望着西斜的月影,皇帝虽然就在不远的宫殿中,但感觉相隔得非常遥远。

【注释】翠华：用翠羽做的旗饰，为古代帝王出行时所用。此喻指皇帝。

【解析】李中描写宫廷女子虽和皇帝都同住宫中，却一直不得亲见皇帝，心中的寂寞忧思在更深夜静时愈加强烈。本句可用来形容女子与心上人近在咫尺但无缘相见。也可用来形容女子失宠或遭遇冷落后所产生的幽怨之情。

【出处】唐·李中《宫词》诗二首之一："门锁帘垂月影斜，翠华咫尺隔天涯。香铺罗幌不成梦，背壁银缸落尽花。"

思君如满月，夜夜减清辉。

因为极度思念你，我日渐消瘦，就像十五日的满月一样，每夜都在减损它的光辉。

【解析】作者张九龄于诗中描写妇人的丈夫远行未归，借皎洁圆月夜夜减退光辉而成了缺月为喻，抒发她由期待丈夫归来，到希望落空的反复煎熬。这也让她无心打理、照顾自己，一天比一天消瘦。本句可用来形容思念至深、容颜憔悴的样子。

【出处】唐·张九龄《赋得自君之出矣》诗："自君之出矣，不复理残机。思君如满月，夜夜减清辉。"

思悠悠，恨悠悠，恨到归时方始休。

思念和怨恨悠长绵延，这种恨意一定要等到归乡时才能够罢休。

【解析】此诗一说白居易意在抒发游子渴盼赋归，却迟迟无法如愿的愁苦。另一说认为，白居易是在描写闺中妇女悲伤地倚楼思念着远别的丈夫，唯有等到丈夫回家，方能化解心中的愁恨。本句可用来形容满怀思念愁怨的女子，渴盼出远门的丈夫早日返家团聚。另可用于形容长年羁旅在外的游子，因归家不易而心生无限惆怅哀伤。

【出处】唐·白居易《长相思·汴水流》词:"汴水流,泗水流,流到瓜洲古渡头,吴山点点愁。思悠悠,恨悠悠,恨到归时方始休,月明人倚楼。"

 ## 相恨不如潮有信,相思始觉海非深。

恨你不如潮水涨退那般定时,想念你才发觉大海并没有人们说得那样深。

【解析】白居易在诗中描写了一名深闺女子苦候心上人未返的复杂情绪,其借"潮有信"以抱怨对方久出不归,言而无信,远不如潮水涨落有时,又借"海非深"表明自己的用情实比大海更深,海水浩瀚也不如自己的情深。本句可用来形容怨恨恋人薄情无信,但又对其思念日益炽烈的矛盾心情。

【出处】唐·白居易《浪淘沙》诗:"借问江潮与海水,何似君情与妾心?相恨不如潮有信,相思始觉海非深。"

 ## 红颜未老恩先断。

容貌还没有衰老,恩情便先断绝。

【解析】白居易在诗中描述一名后宫女子深夜不寐,苦盼君王亲临而未能如愿,不禁心想,如果是容颜衰老也就罢了,偏偏姿色未衰就失去了君王的恩宠,不禁伤心欲绝。其诗意也隐约流露出作者在政治上被皇帝疏离的失望之情。本句可用来形容女子美色仍在,却遭心上人厌弃的幽怨。另可用来比喻人还未老或事物尚未过时,就被疏远弃用。

【出处】唐·白居易《后宫词》诗:"泪湿罗巾梦不成,夜深前殿按歌声。红颜未老恩先断,斜倚熏笼坐到明。"

啼时惊妾梦，不得到辽西。

（树上的黄莺）啼叫声会惊扰到我的梦，
使我无法在梦里到辽西与丈夫相会。

【注释】辽西：位于今辽宁辽河以西一带，为唐代东北边境的军事重镇。

【解析】作者金昌绪在诗中描写女子埋怨树梢上黄莺的啼叫声打断了她的梦境，惊醒了她在梦中相会久戍辽西的丈夫。语气中流露出女子殷切期望丈夫早归的心情。清人李锳《诗法易简录》评曰："不怨在辽西者之不得归，而但怨黄莺之惊梦，乃深于怨者。"本句可用来抒发女子独守空闺的哀怨。

【出处】唐·金昌绪《春怨》诗："打起黄莺儿，莫教枝上啼。啼时惊妾梦，不得到辽西。"

 暗牖悬蛛网，空梁落燕泥。

房内窗户紧闭而昏暗，四处结挂着蜘蛛网，
空废的屋梁上，落下剥落的燕巢泥。

【注释】牖：窗户。

【解析】作者薛道衡在诗中描写妇人的丈夫远行未归，她终日神魂不定，连自己的住屋都懒得打扫，任其破败萧条，看起来就好像是没有人住的荒废空屋一样，足见其内心的哀怨至深。本句可用来形容女子因过度思念丈夫或情人，而失魂落魄，无心料理家事的情况。

【出处】隋·薛道衡《昔昔盐》诗："……飞魂同夜鹊，倦寝忆晨鸡。暗牖悬蛛网，空梁落燕泥。前年过代北，今岁往辽西。一去无消息，那能惜马蹄？"（节录）

当君怀归日,是妾断肠时。

当你开始想起要回家时,我早已因思念而肝肠痛断了。

【解析】李白在诗中描摹独守空闺的女子思念丈夫或情人的心情,想象女子在远方的丈夫或情人萌发归乡的心志时,她本应欣喜的情绪却因为激动到不能自已而深感痛苦,毕竟经过了漫长时日的等待,内心情感压抑得太深、太久了。本句可用来形容女性等待丈夫或情人归来的苦楚。

【出处】唐·李白《春思》诗:"燕草如碧丝,秦桑低绿枝。当君怀归日,是妾断肠时。春风不相识,何事入罗帏?"

 ## 过尽千帆皆不是。

眼前驶过了无数的船只,却都不是你所搭乘的那艘船。

【解析】温庭筠在诗中描写一名女子倚楼眺望归船,从船只来来去去看到船尽江空,仍然不见思念之人的失落心情。本句可用来形容女子渴盼情人或丈夫返家,却久等不至的失望哀伤。另可用来比喻殷切期待某人、某事或某物的出现,但最后事与愿违,希望落空。

【出处】唐·温庭筠《梦江南·梳洗罢》词:"梳洗罢,独倚望江楼。过尽千帆皆不是,斜晖脉脉水悠悠,肠断白蘋洲。"

 ## 翡翠为楼金作梯,谁人独宿倚门啼?

住在以翠玉和黄金装饰的阁楼中,是谁夜夜独眠,倚靠着房门哭泣?

【解析】李白晚年仍怀抱济世救国之心,决定投靠屯兵于江陵(位于今湖北荆州市)的永王李璘,准备出征讨伐安史叛军。

临行前写诗别妻，想象着两人分开后妻子独自住在富丽的屋宇，以反衬寂寞之苦。本句可用来形容女子因孤独与思念而痛苦悲伤。

【出处】唐·李白《别内赴征》诗三首之三："翡翠为楼金作梯，谁人独宿倚门啼？夜坐寒灯连晓月，行行泪尽楚关西。"

五、悼亡

取次花丛懒回顾，半缘修道半缘君。

信步经过万紫千红的花丛，也懒得回头多看一眼，我这样做，一半是为了潜心修行，一半是因为心里只有你啊！

【解析】元稹在诗中描写其因爱妻韦丛亡故后万念俱灰，纵使游走于红尘俗世当中，也无心留恋其他女子，只想专心修道，以回报对亡妻无尽的感怀。本句可用来形容因思念情人或伴侣而心如死灰。

【出处】唐·元稹《离思》诗五首之四："曾经沧海难为水，除却巫山不是云。取次花丛懒回顾，半缘修道半缘君。"

昔日戏言身后意，今朝都到眼前来。

以前我们曾开玩笑地说过死后的安排，如今竟真的应验在眼前了。

【解析】此诗为元稹悼念亡妻韦丛而作，他回顾过去与妻子闲聊起有关死后的玩笑话，想不到居然一语成谶，果如是言。本句可用来形容过去曾预想死后的情况，如今都已成为事实。

【出处】唐·元稹《遣悲怀》诗三首之二:"昔日戏言身后意,今朝都到眼前来。衣裳已施行看尽,针线犹存未忍开……"(节录)

惟将终夜长开眼,报答平生未展眉。

我唯有用彻夜难眠来思念着你,以报答你一生不曾展眉欢笑的恩情。

【解析】元稹因思念亡妻而整夜失眠,他回想妻子婚后随自己受尽辛苦,同时为了家计操劳不已,至死都未能舒展眉头,露出欢颜,深感对妻子的愧疚与不舍。本句可用来表达对已逝妻子的想念与感激。

【出处】唐·元稹《遣悲怀》诗三首之三:"闲坐悲君亦自悲,百年都是几多时。邓攸无子寻知命,潘岳悼亡犹费词。同穴窅冥何所望,他生缘会更难期。惟将终夜长开眼,报答平生未展眉。"

悠悠生死别经年,魂魄不曾来入梦。

生死相隔已经过了许多年,但你的魂魄却始终不曾到我梦中相会。

【解析】白居易在诗中描写唐玄宗自安史之乱被平定后返回宫中,因日夜思念杨贵妃而伤心不已。本句可用来形容怀念亡者,盼望能在梦里与其相见。

【出处】唐·白居易《长恨歌》诗:"……夕殿萤飞思悄然,孤灯挑尽未成眠。迟迟钟鼓初长夜,耿耿星河欲曙天。鸳鸯瓦冷霜华重,翡翠衾寒谁与共。悠悠生死别经年,魂魄不曾来入梦……"(节录)

清夜妆台月，空想画眉愁。

清凉的夜晚，明月映照着妆台，
想象着为你画眉的情景，心中悲伤不已。

【解析】画眉，向来有夫妻恩爱情深的寓意。唐晅在夜深人静时，回忆起与妻子在闺房里的点滴，看着从前曾为妻子画眉的妆台，不禁悲叹自己将永远无法重拾那些欢愉时光。本句可用来形容遥想亡妻昔日与自己的亲密相爱。

【出处】唐·唐晅《还渭南感旧》诗二首之二："常时华堂静，笑语度更筹。恍惚人事改，冥寞委荒丘。阳原歌薤露，阴壑惜藏舟。清夜妆台月，空想画眉愁。"

 ## 诚知此恨人人有，贫贱夫妻百事哀。

我确实明白死别的遗憾是难免的，然而发生在一对贫贱夫妻的身上，
更显得所有的事情都是悲哀的啊！

【解析】元稹在诗中追忆与妻子生前艰苦相依的过往，虽然他也了解死别乃世间常有之事，但任何事情发生在像他们这样贫穷的夫妻身上，都会令人感到处境更为悲怜。本句可用来形容共患难的夫妻，因生死相隔而悲伤恸绝。其中"贫贱夫妻百事哀"一句，可用来形容夫妻在贫贱之时，容易遭遇苦难挫折，凡事皆不顺遂。

【出处】唐·元稹《遣悲怀》诗三首之二："……尚想旧情怜婢仆，也曾因梦送钱财。诚知此恨人人有，贫贱夫妻百事哀。"（节录）

六、友情

一生大笑能几回？斗酒相逢须醉倒。

人的一生当中，能够几次开怀大笑？
朋友们端着酒杯欢聚一起，就应当喝到烂醉才行。

【解析】本句出自唐代诗人岑参的《凉州馆中与诸判官夜集》。判官，古代官名，为唐朝辅佐节度使、观察使的官员。岑参途经凉州（位于今甘肃境内）时与友人们宴饮，席间不时发出此起彼落的爽朗笑声，也让诗人体悟到人要把握难得的美好时光，珍惜能够一同畅饮言欢的好友。本句可用来形容知己相聚，理当尽情行乐。

【出处】唐·岑参《凉州馆中与诸判官夜集》诗："……河西幕中多故人，故人别来三五春。花门楼前见秋草，岂能贫贱相看老？一生大笑能几回？斗酒相逢须醉倒。"（节录）

一愿世清平，二愿身强健。
三愿临老头，数与君相见。

一愿天下太平安定，二愿身体强壮健康。
三愿到了年老的时候，仍能和你经常相见。

【解析】白居易写此诗赠好友刘禹锡，诉说自己心中的三个愿望，除盼求时世太平、身体康健之外，最希望的就是年老时能和刘禹锡常聚首，把酒话旧，充分表达其对知交故友的情深义重。本句除了可用来抒发天下平和、身体健朗的心愿之外，也可用来祈望至交好友能与自己常伴左右，安享余年。

【出处】唐·白居易《赠梦得》诗："前日君家饮，昨日王家宴。今日过我庐，三日三会面。当歌聊自放，对酒交相劝。为我尽一杯，与君发三愿。一愿世清平，二愿身强健。三愿临老头，数与君相见。"

 ## 人生不相见，动如参与商。

人生在世不容易相见，就像天上的参、商两星一样，总是彼出此没，难以相见。

【注释】参与商：指二十八宿中的参星和商星。参星永远居西，商星永远居东，绝不会同时出现在天空，故被用来比喻彼此隔绝而无法相见。

【解析】杜甫与好友阔别二十载后重逢，诗中以参、商两星作比喻，意指人们分离后想再碰面非常不易，借此显示出两人此一相见多么难能可贵。本句可用来形容聚少离多，会面遥遥无期。

【出处】唐·杜甫《赠卫八处士》诗："人生不相见，动如参与商。今夕复何夕？共此灯烛光……"（节录）

 ## 十觞亦不醉，感子故意长。

连续喝了十杯酒都没有醉意，是因为感念你对我的深长情意。

【解析】杜甫描写其与好友相见，连喝十杯亦不醉倒，并非缘于自己的过人酒量，而是珍惜对方的盛情美意，不忍心酩酊醉去，如此才能充分把握两人短暂的相聚时光。本句可用来形容老友重逢，把酒言欢。

【出处】唐·杜甫《赠卫八处士》诗:"……怡然敬父执,问我来何方?问答乃未已,驱儿罗酒浆。夜雨剪春韭,新炊间黄粱。主称会面难,一举累十觞。十觞亦不醉,感子故意长。明日隔山岳,世事两茫茫。"(节录)

山空松子落,幽人应未眠。

寂静的山林里传来松子落地的声响,
想来幽居在山中的你,应该还没有入睡吧!

【解析】本诗出自唐代诗人韦应物的《秋夜寄丘二十二员外》。丘二十二员外,指丘丹,因他在家中排行第二十二,又曾任员外郎,故得此称。丘丹辞官后归隐于杭州的临平山。秋凉之夜,韦应物出门散步,遥想起幽居山中的好友,此刻可能正聆听着松子落地的声音,感受秋夜的宁静。秋季是松子脱落的时节,古代隐士常以松子为食,丘丹又住在山中,故诗中除了表达诗人对远方好友的思念之外,也含有对丘丹安处僻静、不慕名利之推崇。本句可用来形容怀念友人的心情。

【出处】唐·韦应物《秋夜寄丘二十二员外》诗:"怀君属秋夜,散步咏凉天。山空松子落,幽人应未眠。"

今夕复何夕?共此灯烛光。

今夜是怎样特别的夜晚呢?
我竟然能与你相聚,秉烛夜谈。

【解析】杜甫深刻体会到人生相见不易,因此格外珍惜与好友在一烛之下,把酒叙旧的难得机会。本句可用来形容与友人久别相逢的惊喜之情。

【出处】唐·杜甫《赠卫八处士》诗:"人生不相见,动如参与商。今夕复何夕?共此灯烛光……"(节录)

 ## 今日听君歌一曲,暂凭杯酒长精神。

今天在宴席上听你高歌一曲,
心中感慨万千,且让我借着这杯酒来振奋精神。

【解析】刘禹锡在永贞革新(为唐顺宗即位后一场士大夫抗衡宦官势力,主张中央集权的改革运动)失败后,被贬谪在外二十余年。唐敬宗即位后次年,他和好友白居易在扬州相会,两人在宴席上举杯畅饮。白居易吟诗一首,表达对刘禹锡坎坷仕途的不平与同情,刘禹锡于是作此诗答谢白居易多年来的相知相惜,人生有友如此,他必要努力打起精神,用乐观豁达的态度来面对各种逆境。本句可用来形容不顺心时,好友献上关怀与鼓励。

【出处】唐·刘禹锡《酬乐天扬州初逢席上见赠》诗:"巴山楚水凄凉地,二十三年弃置身。怀旧空吟闻笛赋,到乡翻似烂柯人。沉舟侧畔千帆过,病树前头万木春。今日听君歌一曲,暂凭杯酒长精神。"

 ## 少年乐新知,衰暮思故友。

人在年轻时乐于结交新朋友,到了年老时则会经常怀念老朋友。

【解析】韩愈寄这首诗给当时担任鄂州(位于今湖北境内)刺史兼鄂岳观察使(治所在鄂州,观察使为唐朝后期设立的地方军政长官)的好友李程,表示两人都已年过半百,余生无多,心中更加思念旧交老友。本句可用来形容看重相交已久的好友。也可用来说明人生无论在任何阶段,都不能缺了友谊。

【出处】唐·韩愈《除官赴阙至江州寄鄂岳李大夫》诗:"……别来已三岁,望望长迢递。咫尺不相闻,平生那可计?我齿落且尽,君鬓白几何?年皆过半百,来日苦无多。少年乐新知,衰暮思故友。譬如亲骨肉,宁免相可不……"(节录)

世人遇我同众人,唯君于我最相亲。

世上的人都认为我不过是个平庸的人,与众人相同,
唯有你觉得我与众不同,和我最亲近。

【解析】本诗诗题为《别韦参军》。参军,古代官名,掌参谋军务,至隋、唐时兼任郡官。高适在人生遭逢失意之际,宋州(位于今河南境内)刺史张九皋有一位姓韦的下属官员,不但在生活上经常接济他,甚至还很看重高适的才能,相信他有朝一日必定不同凡响,高适作此诗表达了对这位韦姓官员的感激之情。本句可用来形容有人慧眼识珠,表达友好之情。

【出处】唐·高适《别韦参军》诗:"……世人遇我同众人,唯君于我最相亲。且喜百年有交态,未尝一日辞家贫……"(节录)

乍见翻疑梦,相悲各问年。

阔别多年,如今突然和你相逢,
反而怀疑是在梦中,相对悲叹后才各自问起彼此的年龄。

【解析】作者司空曙与友人韩绅久别偶遇,先是不信,还以为是在做梦,又因分开日久,无法确定对方年龄,于是开口互问年纪。由此可见,两人的面貌比上回见面时更显老态。近人高步瀛《唐宋诗举要》引学者吴北江对这两句诗的品评为:"三、四千古名句,能传久别初见之神。"本句可用来形容与旧友重逢,惊

喜感伤的复杂情绪。

【出处】唐·司空曙《云阳馆与韩绅宿别》诗："故人江海别，几度隔山川。乍见翻疑梦，相悲各问年。孤灯寒照雨，湿竹暗浮烟。更有明朝恨，离杯惜共传。"

四海齐名白与刘，百年交分两绸缪。

白居易和刘禹锡的声名同样流传远播，
长久下来的交情亲密深长。

【解析】本句出自唐朝白居易《哭刘尚书梦得》。尚书，古代官名，唐代为吏、户、礼、兵、刑、工六部的长官。生前任检校礼部尚书的刘禹锡去世，白居易写诗悼念故友，道出两人不仅是志同道合的好友，也有着终生不渝的坚定情谊。本句可用来形容朋友之间交情深厚，友谊绵长。

【出处】唐·白居易《哭刘尚书梦得》诗二首之一："四海齐名白与刘，百年交分两绸缪。同贫同病退闲日，一死一生临老头。杯酒英雄君与操，文章微婉我知丘。贤豪虽殁精灵在，应共微之地下游。"

平生风义兼师友。

平时对待我的情谊，就像是师长，也像是朋友。

【解析】李商隐由衷佩服好友刘蕡的正直敢言，纵使被贬官也不改气节风骨，亦十分感念刘蕡在交往过程中的情义相待，故得知刘蕡的死讯时，悲恸万分，作此诗表达其对友人的崇敬与悼念。本句可用来形容平辈友人之间的情分深厚，也可用来表达对年长友人的尊敬与感谢。

【出处】唐·李商隐《哭刘蕡》诗:"上帝深宫闭九阍,巫咸不下问衔冤。黄陵别后春涛隔,湓浦书来秋雨翻。只有安仁能作诔,何曾宋玉解招魂?平生风义兼师友,不敢同君哭寝门。"

别来何限意,相见却无辞。

与你分别后,有许多的离情别绪想要对你倾诉,
可是如今见到面,很多话却说不出口了。

【解析】作者描写他与友人分别后,一直迫切期待尽快再相见,互诉别后心情,孰知等到两人再见时,却因百感交集而不知如何言语。本句可用来形容友人重逢,虽有千言万语却不知从何说起的纷杂心绪。

【出处】唐·项斯《荆州夜与友亲相遇》诗:"山海两分歧,停舟偶似期。别来何限意,相见却无辞。坐永神凝梦,愁繁鬓欲丝。趋名易迟晚,此去莫经时。"(此诗一说作者为许彬,诗题则作《荆山夜泊与亲友遇》)

我寄愁心与明月,随风直到夜郎西。

我将为你忧愁的心思寄托给天上的明月,
让它随风伴随着你,一直到夜郎的西边。

【注释】夜郎:本指汉代西南边境的夷族部落,约位于今贵州遵义市附近。此指唐代的夜郎县,约位于今湖南怀化市西南,与王昌龄遭到贬官的地点龙标相近。

【解析】这是诗人李白的诗作,诗题为《闻王昌龄左迁龙标遥有此寄》。龙标,是唐代设置的县名,位于今湖南怀化市境内。古人尊右而卑左,故称官吏被贬、降职为"左迁"。李白在诗中以

"夜郎"代指好友王昌龄远谪之地龙标,希望明月清风能代为传递自己的挂念与忧心。本句可用来表达对远方挚友的慰问与思念。

> 【出处】唐·李白《闻王昌龄左迁龙标遥有此寄》诗:"杨花落尽子规啼,闻道龙标过五溪。我寄愁心与明月,随风直到夜郎西。"

 ## 花径不曾缘客扫,蓬门今始为君开。

长满野花的小路不曾为客人的到来而打扫过,
简陋的柴门始至今日才为您敞开。

【解析】本诗诗题之下注有"喜崔明府相过"。明府,是唐人对县令(古代官名,负责管理一县的长官)的美称。此诗作于杜甫闲居成都草堂期间,诗中点出他平时少与人往来,终日和山水、鸥鸟为伴,为了迎接友人的到访,赶紧将久未打扫的凌乱庭院整理一番。本句可用于形容迎接友人到访,也可用来表达对访客的真挚欢迎情意。

【出处】唐·杜甫《客至》诗:"舍南舍北皆春水,但见群鸥日日来。花径不曾缘客扫,蓬门今始为君开……"(节录)

 ## 垂死病中惊坐起,暗风吹雨入寒窗。

我虽重病卧床,但闻讯震惊起身,只觉得阴冷的风雨破窗而入。

【解析】本诗诗题为《闻乐天授江州司马》。江州,位于今江西境内。司马,古代官名,唐代为地方刺史的佐官,但多以贬斥官员任之,徒具虚衔,没有实际职权。唐宪宗元和年间,白居易因得罪当权者而遭贬为江州司马,此时正卧病在床的元稹听闻消息,顾不得病弱的身躯,抱病写下这一首诗,表达对好友遭贬的不平之情，也足见两人的情谊非比寻常。本句可用来形容得知好友不幸消息时的悲愤不平。

【出处】唐·元稹《闻乐天授江州司马》诗："残灯无焰影幢幢，此夕闻君谪九江。垂死病中惊坐起，暗风吹雨入寒窗。"

故人入我梦，明我长相忆。

老友来到我的梦中，知道我日夜都在思念着你。

【解析】李白晚年曾因事获罪入狱，由于和杜甫相隔遥远，消息受到阻绝，杜甫日夜挂念，终在长期思念下而梦见对方，足见杜甫对李白的真挚情谊。本句可用来表达对深交挚友的笃念厚谊。

【出处】唐·杜甫《梦李白》诗二首之一："……故人入我梦，明我长相忆。恐非平生魂，路远不可测。魂来枫林青，魂返关塞黑。君今在罗网，何以有羽翼。落月满屋梁，犹疑照颜色。水深波浪阔，无使蛟龙得。"（节录）

能来同宿否？听雨对床眠。

能请你过来同住一晚吗？我们听着雨声，同床面对面闲谈，直到沉沉睡去。

【解析】本诗诗题为《雨中招张司业宿》。司业，古代官名，为隋、唐时全国最高教育行政机关国子监的副主管。白居易在诗中描写他在阴雨的夜里，招请好友张籍前来与之秉烛夜谈，一同对床听雨而眠。本句可用于形容与好友或兄弟同宿，倾心交谈的欢乐情境。

【出处】唐·白居易《雨中招张司业宿》诗："过夏衣香润，迎秋簟色鲜。斜支花石枕，卧咏蕊珠篇。泥泞非游日，阴沉好睡天。能来同宿否？听雨对床眠。"

晚来天欲雪，能饮一杯无？

夜里看来应该会下雪，可否来与我共饮一杯酒呢？

【解析】本诗诗题为《问刘十九》。刘十九，一说指刘禹锡，另一说指某位在家族中排行十九的刘姓隐士。作者白居易在诗中描写暮雪将至，在家准备了新酿好的酒和一炉暖火，欲邀友人刘十九前来举杯言欢。想象屋外雪花纷飞，反衬出屋内炉火炽热以及主客之间的温馨情谊。本句可用来邀请好友，叙话家常。

【出处】唐·白居易《问刘十九》诗："绿蚁新醅酒，红泥小火炉。晚来天欲雪，能饮一杯无？"

 ## 欲取鸣琴弹，恨无知音赏。

想要取琴弹奏，遗憾的是没有知音能欣赏。

【解析】孟浩然在诗中描写他欲鸣琴却苦无知音聆听，借此抒发对精通音律的朋友辛大之怀念，同时也暗喻自己虽有满腹才学却不受朝廷赏识的落寞心情。本句可用来形容知音不在。另可用来形容怀才不遇的痛苦。

【出处】唐·孟浩然《夏日南亭怀辛大》诗："山光忽西落，池月渐东上。散发乘夕凉，开轩卧闲敞。荷风送香气，竹露滴清响。欲取鸣琴弹，恨无知音赏。感此怀故人，中宵劳梦想。"

 ## 渭北春天树，江东日暮云。

我在渭水北方看着春天的树，
遥想人在长江东边的你，此时眼中所见的是落日的浮云。

【解析】正在长安一带的杜甫，想念先前曾一起同游的李白，故借两人当时各自所在的"渭北"和"江东"之风景，传递对远方友人的深切思念。本句可用来形容距离遥远的两人彼此相互挂念。

【出处】唐·杜甫《春日忆李白》诗:"……渭北春天树,江东日暮云。何时一樽酒,重与细论文。"(节录)

嵩云秦树久离居,双鲤迢迢一纸书。

我们两人相距遥远,就像是嵩山上的云朵和秦岭上的树木一样,但我却收到了你千里迢迢寄来的一封书信。

【注释】嵩云秦树:比喻距离遥远。原指嵩山上的云朵和秦岭上的树木。嵩山,位于今河南境内。秦岭,主峰位于今陕西境内。

双鲤:书信的代称。古人常将书信结成双鲤形,或将书信夹在鲤鱼形的木板中寄出。

【解析】本句出自李商隐的《寄令狐郎中》。郎中,古代官名,唐时在尚书省下设左、右司郎中,各掌付尚书左、右丞所管诸司事。此外,吏、户、礼、兵、刑、工六部下各司的主管,也称郎中。此诗为闲居洛阳养病的李商隐,回信给在长安担任右司郎中的友人令狐绹,其中"嵩"指的是自己所在的洛阳,因附近有嵩山,"秦"则指的是令狐绹所在的长安,因附近有秦岭,以此喻比两人的距离,如嵩山、秦岭般各在一方。诗人在诗中表达了自己与令狐绹虽久别未见,但收到对方迢迢寄来的一封慰问书信,备感暖暖温情。本句可用来形容与友人远隔两地,收到音讯时的喜悦之情。

【出处】唐·李商隐《寄令狐郎中》诗:"嵩云秦树久离居,双鲤迢迢一纸书。休问梁园旧宾客,茂陵秋雨病相如。"

万里此情同皎洁,一年今日最分明。

虽然相隔万里之远,我们的情谊仍如同明月一样光洁,一年当中只有中秋的月亮是最明净的。

【解析】这是唐朝诗人戎昱的《中秋夜登楼望月寄人》。中秋,为农历八月十五日,又称仲秋,历来人们认为这一天的月亮最为澄澈正圆,于是寄托了月圆人团圆的意义。戎昱在中秋夜登上高楼倚栏赏月,望着清朗的一轮明月,怀念远方的旧交故友,希望悠悠思念能通过月光传递给对方。本句可用来形容怀念远方友人的心情。另可用来说明中秋节的月亮圆满洁净,故有亲友团聚赏月的风俗。

【出处】唐·戎昱《中秋夜登楼望月寄人》诗:"西楼见月似江城,脉脉悠悠倚槛情。万里此情同皎洁,一年今日最分明。初惊桂子从天落,稍误芦花带雪平。知称玉人临水见,可怜光彩有余清。"

落叶满空山,何处寻行迹?

空寂的山中满是掉落的树叶,我要到哪里去寻找你的行踪呢?

【解析】时逢秋寒天凉,作者韦应物欲携酒去探望一位在山里苦行修炼的道士友人,但山路崎岖难行,再加上路径被纷纷落叶给掩藏,很难找到友人的踪影,诗人为此感到万分怅惋。本句可用来形容怀念至交好友,或苦于相寻不易的失落。

【出处】唐·韦应物《寄全椒山中道士》诗:"今朝郡斋冷,忽念山中客。涧底束荆薪,归来煮白石。欲持一瓢酒,远慰风雨夕。落叶满空山,何处寻行迹?"

还将两行泪,遥寄海西头。

把我思念好友所流下的两行泪水,寄到遥远的扬州去。

【注释】海西头:指扬州,位于今江苏境内。因扬州在东海之西,故称之。

【解析】孟浩然在旅途中夜宿杭州桐庐江边，想着自己在外失意漂泊，不禁怀念起在广陵（扬州的旧称）的故友，恨不得将夺眶而出的眼泪寄托江水交付对方。诗人在诗中除了向友人表达殷切思念之外，也借此倾诉自己内心饱尝的苦痛。本句可用来形容极为想念故友而怆然泪下。

【出处】唐·孟浩然《宿桐庐江寄广陵旧游》诗："……建德非吾土，维扬忆旧游。还将两行泪，遥寄海西头。"（节录）

七、别情

一曲离歌两行泪，不知何地再逢君？

听着离别的歌曲，两行泪水忍不住地夺眶而出，不知未来在何处能与您重逢？

【解析】晚唐国家动荡，兵荒马乱，生在乱世的韦庄，设宴与友人把酒话别时，听着感伤的离别歌曲，想到日后两人不知何时何地才能再相见，不禁声泪俱下。本句可用来形容分别时，唯恐相逢无期的悲伤心境。

【出处】唐·韦庄《衢州江上别李秀才》诗："千山红树万山云，把酒相看日又曛。一曲离歌两行泪，不知何地再逢君？"

一看肠一断，好去莫回头。

每回头看一次，就要承受一次肝肠寸断的痛苦。
还是好好离开吧，别再回顾了。

【解析】本诗诗题为《南浦别》。南浦，本指南边的水岸，后泛指送别之地。作者白居易在诗中抒发他不忍与人分别的离情愁绪，唯有控制自己不再频频回首，才能稍稍压抑那早已充塞满怀的哀伤。本句可用来形容别离时的感伤与哀戚。

【出处】唐·白居易《南浦别》诗："南浦凄凄别，西风袅袅秋。一看肠一断，好去莫回头。"

二十年来万事同，今朝歧路忽西东。

二十年来我们一同面对了许多的事情，
然而今天在这条岔路上，转眼间就要各分西东。

【解析】柳宗元和刘禹锡早年同时踏入仕途，后因卷入政治斗争，不断遭到贬谪。此诗为柳宗元、刘禹锡分别赴任柳州（位于今广西壮族自治区境内）和连州（位于今广东境内）刺史前的惜别之作，诗中道尽了他们一同历经了多年宦海沉浮的患难情谊。本句可用来形容与好友分别时的难舍之情。

【出处】唐·柳宗元《重别梦得》诗："二十年来万事同，今朝歧路忽西东。皇恩若许归田去，晚岁当为邻舍翁。"

人分千里外，兴在一杯中。

此去一别，我们将要相隔千里之遥，
趁着豪兴当前，就先喝下这一杯酒吧！

【解析】本句出自诗人李白的《江夏别宋之悌》。宋之悌，是诗人宋之问的弟弟，在前往贬地途中路过江夏（位于今湖北境内），李白特地前来送行。两人表面上把酒言欢，强作旷达，但彼此都知道来日再见并不容易，难掩眷眷之心。本句可用来形容与即将远行的亲友饮酒作别的情状。

【出处】唐·李白《江夏别宋之悌》诗："楚水清若空，遥将碧海通。人分千里外，兴在一杯中。谷鸟吟晴日，江猿啸晚风。平生不下泪，于此泣无穷。"

丈夫不作儿女别,临歧涕泪沾衣巾。

男人不会像小儿女分别那样牵恋不舍,在分手的岔路口哭得泪水沾湿衣巾。

【解析】作者高适于诗中描写他与一位韦姓好友道别时的情景,纵使心中万般难舍,个性豪迈的他也绝不轻易在人前流下男儿泪。本句可用来形容性格坚强的男子,与友离别时的情状。

【出处】唐·高适《别韦参军》诗:"……弹棋击筑白日晚,纵酒高歌杨柳春。欢娱未尽分散去,使我惆怅惊心神。丈夫不作儿女别,临歧涕泪沾衣巾。"(节录)

 ## 丈夫非无泪,不洒离别间。

堂堂男子汉不是没有眼泪,只是不愿意在别离的当下流出来而已。

【解析】作者陆龟蒙认为大丈夫应志在远方,个性勇敢坚强,即便面临离别依依,也要先抛开个人情感,为了更远大的功业去奋斗努力。本句可用来形容性情刚毅之人,临别之际,强忍悲伤的情状。

【出处】唐·陆龟蒙《别离》诗:"丈夫非无泪,不洒离别间。杖剑对尊酒,耻为游子颜。蝮蛇一螫手,壮士即解腕。所志在功名,离别何足叹?"

 ## 山回路转不见君,雪上空留马行处。

山路迂回环绕,不久便看不见你了,仅雪地上留下你骑马走过的印迹。

【解析】岑参描写他于塞外送别好友武判官后,返回京城长安时的情景。即使山路曲折,大雪纷飞,早已不见友人的身影,他仍久久驻足在雪地上不忍离去,足见两人情谊深厚。本句可用来形容与好友远别,内心惆怅难舍之情。

【出处】唐·岑参《白雪歌送武判官归京》诗:"……轮台东门送君去,去时雪满天山路。山回路转不见君,雪上空留马行处。"(节录)

 今日送君须尽醉,明朝相忆路漫漫。

今天为你送别,你一定要喝得大醉,因为明日一早我们就要分开,从此长路漫漫,只能互相想念对方了。

【解析】本诗诗题为《送李侍郎赴常州》。侍郎,古代官名,唐时为辅佐中书、门下、尚书三省长官处理国家政务的官员。作者贾至描写他为友人送行,今日两人近在咫尺,还能互诉衷肠,等到明日天各一方,相见不知何时,故今日的不醉不休就成了诗人抒发不舍离情的方式。本句可用来形容与友人饯别的依依别绪。

【出处】唐·贾至《送李侍郎赴常州》诗:"雪晴云散北风寒,楚水吴山道路难。今日送君须尽醉,明朝相忆路漫漫。"

 分手脱相赠,平生一片心。

即将分别的时候,把宝剑解下来送给你,表达我对你的一片心意。

【解析】本句出自孟浩然的《送朱大入秦》。朱大,是孟浩然的好友,因在家中排行老大,故称之。朱大即将远行,孟浩然为他饯行,竟把向来珍爱的宝剑送与朱大,两人的深厚交情不言而喻。本句可用来形容将自己珍视之物赠予分别之人,以表心中诚挚的情意。

【出处】唐·孟浩然《送朱大入秦》诗:"游人五陵去,宝剑值千金。分手脱相赠,平生一片心。"

日暮酒醒人已远,满天风雨下西楼。

黄昏酒醒时,友人已远,在风雨中,我独自走下了西楼。

【解析】本诗诗题为《谢亭送别》。谢亭,又名谢公亭,故址位于今安徽宣城市北郊,为纪念南齐时曾在此担任宣州太守的谢朓而得名。作者许浑在谢亭送别友人乘舟离去,自己则因不胜酒力而睡去,醒后早已不见行舟的踪影,在暮色苍茫、风雨凄迷中,黯然孤寂地步下楼来。诗人在诗中不直抒满怀离愁,而是借凄凉迷蒙的景色来衬托离情。本句可用来形容与友人分别后的愁绪。而其中"满天风雨下西楼"一句,另可用来形容重要人士在纷乱扰攘的局势中下台。

【出处】唐·许浑《谢亭送别》诗:"劳歌一曲解行舟,红叶青山水急流。日暮酒醒人已远,满天风雨下西楼。"

 ## 世情已逐浮云散,离恨空随江水长。

世俗人情已跟着浮云飘散而去,离别的苦楚却随着流水绵延无尽。

【解析】谪守巴陵(岳州的别称,位于今湖南境内)的贾至,为遭到贬官的好友送行。在政治上同是天涯沦落人的两人,更能深切感受人生的离合无常以及人情的冷暖厚薄。临别之际,两人格外相惜。本句可用来抒发与好友别离时的感伤。同时也可用于形容对世态炎凉不胜唏嘘的心境。

【出处】唐·贾至《巴陵夜别王八员外》诗:"柳絮飞时别洛阳,梅花发后到三湘。世情已逐浮云散,离恨空随江水长。"

 ## 正当今夕断肠处,黄鹂愁绝不忍听。

今晚我们就要在这里悲伤地道别,黄鹂鸟那充满悲愁的叫声让人不忍聆听。

【解析】本诗诗题为《灞陵行送别》。灞陵，在长安东南，原有一条灞水，是汉文帝陵墓所在地，故称之。当时附近有灞陵桥，是人们离开长安到各地去的必经路径，因此灞陵也就成了送别之地。诗中"黄鹂"，一说作"骊歌"，意指离别时所唱的歌曲。李白在诗中主要描述他和友人在灞陵惜别的场景，及其不忍友人离去的悲痛哀伤。本句可用来形容临别时不舍分手的惆怅。

【出处】唐·李白《灞陵行送别》诗："送君灞陵亭，灞水流浩浩。上有无花之古树，下有伤心之春草。我向秦人问路歧，云是王粲南登之古道。古道连绵走西京，紫阙落日浮云生。正当今夕断肠处，黄鹂愁绝不忍听。"

同作逐臣君更远，青山万里一孤舟。

作为臣子，我们同时被贬，而你要去的贬地比我的还要偏远，
青山延绵万里，只见你那艘孤舟渐行渐远。

【解析】作者刘长卿与一位姓裴的友人同时遭到朝廷贬官，而友人的贬地位于吉州，比他要去的地方更为荒远。两人在前往各自贬地途中分手话别，不免互相同情彼此的遭遇而感到无奈悲伤。本句可用来形容与同病相怜之人的惜别情意。

【出处】唐·刘长卿《重送裴郎中贬吉州》诗："猿啼客散暮江头，人自伤心水自流。同作逐臣君更远，青山万里一孤舟。"

死别已吞声，生别常恻恻。

与亲友的生死永别，必然会令人痛哭失声，
但与亲友的分隔两地，也会让人悲戚不已。

【解析】杜甫得知李白获罪入狱的消息后，时刻挂记着李白的

安危,唯恐好友遭遇不测。长期的忧虑思念,使杜甫体会到与亲友生别所带来的伤悲,实与死别予人的巨大哀痛是一样的。本句可用来形容面对生离死别的莫大恸绝。

【出处】唐·杜甫《梦李白》诗二首之一:"死别已吞声,生别常恻恻。江南瘴疠地,逐客无消息……"(节录)

 ## 孤帆远影碧空尽,唯见长江天际流。

船帆已经消失在青天的尽头,只见滔滔长江水往天边流去。

【解析】李白在黄鹤楼送别好友孟浩然去广陵,诗中描写孟浩然所搭的船早已消失在眼前,诗人仍伫立在原地翘首怅望,久久不忍离去,足见其与孟浩然的情谊极为深厚。本句可用来形容送别亲友时的依依惜别之情。

【出处】唐·李白《黄鹤楼送孟浩然之广陵》诗:"故人西辞黄鹤楼,烟花三月下扬州。孤帆远影碧空尽,唯见长江天际流。"

 ## 明日巴陵道,秋山又几重?

明天你要前往去巴陵的路上,
此去一别,不知要相隔几重的山岭了。

【解析】作者李益在诗中描写其与离散多年的表弟在旅途中偶然相遇,短暂聚首又马上要面临分开的情景,他一想到天明之后,表弟将出发通往巴陵的道路,从此两人山高水远,阻隔重重,下回再度聚晤不知该是多久以后的事呢?不禁涌上满怀的感伤。本句可用来表达聚散匆匆,再见不易的别情愁绪。

【出处】唐·李益《喜见外弟又言别》诗:"……别来沧海事,语罢暮天钟。明日巴陵道,秋山又几重?"(节录)

明日隔山岳,世事两茫茫。

明天分别后,我们就要隔着高山远阻,各自的音讯又将茫茫不得知了。

【解析】杜甫与故交老友二十年后再度相见,夜晚两人点烛共饮,互诉心声,因为到明日之后,彼此将远隔数重山岭,下一次的聚首恐怕又是遥遥无期。本句可用来形容与人道别时,有感世事无常,他日相逢不知何时的沉重心情。

【出处】唐·杜甫《赠卫八处士》诗:"……怡然敬父执,问我来何方?问答乃未已,驱儿罗酒浆。夜雨剪春韭,新炊间黄粱。主称会面难,一举累十觞。十觞亦不醉,感子故意长。明日隔山岳,世事两茫茫。"(节录)

 ## 松间明月长如此,君再游兮复何时?

松林间的明月,永远如此皎洁清亮,
只是不知何时才能再与你在此重游呢?

【解析】宋之问在诗中描写他于松林明月下,牵着一位佳人缓缓走下山来,面对佳人即将远行,诗人不禁想着,何时两人才能再次旧地重游?表达他渴望对方早日归来的心情。本句可用来形容与情人或友人离别,期盼能早日聚首同游的心情。

【出处】唐·宋之问《下山歌》诗:"下嵩山兮多所思,携佳人兮步迟迟。松间明月长如此,君再游兮复何时?"

 ## 长安陌上无穷树,唯有垂杨管别离。

长安的街道上栽种了无数树木,只有杨柳树管人与人之间的离别。

【解析】由于柳树的"柳"谐音双关留恋的"留",故古来有折柳赠别的习俗。刘禹锡诗中的"垂杨绾别离"之说，意即杨柳最懂得人间别离的感情，借此表达其与友人饯别时的依依不舍。本句可用来形容不忍离别的绵绵情意。

【出处】唐·刘禹锡《杨柳枝词》诗九首之八："城外春风吹酒旗，行人挥袂日西时。长安陌上无穷树，唯有垂杨管别离。"

 ## 春风知别苦，不遣柳条青。

春风一定知道离别的痛苦，所以不愿让柳条变青。

【解析】本诗诗题为《劳劳亭》。劳劳亭，故址位于今江苏南京市西南，亭旁栽有柳树，为古时送别之地。李白因与人送别时正值初春，见柳条尚未转青，无枝可折，便想象春风有着一颗多愁善感的心，因不忍见人折柳送别的场面，所以故意不让柳条转青，足见离别带给人们的伤痛程度有多么深。本句可用来形容不忍惜别的心绪。

【出处】唐·李白《劳劳亭》诗："天下伤心处，劳劳送客亭。春风知别苦，不遣柳条青。"

 ## 柳条折尽花飞尽，借问行人归不归？

柳条折尽了，杨花也已飞尽，
想要借问一声，远行的人何时才回来呢？

【解析】古人取"柳"和"留"的谐音，有折柳饯别友朋的习俗，借此表达彼此的依依情意。诗人在这首诗中借着柳条折尽、柳絮飞尽等情状，寄寓不忍与友人分别的深情，又借送行者之口，询问远行者的归返日期，表达盼望能和友人早日相逢的心情。本句可用来形容与友人送别时的离情愁绪。

【出处】隋·佚名《送别诗》诗:"杨柳青青着地垂,杨花漫漫搅天飞。柳条折尽花飞尽,借问行人归不归?"

 相知无远近,万里尚为邻。

朋友之间相互交心,不分远近距离,
纵使相隔万里也像比邻一般亲近。

【解析】本名句出自唐代诗人张九龄的《送韦城李少府》诗。少府,古代官名,在唐代多指县尉,为辅佐县令的官员。这是张九龄送别友人之作,意在宽慰对方不要为了别离而感到伤悲,只要彼此心意相通、情意真切,不管实际距离有多么遥远,也必能感受到好友如在身边一样。本句可用于与亲友惜别时的安慰语,强调知己相交不会在乎距离的远近。

【出处】唐·张九龄《送韦城李少府》诗:"送客南昌尉,离亭西候春。野花看欲尽,林鸟听犹新。别酒青门路,归轩白马津。相知无远近,万里尚为邻。"

 相望知不见,终是屡回头。

明知已经离得很远,无论如何也看不见对方了,
却还是忍不住一次又一次回首相望。

【解析】船行在淮水上的皇甫曾,途中暂停在渔仔沟(即渔沟,位于今江苏淮安市境内),内心仍牵挂着早已远行的友人。虽说人生聚散乃不得已,也知道再也望不见对方的身影,却仍不死心地频频回顾,足见其与友人情谊之深。本句可用来形容依依不舍的离情。

【出处】唐·皇甫曾《渔子沟寄赵员外裴补阙》诗:"欲逐淮潮上,暂停渔子沟。相望知不见,终是屡回头。"

桃花潭水深千尺，不及汪伦送我情。

桃花潭里的水深达千尺，也比不上汪伦为我送别的这番情意深。

【解析】李白准备要乘船离开桃花潭，好友汪伦到船边为他送行。李白借用桃花潭的水深千尺来对比汪伦对自己的浓厚情谊。本句可用来形容与送别者之间的深情厚谊。

【出处】唐·李白《赠汪伦》诗："李白乘舟将欲行，忽闻岸上踏歌声。桃花潭水深千尺，不及汪伦送我情。"

 ## 浮云游子意，落日故人情。

天上飘浮的云，就像游子的行踪一样无定处。
夕阳缓缓地落下，就仿佛送别好友的心情一样不忍离去。

【解析】这是李白为送别友人而作。他在诗中以往来无定迹的浮云，喻比游子的漂泊不定，又以依恋天际的落日余晖，暗喻送行亲友的不舍心情。本句可用来表达对即将远游之人的惜别之情。

【出处】唐·李白《送友人》诗："青山横北郭，白水绕东城。此地一为别，孤蓬万里征。浮云游子意，落日故人情。挥手自兹去，萧萧班马鸣。"

 ## 海内存知己，天涯若比邻。

只要视彼此为知己，纵使相隔天涯也像是近在比邻。

【解析】王勃在长安为即将到蜀州（位于今四川省境内）上任县尉的友人送行，劝慰好友不要伤悲，深信真挚的情谊不会因距离遥远而转淡。清代女学者陈婉俊在《唐诗三百首补注》中评曰："赠别不作悲酸语，魄力自异。"本句可用于别离时的宽慰语。

【出处】唐·王勃《送杜少府之任蜀州》诗："城阙辅三秦，风烟望五津。与君离别意，同是宦游人。海内存知己，天涯若比邻。无为在歧路，儿女共沾巾。"

衰兰送客咸阳道，天若有情天亦老。

长安城外的道路旁，兰花因为送别（金铜仙人）都伤心到枯萎了，假若上天有感情的话，也会为此悲伤到衰老。

【注释】咸阳道：此指长安城外的道路。咸阳，为秦朝国都，因离长安不远，此代指长安。

【解析】本句出自唐朝诗人李贺的《金铜仙人辞汉歌》。金铜仙人本为汉武帝所铸造，供求仙之用，到了三国魏明帝时将它们从长安迁至洛阳。李贺在诗中把金铜仙人拟人化，塑造它们对汉宫的不舍眷恋以及被迫离去前的满怀愁恨。本句可用来抒发不忍离别的悲痛。

【出处】唐·李贺《金铜仙人辞汉歌》诗："茂陵刘郎秋风客，夜闻马嘶晓无迹。画栏桂树悬秋香，三十六宫土花碧。魏官牵车指千里，东关酸风射眸子。空将汉月出宫门，忆君清泪如铅水。衰兰送客咸阳道，天若有情天亦老。携盘独出月荒凉，渭城已远波声小。"

荷笠带夕阳，青山独归远。

看着你肩负斗笠，仿佛带着夕阳的余晖，独自回到那遥远的青山。

【解析】诗中"夕阳"一说作"斜阳"。刘长卿描写其于黄昏目送灵澈上人渐行渐远的背影返回寺院时的情景，一方面表达了两人之间的真挚友谊，另一方面也展现出灵澈这位方外之士潇洒出尘的神情意态。本句可用来形容送别友人在落日夕照下独自远去。

【出处】唐·刘长卿《送灵澈上人》诗:"苍苍竹林寺,杳杳钟声晚。荷笠带夕阳,青山独归远。"

莫愁前路无知己,天下谁人不识君?

请不必担忧日后找不到知心好友,天底下有哪个人不认识您呢?

【解析】本诗诗题为《别董大》。董大,一般认为是唐玄宗时的著名乐师董庭兰,因在兄弟中排行第一,故称之。此为诗人高适为董庭兰送别之作,诗人在诗中安慰好友不要为离别而感到忧伤,他相信凭借着董庭兰的卓越才情和美好名声,不管到哪里都会为人所识。本句可用来劝勉即将远行的人勇敢前行,并祝福未来前程似锦。另可用来赞美某人的才气和声誉天下皆知。

【出处】唐·高适《别董大》诗二首之一:"千里黄云白日曛,北风吹雁雪纷纷。莫愁前路无知己,天下谁人不识君?"

数声风笛离亭晚,君向潇湘我向秦。

离亭中随风传来阵阵笛声,天色渐渐昏暗,你要向潇湘的方向远行,而我将前往秦地。

【注释】潇湘:此代指湖南一带。潇,指的是湖南境内的潇水。湘,指的是湖南境内的湘江。

秦:此代指京城长安。

【解析】郑谷在扬州淮水边与友人道别,对方准备启程往南去潇湘,而诗人即将北行至秦地,两人在临歧路上的离亭饯别,之后就要天涯异途,席间笛声悠扬凄婉,更添离情依依。本句可用来形容宴饯友人,从此各奔前程。

【出处】唐·郑谷《淮上与友人别》诗:"扬子江头杨柳春,杨花愁杀渡江人。数声风笛离亭晚,君向潇湘我向秦。"

请君试问东流水,别意与之谁短长?

问问东流的江水,比起你我这番离别之情,到底是谁短谁长呢?

【解析】李白即将离开金陵(位于今江苏南京市),这里的青年朋友设宴为他饯别,时光在痛快畅饮中无情地逝去,诗人纵使心中不舍也终要踏上旅程,于是便借着奔流无尽的江水,表达对朋友的惜别离情。本句可用来形容离别时的情意深远绵长。

【出处】唐·李白《金陵酒肆留别》诗:"风吹柳花满店香,吴姬压酒唤客尝。金陵子弟来相送,欲行不行各尽觞。请君试问东流水,别意与之谁短长?"

 ## 劝君更尽一杯酒,西出阳关无故人。

劝你再喝一杯酒,因为向西走出了阳关后,便很难再遇见老朋友了!

【注释】阳关:故址位于今甘肃敦煌市西南,为中原通往西域的要道。

【解析】诗题一作《渭城曲》。渭城,位于今陕西咸阳市。此为王维在渭城客舍为友人出使安西前的饯别之作。由于此行一去,路程遥远艰辛,王维生怕他日相逢不易,故劝友人饮尽杯中的酒,表达其不忍离别之情。本句可用来形容饯行时的离情依依。

【出处】唐·王维《送元二使安西》诗:"渭城朝雨浥轻尘,客舍青青柳色青。劝君更尽一杯酒,西出阳关无故人。"

八、触景生情

一片花飞减却春,风飘万点正愁人。

花瓣一片片飞落,春色也渐渐褪去,
看着风吹下万点落花的情景,使人不自觉地忧愁了起来。

【解析】杜甫从眼前落花凋零的景象感受到春日将尽的氛围,他看着那些曾在今春盛开的绚丽花朵随风飞去,不禁对万物的兴衰消长感慨万千。明末学者陆时雍在《唐诗镜》中评曰:"首四语情法俱胜,既怕看花飞,又欲看飞花之尽,伤春惜春,流连无已。"本句可用来形容见到春尽花残之景,引发内心的伤感愁绪。

【出处】唐·杜甫《曲江》诗二首之一:"一片花飞减却春,风飘万点正愁人。且看欲尽花经眼,莫厌伤多酒入唇……"(节录)

人面不知何处去,桃花依旧笑春风。

如今那位可与桃花争艳的女子已不知身在哪里,只留下桃花依然在春风里含笑盛开着。

【解析】崔护在相隔一年后重游长安城南,但去年同日在此地偶遇的那位心仪女子却已不见芳踪。他心中怅然若失,只好在深锁的门扉上题诗,抒发这段重访未遇的落寞心情。本句可用来形容景物依旧,人事已非的感伤。诗中两句合成"人面桃花"一语,另可用来形容女子容貌美丽,可与桃花争艳。

【出处】唐·崔护《题都城南庄》诗："去年今日此门中，人面桃花相映红。人面不知何处去，桃花依旧笑春风。"

山川满目泪沾衣，富贵荣华能几时？

山岳川河满眼尽是荒芜，哭得衣服都被泪水给沾湿了，
人生的财富地位究竟能够荣显多久呢？

　　【解析】本诗诗题《汾阴行》。汾阴，位于今山西运城市境内。作者李峤在这首诗中先是描写西汉汉武帝巡幸河东，祭祀汾阴后土时的盛况，之后笔锋一转，写到汉朝国力衰微、江山易主，山河满目疮痍，昔日荣景不再，两相对比，让诗人为之潸然涕下。本句可用来抒发目睹世事沧桑多变，引发盛衰无常的慨叹。

　　【出处】唐·李峤《汾阴行》诗："……昔时青楼对歌舞，今日黄埃聚荆棘。山川满目泪沾衣，富贵荣华能几时？不见只今汾水上，唯有年年秋雁飞。"（节录）

山暝听猿愁，沧江急夜流。

山色暗淡，耳边传来猿猴发出的悲鸣，勾起内心无限愁绪，
江水苍茫，在夜里奔腾急流。

　　【解析】夜宿江边的孟浩然借写山中猿猴悲伤的鸣声，以及苍茫江水奔流的凄冷景象，激荡出异乡游子的悲愁情绪。本句可用来形容旅人在旅途中因所闻所见而兴起哀伤之情。

　　【出处】唐·孟浩然《宿桐庐江寄广陵旧游》诗："山暝听猿愁，沧江急夜流。风鸣两岸叶，月照一孤舟……"（节录）

今夜月明人尽望,不知秋思落谁家?

今晚圆月明亮,人人都在仰望天上明月,
但不知望月引起的秋思会落在谁的家里呢?

【解析】王建于诗中描写自己在秋夜里仰望天上的一轮明月,不禁勾起内心无限的愁思,使其更加怀想在远方的亲友。本句可用来形容因望月而兴起的思念之情。

【出处】唐·王建《十五夜望月寄杜郎中》诗:"中庭地白树栖鸦,冷露无声湿桂花。今夜月明人尽望,不知秋思落谁家?"

 ## 天阶夜色凉如水,坐看牵牛织女星。

皇宫中的石阶前,月色清凉如水,坐卧着仰望天上的牵牛星和织女星。

【解析】诗中"坐看"一说作"卧看"。本诗一说是在描写少女秋夜观星的情状,另一说是在描写宫女长年深居宫中,内心孤独寂寞,秋夜见天上的牵牛、织女星而产生了对爱情的向往。本句可用来形容深夜观星,仰看牵牛、织女星时萌生对爱情的渴盼。

【出处】唐·杜牧《秋夕》诗:"银烛秋光冷画屏,轻罗小扇扑流萤。天阶夜色凉如水,坐看牵牛织女星。"

 ## 天意怜幽草,人间重晚晴。

上天爱怜长在幽暗处的小草,人们看重的是黄昏时的晴朗天光。

【解析】李商隐于初夏傍晚时分登高远眺,其见生长在幽僻处的小草沐浴在晴朗的天光下,不禁有感而发,体悟到上天和人世间的情感一样,都分外珍惜那些匆匆即逝的美好事物。本句可用来形容景色短暂匆促,更易引起人们的关爱重视。

【出处】唐·李商隐《晚晴》诗:"深居俯夹城,春去夏犹清。天意怜幽草,人间重晚晴。并添高阁迥,微注小窗明。越鸟巢干后,归飞体更轻。"

日出远岫明,鸟散空林寂。

太阳出来,照亮了远方层层叠叠的山峦,鸟群散去,山林更加空旷寂静。

【注释】岫:峰峦。

【解析】本诗为隋代重臣杨素所作的《山斋独坐赠薛内史》诗。内史,古代官名,隋代将掌理国家机要大事的中书省,改名为内史省,称长官为内史令,副官为内史侍郎。此为幽居深山的杨素寄与官拜内史侍郎的好友薛道衡之作,诗人在诗中描写旭日初升,照进树林里的阳光惊动了原本在栖息的小鸟,待群鸟纷纷飞离后,山林比先前更为阒静,借此抒发他山居生活的寂寞情怀,进而表达期待好友上山互诉衷情的愿望。本句可用来形容山中人的孤寂心情。

【出处】隋·杨素《山斋独坐赠薛内史》诗:"居山四望阻,风云竟朝夕。深溪横古树,空岩卧幽石。日出远岫明,鸟散空林寂。兰庭动幽气,竹室生虚白。落花入户飞,细草当阶积。桂酒徒盈樽,故人不在席。日落山之幽,临风望羽客。"

月落乌啼霜满天,江枫渔火对愁眠。

月亮落下,乌鸦啼叫,寒霜满天,客居船上的我,对着江边的枫树、渔舟的灯火,伴着忧愁入眠。

【解析】张继在这首诗中主要描写羁旅在外的游子,随客船夜晚停泊在枫桥时所见所闻的景致以及对寒意的感受,借此抒发其心中的愁思。本句可用来形容秋夜江边弥漫着一股幽寂清冷的氛围，引发旅人的孤寂离愁。

【出处】唐·张继《枫桥夜泊》诗："月落乌啼霜满天，江枫渔火对愁眠。姑苏城外寒山寺，夜半钟声到客船。"

世间无限丹青手，一片伤心画不成。

即使世间无数技艺高超的画师，也无法描绘出我此刻的悲伤心境。

【解析】身处在国势衰微、政局动乱的晚唐王朝，高蟾于秋日傍晚登上金陵远望。他看着浮云落日映照着这座昔日繁华的旧朝帝都，抚今追昔，怀想如今国家走向了衰落倾崩之途，心头不由涌上一股笔墨难以描绘出的沉郁伤悲。本句可用来形容人伤心到了极点时的切肤痛楚。

【出处】唐·高蟾《金陵晚望》诗："曾伴浮云归晚翠，犹陪落日泛秋声。世间无限丹青手，一片伤心画不成。"

同来玩月人何在？风景依稀似去年。

曾经和我一起同来赏月的人如今在哪里呢？
只有风景仿佛还和去年一样啊！

【解析】诗中"何在"一说作"何处"。赵嘏重返去年曾和友人同游的江边高楼，见周遭景色和去年来时大致相同，想着那位陪同自己共赏江月的友人，今年却不知身在何方，故写此诗抒发心中的惆怅。本句可用来形容重游旧地时兴起风景依旧、人事已非的感慨。

【出处】唐·赵嘏《江楼感旧》诗："独上江楼思渺然，月光如水水如天。同来玩月人何在？风景依稀似去年。"

江雨霏霏江草齐,六朝如梦鸟空啼。

江河上下着绵绵细雨,江岸上的草挺秀整齐,
繁华六朝如梦幻一场,如今只留下鸟儿空自悲啼。

【注释】六朝:由于三国吴、东晋和南朝宋、齐、梁、陈六个朝代相继建都于建康,故称之。建康,也称金陵,位于今江苏南京市。

【解析】诗题一作《台城》。台城,为六朝时期中央政府及皇宫所在地,故址位于今江苏南京市玄武湖畔,亦称"苑城"。韦庄在诗中描写台城江边烟雨蒙蒙、草绿鸟啼,不禁让他遥想起六朝曾建都在此地时那些纸醉金迷的往事,如今物换星移、春景犹在,皇城却早已残败不堪。本句可用来形容在春日淫雨中怀想如烟过往,抒发物是人非的哀思。

【出处】唐·韦庄《金陵图》诗:"江雨霏霏江草齐,六朝如梦鸟空啼。无情最是台城柳,依旧烟笼十里堤。"

 ## 西风残照,汉家陵阙。

秋风中,夕阳的余晖映照着汉代帝王留下的荒凉陵墓。

【解析】李白因目睹京城长安历经动乱后的破败荒芜,故词中借萧飒秋风和落日余晖照耀古代汉家帝王陵墓的悲凉景象,抒发其对历代盛衰兴替的慨叹。本句可用来形容因见沧桑古事古物而兴起追思与感喟。

【出处】唐·李白《忆秦娥·箫声咽》词:"箫声咽,秦娥梦断秦楼月。秦楼月,年年柳色,灞陵伤别。乐游原上清秋节,咸阳古道音尘绝。音尘绝,西风残照,汉家陵阙。"

念天地之悠悠,独怆然而涕下。

想到天地的恒久与宽广,止不住独自感到悲伤而流下泪来。

【解析】本句出自陈子昂的《登幽州台歌》。幽州台,相传是战国燕昭王筑以用来招纳贤士的楼台,故址一说位于今北京市境内,另一说位于今河北保定市境内。一直不为武后所用的陈子昂,登上这座曾有明君礼贤好士的楼台,远望广漠无垠的天地,再回头看着正苦于报国无门的自己,两相对比,不禁兴起天地之大竟无人可以理解自己的悲寂。本句可用来形容天地广阔、无穷无尽及人的渺小与内心的孤独。

【出处】唐·陈子昂《登幽州台歌》诗:"前不见古人,后不见来者。念天地之悠悠,独怆然而涕下。"

 花明柳暗绕天愁,上尽重城更上楼。

明艳的百花和深色的绿柳相互对映,愁绪有如天际一样无限高远,就像尽力登上一层层的城楼后,才发现更高的楼还在前方。

【解析】本诗诗题《夕阳楼》,夕阳楼,故址位于今河南郑州市境内,为古时郑州名胜之一。李商隐在诗中描写他费尽心力登上高楼,纵使满目繁花绿柳,他却愁比天高,心中生出一股不管如何努力,距离人生目标仍是非常遥远的无奈。本句可用来形容心情郁闷、有心事、精神压力沉重、难以解脱的心境。

【出处】唐·李商隐《夕阳楼》诗:"花明柳暗绕天愁,上尽重城更上楼。欲问孤鸿向何处?不知身世自悠悠。"

 花近高楼伤客心,万方多难此登临。

在这个遍地烽火的乱世,我登上高楼,看见群花围楼的优美景致,反令流离他乡的人感到伤心。

【解析】面对国家多事之秋，满怀忧愤的杜甫登临高楼，此时纵有春花美景当前，内心却仍是愁绪万千，眼前的盛景反而更衬出诗人的一腔哀情。本句可用来抒发忧国伤时的游子在外看见繁花锦簇的景象，心情却是更加沉痛悲伤。

【出处】唐·杜甫《登楼》诗："花近高楼伤客心，万方多难此登临。锦江春色来天地，玉垒浮云变古今。北极朝廷终不改，西山寇盗莫相侵。可怜后主还祠庙，日暮聊为梁甫吟。"

 ## 芳心向春尽，所得是沾衣。

多情的花朵只为春天而盛开，等到春天走了，
只留下凋零的花瓣沾满了人的衣衫。

【解析】李商隐通过描写春尽花落的景象，表达了自己爱惜春花的执着情意，不舍看见花朵残败飘零。诗意隐含悲怜自己的处境如同落花一样，一片芳心深情，却躲不过无情命运的摧残。本句可用来形容伤春自怜的心境。

【出处】唐·李商隐《落花》诗："高阁客竟去，小园花乱飞。参差连曲陌，迢递送斜晖。肠断未忍扫，眼穿仍欲归。芳心向春尽，所得是沾衣。"

 ## 芳树无人花自落，春山一路鸟空啼。

开满芬芳花朵的树木，无人前来欣赏，任花自行零落，
春天的山上鸟儿空自啼唱，也无人前来倾听。

【解析】安史之乱后，李华经过昔日风光明媚、游客众多的宜阳（位于今河南洛阳市境内）城下，但此时看来却是渺无人烟、满目荒凉。诗中以"花自落""鸟空啼"抒发眼前景物除大自然的花鸟之外，其余尽是荒寞凄凉，表达了战争带给人们生活莫大

影响的怅惘。本句可用来形容大地寂静荒凉的景象。

【出处】唐·李华《春行即兴》诗："宜阳城下草萋萋，涧水东流复向西。芳树无人花自落，春山一路鸟空啼。"

春水船如天上坐，老年花似雾中看。

春天的水涨高，坐船有如在天上飞一样，年纪已老，两岸的春花看来就像在雾中一般朦胧不清。

【解析】本句出自杜甫的《小寒食舟中作》。小寒食，指的是寒食日的前一天或后一天。晚年的杜甫乘着小舟，在浩漫的江河上过寒食节，此时的他已老眼昏花，眼前娇美的春花也犹如迷雾般模糊，故诗中隐含一股时光不再、兴致索然的意味。本句可用来形容人老眼花，纵使美景当前也无法看清的感伤。

【出处】唐·杜甫《小寒食舟中作》诗："佳辰强饮食犹寒，隐几萧条带鹖冠。春水船如天上坐，老年花似雾中看……"（节录）

春来遍是桃花水，不辨仙源何处寻。

春天来时，到处都是桃花春水，根本分辨不出要去哪里寻找桃花源了。

【解析】桃花源的故事起于晋朝的陶渊明，叙述一渔夫捕鱼时，误入桃花源，那是一个没有战争、民风淳朴、自给自足的环境。故事脍炙人口，流传极广。王维借用这个故事而作成此诗。描写故事里渔夫驾舟逐水，进入桃花源，渔夫虽对此境心存向往，但因尘心未尽，打算先返乡辞别家人，孰知再回来时，只见桃花春水，但已遍寻不着桃源。本句可用来形容旧地难寻，只能追忆过往美好的怅然。

【出处】唐·王维《桃源行》诗："……当时只记入山深，青溪几度到云林？春来遍是桃花水，不辨仙源何处寻。"（节录）

相见时难别亦难，东风无力百花残。

相见不容易，分离也是同样痛苦难堪，更何况在这暮春时节，东风已逐渐无力，百花也纷纷凋零。

【解析】李商隐在这首诗中借景抒情，描写在东风渐收、百花凋谢的春天尾声中，饱受情思煎熬的人不禁被眼前凄清的氛围所感染，更添心中伤感。本句可用来形容聚首不易，别离时难舍难分的悲伤心情。

【出处】唐·李商隐《无题》诗："相见时难别亦难，东风无力百花残。春蚕到死丝方尽，蜡炬成灰泪始干。晓镜但愁云鬓改，夜吟应觉月光寒。蓬山此去无多路，青鸟殷勤为探看。"

相思相见知何日？此时此夜难为情。

想念你，想见你，不知等到何日才能见到你？这样的时间，这样的夜晚，实在难以压抑对你的情感。

【解析】李白在秋夜里见月色分外明亮，令他想起心中思念却不易相见之人，不禁愁绪满怀，不能自已。本句可用来形容对恋人或友人的满心思念。

【出处】唐·李白《三五七言诗》诗："秋风清，秋月明。落叶聚还散，寒鸦栖复惊。相思相见知何日？此时此夜难为情。"

秋阴不散霜飞晚，留得枯荷听雨声。

秋天的阴云连日不散，霜期也来得晚，留下满池枯残的荷叶，夜里只听到雨点打在荷叶上的声音。

【解析】秋天的夜晚，李商隐寄宿在长安郊外灞陵一位骆姓人家的亭馆，在寂寥中怀念远方的从表兄弟崔雍、崔衮而作此诗。诗人在诗中通过描写屋外阴雨绵绵，听着淅沥小雨敲打残荷的声响，委婉表达彻夜不眠，听雨怀人及只身在外的寂寞心声。本句可用来形容雨夜难眠、思念亲友的心情。

【出处】唐·李商隐《宿骆氏亭寄怀崔雍崔衮》诗："竹坞无尘水槛清，相思迢递隔重城。秋阴不散霜飞晚，留得枯荷听雨声。"

野旷天低树，江清月近人。

旷野无边，远方的天空看起来比近处的树木还要低，江水清澈，月影倒映在水面上，月亮看起来与人极为亲近。

【解析】本诗诗题为《宿建德江》。建德江，指的是新安江流经建德（位于今浙江杭州市境内）的一段江水。孟浩然漫游越地时，夜泊建德江边，本是愁肠百结的诗人，见到天地辽阔、原野苍茫、江水清澄、月影可人的情景，便将满怀寂寞愁绪寄托于眼前风景，压抑在心头的苦闷也因而得到了慰藉。本句可用来形容原野清旷、水月伴人的自然美景。

【出处】唐·孟浩然《宿建德江》诗："移舟泊烟渚，日暮客愁新。野旷天低树，江清月近人。"

鸟声争劝酒，梅花笑杀人。

鸟儿的鸣声像是在劝人喝酒，梅花的神情仿佛在取笑我的样子。

【解析】隋炀帝杨广曾多次耗费巨资行船巡幸江都（即扬州），此诗为作者某年春日亲临江都时所作。诗中将大自然的花鸟拟人化，唧唧鸟声如在劝自己狂饮无妨，娇艳春花宛若在讥笑他的醉酒失态。巧合的是，数年后的三月，隋炀帝在江都为部下所弑，后人直指隋炀帝的下场是春神的报应，诗句"梅花笑杀人"好似预谶了隋炀帝日后的命运。本句可用来形容醉酒时，周遭自然景观仿佛与人心意交流。

【出处】隋·隋炀帝杨广《幸江都作诗》诗："求归不得去，真成遭个春。鸟声争劝酒，梅花笑杀人。"

寒鸦飞数点，流水绕孤村。

斜阳的暮色照着乌鸦在天空翻飞的身影，流水静静地环绕着孤寂的村庄。

【解析】隋炀帝杨广借写"寒鸦""孤村"等眼前所见寂寥荒寒的景状，抒发心中惆怅低落的心境。本句可用来形容落日荒村萧瑟冷清的景象。

【出处】隋·隋炀帝杨广《诗》诗："寒鸦飞数点，流水绕孤村。斜阳欲落处，一望黯消魂。"

残星几点雁横塞，长笛一声人倚楼。

天空依稀残余几点星光，群雁横越关塞，
耳边传来了有人正倚楼吹笛的乐音。

【解析】寓居长安的赵嘏在晚秋时分，天快拂晓前，仰望星空下雁阵归返南方，此时忽然听到有人斜靠高楼吹奏出凄婉的笛声，使其顿生思归之情。因诗中"长笛一声人倚楼"一句为人传诵，使赵嘏声名大噪，而有了"赵倚楼"的雅号。本句可用来形容因景生情，思念家乡的情感。

【出处】唐·赵嘏《长安秋望》诗："云物凄凉拂曙流，汉家宫阙动高秋。残星几点雁横塞，长笛一声人倚楼。紫艳半开篱菊静，红衣落尽渚莲愁。鲈鱼正美不归去，空戴南冠学楚囚。"

无情最是台城柳,依旧烟笼十里堤。

最无情的就是台城的杨柳,
(无论世事如何沧桑变化)它们依旧像轻烟般笼罩在十里长堤上。

【解析】诗题一作《台城》。此为韦庄凭吊六朝古都台城之作,诗人表面上虽言台城的柳树最为无情,实是借杨柳堆烟、茂盛如昔之美景,昭示台城昔日的荣景早已不复存在,仅存一城破败遗址,以反衬心中对朝代兴衰、人世沧桑的沉重伤痛。本句可用来抒发不论世事如何变化,景物依旧如故的慨叹。其中"依旧烟笼十里堤"一句,另可用来比喻某些事物长久以来兴盛不衰。

【出处】唐·韦庄《金陵图》诗:"江雨霏霏江草齐,六朝如梦鸟空啼。无情最是台城柳,依旧烟笼十里堤。"

蛱蝶纷纷过墙去,却疑春色在邻家。

蝴蝶一只只飞过墙去,
让人疑心春天的景色是不是只在隔壁邻居的家里。

【解析】作者王驾在雨后漫步庭园时,发现雨前所见的花朵多已残败零落,又见蝴蝶翩翩飞过墙壁,不由得兴起美好的春光被邻人悄悄偷去的念头,语气中流露出对满园残春景象的叹息不舍。本句可用来形容见景生情,心生寻春、惜春之意。其中"却疑春色在邻家"一句,另可用来比喻怀疑自己的心爱事物为他人所占。

【出处】唐·王驾《雨晴》诗:"雨前初见花间蕊,雨后兼无叶里花。蛱蝶纷纷过墙去,却疑春色在邻家。"

鸿雁不堪愁里听,云山况是客中过。

心中怀抱愁苦的人,最不忍听闻大雁的鸣声,
更何况冷寂云山是你旅途必定经过的地方啊!

【解析】魏万是作者李颀的忘年之交，魏万入京前，李颀作诗为他送别，诗人在诗中想象好友于旅程中听着天空传来鸿雁的哀鸣，独自一人对着冷寂的云山，内心的落寞神伤可想而知。本句可用来形容出外游子因景伤怀，心境凄凉。

【出处】唐·李颀《送魏万之京》诗："朝闻游子唱离歌，昨夜微霜初渡河。鸿雁不堪愁里听，云山况是客中过。关城树色催寒近，御苑砧声向晚多。莫见长安行乐处，空令岁月易蹉跎。"

 馨香岁欲晚，感叹情何极。

花期就要结束，芳草的香气也快要消失，我心中的感慨无穷无尽。

【解析】张九龄被贬谪外地时，眼看时序即将迈入秋天，不忍空谷幽兰转眼就要被露水摧残而逐渐凋零，芳香也随着花谢而消逝，因而兴起怜花悲秋的喟叹。本句可用来形容芳草逢秋、花季已晚的悲叹。另可用来比喻人或事物虽然美好，但仍躲不过岁月催促而衰老或消歇的遗憾。

【出处】唐·张九龄《感遇》诗十二首之十："汉上有游女，求思安可得。袖中一札书，欲寄双飞翼。冥冥愁不见，耿耿徒缄忆。紫兰秀空蹊，皓露夺幽色。馨香岁欲晚，感叹情何极。白云在南山，日暮长太息。"

 兰浦苍苍春欲暮，落花流水怨离琴。

兰草茂盛地在水边生长，今年的春天就快要过去了，
落下的花瓣随着流水而去，耳边传来离别的琴声，让人平添几许的怨尤。

【解析】作者李群玉描写其在暮春送别友人时，看着凋零的落花被水流带走的情景，听着哀怨的乐音，心中的别情愁绪更为浓

烈。本句可用来形容见到暮春残败萧瑟之景，进而勾起内心的感伤情绪。

【出处】唐·李群玉《奉和张舍人送秦炼师归岑公山》诗："仙翁归卧翠微岑，一夜西风月峡深。松径定知芳草合，玉书应念素尘侵。闲云不系东西影，野鹤宁知去住心。兰浦苍苍春欲暮，落花流水怨离琴。"

九、爱国之情

不求生入塞，唯当死报君。

不奢求有生之年能从边塞活着返回，
唯有以死报答君王才是战士理当应尽的责任。

【解析】骆宾王在诗中表达从军乃是为了保卫国家、尽忠君王，纵使最后必须牺牲自己的生命也在所不惜。本句可用来形容战士视死如归的爱国情操。

【出处】唐·骆宾王《从军行》诗："平生一顾重，意气溢三军。野日分戈影，天星合剑文。弓弦抱汉月，马足践胡尘。不求生入塞，唯当死报君。"

沙场碛路何为尔？重气轻生知许国。

为什么要奔走在前往战场的沙漠道路上？
那是因为重视义气而轻忽生命，决心以身报效国家的缘故。

【解析】本句出自唐朝张说的《巡边在河北作》。河北，指的是唐朝的河北道，位于今北京市、河北以及周边部分地区，因位于黄河以北，故称之。唐玄宗开元年间，官拜兵部尚书的张说受命到北方巡边，作此诗以表达自己看重气节，不惜牺牲生命也要报效朝廷的壮志豪情。本句可用来形容重视义气节操、矢志尽忠报国的情怀。

【出处】唐·张说《巡边在河北作》诗："去年六月西河西，今年六月北河北。沙场碛路何为尔？重气轻生知许国。人生在世能几时？壮年征战发如丝。会待安边报明主，作颂封山也未迟。"

报君黄金台上意，提携玉龙为君死。

为报答君王的知遇恩情，手提着宝剑愿意为君王而死。

【注释】黄金台：相传战国燕昭王在易水附近筑黄金台，台上放了很多黄金，以招揽四方豪杰。后也用来代指招揽天下贤良的地方。此以黄金台代指君王的赏识提携之情。

【解析】本句出自唐朝诗人李贺的《雁门太守行》。雁门，为古郡名，位于今山西境内，为唐朝和北方突厥部族的边境地带。《雁门太守行》，为古乐府的曲调名，多以边地战事为主题。李贺在诗中先是描写守卫边防的唐军将士与敌人浴血奋战时的紧迫情势，诗末又援引战国燕昭王筑黄金台，不惜重金招揽贤士一事，表达出战场将士为了报答君王的恩遇，纵使牺牲生命也在所不辞。本句可用来形容军人将士为感谢国家的栽培和重用，誓死报效的精神。

【出处】唐·李贺《雁门太守行》诗："黑云压城城欲摧，甲光向日金鳞开。角声满天秋色里，塞上燕脂凝夜紫。半卷红旗临易水，霜重鼓寒声不起。报君黄金台上意，提携玉龙为君死。"

黄云陇底白云飞，未得报恩不得归。

大风在山下扬起滚滚黄沙，白云在天上飘飞，
没有立功报效国恩便不打算回家。

【解析】作者李颀描写从军男儿在塞外见到狂沙卷云、风沙弥漫连天的壮丽景色，兴起了他思念亲人的情怀，但大敌当前，国恩未报，无论如何都要打胜仗，光荣返回故乡。本句可用来形容战士誓言在战场上立功的决心。

【出处】唐·李颀《古意》诗："男儿事长征，少小幽燕客。赌胜马蹄下，由来轻七尺。杀人莫敢前，须如猬毛磔。黄云陇底白云飞，未得报恩不得归……"（节录）

感时思报国，拔剑起蒿莱。

有感于时局动乱，有志者即使出身民间，也要拔剑而起，报效国家。

【注释】蒿莱：草野。此比喻民间。

【解析】面对当时国家局势动荡不安，陈子昂深感每个人都应在国家需要时挺身而出，奔赴前线贡献一己之力。本句可用来表达国难当头，出身平民也要保卫国家的信念。

【出处】唐·陈子昂《感遇》诗三十八首之三十五："本为贵公子，平生实爱才。感时思报国，拔剑起蒿莱。西驰丁零塞，北上单于台。登山见千里，怀古心悠哉。谁言未忘祸，磨灭成尘埃。"

宁为百夫长，胜作一书生。

宁愿做一个管辖百名士兵的低阶军官，也好过当一个只会读书的人。

【解析】作者杨炯在诗中表达自己为了保卫国家，愿意弃笔从戎，亲赴前线杀敌的决心，一腔报国热血，跃然纸上。本句可用来形容读书人投身军旅的报国热忱。

【出处】唐·杨炯《从军行》诗："烽火照西京，心中自不平。牙璋辞凤阙，铁骑绕龙城。雪暗凋旗画，风多杂鼓声。宁为百夫长，胜作一书生。"

还君明珠双泪垂，恨不相逢未嫁时。

将宝贵的珍珠还给你的时候，眼泪忍不住流了下来，
遗憾我不是在未嫁人前与你相遇。

【解析】此诗表面上是描述一已婚妇人婉拒某男子的追求，并表达对两人相见恨晚的无奈之情，然背后的深意实是张籍为拒绝淄青平卢节度使兼检校司空李师道的笼络而作。在朝廷疲弱，各地藩镇拥兵自重的时期，这些节度使多会用利诱来拉拢文人以扩张势力。诗中张籍自比是有夫之妇的"妾"，把李师道比作"君"，将其给予的厚利比成"明珠"，暗喻自己对朝廷的忠诚正如节妇忠于丈夫是一样的态度。本句可用来比喻对国家忠心不二，绝不与叛乱者同流合污。另可用来形容已婚女人虽为某人所爱，终是不愿背叛丈夫而回绝了对方。

【出处】唐·张籍《节妇吟·寄东平李司空师道》诗："君知妾有夫，赠妾双明珠。感君缠绵意，系在红罗襦。妾家高楼连苑起，良人执戟明光里。知君用心如日月，事夫誓拟同生死。还君明珠双泪垂，恨不相逢未嫁时。"

 ## 愿得此身长报国，何须身入玉门关？

我愿意以自己的身躯报效国家，又何必一定要活着回去玉门关内呢？

【解析】玉门关是两汉时期通往西域的关隘。东汉班超出使西域三十余年，年老时上疏皇帝"臣不敢望到九泉郡，但愿生入玉门关"，表达其告老归乡的心愿。戴叔伦在此反用班超的语意，描写战士戍守边疆，纵使最后战死沙场也不足惜。本句可用来形容爱国将士誓死捍卫家园的忠勇情操。

【出处】唐·戴叔伦《塞上曲》诗二首之二："汉家旌帜满阴山，不遣胡儿匹马还。愿得此身长报国，何须生入玉门关？"

十、内心情绪

【欢喜】

却看妻子愁何在,漫卷诗书喜欲狂。

回头看妻儿原本的愁容早已不在,胡乱地收拾书本,高兴到快要发狂。

【解析】寓居在梓州(位于今四川境内)一带的杜甫,听闻唐军击败安史之乱的叛军,收复蓟北(位于今河北境内)失土的消息,激动得喜极而泣,转身看见家人脸上多年的愁苦全都消散,连忙整理行李,带着欢快的心情,准备返回因战乱而长期未归的故乡。本句可用来形容听闻喜讯后愁颜尽扫、笑逐颜开,兴奋得不能自已。

【出处】唐·杜甫《闻官军收河南河北》诗:"剑外忽传收蓟北,初闻涕泪满衣裳。却看妻子愁何在,漫卷诗书喜欲狂……"(节录)

春风得意马蹄疾,一日看尽长安花。

在春风吹拂中,得意洋洋地骑马疾驰,一日便赏尽了长安城的花景。

【解析】孟郊连年参加科举却屡次落第,终于在四十多岁时考取进士。当时士子登科后,朝廷便举行曲江杏园初宴、慈恩寺雁塔题名以及走马游街赏花等一连串庆祝活动。本诗便是描写及第后的孟郊骑马赏花,终于摆脱过去长处困踬的狼狈不堪而神采飞扬。本句可用来形容考试或事业升迁顺利的兴奋感受,也可用于形容事情如愿以偿而心情快意欢畅。

【出处】唐·孟郊《登科后》诗:"昔日龌龊不足夸,今朝放荡思无涯。春风得意马蹄疾,一日看尽长安花。"

 雁引愁心去,山衔好月来。

雁鸟带走了忧愁的心绪,青山衔来了美好的明月。

【解析】本诗诗题为《与夏十二登岳阳楼》。岳阳楼,位于今湖南岳阳市境内。李白于肃宗乾元年间在流放的途中遇赦,准备返回江陵前,与友人夏十二郎齐游洞庭湖,同登岳阳楼,两人痛饮大醉,回旋乱舞。此时在诗人的眼中,天空成群的飞雁,就像是专程前来带走他的阴霾,月升山头,仿佛是青山特地为他衔来了一轮清辉,人间景物,无不有情重义,烘托出其历经大难后又遇赦的开怀情绪。本句可用来形容苦尽甘来的喜悦之情。另可用来形容秋雁高飞,山月相伴的景色。

【出处】唐·李白《与夏十二登岳阳楼》诗:"楼观岳阳尽,川迥洞庭开。雁引愁心去,山衔好月来。云间连下榻,天上接行杯。醉后凉风起,吹人舞袖回。"

【 悲愁 】

 一叶叶,一声声,空阶滴到明。

雨不停地下着,一声接着一声拍打一叶又一叶的梧桐,滴落在空荡荡的石阶上,一直到天明。

【解析】温庭筠在此借景抒情,描写一名正为离情而伤心不已的女子,整夜听着滴答的雨声直到天亮,可见她内心怀抱的凄苦有多么深,才导致其彻夜难眠。本句可用来形容雨夜冷清寂寥,心生悲愁。另可用来形容雨久下不停,敲打着树叶。

【出处】唐·温庭筠《更漏子·玉炉香》词:"玉炉香,红蜡泪,偏照画堂秋思。眉翠薄,鬓云残,夜长衾枕寒。梧桐树,三更雨,不道离情正苦。一叶叶,一声声,空阶滴到明。"

一声何满子,双泪落君前。

听闻一曲《何满子》的乐声,忍不住在君王的面前伤心落泪。

【注释】何满子:词牌名,唐代的教坊曲,或作"断肠词"。何满子本是人名,为唐玄宗时的歌者,后因故遭玄宗处死,临刑前曾进此曲赎死,终不得赦免。

【解析】诗人张祜在诗中描写宫女幽闭深宫多年,因一曲悲戚的乐歌,直接在君王面前涕泪横流,完全压抑不住情绪,可见其埋藏在内心的积怨有多深。本句可用来形容听到或发出某种歌声、乐曲后,产生强烈共鸣而悲伤到流下泪来。

【出处】唐·张祜《宫词》诗二首之一:"故国三千里,深宫二十年。一声何满子,双泪落君前。"

人生有情泪沾臆,江水江花岂终极?

人因心中悲伤而落下泪水沾湿衣襟,
就如同江里的水、江边的花一样哪里会有终止的时候?

【解析】此诗乃杜甫作于安史之乱后京城长安沦陷时,当他来到京城昔日繁华行乐之地曲江边,目睹了叛军胡人的骑兵横行而过，掀起了满天的尘埃风沙，即使心中哀恸万分却也莫可奈何。本句可用来形容人因重情而泪流不止。

【出处】唐·杜甫《哀江头》诗："……明眸皓齿今何在？血污游魂归不得。清渭东流剑阁深，去住彼此无消息。人生有情泪沾臆，江水江花岂终极！黄昏胡骑尘满城，欲往城南望城北。"（节录）

世事茫茫难自料，春愁黯黯独成眠。

世上的事情渺茫不定，难以预测，
在这春天的夜晚，怀抱着黯然愁绪独自睡去。

【解析】此诗为韦应物向好友李儋、元锡倾诉失意心情的书信，内容除叙述了和友人别后的思念之外，也对世局的纷沓杂乱以及个人的命运前途深感愁闷不安。本句可用来形容人对未来的茫然与忧心忡忡。

【出处】唐·韦应物《寄李儋、元锡》诗："去年花里逢君别，今日花开已一年。世事茫茫难自料，春愁黯黯独成眠。身多疾病思田里，邑有流亡愧俸钱。闻道欲来相问讯，西楼望月几回圆？"

白发三千丈，缘愁似个长。

头上的白发长到三千丈的长度，只因为心中的愁思也像白发这样地长。

【注释】个：此作代词，指这、那。

【解析】人们因忧愁而生出白发，李白在诗中用夸饰的笔法，写他长出了三千丈的白发，以表达心中沉重且深长的愁绪。本句可用来形容内心的愁苦极深，使头上平添白发。

【出处】唐·李白《秋浦歌》诗十七首之十五："白发三千丈,缘愁似个长。不知明镜里,何处得秋霜?"

 ## 抽刀断水水更流,举杯消愁愁更愁。

想要抽出刀子来切断水流,水却更加奔流不止,
想要举起酒杯来解除愁绪,愁绪却是愈益增多。

【解析】本句出自李白的《宣州谢朓楼饯别校书叔云》。宣州,位于今安徽境内。谢朓楼,为南齐诗人谢朓任宣城太守时修建的一座楼阁,唐代时为纪念谢朓又重建此楼。校书是古代官名,指负责典校书籍的官员。李白在诗中写他力图摆脱一切烦恼苦闷,但结果忧愤的情绪却更加剧烈。本句可用来形容满腹愁苦,无以排解。另可用来比喻想要阻止某种事物的发展,或试图消除某种现象,但结果却是适得其反。

【出处】唐·李白《宣州谢朓楼饯别校书叔云》诗:"……抽刀断水水更流,举杯消愁愁更愁。人生在世不称意,明朝散发弄扁舟。"(节录)

 ## 座中泣下谁最多?江州司马青衫湿。

在座当中,眼泪流得最多的人是谁呢?
我这个江州司马的青衫都被泪水给浸湿了。

【注释】江州司马:诗人白居易的自称。白居易因曾被贬为江州司马,其名作《琵琶行》中有"江州司马青衫湿"句,后人遂以此代称之。

【解析】白居易在听闻琵琶女的深湛琴艺和不幸际遇后,进而联想到自己满怀才能和抱负却遭到贬谪江州的不平对待,内心因感同身受而垂泪不止。本句可用来形容在场所有人里面,某人哭

得最伤心。

【出处】唐·白居易《琵琶行》诗："……感我此言良久立，却坐促弦弦转急。凄凄不似向前声，满座重闻皆掩泣。座中泣下谁最多？江州司马青衫湿。"（节录）

 弃我去者，昨日之日不可留；
乱我心者，今日之日多烦忧。

离我而去的，是不可挽留的昨日时光；
扰乱我心绪的，是令我烦恼的今日时光。

【解析】李白借在宣州谢朓楼饯别其族叔（年纪小于父亲的从堂叔伯，亦泛指同宗族中与父亲同辈而年纪较小的人）李云的场合，直抒其深感岁月烦忧苦多的郁郁心结。本句可用来感叹逝者难追，现实人生又愁闷难解的心绪。

【出处】唐·李白《宣州谢朓楼饯别校书叔云》诗："弃我去者，昨日之日不可留；乱我心者，今日之日多烦忧。长风万里送秋雁，对此可以酣高楼……"（节录）

 访旧半为鬼，惊呼热中肠。

拜访昔时老友，已经大半都死去了，不禁令人惊讶难过。

【解析】杜甫旧地重游，得悉过去的朋友多已不在人世，因而感叹世事变化剧烈，以及人生离合无常，内心伤痛万分。本句可用来形容得知旧友同辈去世的震惊叹惋之情。

【出处】唐·杜甫《赠卫八处士》诗："……少壮能几时？鬓发各已苍。访旧半为鬼，惊呼热中肠……"（节录）

感时花溅泪，恨别鸟惊心。

感慨时局变化，看着花朵也会掉下眼泪来，
怨恨至亲别离，听到鸟鸣也会感到心惊不已。

【解析】此诗作于安史之乱期间，杜甫有感于与亲人之间饱尝战乱流离之苦，故眼前出现的春花鸟鸣，反而更触动他内心的悲伤情绪。本句可用来形容因感伤国事家事而惊心悲泣。

【出处】唐·杜甫《春望》诗："国破山河在，城春草木深。感时花溅泪，恨别鸟惊心……"（节录）

暝色入高楼，有人楼上愁。

黄昏的余晖照进了高楼，有人正在楼中忧愁不已。

【解析】此词一说是在描写孤身漂泊客乡的人，在暮色笼罩下登楼，极目远望，因思念家乡而发愁。另一说认为是写闺中女子望远怀人，衷心渴盼滞留远方的心上人早日归返。本句可用来形容人因心事重重而愁情万千。

【出处】唐·李白《菩萨蛮·平林漠漠烟如织》词："平林漠漠烟如织，寒山一带伤心碧。暝色入高楼，有人楼上愁……"（节录）

旧好肠堪断，新愁眼欲穿。

想念旧时好友的痛苦，仿佛肠子几乎要断了一样，
为了期待相见而愁苦，眼睛仿佛都要望穿了。

【解析】本诗诗题为《寄岳州贾司马六丈、巴州严八使君两阁老五十韵》。岳州，位于今湖南境内。巴州，位于今四川境内。使君，本指奉命出使的人，也可用来尊称郡太守或州刺史。这是杜甫寄给好友贾至和严武的一首诗，内容除了表达对两人不幸分

别被贬为岳州司马和巴州刺史的惋惜外，也抒发了久别后的思念情意，衷心渴望能早日与好友重逢话旧。本句可用来形容伤心欲绝，内心的盼望也极为深切的心情。

【出处】唐·杜甫《寄岳州贾司马六丈、巴州严八使君两阁老五十韵》诗："……旧好肠堪断，新愁眼欲穿。翠干危栈竹，红腻小湖莲。贾笔论孤愤，严诗赋几篇？定知深意苦，莫使众人传……"（节录）

懒起画蛾眉，弄妆梳洗迟。

醒来后，懒洋洋地起身描画自己细长而弯曲的眉毛，
慢吞吞地梳头整理自己的妆容。

【解析】温庭筠在词中描写一名女子在早晨醒来后，意兴阑珊地梳理妆容的情态，抒发其不知要为谁而装扮的寂寞感伤。本句可用来形容女子睡醒后心情低落，意态懒散。另可用来形容女子梳妆时娇慵柔美的神态。

【出处】唐·温庭筠《菩萨蛮·小山重叠金明灭》词："小山重叠金明灭，鬓云欲度香腮雪。懒起画蛾眉，弄妆梳洗迟。照花前后镜，花面交相映。新帖绣罗襦，双双金鹧鸪。"

第一篇 抒情篇

第三章 抒发自我

一、感伤身世

一卧东山三十春,岂知书剑老风尘。

早年隐居乡野,一转眼就过了三十年,此时出来做官,哪里知道辜负了一身的文武才能,在纷扰的官宦生涯逐渐老去。

【注释】书剑:本指书籍与宝剑,后多用来代称读书为官和仗剑从军。

【解析】本诗诗题为《人日寄杜二拾遗》。人日,指的是农历正月七日。拾遗,古代官名,指负责规谏君王朝政缺失的官员。高适晚年于蜀州刺史任上,寄诗给曾任左拾遗后弃官辗转来到成都定居的杜甫,向他抒发自己早年隐居不仕,之后决心出来为国献力却苦无作为的遭遇,语气中含有满怀匡时济世的才干却不受重用的遗憾。本句可用来形容怀才不遇、无所作为的哀叹。

【出处】唐·高适《人日寄杜二拾遗》诗:"人日题诗寄草堂,遥怜故人思故乡。柳条弄色不忍见,梅花满枝空断肠。身在远藩无所预,心怀百忧复千虑。今年人日空相忆,明年人日知何处？一卧东山三十春，岂知书剑老风尘？龙钟还忝二千石，愧尔东西南北人。"

 ## 千秋万岁名，寂寞身后事。

盛名虽可以流传千万年，但那也是寂寞潦倒一生结束之后的事了。

【解析】杜甫得知李白入狱的消息，日夜担忧挂念，终而成梦。醒来后他回想起才华绝世的李白，人生际遇却屡遭乖舛，不禁要替其发出深切的同情与不平之鸣。本句可用于形容成就虽足以名扬后世，但生前却落寞不得志的遭遇。

【出处】唐·杜甫《梦李白》诗二首之二："……孰云网恢恢，将老身反累。千秋万岁名，寂寞身后事。"（节录）

 ## 中路因循我所长，古来才命两相妨。

半途蹉跎实是我所擅长的，自古以来一个人的才能和命运是相互妨碍的。

【解析】李商隐有感于造化总是捉弄像他这样富有才识之人，现实人生对他残酷无情，使其有志难伸。"中路因循我所长"实为诗人自我解嘲。本句可用来感叹有才能本事的人，命运总是多舛坎坷。

【出处】唐·李商隐《有感》诗："中路因循我所长，古来才命两相妨。劝君莫强安蛇足，一盏芳醪不得尝。"

 ## 正是江南好风景，落花时节又逢君。

现在正值江南风景最美的时候，
没想到会在这样的落花时节与你重逢。

【解析】这是杜甫晚年与李龟年于江南再遇时，创作的一首诗。李龟年，唐玄宗开元时期著名的音乐家，昔日备受王公贵族的尊崇。年轻时的杜甫当年在长安常出入皇亲国戚家中，因而得以欣赏李龟年的精湛演出。安史之乱后，李龟年流落江南，卖艺为生，杜甫也遭遇颠沛流离，两个处境凄凉的老人在落花纷飞下偶遇，回首承平时代的风光过往，不胜唏嘘。本句可用来形容久别相逢，兴起繁华不再、岁月已逝的感伤。

【出处】唐·杜甫《江南逢李龟年》诗："岐王宅里寻常见，崔九堂前几度闻。正是江南好风景，落花时节又逢君。"

白发悲花落，青云羡鸟飞。

悲叹自己满头白发，就像花朵凋零飘落，
遥望青云万里，羡慕鸟儿在高空中任意飞翔。

【解析】这首诗是诗人岑参写给当时担任左拾遗的杜甫的一首诗，诗人在诗中一方面感伤人生易逝、年华老去，另一方面又欣羡飞鸟平步青云，感叹自己仕途郁郁不得志。本句可用来抒发年纪老大，苦无机会立下一番功业的喟叹。

【出处】唐·岑参《寄左省杜拾遗》诗："联步趋丹陛，分曹限紫微。晓随天仗入，暮惹御香归。白发悲花落，青云羡鸟飞。圣朝无阙事，自觉谏书稀。"

同是天涯沦落人，相逢何必曾相识？

同样都是流落在异乡的人，既然相遇又何必在乎要曾经相识呢？

【解析】这句名句出自诗人白居易著名的《琵琶行》。诗人在诗中叙述意外认识琵琶女，得知她年轻时曾历经风光的歌妓生活，如今年老色衰，遭经商的丈夫冷落的悲凉身世，联想到自己得罪朝中权贵而被贬谪江州的委屈遭遇，内心不由得兴起同病相怜的情感。本句可用来形容同是漂泊他乡之人，慨叹彼此遭遇的落寞心境。

【出处】唐·白居易《琵琶行》诗："……我闻琵琶已叹息，又闻此语重唧唧。同是天涯沦落人，相逢何必曾相识……"（节录）

 ## 但看古来盛名下，终日坎壈缠其身。

看看那些自古以来负有盛名的人，终生都为穷困潦倒所纠缠着。

【注释】坎壈：不得志。

【解析】曹霸是唐玄宗时代名满天下的画家，杜甫综观他的一生，从早期的声名显赫，曾获唐玄宗重用，到后来因战乱而沦落到街头替人作画为生，不时遭人白眼。对比自己的时运不济、失意落魄，不也同一代画师曹霸的境遇一样坎坷吗？本句可用来形容具有才华和能力的人，命运往往多舛不顺。

【出处】唐·杜甫《丹青引赠曹将军霸》诗："……将军善画盖有神，必逢佳士亦写真。即今漂泊干戈际，屡貌寻常行路人。途穷反遭俗眼白，世上未有如公贫。但看古来盛名下，终日坎壈缠其身。"（节录）

 ## 门前冷落鞍马稀，老大嫁作商人妇。

门前冷冷清清的，连车马都很少经过这里，
眼看年纪大了，于是嫁给了一个商人。

【解析】白居易在这首诗中描写琵琶女回忆歌妓生涯的过往，从红颜青春时人人争相求爱的得意光景，到姿色衰退后，来客冷清稀落，最终只能将后半生托付给一个经常不在家的生意人，却也从此展开了自己凄凉孤独的后半生。诗中"鞍马"

一说作"车马"。本句可用来形容女子衰老后风光不再，落魄嫁人的遭遇。其中"门前冷落鞍马稀"一句，另可用来形容家道中落后门户冷清、往来稀少，从而揭露社会现实与人心的势利冷漠。

【出处】唐·白居易《琵琶行》诗："……弟走从军阿姨死，暮去朝来颜色故。门前冷落鞍马稀，老大嫁作商人妇……"（节录）

怅望千秋一洒泪，萧条异代不同时。

千年之后，我惆怅地来到战国楚人宋玉的故居，忍不住落下泪水，虽然我和他生长在不同的时代，但身世遭遇都是同样寂寥凄凉。

【解析】此诗是杜甫为凭吊宋玉而作，他同情像宋玉这样文采风流的前辈，生前际遇却是如此失意潦倒，只是杜甫再回头看看自己多舛的命运时，发现自己竟也和宋玉一样，不禁悲从中来。本句可用来表达对圣贤前人不平境况的怜惜，同时也感伤自己与圣贤前人际遇无异。

【出处】唐·杜甫《咏怀古迹》诗五首之二："摇落深知宋玉悲，风流儒雅亦吾师。怅望千秋一洒泪，萧条异代不同时。江山故宅空文藻，云雨荒台岂梦思？最是楚宫俱泯灭，舟人指点到今疑。"

朝扣富儿门，暮随肥马尘。

为谋生计，早上我敲开那些富贵人家的大门，
直到黄昏时才风尘仆仆地尾随着富人们所乘的好马归返。

【解析】杜甫在诗中描述他旅居京城长安的十三年间，终日为了谋求前程与生计而奔走，从早到晚得看富人的冷漠脸色，换来

人家吃剩的酒菜图个温饱。本句可用来形容依附权贵，受尽屈辱的心情。

【出处】唐·杜甫《奉赠韦左丞丈二十二韵》诗："……骑驴十三载，旅食京华春。朝扣富儿门，暮随肥马尘。残杯与冷炙，到处潜悲辛……"（节录）

万里悲秋常作客，百年多病独登台。

长久在外地生活，离家千里之远，每到秋天便会格外悲伤。人生最多不过活上一百年，还经常为疾病所苦，趁着尚有机会，独自登上高台。

【解析】古人在农历九月九日有登高的习俗，相传可以避开祸事。这是杜甫晚年在九月九日独自登高时所作，他回想自己一生乖舛，如今老迈多病却还寄寓在异乡，深感晚景凄凉。本句可用来形容客居他乡的人老病衰残、内心孤寂的情况。

【出处】唐·杜甫《登高》诗："……万里悲秋常作客，百年多病独登台。艰难苦恨繁霜鬓，潦倒新停浊酒杯。"（节录）

蓬门未识绮罗香，拟托良媒益自伤。

穷苦人家的女儿不知道绫罗绸缎的芳香，
想要请媒人说亲，又担心无人欣赏自己，为此暗自悲伤着。

【解析】秦韬玉通过诗中一女子倾诉家境清寒，从小衣着装扮简单朴素，到了出嫁的年纪，不敢央人来家里说媒，唯恐自己的清寒出身遭到对方的嫌弃，语气中流露出既期待又怕受伤害的无奈，可见当时的婚姻匹配相当重视双方的门第。本句可用来形容适婚女子盼望姻缘，却又自叹家境清贫，难得良配。

【出处】唐·秦韬玉《贫女》诗："蓬门未识绮罗香，拟托良媒益自伤。谁爱风流高格调，共怜时世俭梳妆……"（节录）

亲朋无一字，老病有孤舟。

亲人朋友们全无音讯，陪伴在年老生病的我身旁的只有一叶孤舟。

【解析】杜甫在诗中描述自己年老多病却仍处于漂泊天涯，生活无依无靠的窘迫处境。本句可用来形容年老家贫、无亲无友的处境。

【出处】唐·杜甫《登岳阳楼》诗："……亲朋无一字，老病有孤舟。戎马关山北，凭轩涕泗流。"（节录）

 ## 鸡声茅店月，人迹板桥霜。

公鸡报晓，茅舍上空犹见一片残月，
满是银霜的木桥上印着行人的足迹。

【解析】温庭筠在诗中描写旅人住在用茅草搭盖的山村小客店里，即使天色未亮，一听见鸡鸣便起身赶路，走过的足印都清晰地留在结满寒霜的木桥上。诗中的"鸡声""茅店""月""人迹""板桥""霜"等名词，连缀成一幅游子早行的图景，意在表现旅人因羁留他乡所引发的离思愁绪。本句可用来形容离家远游之人，清早赶路的凄冷情景。

【出处】唐·温庭筠《商山早行》诗："晨起动征铎，客行悲故乡。鸡声茅店月，人迹板桥霜。槲叶落山路，枳花明驿墙。因思杜陵梦，凫雁满回塘。"

 ## 飘飘何所似？天地一沙鸥。

我这样漂泊不定像是什么呢？就像是天地间的一只沙鸥。

【解析】杜甫晚年离开成都后，携家乘舟东下，展开一段以舟为家的漫长旅程。诗人在诗中以"沙鸥"自喻，抒发自己飘零天涯、随舟颠簸的凄凉境遇，以及心中深沉无奈的孤寂。本句可用来形容生活无依、孤独自伤的遭遇。

【出处】唐·杜甫《旅夜书怀》诗："……名岂文章著，官应老病休。飘飘何所似？天地一沙鸥。"（节录）

二、自娱自适

一船明月一竿竹，家住五湖归去来。

撑着一竿竹篙，船舟上载满明亮的月光，回到我位于太湖一带的故乡。

【注释】五湖：此指太湖。作者罗隐为浙江余杭人，太湖横跨江苏、浙江两省，故借五湖喻指家乡。

【解析】罗隐到京城长安求取功名失利，心灰意冷之余来到附近的游览胜地曲江排解郁闷，进而产生了不如归去的念头。本句可用来形容归乡隐居的生活情境。

【出处】唐·罗隐《曲江春感》诗："江头日暖花又开，江东行客心悠哉。高阳酒徒半凋落，终南山色空崔嵬。圣代也知无弃物，侯门未必用非才。一船明月一竿竹，家住五湖归去来。"

人生如此自可乐，岂必局束为人羁？

（登山游寺，放情山水）这样的人生自然可以获得快乐，又何必受人牵制，像被套上马缰一样呢？

【注释】羁：马口中的缰绳。

【解析】韩愈的官宦生涯沉浮起落，经常让他有身不由己之感,此次借由和几位同伴漫游山水风光,从中领悟出人生实不必作茧自缚,整日为官场上的纷扰而烦恼不已。本句可用来抒发渴望回归自然,享受清闲、不受拘束的生活。

【出处】唐·韩愈《山石》诗:"……人生如此自可乐,岂必局束为人鞿?嗟哉吾党二三子,安得至老不更归。"(节录)

 ## 山中无历日,寒尽不知年。

住在山里,没有历书可看,等到寒冷的日子过去,
还不知道一年已经过完了。

【解析】作者太上隐者的生平来历无人知晓,有好事者问其姓名,他都不回答,只留下此一诗作,描写自己隐居幽静山林,与世隔绝,而不知年岁的流逝。本句可用来形容隐逸生活的逍遥自在。

【出处】唐·太上隐者《答人》诗:"偶来松树下,高枕石头眠。山中无历日,寒尽不知年。"

 ## 山光悦鸟性,潭影空人心。

山色风光,使鸟儿显出欣悦的本性而轻快地鸣叫,
清澈的潭水倒映出山的景色,使人心净化到空灵的境界。

【解析】诗人常建在清晨游禅寺后院时,看到大自然的山光潭影、花林鸟鸣等幽静景色,领悟到人不该被尘俗杂念所困恼,从而遮蔽了本应怡然纯净的心灵。本句可用来形容自然风景能使人心获得平静安宁。

【出处】唐·常建《题破山寺后禅院》诗:"清晨入古寺,初日照高林。竹径通幽处,禅房花木深。山光悦鸟性,潭影空人心。万籁此都寂,但余钟磬音。"

山寺鸣钟昼已昏，渔梁渡头争渡喧。

山里的寺院传来了钟声，天色已近黄昏，在渔梁渡口处，人们争着上船过河，急着要赶回家，场面热闹喧哗。

【注释】渔梁：一种筑堰阻水捕鱼的设施。

【解析】本诗诗题为《夜归鹿门歌》。鹿门，即鹿门山，位于今湖北襄阳市境内，古来因有高士隐居于此，故被后人视为隐逸圣地。赴京求仕不顺的孟浩然，经过数年的游历后，决心效法先人的步履，也在鹿门山辟一寓所，从他原本的住家渡船过河，几个小时便可到达。诗中即是描写其傍晚在渡船口搭船时的所见所闻，表现出诗人优游于俗世喧嚣与归隐山林之间闲适自得的洒脱情怀。本句可用来形容不受外在环境干扰，心境恬淡平和，超然自逸。

【出处】唐·孟浩然《夜归鹿门歌》诗："山寺钟鸣昼已昏，渔梁渡头争渡喧。人随沙岸向江村，余亦乘舟归鹿门。鹿门月照开烟树，忽到庞公栖隐处。岩扉松径长寂寥，惟有幽人自来去。"

 五岳寻仙不辞远，一生好入名山游。

为了寻访仙人，攀登五岳也不在意路途遥远，
一生最热爱的便是遨游名山。

【注释】五岳：指中岳嵩山、东岳泰山、西岳华山、南岳衡山以及北岳恒山。

【解析】本句出自李白的《庐山谣寄卢侍御虚舟》。庐山，位于今江西九江市境内。侍御，古代官名，也称侍御史，负责纠察弹劾百官。李白写此诗给担任殿中侍御史的卢虚舟，诗中抒发自己寄情山水的情怀，以及渴望隐居山中学道成仙，从此身心得以自在逍遥。本句可用来形容爱好游历，不畏路遥艰险。也可用来

第一篇 抒情篇　　127

表达纵情山林奇景，向往隐退避世的生活。

【出处】唐·李白《庐山谣寄卢侍御虚舟》诗："……五岳寻仙不辞远，一生好入名山游。庐山秀出南斗傍，屏风九迭云锦张，影落明湖青黛光。金阙前开二峰长，银河倒挂三石梁。香炉瀑布遥相望，回崖沓嶂凌苍苍……"（节录）

今朝有酒今朝醉，明日愁来明日愁。

今天有酒就今天喝醉，明天的忧愁留到明天再来愁烦吧！

【解析】诗人罗隐一生仕途坎坷，屡试不第。本诗诗题为《自遣》，自遣，意即自己排遣心中愁闷的情绪。诗人在诗中告诫自己应暂时抛却所有的烦忧，把握当下的欢乐，表面上看似自在洒脱，实是在抒发对乖舛命运的无可奈何。本句可用来形容及时行乐，不错过人生难得的欢愉时光。

【出处】唐·罗隐《自遣》诗："得即高歌失即休，多愁多恨亦悠悠。今朝有酒今朝醉，明日愁来明日愁。"

天生我材必有用，千金散尽还复来。

上天生下像我这样材质的人，一定有我的可用之处，纵使花光了巨额的金钱，也会有再赚回来的时候。

【解析】李白认为人人都有其天赋的才能，也正因如此，他不执着于钱财等身外之物，相信上天早已赐予每一个人存活在世的本事。本句可用来表示任何人都有自己的长处，只要不自我放弃，一定会找到适合自己的出路。

【出处】唐·李白《将进酒》诗："……人生得意须尽欢，莫使金樽空对月。天生我材必有用，千金散尽还复来……"（节录）

且乐生前一杯酒，何须身后千载名？

且享受活着时候的一杯酒吧！
哪里需要死后流传千年的名声呢？

【解析】西晋人张翰因见秋风起而思念家乡吴中（位于今江苏苏州市）的菰菜、莼羹、鲈脍，于是弃官归乡，留下"使我有身后名，不如即时一杯酒"的名言。李白诗中也表达他渴望能像张翰一样心胸旷达，放下对名位的追求，终老醉乡。本句可用来形容纵情适性、活在当下的心境。

【出处】唐·李白《行路难》诗三首之三："……君不见吴中张翰称达生，秋风忽忆江东行。且乐生前一杯酒，何须身后千载名？"（节录）

 ## 出入唯山鸟，幽深无世人。

在如此幽寂深邃的地方，出入的只有山鸟，没有一般世俗的人。

【解析】王维在长安蓝田辋川别业附近有一处胜景，名为"竹里馆"，因房屋周遭都是竹林，故名之。裴迪乃王维的挚友，他前来王维的别墅小住一段时间后，发现自己的心灵日益与大自然相互贴近，精神超然物外，不为物欲所牵绊。本句可用来形容久居山林，远离人群，心境淡泊旷达，超然自得。

【出处】唐·裴迪《竹里馆》诗："来过竹里馆，日与道相亲。出入唯山鸟，幽深无世人。"

 ## 田夫荷锄至，相见语依依。

农夫荷着锄头站着，大家见面谈天，仿佛不舍得离开的样子。

【解析】王维于诗中描写农夫们在夕阳西照下结束耕作归

来，彼此开怀地互道家常的和谐情景，表现出乡村人家恬然自得的人情和趣味。本句可用来抒发对田园闲逸平静生活的向往。

【出处】唐·王维《渭川田家》诗："斜光照墟落，穷巷牛羊归。野老念牧童，倚杖候荆扉。雉雊麦苗秀，蚕眠桑叶稀。田夫荷锄至，相见语依依。即此羡闲逸，怅然吟式微。"

多病所须唯药物，微躯此外更何求？

身体多有病痛，所需要的只有药物而已，除此之外，这微不足道的身躯哪还有什么要求？

【解析】此诗为杜甫晚年闲居成都浣花草堂时所作，诗人在诗中叙写江村的山水幽情以及生活逸趣，也表明自己当前所需除减缓病痛的药品之外，对其他外物皆一无所求。本句可用来形容虽年老多病，但一切自给自足的恬适心境。

【出处】唐·杜甫《江村》诗："……老妻画纸为棋局，稚子敲针作钓钩。多病所须唯药物，微躯此外更何求？"（节录）

行到水穷处，坐看云起时。

沿着水岸边漫步，走到尽头时便坐下来看云雾冉冉升起。

【解析】王维在诗中描述置身大自然中，随时都可停下来欣赏山林美景，领略水穷云起的机趣，充分表现其心灵自足圆满、行止自在从容之境界。本句可用来形容人随遇而安的闲适情怀。

【出处】唐·王维《终南别业》诗："中岁颇好道，晚家南山陲。兴来每独往，胜事空自知。行到水穷处，坐看云起时。偶然值林叟，谈笑无还期。"

我醉君复乐，陶然共忘机。

我与你共饮酒，我喝到醉了，而你也感觉非常快乐，
两人陶醉欢喜地忘记俗世的机巧算计。

【解析】李白在诗中描写他从终南山下山时，寻访一位复姓斛斯的隐士，两人一同干杯畅饮、欢乐高歌，直到夜深星稀，诗人早已醉得浑然忘我，同时也让其忘却了人世间一切的争名夺利、巧诈心机。本句可用来形容与好友或知己开怀畅饮、酣醉自得的心情。

【出处】唐·李白《下终南山过斛斯山人宿置酒》诗："暮从碧山下，山月随人归。却顾所来径，苍苍横翠微。相携及田家，童稚开荆扉。绿竹入幽径，青萝拂行衣。欢言得所憩，美酒聊共挥。长歌吟松风，曲尽河星稀。我醉君复乐，陶然共忘机。"

 ## 我醉欲眠卿且去，明朝有意抱琴来。

我已喝醉想睡了，你先离开吧，如果明天还有兴致的话，
请你抱琴过来再与我相会。

【解析】李白在诗中描写其与隐居山中的友人开怀畅饮，两人因意气相投，不拘泥客套礼节，喝到酩酊欲睡便直言谢客，并请友人明日携琴再来痛饮作乐。本句可用来形容快意酣饮，态度率真洒脱。

【出处】唐·李白《山中与幽人对酌》诗："两人对酌山花开，一杯一杯复一杯。我醉欲眠卿且去，明朝有意抱琴来。"

 ## 松风吹解带，山月照弹琴。

松林间的风吹开了我的衣带，山上的明月映照着正在弹琴的我。

【解析】王维借由描写其于松林月下解带弹琴的生活情景，表达其厌倦了世俗纷扰，向往不受拘束且与大自然交融的超然心境。本句可用来形容隐逸山林，摆脱尘世羁绊的闲放心情。

【出处】唐·王维《酬张少府》诗："……松风吹解带，山月照弹琴。君问穷通理，渔歌入浦深。"（节录）

 ## 青箬笠，绿蓑衣，斜风细雨不须归。

头上戴着青色的笠帽，身上披着绿色的蓑衣，此时风斜斜地吹，雨细细地飘，而钓鱼的人却一点都不想回去。

【解析】张志和久居江湖之中，自称"烟波钓徒"。他每每钓鱼，都不设饵，因为其志不在鱼，而是乐在享受那份闲适的意趣。词中描写渔人徜徉于风雨中垂钓的情景，纵使雨水打在身上，他依然显得从容潇洒、自得其乐。本句可用来形容人在风雨中悠然自若的样子。

【出处】唐·张志和《渔歌子·西塞山前白鹭飞》词："西塞山前白鹭飞，桃花流水鳜鱼肥。青箬笠，绿蓑衣，斜风细雨不须归。"

 ## 春水碧于天，画船听雨眠。

春来时，江水比天空还要清澈碧绿，下雨时，人们在彩绘的船只上听着雨声沉沉睡去。

【解析】韦庄借由描写春天长江以南一带，江水澄湛翠绿，人们悠闲地卧在画船中听着雨声入眠的情景，说明江南景色如画，人们生活惬意逍遥。本句可用来形容春日泛舟听雨的闲适情趣。

【出处】唐·韦庄《菩萨蛮·人人尽说江南好》词："人人尽说江南好，游人只合江南老。春水碧于天，画船听雨眠……"（节录）

春潮带雨晚来急,野渡无人舟自横。

春天的傍晚,一场骤雨使潮水急剧升高,水势湍急,郊野的渡口毫无人烟,只有一艘小船横在水面上,随意漂荡着。

【解析】此为韦应物担任滁州(位于今安徽省境内)刺史期间所作,写其春游城西郊外的一条溪涧,突然暮雨奔腾,潮水上涨,而此时整个村野渡口只见一叶孤舟在雨中漂移晃荡,在如此恶劣天气的当下,表现出一种任舟漂泛遨游的恬适情怀。本句可用来形容人在风雨危急时,仍能保持闲适淡泊的心境。其中"春潮带雨晚来急"一句,另可用来比喻事情的状况急速变化到难以掌控的趋势,或形容一股来势汹汹到无法抵挡的社会潮流。还可用来形容春日晚潮,大雨淅沥,小船任流水自在摇晃的景象。

【出处】唐·韦应物《滁州西涧》诗:"独怜幽草涧边生,上有黄鹂深树鸣。春潮带雨晚来急,野渡无人舟自横。"

 相看两不厌,只有敬亭山。

能够和我对看着彼此而不感到厌烦的,只剩下敬亭山了!

【注释】敬亭山:位于今安徽宣城市北部。

【解析】李白在诗中将敬亭山拟人化,借由描写其与敬亭山凝视对望而互不厌倦,表达其对敬亭山的深厚情感。本句可用来形容远离世俗的纷扰喧闹和走进大自然的悠闲情趣。

【出处】唐·李白《独坐敬亭山》诗:"众鸟高飞尽,孤云独去闲。相看两不厌,只有敬亭山。"

 若不休官去,人间到老忙。

若不辞官离去,活在世间就等同是从年轻忙碌到年老。

【解析】白居易在诗中表达的是其对官场生涯的倦怠,希望能够趁早辞去官职,余生回归为平凡百姓,直到终老。本句可用来抒发对眼下的功名利禄无所眷恋,渴望安逸自在的闲居生活。

【出处】唐·白居易《钱侍郎使君以题庐山草堂诗见寄因酬之》诗:"殷勤江郡守,怅望掖垣郎。惭见新琼什,思归旧草堂。事随心未得,名与道相妨。若不休官去,人间到老忙。"

倚杖柴门外,临风听暮蝉。

拄着手杖,伫立在柴门外,迎着晚风,细听蝉的鸣声。

【解析】辋川,位于今陕西西安蓝田县南终南山下,宋之问原有别业在此,后被王维购得。王维晚年写此诗赠好友裴迪,叙述其幽居山林、倚门迎风、聆听蝉鸣的闲适生活。本句可用来抒发人闲居山间乡野时悠然自得的心境。

【出处】唐·王维《辋川闲居赠裴秀才迪》诗:"寒山转苍翠,秋水日潺湲。倚杖柴门外,临风听暮蝉……"(节录)

回看天际下中流,岩上无心云相逐。

回身一看,水流从遥远的天边直奔而下,
岩石上的白云,正自由自在地相互追逐。

【解析】此诗为柳宗元被贬谪永州(位于今湖南省境内)期间游城外西山时所作,诗中描写一名徜徉在青山绿水间的渔翁与大自然的相契之情。其中"岩上无心云相逐"乃东晋陶渊明《归去来兮辞》之"云无心以出岫"句脱化而来,表现出诗人对不受羁束、自由安适生活的向往。本句可用来形容寄情山水白云,抒发孤清飘逸的情怀。

【出处】唐·柳宗元《渔翁》诗："渔翁夜傍西岩宿，晓汲清湘燃楚竹。烟销日出不见人，欸乃一声山水绿。回看天际下中流，岩上无心云相逐。"

 晚年唯好静，万事不关心。

年老的我只爱好清静，对于所有的事情都不放在心上。

【解析】此诗为王维写给一名张姓县尉的回信，表达自己到了晚年，渴望宁静平和，只想优游于山林之间，一切尘事已不入于耳也不着于心。本句可用来形容心境恬静淡泊，超脱尘外，不为世俗所束缚。

【出处】唐·王维《酬张少府》诗："晚年唯好静，万事不关心。自顾无长策，空知返旧林……"（节录）

 晚风吹行舟，花路入溪口。

傍晚的阵阵轻风，吹拂着正在行进中的小船，两岸春花开遍，一路直到溪口。

【解析】本诗诗题为《春泛若耶溪》。若耶溪，位于今浙江省绍兴市东南。诗人描写其怀抱着寻幽探奇的情致，驾舟出游，沿途任轻舟随风吹送，穿行过春花夹岸的溪口，诗中流露出一种安然自在的闲适情怀。本句可用来形容临溪泛舟，景色幽美，心境随遇而安。

【出处】唐·綦毋潜《春泛若耶溪》诗："幽意无断绝，此去随所偶。晚风吹行舟，花路入溪口。际夜转西壑，隔山望南斗。潭烟飞溶溶，林月低向后。生事且弥漫，愿为持竿叟。"

深林人不知，明月来相照。

住在这幽深山林中并没有人知道，只有天上的明月前来照耀我。

【解析】王维在诗中描写其晚年隐居在幽深山林，远离喧嚣人群，过着终日与琴声以及大自然为伴的闲逸生活。本句可用来形容在月夜竹林下，享受着清幽静谧的独处乐趣。

【出处】唐·王维《竹里馆》诗："独坐幽篁里，弹琴复长啸。深林人不知，明月来相照。"

清时有味是无能，闲爱孤云静爱僧。

在清平时期，像我这样无能的人却玩得很尽兴，
闲暇时喜欢如孤云般逍遥自在，安静时喜欢像僧人一样泰然平和。

【解析】此为杜牧即将离开长安，前往湖州（古称吴兴）担任刺史时所作。诗人表面上是说天下太平而自己才学平庸，故能如孤云老僧般随性淡泊，实际上是借由反话来抒发对现实的不满。也就是说，当时的政治并不太平，杜牧虽非无能之辈，只是迫于朝政腐败，宦官专权，自知唯有离开长安才能躲开政治风暴。本句可用来形容喜爱自在洒脱、宁静平淡的闲适生活。

【出处】唐·杜牧《将赴吴兴登乐游原一绝》诗："清时有味是无能，闲爱孤云静爱僧。欲把一麾江海去，乐游原上望昭陵。"

羞将短发还吹帽，笑倩旁人为正冠。

风吹来时，不想让人看见自己愈来愈稀疏的头发，
笑着请旁人替自己把帽子戴正。

【解析】本诗诗题为《九日蓝田崔氏庄》。蓝田，位于今陕西省西安境内。头发早已花白稀疏到无法用簪绾发的杜甫，担心在

重阳登高时帽子被风吹落而失态,于是腼腆地笑请他人帮自己先把帽子戴好,诗人用一种幽默自嘲的语气写出了自己的老态。

【出处】唐·杜甫《九日蓝田崔氏庄》诗:"老去悲秋强自宽,兴来今日尽君欢。羞将短发还吹帽,笑倩旁人为正冠……"(节录)

脱却朝衣独归去,青云不及白云高。

脱下上朝的冠服独自离开,
官场显要的名位比不上在山中白云间隐居来得重要。

【解析】本诗诗题《送李给事》。给事,古代官名,也称给事中,唐、宋以来掌管侍从规谏等事务。赵嘏写此诗赠予一位在朝担任给事中的李姓官员,表达自己对官宦生涯的厌倦以及对悠闲生活的向往。诗中"青云"比喻官位,"白云"比喻退居山野、不问世事。本句可用来形容辞退官职,归隐山林,对功名利禄无所恋眷。

【出处】唐·赵嘏《送李给事》诗:"眼前轩冕是鸿毛,天上人间漫自劳。脱却朝衣独归去,青云不及白云高。"(此诗一说为薛逢所作)

莫思身外无穷事,且尽生前有限杯。

不要去想自身以外的那些数不清的事情,
还是先饮尽有生之年眼前的这几杯酒吧!

【解析】杜甫意在表达人的生命有限而烦恼无尽,既然如此,倒不如先尽情享受眼前之乐,把那些忧心不完的事情全都抛却开来。本句可用来感叹人生稍纵即逝,故应把握机会及时行乐。

【出处】唐·杜甫《绝句漫兴》诗九首之四:"二月已破三月来,渐老逢春能几回?莫思身外无穷事,且尽生前有限杯。"

朝钟暮鼓不到耳,明月孤云长挂情。

佛寺早晨的钟声和傍晚的鼓声都传不到耳中,
唯寄情于皎洁的月和孤高的云。

【解析】佛寺中在朝课和熄灯之前都会敲击钟鼓,除了报时之外,也具有警醒或自励的作用。李咸用描写他隐居山中,对于佛寺早晚定时敲打的钟鼓声皆已听而不闻,将生命情感全寄托在空中的明月和孤云上,表达其置身尘嚣之外的淡泊心境。本句可用来形容人的内心平静淡定,外在的一切动静都难以对其造成干扰。

【出处】唐·李咸用《山中》诗:"一簇烟霞荣辱外,秋山留得傍檐楹。朝钟暮鼓不到耳,明月孤云长挂情。世上路歧何缭绕,水边蓑笠称平生。寻思阮籍当时意,岂是途穷泣利名。"

 ## 与老无期约,到来如等闲。

和老年没有事先约定日期,它来时我还是过着与平常一样的生活。

【解析】这是刘禹锡回复给好友白居易的一首诗,诗人在诗中提到自己对年岁逐渐衰老、时日不多的看法,就是保持和日常生活一样的心态,没有特别的忧虑或恐惧。本句可用来形容以平常心对待晚年岁月。

【出处】唐·刘禹锡《答乐天见忆》诗:"与老无期约,到来如等闲。偏伤朋友尽,移兴子孙间。笔底心无毒,杯前胆不豩。唯余忆君梦,飞过武牢关。"

 ## 涧户寂无人,纷纷开且落。

山谷中的溪水口空寂无人,任由花朵接连开放又逐渐凋落。

【解析】本诗诗题为《辛夷坞》。辛夷,即木笔树,初春时花先叶而开，香味浓郁。辛夷坞，意即遍植辛夷的山谷。王维在诗中描写辛夷花生长在无人的山谷溪涧，花萼火红，随着每年的花期亮丽绽开又逐渐凋谢，表面上是在写辛夷花寂静悠闲的自然本性，实际上也寄寓了另一层面的含义，即人应该学习辛夷花自在从容地来与去，不必在乎红尘纷扰与他人目光。本句可用来形容人隐居山中，与世无争，且对生死一事看得很淡泊。另可用来形容花在无人山涧自开自落的景象。

【出处】唐·王维《辛夷坞》诗："木末芙蓉花，山中发红萼。涧户寂无人，纷纷开且落。"

随富随贫且欢乐，不开口笑是痴人。

一个人无论是富有或贫穷，都应该要快乐地过日子，不肯展颜欢笑的可说是痴傻之人。

【解析】白居易认为人生不论生活富裕或贫困，都不必过于锱铢计较，而是要经常敞开胸怀，张嘴大笑，保持心情愉悦。本句可用来形容心境坦然欢畅、无所牵挂。

【出处】唐·白居易《对酒》诗五首之二："蜗牛角上争何事？石火光中寄此身。随富随贫且欢乐，不开口笑是痴人。"

三、抒解不平

人生由命非由他，有酒不饮奈明何？

人生的一切皆是命中注定，不是他人可以安排的，眼前有酒若是不喝，岂不是辜负这一轮明月！

【解析】本诗诗题为《八月十五夜赠张功曹》。功曹，古代官名，即功曹参军，负责人事任用、考察勋劳等事宜。张功曹，此指张署。贬谪在外地的韩愈，本期待天子大赦天下时，得以被朝廷召回，可惜结果终是事与愿违，他只好和同病相怜的友人张署在中秋月圆之夜一同借酒消愁，抒发对自己人生命运难以掌握的无奈。本句可用在遭逢困逆却又无法作主时的自我安慰。

【出处】唐·韩愈《八月十五夜赠张功曹》诗："……君歌且休听我歌，我歌今与君殊科。一年明月今宵多，人生由命非由他，有酒不饮奈明何？"（节录）

人生在世不称意，明朝散发弄扁舟。

人活在世上，既然无法称心如意，
倒不如明天解下冠簪，散开头发，驾着小船四处去遨游。

【解析】李白面对残酷现实与高远理想的冲突矛盾，所能寻求的出口便是放浪形骸，隐逸于山水之间，不愿让心灵再受到污浊世俗的束缚。本句可用来表达人生遭遇不如意时，选择归隐避世。

【出处】唐·李白《宣州谢朓楼饯别校书叔云》诗："……抽刀断水水更流，举杯消愁愁更愁。人生在世不称意，明朝散发弄扁舟。"（节录）

大道如青天，我独不得出。

大路有如蓝天一样宽阔，唯独我无法走出。

【解析】李白不屑效法那些像街头小儿一样的人，凭着杂耍小技去取得君王的宠信，因而在仕途上一路受到轻蔑与排挤，最后被赐金放还。诗中主要表达他欲有一番作为，却遭小人阻挡而不得出头的愤慨。本句可用来抒发时运不济、命运乖蹇时的不平。

【出处】唐·李白《行路难》诗三首之二："大道如青天,我独不得出。羞逐长安社中儿,赤鸡白雉赌梨栗。弹剑作歌奏苦声,曳裾王门不称情。淮阴市井笑韩信,汉朝公卿忌贾生……"(节录)

 ## 不才明主弃,多病故人疏。

我没有什么才能,自然被圣明的君主所舍弃。
又因为经常生病,过去的友人也逐渐与我疏离。

【解析】本诗诗题为《岁暮归南山》。南山,一说指长安附近的终南山。另一说指孟浩然家乡襄阳附近的岘山。诗歌中的南山常含有归隐之意。孟浩然借此诗抒发仕途失意的情绪以及对世态炎凉的哀叹,因而不得不回到南山归隐。相传唐玄宗后来看了这首诗,认为自己从来没有舍弃过孟浩然,气恼孟浩然何以写诗诬赖,便真的不愿启用孟浩然了。本句可用来表达无人赏识的落寞忧闷。

【出处】唐·孟浩然《岁暮归南山》诗:"北阙休上书,南山归敝庐。不才明主弃,多病故人疏。白发催年老,青阳逼岁除。永怀愁不寐,松月夜窗虚。"

 ## 不见年年辽海上,文章何处哭秋风?

你难道没有看见辽海上的战乱年年不止,
文士写的那些抒发秋天感伤的文章又有什么作用呢?

【解析】由于藩镇据地,各自拥兵自重,迫使唐朝廷不得不连年出兵讨伐,政令自然趋向重武轻文,李贺诗中表达的便是当时文人无用以及自己怀才见弃的愤慨。本句可用来抒发国家争乱终年不休,文人不受重用。

【出处】唐·李贺《南园》诗十三首之六:"寻章摘句老雕虫,晓月当帘挂玉弓。不见年年辽海上,文章何处哭秋风?"

**五花马，千金裘，呼儿将出换美酒，
与尔同销万古愁。**

五色花纹的昂贵名马，价值千金的贵重皮衣，快叫孩子都拿去换取美酒来，和你们一起痛饮美酒，以消除人世间无穷无尽的忧愁。

【解析】李白在诗中劝人痛快地饮酒，甚至不惜叫人把名贵的马和皮衣都拿去买酒，为的就是要消解其内心巨大的痛苦及深沉的哀愁。本句可用来形容借酒宣泄心中的不满与悲愤。

【出处】李白《将进酒》诗："……陈王昔时宴平乐，斗酒十千恣欢谑。主人何为言少钱？径须沽取对君酌。五花马，千金裘，呼儿将出换美酒，与尔同销万古愁。"（节录）

 世人闻此皆掉头，有如东风射马耳。

世间的人听到这些诗赋后转头就走，
好像春风从马耳边吹过一样，风飘瞬间即逝，马也不加以理会。

【解析】李白于诗中感慨能人志士往往不能为世所用，文章写得再好竟然抵不上一杯水的价值，人们就算听到了也是充耳不闻、无动于衷。本句可用来形容有才学的人不为世人所重视，提出的言论主张也不受认同。

【出处】唐·李白《答王十二寒夜独酌有怀》诗："……人生飘忽百年内，且须酣畅万古情。君不能狸膏金距学斗鸡，坐令鼻息吹虹霓。君不能学哥舒，横行青海夜带刀，西屠石堡取紫袍。吟诗作赋北窗里，万言不值一杯水。世人闻此皆掉头，有如东风射马耳……"（节录）

 古来圣贤皆寂寞，惟有饮者留其名。

自古以来，圣人贤者终其一生都落寞孤单，只有爱喝酒的人方能千载留名。

【解析】向来自视甚高的李白，在与诸多友人宴饮时，面对仕途上的失意、有志难伸的窘境，纵使激愤万千，也只能以痛饮来浇胸中之块垒。本句可用来形容才学出众又行为独特之人，因不为现实人世所理解与接受，故借酒来自放不平。

【出处】唐·李白《将进酒》诗："……与君歌一曲，请君为我侧耳听。钟鼓馔玉不足贵，但愿长醉不复醒。古来圣贤皆寂寞，惟有饮者留其名……"（节录）

白日不照吾精诚，杞国无事忧天倾。

白天的阳光照不到我对国家的赤诚，
反而说我像是杞国人一样，没有事情却忧虑着天地将要崩坠的危险。

【解析】李白奉诏入京，本想大展才华，但不久后即遭唐玄宗赐金放还，诗中"白日"含有隐喻君主之意，他自认胸怀治国大略却因皇帝受到蒙蔽而无处施展，对国家前途充满担忧，却反被当成是杞人忧天，令他悲愤不平。本句可用来形容赤诚的心意不被上位者理解，反被视为无谓的忧虑。

【出处】唐·李白《梁甫吟》诗："……我欲攀龙见明主，雷公砰訇震天鼓。帝傍投壶多玉女，三时大笑开电光，倏烁晦冥起风雨。阊阖九门不可通，以额扣关阍者怒。白日不照吾精诚，杞国无事忧天倾……"（节录）

同学少年多不贱，五陵衣马自轻肥。

年少时一起学习的同学大多已经发达显赫，
他们在京城长安穿轻暖的皮衣、乘坐肥马拉的车子，过着富贵的生活。

【注释】五陵：本指长陵、安陵、阳陵、茂陵、平陵五个汉代帝王的陵寝，因都位于长安，是当时高官富豪的聚集之地，故后多用来代指豪门之家。

【解析】此为年过半百的杜甫，因生活无所凭依而被迫离开成都后，滞留于夔州（位于今重庆市境内）期间所作。诗中他叹慨少年时代的同侪（平辈）多已飞黄腾达，反观自己不但报国无路，还沦落到生计无以为继的地步。本句可用来慨叹年少旧识或同学成就非凡，而自身却落魄失意。

【出处】唐·杜甫《秋兴》诗八首之三："千家山郭静朝晖，日日江楼坐翠微。信宿渔人还泛泛，清秋燕子故飞飞。匡衡抗疏功名薄，刘向传经心事违。同学少年多不贱，五陵衣马自轻肥。"

安能摧眉折腰事权贵，使我不得开心颜！

怎么能要我低下眉头、弯下腰来去侍奉那些得势的权贵呢？
这使得我无法开怀地展露欢颜。

【解析】李白原本对政治怀抱极大的理想与热情，但现实却逼迫他必须卑躬屈膝地服侍朝中掌握权势的人，他最终不愿违背自己的心志，过起云游四方的日子。本句可用来形容不甘屈服于权贵势力的愤恨不平。

【出处】唐·李白《梦游天姥吟留别》诗："……世间行乐亦如此，古来万事东流水。别君去兮何时还？且放白鹿青崖间，须行即骑访名山。安能摧眉折腰事权贵，使我不得开心颜！"（节录）

但是诗人多薄命，就中沦落不过君。

历来的诗人虽多命运不佳，
但在所有失意的诗人当中，没有一个人比你更落魄的了。

【解析】白居易路过李白葬于当涂（位于今安徽马鞍山市境内）青山下的墓地，想着这位曾被称誉"谪仙人"的绝世天才，不仅生前郁郁不得志，四处漂泊，死后墓地竟也如此简陋荒凉，忍不住为其发出不平。本句可用来表达对怀才不遇者的感慨。

【出处】唐·白居易《李白墓》诗："采石江边李白坟，绕田无限草连云。可怜荒垄穷泉骨，曾有惊天动地文。但是诗人多薄命，就中沦落不过君。"

我未成名君未嫁，可能俱是不如人。

十多年过去了，至今的我仍然榜上无名，而你也还未寻觅到好人家出嫁，大概是我们的才能都不如别人吧！

【解析】诗题一作《赠妓云英》。作者罗隐在钟陵（位于今江西南昌市境内）偶遇十多年前认识的妓女云英，回首自己工诗善文，但在求取功名的路上却数度落第，有志也无处伸展，而今见到才貌双全的云英犹未从良嫁人，不禁感慨两人的命途同样坎坷，语气中含有同病相怜的意味。本句可用来表现失意人的自我解嘲，以抒发心中的抑郁难平。

【出处】唐·罗隐《偶题》诗："钟陵醉别十余春，重见云英掌上身。我未成名君未嫁，可能俱是不如人。"

青蝇易相点，白雪难同调。

要被青蝇玷污到是很容易的，
但要和《阳春白雪》这样高雅的乐曲同调却很困难。

【注释】青蝇：因青蝇的排泄物最容易玷污东西，故可用来比喻喜进谗言的小人。

白雪：即乐曲《阳春白雪》，多被用来比喻高雅不俗的音乐。

【解析】本诗诗题为《翰林读书言怀，呈集贤诸学士》。翰林，即翰林院，朝廷遴选擅长文辞的朝臣入居翰林，自唐玄宗后，翰林分为两种：一种称翰林学士，负责起草诏制；一种初称翰林待诏，后改称翰林供奉，则无实权。此为李白担任翰林待诏时所作，他本以为奉诏入京后就可以一展长才，但现实情况却事与愿违，宫廷里充斥了许多如青蝇般的势利之徒，经常对不愿与他们同流合污的李白加以谗毁，使唐玄宗日益疏离李白。李白自认情操如《阳春白雪》乐曲般高洁，根本不屑与小人为伍，故作诗抒发心中的愁闷。本句可用来形容自命品格超群脱俗，蔑视人格低下者的卑劣行径。

【出处】唐·李白《翰林读书言怀，呈集贤诸学士》诗："晨趋紫禁中，夕待金门诏。观书散遗帙，探古穷至妙。片言苟会心，掩卷忽而笑。青蝇易相点，白雪难同调……"（节录）

前不见古人，后不见来者。

回首看不见古代的先人，向未来望不到后世的来者。

【解析】此诗为仕途屡遭挫折的陈子昂登楼感怀之作，意在抒发古来贤君与今之明主皆难以和自己相遇的不平情绪。本句可用来形容天下之大却知音难觅的孤独感。也可用来形容怀才不遇、生不逢时的苦闷情怀。

【出处】唐·陈子昂《登幽州台歌》诗："前不见古人，后不见来者。念天地之悠悠，独怆然而涕下。"

洛阳城里春光好，洛阳才子他乡老。

此时的洛阳城里正春光明媚，
而我这个洛阳才子却流落他乡，随着时间逐渐地衰老。

【注释】洛阳才子：此为韦庄的自称，因其成名作《秦妇吟》便是在洛阳写成的，还赢得了"秦妇吟秀才"之美誉，故对洛阳有着深厚的情感。

【解析】身在江南的韦庄，纵使眼前风景秀丽如画，他仍心系往昔在洛阳时的春日美景，此时的他欲归不得，只能空叹自己满腹才学与年华终将在异乡虚耗老去。本句可用来形容自恃才华出众却落拓失意，感伤岁月流逝却一无所成。另可用来形容洛阳春色优美，住过的人即使到了外地仍会对洛阳怀念不已。

【出处】唐·韦庄《菩萨蛮·洛阳城里春光好》词："洛阳城里春光好，洛阳才子他乡老。柳暗魏王堤，此时心转迷。桃花春水渌，水上鸳鸯浴。凝恨对残晖，忆君君不知。"

纨绔不饿死，儒冠多误身。

富贵人家的子弟不会饿死，
读书人却经常受困于贫苦环境而耽误了自身前程。

【解析】本诗诗题为《奉赠韦左丞丈二十二韵》。左丞，古代官名，即尚书左丞。尚书省为执行国家政令的机构，下设左、右丞分管吏、户、礼、兵、刑、工六部。韦左丞丈，为杜甫对时任尚书左丞韦济的尊称。杜甫在此诗中直抒胸臆，表达心中的强烈不平，直指社会上那些才智平庸的权贵子弟，一辈子锦衣玉食，不知人间疾苦，反观像自己这样踌躇满志的读书人，却永远都在贫困中挣扎而无力翻身。本句可用来抒发读书人穷困失意的心情。

【出处】唐·杜甫《奉赠韦左丞丈二十二韵》诗："纨绔不饿死，儒冠多误身。丈人试静听，贱子请具陈……"（节录）

停杯投箸不能食,拔剑四顾心茫然。

我放下酒杯、丢下筷子,无法下咽,拔出剑来环顾四周,心中一片茫然。

【解析】李白在诗中感叹世道艰难,纵使美酒佳肴当前也不为所动,又举剑四顾,抒发其实践人生理想的路上受到阻碍的失意落寞。本句可用来形容心思苦闷烦乱而无心于饮食。

【出处】唐·李白《行路难》诗三首之一:"金樽清酒斗十千,玉盘珍羞直万钱。停杯投箸不能食,拔剑四顾心茫然……"(节录)

将略兵机命世雄,苍黄钟室叹良弓。

韩信拥有将帅善于用兵的谋略与机智,是闻名于世的英雄人物,可惜世事变化太快,最后他在汉宫钟室被杀,不禁让人发出人才来不及避祸的感叹。

【注释】苍黄:本指青色和黄色,后比喻事情变化不定。

钟室:此指韩信被处死的长乐宫悬钟之室。

良弓:本指好弓,此指有功劳的人。韩信曾言"高鸟尽,良弓藏",原意是指猎人用强弓射杀猎物后就把它搁置一边,后多引申为功臣辅助上位者灭敌后,就要尽快隐遁,否则功高震主必会招来灾祸。

【解析】刘禹锡途经祭祀韩信的庙宇时,慨叹这位深通韬略、善晓兵机的将才,曾为西汉建国立下丰伟功业,却惨遭高祖的皇后吕后诛杀。他认为韩信若当时能把握时机,急流勇退,或许就可以避开被杀戮的厄运。本句可用来感叹英雄人物遭猜忌或被杀的怨愤与无奈。其中"将略兵机命世雄"一句,另可用来形容人的军事才能高超,用兵如神,机谋远虑,堪称一代豪杰。

【出处】唐·刘禹锡《韩信庙》诗:"将略兵机命世雄,苍黄钟室叹良弓。遂令后代登坛者,每一寻思怕立功。"

野夫怒见不平处,磨损胸中万古刀。

像我这样的草野莽夫,最愤怒的是看到世上到处充斥着不公不义,仿佛把胸口中那把万古刀都快要磨耗殆尽了。

【解析】据元人辛文房《唐才子传》记载,刘叉曾因仗义行侠、好打不平而杀了人,后遇大赦才免于牢狱之灾,从此一直没有参加科举,过着浪迹天涯的生活。诗中抒发其对周遭不平事物的愤慨,但他又不得不压抑自己胸中的熊熊怒火,避免人生再一次地重蹈覆辙。本句可用来形容人虽富有正义感,但面对不平人事也只能强忍下来。

【出处】唐·刘叉《偶书》诗:"日出扶桑一丈高,人间万事细如毛。野夫怒见不平处,磨损胸中万古刀。"

岁华尽摇落,芳意竟何成。

兰花和杜若一年来的丰华即将消逝,
但它们所散发的芳香却始终无人欣赏。

【解析】陈子昂于诗中借用兰花和杜若这两种香草寄寓自身际遇,表面上是在写兰若风姿超群,但因生于山林,只能孤芳自赏,等到秋风乍起,花叶便逐渐凋零。事实上,诗人是借兰若表达自己空有才情抱负却在政治上屡遭打压,眼看着年华流逝而实现理想的机会也将要幻灭的苦痛。本句可用来形容空怀理想却难遇伯乐,任凭光阴虚度的悲叹。

【出处】唐·陈子昂《感遇》诗三十八首之二:"兰若生春夏,芊蔚何青青。幽独空林色,朱蕤冒紫茎。迟迟白日晚,袅袅秋风生。岁华尽摇落,芳意竟何成。"

当路谁相假？知音世所稀。

身居要职的当权者，有谁愿意帮助我？这个世上懂我的人实在太稀少了。

【解析】仕途失意的孟浩然，准备离开长安前作诗赠别王维。诗中感叹自己空有用世之心，却苦于无人引荐，心灰意冷下定决心返乡归去，这一路上他看尽了世态炎凉、人情淡漠，唯有王维与自己交心，理解他的心事，看重他的才能，故不忍与其远别。本句可用来抒发壮志难酬、知音难遇的嗟叹。

【出处】唐·孟浩然《留别王侍御维》诗："寂寂竟何待？朝朝空自归。欲寻芳草去，惜与故人违。当路谁相假？知音世所稀。只应守寂寞，还掩故园扉。"

 ## 嫦娥应悔偷灵药，碧海青天夜夜心。

想必嫦娥应该后悔当初偷吃了灵药，如今只能在月宫中对着碧海般的天空，孤独地度过每一个夜晚。

【解析】嫦娥是神话传说中后羿之妻，因偷吃了西王母送给后羿的灵药而飞上月宫。李商隐在诗中借写嫦娥奔月后，日夜饱尝孤寂，暗喻自己对已经无法挽回的感情或事物的追悔。本句可用来形容生活与世隔绝，导致寂寞难耐而后悔不已。另可用来比喻对于自己过去已成定局的决定感到悔不当初。

【出处】唐·李商隐《嫦娥》诗："云母屏风烛影深，长河渐落晓星沉。嫦娥应悔偷灵药，碧海青天夜夜心。"

 ## 宁为宇宙闲吟客，怕作乾坤窃禄人。

宁愿做一个在天地间赋闲吟诗的过客，也不愿成为拿着国家俸禄却不认真做事的官吏。

【注释】乾坤：此指国家、天下。本是《易》上的两个卦名，后借称天地、阴阳、男女、夫妇、日月等。

【解析】年老又贫病交加的杜荀鹤，感叹官场上充斥了许多领取国家俸禄却又没有作为，甚至是胡作非为的人，他自认虽有匡时济世的心志，无奈时世容不下像他这样勇于说真话的正直之士，所以宁可当个吟诗作赋的江湖闲人，也不希望自己成为尸位素餐的利禄小人，诗中表现出其对世局不满的悲愤激情。本句可用来形容世道黑暗，有志之士难以伸展抱负而闲居吟诗度日的心境。

【出处】唐·杜荀鹤《自叙》诗："酒瓮琴书伴病身，熟谙时事乐于贫。宁为宇宙闲吟客，怕作乾坤窃禄人。诗旨未能忘救物，世情奈值不容真。平生肺腑无言处，白发吾唐一逸人。"

纵饮久判人共弃，懒朝真与世相违。

整日纵情饮酒，早就被人们所嫌弃，
懒惰于上朝参政，确实是有违背世俗常情。

【解析】安史之乱后，杜甫被唐肃宗任命为左拾遗，满怀报国之心的杜甫，原以为能在国家危难之际一展长才，谁知他的施政理念遭人厌弃，抱负难伸，于是来到了长安著名的游览胜地曲江纵酒狂饮，久坐不归，诗中抒发其不受朝廷重用的牢骚苦闷。本句可用来形容仕途失意，借酒浇愁的沮丧心情。

【出处】唐·杜甫《曲江对酒》诗："苑外江头坐不归，水精春殿转霏微。桃花细逐杨花落，黄鸟时兼白鸟飞。纵饮久判人共弃，懒朝真与世相违。吏情更觉沧洲远，老大悲伤未拂衣。"

鬓毛不觉白毵毵，一事无成百不堪。

两鬓上的毛发在不知不觉间变白又细长，
人生至今连一件事情都没有做成，真是令人痛苦得难以忍受。

【注释】毵（sān）毵：形容毛发细长的样子。

【解析】白居易在除夕夜寄给好友元稹这一首诗，他感叹自己早已年过半百，却是庸庸碌碌、白首无成，虚度了人生宝贵的光阴。本句可用来抒发年岁徒增，却毫无建树的伤心嗟叹。

【出处】唐·白居易《除夜寄微之》诗："鬓毛不觉白毵毵，一事无成百不堪。共惜盛时辞阙下，同嗟除夜在江南。家山泉石寻常忆，世路风波仔细谙。老校于君合先退，明年半百又加三。"

四、胸怀壮志

十年磨一剑，霜刃未曾试。

花费十年的工夫才磨出了一把剑，
剑刃白亮有如寒霜，至今还没试过它的锋芒到底有多么锐利。

【解析】剑客，乃诗人贾岛之自喻，其中"十年磨一剑"是指自己十年寒窗苦学所练就的出众本领，"霜刃未曾试"表达其学成之后渴望获得施展政治长才的机会，语气满怀无比的自信。本句可用来比喻长期努力钻研，期待能够得到肯定进而实现个人的理想抱负。

【出处】唐·贾岛《剑客》诗："十年磨一剑，霜刃未曾试。今日把示君，谁为不平事？"

不知腐鼠成滋味，猜意鹓雏竟未休。

不料腐败的鼠肉被鸱当成了美味，竟对挑食的鹓雏也猜忌不休。

【注释】鹓雏：传说中一种像凤凰的鸟。

【解析】李商隐一心向往在建立一番功业后退隐江湖，而他所怀抱的凌云壮志，却遭到朝廷里小人的猜疑和恐惧，故诗中援引《庄子·秋水》之典故，自比"非梧桐不止，非练食不食，非醴泉不饮"的鹓雏，从不会把鸱得到的腐肉当成美味看待。本句可用来抒发心志高尚远大，而贪权慕禄之辈只能用小人狭隘之心揣度之。

【出处】唐·李商隐《安定城楼》诗："迢递高城百尺楼，绿杨枝外尽汀洲。贾生年少虚垂泪，王粲春来更远游。永忆江湖归白发，欲回天地入扁舟。不知腐鼠成滋味，猜意鹓雏竟未休。"

 ## 少小虽非投笔吏，论功还欲请长缨。

年轻时虽没有像班超一样投笔从戎，
但现在我想效法西汉的终军，向君王自愿请缨去战场上建立功名。

【解析】一生漂泊不得志的祖咏，登上燕台远眺塞外，被眼前万里荒原与战鼓喧天的场景所深深震撼，内心不禁澎湃激昂。他在诗中援引东汉战将班超弃文从军以及西汉终军自愿出使南越，请求汉武帝赐其一条长绳来捕缚南越王之史例，表达自己同两位前人有一样的报国心愿。本句可用来抒发心怀卫国建功的远大志向。

【出处】唐·祖咏《望蓟门》诗："燕台一去客心惊，笳鼓喧喧汉将营。万里寒光生积雪，三边曙色动危旌。沙场烽火连胡月，海畔云山拥蓟城。少小虽非投笔吏，论功还欲请长缨。"

少年心事当挈云,谁念幽寒坐呜呃?

年少时应当怀有摘下天上白云的心志,
谁会去怜惜遇到困境时总是坐着哀叹的人呢?

【注释】挈云:比喻志向远大。挈,通"拿"字。

【解析】面对困顿处境,落魄的李贺期勉自己不要再自怨自哀、坐困愁城,而是应更加积极进取,日后方能成就一番惊天动地的事业。本句可用来说明少年应该志向豪迈远大,不要遇到困难挫败便悲观丧志。

【出处】唐·李贺《致酒行》诗:"零落栖迟一杯酒,主人奉觞客长寿。主父西游困不归,家人折断门前柳。吾闻马周昔作新丰客,天荒地老无人识。空将笺上两行书,直犯龙颜请恩泽。我有迷魂招不得,雄鸡一声天下白。少年心事当挈云,谁念幽寒坐呜呃?"

少年负壮气,奋烈自有时。

年少时怀抱着豪壮的志气,一定会有振作奋起的时机出现。

【解析】李白在诗中描写一名少年怀抱着激昂高亢的豪情与雄心勃勃的壮志,并坚信自己日后必能成就一番不凡的功业。本句可用来抒发年轻人满怀奋发向上的热情,以及对人生信念的坚定不移。

【出处】唐·李白《少年行》诗三首之一:"击筑饮美酒,剑歌易水湄。经过燕太子,结托并州儿。少年负壮气,奋烈自有时。因声鲁句践,争情勿相欺。"

古来存老马,不必取长途。

自古以来养老马是为了取其耐力和智力,而不是为了要其跋涉长途。

【解析】杜甫在诗中借由老马识途的典故,展现自己老当益壮的情怀，强调自己的年纪虽大，但壮志犹在，渴盼有机会能回到朝廷一展抱负。本句可用来形容年长者期待发挥自己的智慧和经验，做一番对国家、社会有贡献的事。

【出处】唐·杜甫《江汉》诗："江汉思归客，乾坤一腐儒。片云天共远，永夜月同孤。落日心犹壮，秋风病欲疏。古来存老马，不必取长途。"

永忆江湖归白发，欲回天地入扁舟。

总想着要在年老白发苍苍时归隐，
但在驾一叶扁舟泛游江湖之前，希望能够扭转乾坤，建立一番功业。

【解析】李商隐于诗中表达其希望在有生之年，能有机会从事一番转变朝廷局势的大事业，之后便会选择功成身退，就好比春秋越国的范蠡一样，在尽心佐助越王勾践灭吴后遂弃官归隐，对权位毫不恋栈。本句可用来形容一心向往为国建功立业，等到展现政治抱负后告老引退。

【出处】唐·李商隐《安定城楼》诗："迢递高城百尺楼，绿杨枝外尽汀洲。贾生年少虚垂泪，王粲春来更远游。永忆江湖归白发，欲回天地入扁舟。不知腐鼠成滋味，猜意鹓雏竟未休。"

仰天大笑出门去，我辈岂是蓬蒿人？

抬头仰望青天，高声大笑地走出门去，
像我这样的人怎会是一辈子困居草野或民间的人呢？

【解析】李白在得到唐玄宗召他入京的诏书后，便返回南陵（位于今安徽省境内）和子女们告别，诗中表达了他对即将入京大展政治抱负的狂喜心情。本句可用来形容自诩才识过人，对施展才华踌躇满志、自信满满。

【出处】唐·李白《南陵别儿童入京》诗："白酒新熟山中归，黄鸡啄黍秋正肥。呼童烹鸡酌白酒，儿女嬉笑牵人衣。高歌取醉欲自慰，起舞落日争光辉。游说万乘苦不早，着鞭跨马涉远道。会稽愚妇轻买臣，余亦辞家西入秦。仰天大笑出门去，我辈岂是蓬蒿人？"

自谓颇挺出，立登要路津。

自认为才华卓越出众，踏上仕途，就足以担当国家的栋梁。

【解析】这是杜甫写给在天宝年间于朝廷担任尚书左丞韦济的诗，主要是希望能获得韦济的引荐而入仕。诗中杜甫向韦济介绍自己的诗文堪与东汉扬雄、三国曹植媲美，也曾得到当代名家李邕、王翰的赏识，所抱持的政治理想是要致力于回到像尧舜时的淳朴风俗。本诗堪称是一封古代版的自我推荐书，使对方能更了解自己的所学与志向抱负。本句可用来形容自认才华挺秀绝伦，可赋予国家重要的职务。

【出处】唐·杜甫《奉赠韦左丞丈二十二韵》诗："……赋料扬雄敌，诗看子建亲。李邕求识面，王翰愿卜邻。自谓颇挺出，立登要路津。致君尧舜上，再使风俗淳……"（节录）

坐观垂钓者，空有羡鱼情。

坐着观看湖边垂竿钓鱼的人，自己却只能空有羡慕的心情。

【解析】孟浩然呈诗赠给张九龄，冀求得到对方的提拔以进入仕途。诗中描述自己面对盛大浩淼的洞庭湖却赋闲家中，为未能在圣明时代为国效力感到惭愧；其后又借《淮南子·说林训》中"临河羡鱼，不如归家织网"的典故，表达羡慕他人也无济于事，理当亲身力行，为朝廷尽展一己之长。本句可用来暗喻渴望成就一番事业，只是苦于无人引荐。

【出处】唐·孟浩然《望洞庭湖赠张丞相》诗："……欲济无舟楫，端居耻圣明。坐观垂钓者，空有羡鱼情。"（节录）

 长风破浪会有时，直挂云帆济沧海。

总会遇到乘着长风破浪万里的机会，
那时就可以挂起高竿入云的船帆横渡大海。

【解析】这是李白因得罪朝廷权贵而遭人排挤时所写的诗作，主要抒发其在政治上的不如意与激愤情感，但即便人生道路如此崎岖难行，天性乐观豪爽的他仍然相信，终有一天还是能受到重用，一展自己的远大理想与长才。本句可用来比喻只要不畏艰难、奋勇向前，壮志一定会有伸展和实现的机会。

【出处】唐·李白《行路难》诗三首之一："……行路难，行路难。多歧路，今安在？长风破浪会有时，直挂云帆济沧海。"（节录）

 俱怀逸兴壮思飞，欲上青天揽明月。

我们都怀抱着超脱世俗的意兴和奋然欲飞的雄心壮志，
想要飞到天上去摘取明月。

【解析】李白在诗中表达其与族叔李云都怀有不同于世俗的才思和壮志，甚至他还发下想要上天揽月的率真豪语，由此也可看出李白对高尚目标的向往与追求。本句可用来形容人的壮志不凡，豪情万千。

【出处】唐·李白《宣州谢朓楼饯别校书叔云》诗："……蓬莱文章建安骨，中间小谢又清发。俱怀逸兴壮思飞，欲上青天揽明月……"（节录）

雄鸡一声天下白。

公鸡宏声一叫，天地豁然大亮。

【解析】李贺在诗中借漫漫长夜后公鸡啼叫，普天大放光明之喻，抒发其当下虽怀才不遇、仕途失意，但仍期待有朝一日突破困境，迎接人生的曙光来到，从此一鸣惊人。本句可用来表达只要坚持理想、永不气馁，黑暗远去后，光明总会到来，届时理想必能实现。

【出处】唐·李贺《致酒行》诗："零落栖迟一杯酒，主人奉觞客长寿。主父西游困不归，家人折断门前柳。吾闻马周昔作新丰客，天荒地老无人识。空将笺上两行书，直犯龙颜请恩泽。我有迷魂招不得，雄鸡一声天下白。少年心事当拏云，谁念幽寒坐呜呃？"

 ## 会当凌绝顶，一览众山小。

登上泰山的最高峰，俯看四周，只觉得群山渺小。

【解析】杜甫描写其东游鲁地时仰望着高耸雄伟的泰山，进而兴起了登上峰顶的强烈愿望，诗中主要抒发其不怕险阻、勇攀高峰的雄心壮志。本句可用来表达不畏艰险、勇往向上的远大志向和抱负。

【出处】唐·杜甫《望岳》诗："……荡胸生层云，决眦入归鸟。会当凌绝顶，一览众山小。"（节录）

五、怀古抒志

一去紫台连朔漠，独留青冢向黄昏。

（王昭君）离开皇宫就一路前往北方遥远的沙漠，最后仅留下青色的坟冢对着荒芜沙漠里的黄昏。

【解析】此诗为杜甫经过昭君村（位于今湖北宜昌市境内）时所作。他回想西汉汉元帝时，宫人王昭君因不肯贿赂画师而被故意画丑，以致得不到汉元帝的青睐，后远嫁匈奴而终死在塞外的史事。借写王昭君一生寂寞凄凉的际遇，寄寓自身实和王昭君一样有着被埋没的感慨。本句可用来表达对西汉王昭君虽然美貌却不幸遭埋没的同情，抒发自己空怀美好的才思却不受重用的伤叹。

【出处】唐·杜甫《咏怀古迹》诗五首之三："群山万壑赴荆门，生长明妃尚有村。一去紫台连朔漠，独留青冢向黄昏。画图省识春风面，环佩空归月夜魂。千载琵琶作胡语，分明怨恨曲中论。"

出师未捷身先死，长使英雄泪满襟。

三国蜀相诸葛亮带兵北伐魏国，可惜在还未得胜前便先死去，古往今来多少英雄们为他的壮志未酬而泪满衣襟。

【解析】此为杜甫游历武侯祠（位于今四川成都市境内）时所写下的一首凭吊诗，诗中除表达对先人诸葛亮的敬仰与惋惜之情外，也寄寓自己和诸葛亮一样有着满腔的报国忠诚，只是抱负无以施展的悲慨。本句可用来形容仁人志士尚未建立丰功伟绩便已逝世的遗恨。也可用来形容空有雄才大略却有志难伸的哀叹。

【出处】唐·杜甫《蜀相》诗:"丞相祠堂何处寻?锦官城外柏森森。映阶碧草自春色,隔叶黄鹂空好音。三顾频烦天下计,两朝开济老臣心。出师未捷身先死,长使英雄泪满襟。"

江东子弟多才俊,卷土重来未可知。

在项羽带领的江东子弟里,不乏杰出优秀的年轻人,若有机会一切重新来过,最后项羽和刘邦之间的争霸,到底谁胜谁负还说不定呢!

【解析】此诗为杜牧经过项羽当年自刎的乌江亭(位于今安徽马鞍山市境内)时所作,抒发其对楚汉相争这件史事的看法。杜牧认为胜败乃兵家常事,垓下一战项羽虽然大败,但他本可选择先行渡江,日后借助江东才俊卷土重来,可惜的是,项羽却以无颜见江东父老为由,自刎于乌江岸边,如此不智之举,也等同断送了他日转败为胜的机会。本句可用来勉励人们遭遇失败后,不可自暴自弃,应重新整顿力量,再接受挑战。

【出处】唐·杜牧《题乌江亭》诗:"胜败兵家事不期,包羞忍耻是男儿。江东子弟多才俊,卷土重来未可知。"

昔时人已没,今日水犹寒。

过去的人如今都已不在了,而易水依旧在,河水还是那么冰冷。

【解析】一生仕途坎坷的骆宾王在易水(位于今河北省境内)边送行友人,忆起战国末年荆轲行刺秦王前,燕国太子丹也曾在此地为其饯别。作者借史事暗喻自己空怀荆轲的大志,却苦无机会施展,难掩激愤之情。本句可用来抒发心怀报国或远大的志向,却难有一番作为的不满情绪。

【出处】唐·骆宾王《于易水送人》诗:"此地别燕丹,壮士发冲冠。昔时人已没,今日水犹寒。"

东风不与周郎便,铜雀春深锁二乔。

倘若当时东风不给孙吴大将周瑜提供方便的话,恐怕孙吴的两大美人大乔、小乔,都会被曹操掳去,将她们锁在春色幽深的铜雀台中。

【注释】东风:春风。此指赤壁之战时,孙吴与蜀汉联军,蜀相诸葛亮借东风,烧毁曹魏的战船,大败曹魏于赤壁一事。

铜雀:为曹操筑于魏都邺城之高台,故址位于今河北省邯郸市境内。

二乔:指大乔、小乔姐妹,两人皆貌美。孙策纳大乔、周瑜纳小乔。

【解析】赤壁,山名,一说位于今湖北省咸宁市嘉鱼县东北。另一说位于今湖北省咸宁市赤壁市西北。此为杜牧回顾赤壁之战这段史实,兴起成败之慨叹。他认为当时吴、蜀两国若不得东风之便,风又助火势烈焰,或许后来孙吴的两大美人早成了铜雀台里曹操的战利品,这也意味着孙吴将为曹魏所灭。本句可用来说明赤壁之战的胜利,并非全靠吴、蜀两国的英雄人物便可以达成,若非外在条件因素的影响,历史极有可能改写。另可用来说明某一必要的客观条件,对于事情的成败具有非常关键的作用。

【出处】唐·杜牧《赤壁》诗:"折戟沉沙铁未销,自将磨洗认前朝。东风不与周郎便,铜雀春深锁二乔。"

 ## 寂寂寥寥扬子居,年年岁岁一床书。

想当年,扬雄居住的地方既孤单又冷清,
年复一年只有满床的书与他相伴。

【解析】作者卢照邻在细摹长安都城显贵人家的奢华生活后,诗末以长年穷居著书的西汉文学家扬雄自比,抒发其虽置身于纸醉金迷的长安，却始终和耽于享乐的上流社会格格不入。本句可用来形容读书人效法前人扬雄长期与书为伴的清苦生活。

【出处】唐·卢照邻《长安古意》诗："……昔时金阶白玉堂，即今惟见青松在。寂寂寥寥扬子居，年年岁岁一床书。独有南山桂花发，飞来飞去袭人裾。"（节录）

 ## 卫青不败由天幸，李广无功缘数奇。

汉朝的卫青屡次讨伐匈奴，不曾打过败仗，这是由于上天的宠幸，勇猛过人的李广却无法建立战功，这是因为他的命数不好。

【注释】数奇：古人认为偶数吉利，奇数不吉利，故将做事无法偶合者称之数奇，以表时运不济。

【解析】西汉名将卫青乃皇亲贵戚，深得汉武帝的宠信，立功封爵，官拜大将军；反观战将李广先前与匈奴对战皆获得胜利，却始终未能封侯，其后随卫青出征，因迷失道路而受到责罚，最终选择刎颈自尽。王维在诗中援引卫青、李广之例，意在表达两人的成败并非才能悬殊之故，而是缘于命运好坏的不同。本句借西汉卫青有功封爵，而李广有功无赏、无功受罚的史实，抒发自己与李广一样失意不得志的感慨。

【出处】唐·王维《老将行》诗："……一身转战三千里，一剑曾当百万师。汉兵奋迅如霹雳，虏骑崩腾畏蒺藜。卫青不败由天幸，李广无功缘数奇……"（节录）

六、咏物吟志

【 咏动物 】

一朝沟陇出,看取拂云飞。

有朝一日骏马会从山沟田垄间跳跃而出,
人们可以看着它掠过天上白云,快速飞驰。

【解析】李贺在诗中运用夸张手法描写一匹良马摆脱缰绳的羁绊后,跨越了田野的沟垄,直上云霄的非凡神姿。作者借由对马的赞美,暗喻自己和这匹良马一样智勇兼备,只是怀才不遇,伏处于田野乡间,一旦得到机会奋起,受到君上重用,他日必能建功立业,一飞冲天。本句可用来表达贤才志士渴望建立一番宏伟的事业。

【出处】唐·李贺《马诗》诗二十三首之十五:"不从桓公猎,何能伏虎威?一朝沟陇出,看取拂云飞。"

何当击凡鸟,毛血洒平芜。

何时能让不凡的苍鹰展翅抟击那些平凡的鸟,将它们的毛血洒在平原上。

【解析】此为杜甫早年所作的题画诗,他将画中苍鹰的神态描绘得矫健不凡、灵气飞舞,表面上看似歌咏画中鹰,实是对其当时凌云壮志、疾恶如仇以及不甘平庸的心境写照。本句可用来比喻人的雄心壮志,有如苍鹰一样英勇猛烈。

【出处】唐·杜甫《画鹰》诗:"素练风霜起,苍鹰画作殊。㧐身思狡兔,侧目似愁胡。绦镟光堪摘,轩楹势可呼。何当击凡鸟,毛血洒平芜。"

居高声自远，非是藉秋风。

蝉栖在高处，声音自然远播，并非凭借秋风的助力。

【解析】蝉栖高饮露，古来被视为高洁的象征。虞世南通过对蝉的形象描写，寓意人应立身高处、廉洁自持，格调若能像蝉一样清明高远，即使不依附任何的外力，自然也能声名远传。本句可用来比喻拥有高尚的品德，比去费心想要如何攀附权势更能获得众人的认同。

【出处】唐·虞世南《蝉》诗："垂绥饮清露，流响出疏桐。居高声自远，非是藉秋风。"

采得百花成蜜后，为谁辛苦为谁甜？

蜜蜂采花成蜜之后，却是被人们享用。
这到底是为谁辛苦、为谁酿成蜜的甜呢？

【解析】罗隐借歌咏蜜蜂采蜜的辛劳，暗喻世上很多人劳累奔波一生，到头来却得不到任何的回报。本句可用来赞美蜜蜂辛勤酿蜜，成果终为人们享用的无私奉献。另可用来比喻认真工作，最后辛苦所得却遭他人剥削或占有的不平现象。

【出处】唐·罗隐《蜂》诗："不论平地与山尖，无限风光尽被占。采得百花成蜜后，为谁辛苦为谁甜？"

深山月黑风雨夜，欲近晓天啼一声。

山中的夜晚月色昏暗、风雨交加，
等到快要天亮时啼叫一声就可以了。

【解析】崔道融在诗中描写其与雄鸡的对话，他希望自己饲养的公鸡平日不要随便鸣叫，只需在风雨如晦的破晓前发出一声长啼，以唤醒沉睡的人们，迎接黎明的到来，借此砥砺自己平时行事不可肆意声张、力求表现，而是要等到关键或危急时刻才一鸣惊人，匡救危难。本句可用来比喻人在平日宜养精蓄锐，等待适当时机再一展真才实学。

【出处】唐·崔道融《鸡》诗："买得晨鸡共鸡语，常时不用等闲鸣。深山月黑风雨夜，欲近晓天啼一声。"

莫道无心畏雷电，海龙王处也横行。

不要说螃蟹没有心肠，所以不害怕雷电，
就算到了海龙王的住所也敢横行无忌。

【解析】皮日休借写螃蟹没有心肠，到处横行无忌，即使在天上的雷电、海底的海龙王面前也毫不畏惧的神态，寄寓自己其实也和螃蟹的性格一样狂傲叛逆，不管面对多么强大的威势也绝不卑躬屈膝。本句可用来形容胆量气魄非凡，一身傲骨，无畏强权。

【出处】唐·皮日休《咏蟹》诗："未游沧海早知名，有骨还从肉上生。莫道无心畏雷电，海龙王处也横行。"

露重飞难进，风多响易沉。

露水沉重，蝉有翅膀也难以飞起。风声响亮，盖过了蝉的鸣叫声。

【解析】不幸遭人诬陷入狱的骆宾王，借蝉的洁身自爱以自喻，诗中主要宣泄其在官场遭受的打压与不得志的痛苦。本句可用来比喻志节虽高，却遭逢困厄的怨怼不满。

【出处】唐·骆宾王《在狱咏蝉》诗："西陆蝉声唱，南冠客思侵。那堪玄鬓影，来对白头吟。露重飞难进，风多响易沉。无人信高洁，谁为表予心？"

〖咏植物〗

不是花中偏爱菊，此花开尽更无花。

并不是我在所有的花中特别厚爱菊花，
而是因为等到菊花开过之后，就再也没有别的花开了。

【解析】此为元稹赞扬菊花之作，他认为并不是自己对晚秋傲然独放的菊花偏心，而是一旦菊花谢尽便是百花凋零、无处寻花，自然会把全部情感寄托于菊花上了。本句可用来赞颂菊花不畏凌寒的坚贞品格，同时也借菊花来象征有志之士的不屈傲骨。

【出处】唐·元稹《菊花》诗："秋丛绕舍似陶家，遍绕篱边日渐斜。不是花中偏爱菊，此花开尽更无花。"

志士幽人莫怨嗟，古来材大难为用。

有志之士和隐逸高人不要再怨叹了，
自古以来，有才干的人都很难受到重用啊！

【解析】杜甫在此咏物言志，借诸葛亮庙前孤高苍劲的古柏，一方面比喻诸葛亮的忠贞情操，另一方面暗喻自己的心志堪与诸葛亮相比，同时也感叹像古柏这样高大的木材很难为世人所利用，就正如宏材大略的诸葛亮曾不被重用一样。诗中"材大"既是指古柏，也兼指有才能之人。本句可用来形容有才能的人多曲高和寡、生不逢时而不获重视。

【出处】唐·杜甫《古柏行》诗："……大厦如倾要梁栋，万牛回首丘山重。不露文章世已惊，未辞剪伐谁能送？苦心岂免容蝼蚁，香叶终经宿鸾凤。志士幽人莫怨嗟，古来材大难为用。"（节录）

松柏本孤直，难为桃李颜。

松树、柏树的本性是孤高挺直的，
难以表现出像桃花、李花那样娇艳的容颜。

【解析】李白借松柏孤傲耿直的性情自比，再借桃李招蜂引蝶的媚态比喻那些为达目的而竭力取悦他人的人，表达其不愿屈身献媚于权贵的气概。本句可用来比喻人的气骨犹如松柏般坚贞挺拔，纵使遭逢逆境或面对诱惑也不为所动。

【出处】唐·李白《古风》诗五十九首之十二："松柏本孤直，难为桃李颜。昭昭严子陵，垂钓沧波间。身将客星隐，心与浮云闲。长揖万乘君，还归富春山。清风洒六合，邈然不可攀。使我长叹息，冥栖岩石间。"

 ## 高节人相重，虚心世所知。

高尚的节操会受到人们的尊重，谦虚的情怀会被世人所知晓。

【解析】本诗诗题为《和黄门卢侍御咏竹》。黄门，唐玄宗时称门下省为黄门省，门下省为审查国家诏令内容的机构。卢侍御，指曾官拜黄门侍郎的卢怀慎，为官清廉谨慎。张九龄借由描写竹子具有竹节与中空的特征，意在赞美君子的高尚节操和虚怀若谷的美好品德。本句可用来形容具备气节操守以及态度虚心谦和的人，必然会得到大家的敬重和肯定。

【出处】唐·张九龄《和黄门卢侍御咏竹》诗："清切紫庭垂，葳蕤防露枝。色无玄月变，声有惠风吹。高节人相重，虚心世所知。凤凰佳可食，一去一来仪。"

唯有牡丹真国色,花开时节动京城。

只有牡丹堪称是国中最美丽的花,在花开的季节惊动了整个京城。

【解析】花的种类无数,但在刘禹锡的眼中,芍药过于妖娇,荷花过于素雅,唯有牡丹才符合倾国倾城的艳美姿色,足以在花开时吸引众人前来欣赏,语气中含有对牡丹艳冠群芳、气质高雅的倾慕。本句可用来歌咏牡丹雍容华贵,气质高雅,花品绝伦。另可用来形容春天牡丹盛开时,人们争相观赏,造成轰动喧腾。

【出处】唐·刘禹锡《赏牡丹》诗:"庭前芍药妖无格,池上芙蕖净少情。唯有牡丹真国色,花开时节动京城。"

 ## 数萼初含雪,孤标画本难。

梅花刚刚绽放时,花萼略带白雪的色泽,孤傲脱俗,想要画出梅花的神韵很困难。

【解析】崔道融在诗中借着歌咏于寒冷气候下绽开的梅花,花萼洁白如雪,素雅高洁,寄寓人的品德应如梅花般傲世绝俗。本句可用来比喻人的品格如梅花一样高尚清雅、不随流俗。

【出处】唐·崔道融《梅花》诗:"数萼初含雪,孤标画本难。香中别有韵,清极不知寒。横笛和愁听,斜枝倚病看。朔风如解意,容易莫摧残。"

 ## 秾(nóng)丽最宜新著雨,娇娆全在欲开时。

被雨淋过的海棠看起来格外艳丽,含苞待放的海棠则最为娇媚。

【解析】郑谷在诗中赞美春风微雨后的海棠色泽妍丽、姿态娇美,花瓣上的晶莹水珠,使花朵更显得艳光四射,含苞将要开放的花,神采耀眼夺目。本句可用来形容细雨后的海棠亮丽妩媚，令人倾慕不已。另可用来比喻少女俏丽动人的艳容和娇姿。

【出处】唐·郑谷《海棠》诗："春风用意匀颜色，销得携觞与赋诗。秾丽最宜新著雨，娇娆全在欲开时。莫愁粉黛临窗懒，梁广丹青点笔迟。朝醉暮吟看不足，羡他蝴蝶宿深枝。"

《 咏物质 》

方流涵玉润，圆折动珠光。

水流如玉石般温润光滑，水花如珍珠般浑圆闪亮。

【解析】张文琮在诗中借由歌咏水具有温润如玉、浑圆如珠的特质，暗喻人也该向水学习如玉石般温和柔顺的言行和如珍珠般华贵优美的仪态。本句可用来形容人的品格美好耀眼。另可用来比喻文辞丰美圆熟或歌声圆滑清润。

【出处】唐·张文琮《咏水》诗："标名资上善，流派表灵长。地图罗四渎，天文载五潢。方流涵玉润，圆折动珠光。独有蒙园吏，栖偃玩濠梁。"

日落山水静，为君起松声。

太阳下山，山水间一片静寂，风自松林间吹起，为你响起美妙的乐音。

【解析】王勃在诗中以风喻人，借赞美习习凉风在日落西山、万籁静寂时吹动松树，发出像波涛般的声音，同时驱散炎热，带给万物凉爽快意，比喻人高尚清雅的品格，慷慨无私地遍施恩惠。本句可用来比喻人普济众生又勤奋不懈的美好品德。

【出处】唐·王勃《咏风》诗:"肃肃凉风生,加我林壑清。驱烟寻涧户,卷雾出山楹。去来固无迹,动息如有情。日落山水静,为君起松声。"

 ## 古调虽自爱,今人多不弹。

我虽然很喜爱古老的曲调,但现今的人大多已不弹奏了。

【解析】刘长卿表面上是在写自己所偏爱的古调,遗憾其早已被世人冷落,实是借咏古调以明志,抒发世上知音难遇,只能孤芳自赏的孤独感。本句可用来形容自己孤高自重的心志以及绝不追求俗尚的坚持。另可用来比喻人们多喜欢新鲜而厌倦老旧的人或事物。

【出处】唐·刘长卿《听弹琴》诗:"泠泠七弦上,静听松风寒。古调虽自爱,今人多不弹。"

 ## 直到天头无尽处,不曾私照一人家。

月光自古普照大地,未曾偏照某一户人家。

【解析】中秋节历来有赏月、吃月饼的习俗,象征合家团圆之意。曹松在中秋节这天,未能免俗地也与众人共赏皎洁圆月,当他望着月亮从海平面上冉冉升起时,不禁赞叹这天底下最公正无私的就是月亮了,因为它不会只映照所偏爱的某一家人,语意中含有对当时社会所充斥的各种徇私废公现象的不满。本句可用来歌咏月亮光明磊落,普照人间每一角落,也反映人渴望生活在平等大同的理想国度。另可用来说明中秋节夜空净澄,更衬托出一轮明月的光洁,以及人们争相赏月的景象。

【出处】唐·曹松《中秋对月》诗:"无云世界秋三五,共看蟾盘上海涯。直到天头无尽处,不曾私照一人家。"

朝争暮竞归何处？尽入权门与幸门。

日以继夜地争逐最后归属在哪里呢？
全部都进入了权贵以及君王亲信的家中。

【解析】徐夤在诗中借由歌咏金钱，讽谕古往今来，金钱一直都离不开握有权势的显贵望族以及皇帝宠爱的佞臣之家，纵有前人因追逐金钱而家财万贯，最后也给自己招来了无穷祸患，但后人还是前仆后继，难以抛却金钱的诱惑，也可以说，拥有愈多财富的人愈无法对钱忘情。本句可用来形容权贵豪门和特权阶级，为了获得更多的钱财而朝思夕计，甚至无所不用其极。

【出处】唐·徐夤《咏钱》诗："多蓄多藏岂足论，有谁还议济王孙？能于祸处翻为福，解向雠家买得恩。几怪邓通难免饿，须知夷甫不曾言。朝争暮竞归何处？尽入权门与幸门。"

 ## 雕琢为世器，真性一朝伤。

经过雕刻琢磨的玉成了世间人们玩赏的器物，玉的本性便被破坏了。

【解析】韦应物在诗中赞美玉乃天地之间的灵物，可惜的是玉经过工匠的精心雕琢后反而失去了本来的灵性，成为一般世俗的玩物，诗人借此表达自己崇尚自然率真，不喜粉饰伪装的性情。本句可用来形容做人应当保持纯真质朴，不流于世俗。

【出处】唐·韦应物《咏玉》诗："乾坤有精物，至宝无文章。雕琢为世器，真性一朝伤。"

 ## 劝君觅得须知足，钱解荣人也辱人。

劝你觅得了钱财之后要知道满足，
毕竟钱能够带给人荣华，也会带给人耻辱。

【注释】解：会，能够。

【解析】自古以来就有把钱视为神明的说法，认为钱有通神的力量，任谁都难以抗拒，故李峤在诗中先是颂赞钱不只是世上的珍宝，更具有令人崇拜的神力，但之后话锋一转，他劝诫世人若是对钱贪得无厌，通神的金钱可以给人显荣地位，也可以让人身败名裂。本句可用来规劝人们不要执着于钱财的追求，而应知足常乐，以免因钱而招致祸害。

【出处】唐·李峤《钱》诗："九府五铢世上珍，鲁褒曾咏道通神。劝君觅得须知足，钱解荣人也辱人。"

第二篇 议论篇

第四章 论生命

一、人生领悟

一裘暖过冬，一饭饱终日。

一件毛皮衣服就可以温暖地度过寒冬，一碗饭便可以填饱肚子一整天。

【解析】此乃白居易晚年写来劝勉侄子们要节制物质欲望之作，其担心晚辈生活奢华无度，而人心欲望又是无穷无限，所以提醒他们要懂得知足常乐的道理，并以自身的言行举止为例，希望侄子们可以从他的人生经验中得到启发。本句可用来说明人知道满足，不贪求多余无用的物质，就能保持身心愉悦。

【出处】唐·白居易《狂言示诸侄》诗："……况当垂老岁，所要无多物。一裘暖过冬，一饭饱终日。勿言舍宅小，不过寝一室。何用鞍马多？不能骑两匹。如我优幸身，人中十有七。如我知足心，人中百无一。傍观愚亦见，当己贤多失。不敢论他人，狂言示诸侄。"（节录）

人生直作百岁翁，亦是万古一瞬中。

就算活成了百岁老翁，在万年的历史里也不过是一瞬间而已。

【解析】本诗诗题为《池州送孟迟先辈》。先辈，是对年长者或辈分较高者的尊称。杜牧担任池州（位于今安徽省境内）刺史期间，好友孟迟前来探望，离去前杜牧特作此诗相赠。诗人在诗中抒发其对人生短暂的慨叹，他认为一个人纵使在世间活得再久，顶多也就是百年岁月，完全无法和亘古的历史长流相比，也不可能超越时空的限制而长存于人间。本句可用来表达人寿有尽而世代无穷无尽的感触。

【出处】唐·杜牧《池州送孟迟先辈》诗："……人生直作百岁翁，亦是万古一瞬中。我欲东召龙伯翁，上天揭取北斗柄。蓬莱顶上斡海水，水尽到底看海空……"（节录）

十年一觉扬州梦，赢得青楼薄幸名。

在扬州放荡了十年，如今看来仿若是梦一场，
只赢得了我对青楼女子们薄情负心的名声。

【解析】杜牧在扬州做官期间，经常流连歌楼妓院，十年过去，他追忆起自己在扬州的荒唐沉沦，有种不堪回首的自责意味。本句可用来形容长期纵情酒色生活后的醒觉与悔恨。

【出处】唐·杜牧《遣怀》诗："落魄江南载酒行，楚腰纤细掌中轻。十年一觉扬州梦，赢得青楼薄幸名。"

他人骑大马，我独跨驴子。
回顾担柴汉，心下较些子。

看别人骑着大马，我独自坐在驴子上。
回头看见担着柴的男人，心里就比较好受些。

【解析】王梵志，是唐初一位僧人，其诗浅白易懂，多含有劝善戒恶的意味。这首诗主要表达人不要只羡慕着别人拥有自己所

没有的，因为还有很多人是连自己拥有的都没有，提醒人们应该知足常乐，不要一味地妄想和他人攀比，徒增无谓的烦恼。本句可用来说明比上不足、比下有余，保持怡然自得的心境。

【出处】唐·王梵志《他人骑大马》诗："他人骑大马，我独跨驴子。回顾担柴汉，心下较些子。"

功名富贵若长在，汉水亦应西北流。

如果世上的官位与财富能够永远保持下去的话，
那么汉水就要从东南往西北倒流了！

【注释】汉水：亦称汉江，为长江最长的支流，流经陕西、湖北两省。

【解析】李白在诗中不正面说功名富贵不长在，而是借自然现象中的汉水不可能倒流之事实，来对人一生致力追求的名利权势予以否定。本句可用来形容功业名望和钱财全是一场虚幻，如同烟云过眼。

【出处】唐·李白《江上吟》诗："……屈平词赋悬日月，楚王台榭空山丘。兴酣落笔摇五岳，诗成笑傲凌沧洲。功名富贵若长在，汉水亦应西北流。"（节录）

白头纵作花园主，醉折花枝是别人。

终日忙碌为了购置田产，等到了年老，
纵使做成了花园的主人，最后在花园里喝醉折花的却是别人！

【解析】诗人雍陶看见许多人直到头发花白，都还辛苦奔波，追求丰裕的物质生活，但是人的青春有限，等到生命消逝，那时在花园内的亭台楼阁游乐的人就不是打拼一辈子的自己了，意在提醒人们不要一味地努力挣钱，而忽略了生命的意义是要认真体会人生的美好。本句可用来劝人把握青春，及时享受生活。

【出处】唐·雍陶《劝行乐》诗："老去风光不属身，黄金莫惜买青春。白头纵作花园主，醉折花枝是别人。"

百岁有涯头上雪，万般无染耳边风。

人的寿命是有尽头的，活到百岁时，头发早已白得像霜雪般，看待尘世间的所有事情，就像吹过耳边的风一样，无所挂心。

【解析】此乃诗人杜荀鹤称赞兜率寺中的老僧清静无为，不沾染尘嚣是非的修持工夫。本句可用来说明人经过了漫长岁月的历练，到年老时，对于所听到的事情都不会放在心上。

【出处】唐·杜荀鹤《赠题兜率寺闲上人院》诗："人间寺应诸天号，真行僧禅此寺中。百岁有涯头上雪，万般无染耳边风。挂帆波浪惊心白，上马尘埃翳眼红。毕竟浮生谩劳役，算来何事不成空？"

身外何足言？人间本无事。

身体之外的事物又有什么好说的呢？人世间本来就没有什么大事啊！

【解析】白居易见满庭幽致春色，想着自己虽已年老，身体却少有病痛，每日饱食安睡，还能沉浸于美酒之中，因而体会到世间烦恼多是人们自找的，才会导致病痛缠身，故作诗劝人抛下无谓的执着挂念，常保知足之心。本句可用来劝人保持心情乐观开朗，无须为世俗杂事自寻烦恼。

【出处】唐·白居易《日长》诗："日长昼加餐，夜短朝余睡。春来寝食间，虽老犹有味。林塘得芳景，园曲生幽致。爱水多榜舟，惜花不扫地。幸无眼下病，且向樽前醉。身外何足言？人间本无事。"

浮名浮利浓于酒，醉得人心死不醒。

虚浮的名利比酒还要浓烈，致使人心醉到死时仍无法清醒过来。

【解析】作者体悟人终其一生汲汲营营，致力于追求身外的名声和利益，就好像是醉酒的人一样，到死都浑然不识自己原来本心的模样。本句可用来形容世俗的名利过于诱人，使人们深陷后便难以自拔。

【出处】唐·杜光庭《伤时》诗："帆力劈开沧海浪，马蹄踏破乱山青。浮名浮利浓于酒，醉得人心死不醒。"（此诗一说为郑遨所作，诗题则作《偶题》）

假如三万六千日，半是悲哀半是愁。

假若人的一生有百年的寿命，共计大约三万六千个日子，其中一半是生活在悲苦哀伤中，另一半是在愁烦心绪中度过的。

【解析】杜牧有感于人生实是终日活在悲伤与惆怅的情绪中，因而提醒人们应珍惜当下难得的美好，像是有酒喝时，就该不假思索地喝到酩醉，有花看时，理当停下脚步来尽情欣赏，不要怕耽误了时间而觉得可惜，毕竟机会错过了便不复遇。本句可用来形容生命中充满着哀愁感伤，少有令人值得快乐的事。

【出处】唐·杜牧《寓题》诗："把酒直须判酩酊，逢花莫惜暂淹留。假如三万六千日，半是悲哀半是愁。"

细推物理须行乐，何用浮名绊此身？

仔细推敲宇宙万物间的道理，体悟出人生应及时行乐，何必要让虚名来束缚自己这个人身呢？

【解析】杜甫从春花漫天飘落中体会到不仅万物皆有尽时，人一生所致力追求的功名也同样是有尽头的，与其为了如浮云般的名声而劳累奔波，倒不如在有限的年华里认真享受人生的乐趣。本句可用来表达因理解了人和事物发展变化的道理，故能不再执着于浮华不实的功业名位，从而好好把握人生有限的光阴。

【出处】唐·杜甫《曲江》诗二首之一："……江上小堂巢翡翠，苑边高冢卧麒麟。细推物理须行乐，何用浮名绊此身？"（节录）

处世若大梦，胡为劳其生？

人生在世就像是做了一场很长的梦，何必要过得如此操心劳苦呢？

【解析】李白于春日醉酒醒来，看见庭院前的花香鸟语，突然醒悟到浮生若梦，做人实不必过于操劳而让自己不得安宁，也使自己无法真正感受大自然的风月景色。本句可用来说明人生好像一场虚幻的梦境，不应作茧自缚而忽略了生活中的美好风情和趣味。

【出处】唐·李白《春日醉起言志》诗："处世若大梦，胡为劳其生？所以终日醉，颓然卧前楹。觉来盼庭前，一鸟花间鸣。借问此何时？春风语流莺。感之欲叹息，对酒还自倾。浩歌待明月，曲尽已忘情。"

逢人不说人间事，便是人间无事人。

碰到人不谈人世间的是非，便是可以脱离人世间是非的人。

【解析】本诗诗题为《赠质上人》。上人，多用来尊称修行、智慧卓越的高僧。此诗为杜荀鹤赠送给一位名叫"质"的出家人，诗人在诗中由衷赞美质上人能够摆脱俗尘、心中无所挂碍的不凡修行。本句可用来说明不去谈论世上的是非恩怨，自然不会招惹烦恼痛苦。

【出处】唐·杜荀鹤《赠质上人》诗："桥坐云游出世尘，兼无瓶钵可随身。逢人不说人间事，便是人间无事人。"

 ## 经事还谙事，阅人如阅川。

经历的事情多了，自然更加熟悉事物的道理；见过的人多了，就如同水汇聚成川河一样，看待人世自然更加清澈了然。

【解析】此为刘禹锡回赠给好友白居易的一首诗，他认为人实在不必悲叹年老，因为老人的阅历丰富，见识广博，对人生有深刻的体悟，所以一个人能够活到老可以说是一件值得骄傲的事。本句可用来说明经验丰富的可贵。

【出处】唐·刘禹锡《酬乐天咏老见示》诗："人谁不愿老，老去有谁怜。身瘦带频减，发稀冠自偏。废书缘惜眼，多炙为随年。经事还谙事，阅人如阅川。细思皆幸矣，下此便翛然。莫道桑榆晚，为霞尚满天。"

 ## 蜗牛角上争何事？石火光中寄此身。

人活在世上，就像是寄住在蜗牛的触角上，空间是如此狭小，还有什么好争的呢？人的生命短暂，就像是石头相击时所发出的刹那火光一般。

【解析】晚年的白居易，领悟到人终其一生经常为了功名私利，你争我夺，纵使最后争赢了，也不过局限在像蜗牛触角的窄小范围里，如何能与天地之大相争？而人的生命犹如火石击发的火光，转瞬即逝，故劝人不必枉费心机，徒增烦忧。本句可用来说明生命渺小短暂，不应把时间耗费在无谓的争斗上。

【出处】唐·白居易《对酒》诗五首之二："蜗牛角上争何事？石火光中寄此身。随富随贫且欢乐，不开口笑是痴人。"

举世尽从愁里老，谁人肯向死前闲？

世上所有的人都在愁苦中逐渐老去，有谁愿意在死前让自己好好休息呢？

【解析】杜荀鹤从年轻时期便致力于科举考试的准备，直到四十多岁才中举。诗中他感叹人的一生为了追求理想而奔波劳苦，过程辛酸无限，眼看来日无多，却仍然还是放不下手，最后愁苦而终。本句可用来说明人们宁愿为了基本生存或功名利禄而愁烦忙碌到终老，也不愿让自己静下心来，享受清闲生活的乐趣。

【出处】唐·杜荀鹤《秋宿临江驿》诗："南来北去二三年，年去年来两鬓斑。举世尽从愁里老，谁人肯向死前闲？渔舟火影寒归浦，驿路铃声夜过山。身事未成归未得，听猿鞭马入长安。"

二、哲思禅道

千尺丝纶直下垂，一波才动万波随。

长长的钓丝笔直地垂入江中，
每当江面上一个水波兴起时，便会牵引出无数的波纹。

【注释】纶：钓鱼用的丝线。

【解析】这首诗是船子和尚撰写的一道偈。偈，即梵语中的"颂"义，也可以说是佛教文学的诗歌。船子和尚，原名德诚，因经常在江上为人摆渡，泛舟随缘度化四方往来之人，故称之。这首偈表面上是写月夜钓者居高临下垂钓，钓线入水后激起层层波纹的景象，实是暗喻人来到世上心灵逐渐受到尘世的污染，罪恶的种子就像是"千尺丝纶"一样"直下垂"到我们的身上，一且受到了"一波才动"的外缘诱惑,这些潜伏在身上的罪恶种子便会"万波随"。换言之,人只要有一个念头生起,万念便会相随相生,烦恼从此无边无际,若不生念头,就什么都没有,如要立一个念头来破除,那这个想要破除的念头也是"一波",终究还是祸害的根源。本句可用来比喻人心无念无着,便不会被世间的声色欲念所牵动而苦恼。

【出处】唐·船子和尚《拨棹歌》偈:"千尺丝纶直下垂,一波才动万波随。夜静水寒鱼不食,满船空载月明归。"

大海从鱼跃,长空任鸟飞。

宽阔的大海让鱼儿可以腾跃,辽远的天空让鸟儿可以任意飞翔。

【解析】此为禅僧玄览题于竹子上的一首诗,表达其自由自在的宽阔胸襟,就像大海中的鱼、天上的飞鸟般悠游于广大天地间,这正是他所奉行的顺应自然、不违背事物情理的道。这个名句可用来比喻人的心胸开阔,洒脱自如。另可用来形容写文章时思路顺畅通达。

【出处】唐·玄览《题竹》诗:"欲知吾道廓,不与物情违。大海从鱼跃,长空任鸟飞。"

不经一番寒彻骨,怎得梅花扑鼻香?

梅花要是没有经过刺骨寒冬的考验,怎么会生出如此扑鼻的香气呢?

【解析】本诗的作者希运是禅宗高僧,因在黄檗山(位于今江西省南昌市境内)传法,世称黄檗希运。此偈是作者对门下子弟上课时所讲述的道理,其借寒冬才绽放清幽芳香的梅花为喻,勉励门人要有坚定不移的信念,才能克服修行路上的艰苦磨炼，方能达到对禅机妙理的领悟。本句可用来比喻只有经过一番严格的磨炼，才会有苦尽甘来的成就或对人生哲理更参透的体悟。

【出处】唐·黄檗希运《上堂开示颂》偈："尘劳迥脱事非常，紧把绳头做一场。不经一番寒彻骨，怎得梅花扑鼻香？"

本来无一物，何处惹尘埃？

人的身心本来就虚幻没有实相，从何沾惹尘埃呢？

【解析】禅宗六祖慧能本在五祖弘忍门下担任杂工，不识字的他在听到师兄神秀写的偈后，便央请一旁的人代笔写出他所作的偈。慧能认为人的身躯不过是虚幻假象，人心苦乐也是经过外在意念所形成的虚妄感受，一切现象既然没有真实地存在过，自然也就没有所谓的垢净、生灭。慧能的偈中表达的是一种"顿悟"的思想，也就是证悟一切现象都无真实的生灭变化，只要洞明心性的本源，众生皆可见性成佛。本句可用来说明事物本来就不存在，故由其引起的事物或现象自然也就不存在。

【出处】唐·慧能《六祖坛经·行由品第一》偈："菩提本无树，明镜亦非台。本来无一物，何处惹尘埃？"

因过竹院逢僧话，又得浮生半日闲。

因经过了一处有竹林的庭院，刚巧听了僧人的一席话，于是在这个浮沉纷扰的人世中，又多得到了半日的悠闲。

【解析】原本日子过得昏昏沉沉的李涉，在春天快要结束前决定去登山，经过镇江鹤林寺时无意间与一位僧人闲聊了许久，从中获得了不少的启示。作者在诗中虽没有明讲其和僧人的聊天内容，但从他的心态由消沉郁闷转为宁静祥和，可知僧人的提点使其突然醒悟，重新看见自己的本来面目。本句可用来形容与某人相谈，仿佛在奔波繁忙的生活中得到一段难得的清闲。

【出处】唐·李涉《题鹤林寺僧舍》诗："终日昏昏醉梦间，忽闻春尽强登山。因过竹院逢僧话，又得浮生半日闲。"

吾心似秋月，碧潭清皎洁。

我的心好像秋天朗朗的明月，映在碧绿潭水中更显得清澈纯净。

【解析】诗僧寒山在诗中以"秋月"比喻人心本是空明清净，不染世俗尘埃，且世上也找不到任何物质可以堪比，更是任何言语都无法表达出来的。其意在强调人若能抛开对外物的钻营追求，精神自在爽朗，内心无所挂碍，自然烦恼不生。本句可用来说明人若能回归净洁无瑕的初始本心，便能洞悉人间一切事理，不再为扰攘的人情世事所困惑。

【出处】唐·寒山《吾心似秋月》诗："吾心似秋月，碧潭清皎洁。无物堪比伦，教我如何说？"

改头换面孔，不离旧时人。

在轮回当中，众生的容貌不断改变，但内在本质并不曾离开过去的那个自己。

【解析】诗僧寒山认为六道轮回的痛苦是非常可怕的，人的表相虽在每一次的轮回后转化成不同的样貌，但实质上还是相同的灵魂，故诗中劝人要尽早修行，方能脱离轮回不休的苦海。本句可用来说明即使一个人的面孔变换，但本性仍未改变。

【出处】唐·寒山《可畏轮回苦》诗："可畏轮回苦,往复似翻尘。蚁巡环未息,六道乱纷纷。改头换面孔,不离旧时人。速了黑暗狱,无令心性昏。"

 ## 男儿大丈夫,一刀两段截。

有志气、有原则的男子,遇到纷扰心思的事情时,会毫不迟疑地将其立刻断绝。

【解析】诗僧寒山认为世间有三种人:一是智慧过人者,其心思敏锐,容易领悟佛法中的意境;二是智慧中等者,其心思清静,审慎思虑周详;三是智慧低下者,其心思愚昧,等到大难来临时,才知道人生被自己给毁灭了。也因此,他提醒大丈夫徘徊于歧路时,必须当下一刀两断,才不会空有人的面目而行同禽兽。本句可用来比喻面对烦恼或诱惑时,果决地屏绝。

【出处】唐·寒山《上人心猛利》诗:"上人心猛利,一闻便知妙。中流心清净,审思云甚要。下士钝暗痴,顽皮最难裂。直待血淋头,始知自摧灭。看取开眼贼,闹市集人决。死尸弃如尘,此时向谁说。男儿大丈夫,一刀两段截。人面禽兽心,造作何时歇。"

 ## 时时勤拂拭,勿使惹尘埃。

时时刻刻勤加擦拭,不要使身心沾惹世俗的尘埃。

【解析】禅宗五祖弘忍为了挑选衣钵传人,吩咐弟子作偈写下对佛性的体悟。弘忍门下弟子地位最高的首推神秀,其经过一番苦思后作成此偈。弘忍认为神秀的偈"未见本性,只到门外"，但也告诉众人"依此偈修，免堕恶道"，后因慧能另作一偈而得弘忍的衣钵，成为禅宗六祖。事实上，神秀偈中表达的是一种"渐悟"的思想，也就是渐进提升心性修为的工夫。本句可用来说明人要随时提醒自己断除杂想妄念，使身心常保清净无垢。

【出处】唐·神秀《六祖坛经·行由品第一》偈："身是菩提树，心如明镜台。时时勤拂拭，勿使惹尘埃。"

睫在眼前长不见，道非身外更何求？

眼睫毛就长在眼睛的前方，人却长期看不见，
真理从来不在身体之外，人还要到何处去寻求呢？

【解析】杜牧在池州担任刺史期间，仕途不顺的友人张祜前来探访，两人同游当地名胜九峰楼。杜牧在诗中一方面肯定张祜的才能，讽刺握有权位者识人不明，竟对如此优秀的人才视而不见，但另一方面也劝慰张祜，既有无形的品格操守在身上，又何必去追求有形的仕途名利呢？本句可用来说明真理本来就存在于每个人的心中，离开人的本心，真理便不存在。另可用来比喻人只能见远而不能见近。

【出处】唐·杜牧《登池州九峰楼寄张祜》诗："百感衷来不自由，角声孤起夕阳楼。碧山终日思无尽，芳草何年恨即休。睫在眼前长不见，道非身外更何求？谁人得似张公子，千首诗轻万户侯。"

诗思禅心共竹闲，任他流水向人间。

吟诗和修禅的心思犹如山林里的竹子一样自在悠闲，
任凭那匆匆流水奔向尘世间。

【解析】李嘉佑题写这首诗在高僧禅房的墙壁上，意在赞美其深湛的修行工夫，早已参透自身与天地万物融合为一的道理，不论是留在山林门前的竹子或是流向红尘俗世的江水，都与自己毫无隔阂，完全不着于心。本句可用来表达修行高深之人超脱尘俗的高逸情怀。

【出处】唐·李嘉佑《题道虔上人竹房》诗："诗思禅心共竹闲，任他流水向人间。手持如意高窗里，斜日沿江千万山。"

丰衣足食处莫住，圣迹灵踪好遍寻。

不要住在衣食充足的地方，才容易找寻到圣人仙灵的踪迹。

【解析】诗僧齐己在病中勉励即将前往清凉山礼佛的小师父，应避免和世俗人一样致力于生活富裕的追求，而应保持心境清澄安宁，才能真正体悟潜藏于内心的佛性。本句可用来提醒修行者应恬淡清心，去除对外物的欲求。

【出处】唐·齐己《病中勉送小师往清凉山礼大圣》诗："丰衣足食处莫住，圣迹灵踪好遍寻。忽遇文殊开慧眼，他年应记老师心。"

第五章 论生活

一、社会现象

【 世情冷暖 】

人情翻覆似波澜。

人世间的常情就像那水上的波浪一样,翻来覆去,变幻不定。

【解析】此诗为王维与好友裴迪一同饮酒时所作,可说是王维对人性现实的深切体悟。官场沉浮多年,诗人有感于世道人情翻覆无常,人们经常随着对方地位的高低而表现出亲热或冷漠。本句可用来感叹世态炎凉,人心多变。

【出处】唐·王维《酌酒与裴迪》诗:"酌酒与君君自宽,人情翻覆似波澜。白首相知犹按剑,朱门先达笑弹冠。草色全经细雨湿,花枝欲动春风寒。世事浮云何足问?不如高卧且加餐。"

白首相知犹按剑,朱门先达笑弹冠。

从年轻相交到老的知己,都有可能要按着剑提防对方,有的朋友一旦成为达官显宦,便会嘲笑后来才入仕的人。

【注释】弹冠：整理衣帽。此用来比喻准备出来做官。

【解析】王维在诗中主要表达其对世态无常、人情善变的深刻感悟，他认为朋友相交本贵在真心，后来却演变到相互猜疑，甚至反目成仇的地步。他也见识过有朋友早先一步做了官，竟对后进友人加以嘲辱排挤，让人不禁感叹，如果连知心好友都尚且如此，更遑论其他毫无交情的人了。本句可用来说明世人往往为了个人名利而忽略了彼此的情谊。

【出处】唐·王维《酌酒与裴迪》诗："酌酒与君君自宽，人情翻覆似波澜。白首相知犹按剑，朱门先达笑弹冠。草色全经细雨湿，花枝欲动春风寒。世事浮云何足问？不如高卧且加餐。"

朱门酒肉臭，路有冻死骨。

富贵人家的酒肉多到吃不完而任其腐臭，
路边却有许多受冻而死的尸骨。

【解析】这首诗作于安史之乱发生的前夕，杜甫从长安前往奉先（位于今陕西渭南市境内）的途中，看见达官显贵们极尽豪奢浪费，寻常百姓却穷困到冻死在街头，两者不过咫尺之隔，境遇竟是天壤之别，诗人百般无奈之余，只能借诗抒发其对社会不公不义的愤怒。本句可用来形容贫富差距悬殊的社会现象。

【出处】唐·杜甫《自京赴奉先县咏怀五百字》诗："……中堂舞神仙，烟雾蒙玉质。暖客貂鼠裘，悲管逐清瑟。劝客驼蹄羹，霜橙压香橘。朱门酒肉臭，路有冻死骨。荣枯咫尺异，惆怅难再述……"（节录）

君不见床头黄金尽，壮士无颜色。

你没有看见床头的黄金用完了，
纵使再豪壮勇敢的人都会感到面上无光而羞愧万分。

【解析】张籍在诗中描写一旦钱财耗尽,人在社会上便会寸步难行,世人对于身无分文的穷人多半嗤之以鼻,就算是名闻天下的英雄好汉,也会被贫穷给逼迫到无路可走。本句可用来形容英勇志士手头上的金钱用尽,生活陷入贫困之境。

【出处】唐·张籍《行路难》诗:"湘东行人长叹息,十年离家归未得。弊裘羸马苦难行,僮仆饥寒少筋力。君不见床头黄金尽,壮士无颜色。龙蟠泥中未有云,不能生彼升天翼。"

门前冷落鞍马稀,老大嫁作商人妇。

门前冷冷清清的,连车马都很少经过这里,
眼看年纪大了,于是嫁给了一个商人。

【解析】诗中"鞍马"一说作"车马"。白居易在诗中描写琵琶女回忆歌妓生涯的过往,从其红颜青春时人人争相求爱的得意光景,到姿色衰退后来客的冷清稀落,最后只能将后半生托付给一个经常不在家的生意人,却也从此展开了自己凄凉孤独的中晚年人生。其中"门前冷落鞍马稀"一句,可用来形容家道中落后门户冷清,往来稀少,从而揭露社会现实与人心的势利冷漠;另可用来形容女子衰老后风光不再而落魄嫁人。

【出处】唐·白居易《琵琶行》诗:"……弟走从军阿姨死,暮去朝来颜色故。门前冷落鞍马稀,老大嫁作商人妇……"(节录)

侯门一入深如海,从此萧郎是路人。

一旦进入了深幽似海的官宦显贵人家的大门,
从此情人便像是路人般的陌生。

【注释】萧郎:本指未称帝前的梁武帝萧衍,后常用作女子对所爱男子的借称。

【解析】崔郊在诗中描写其和姑母家的一名婢女相恋,后婢女被卖入门禁森严的官宦人家,从此两人难得见上一面,也不得机会交谈,诗人故作诗抒发心中的无奈。本句可用来讽刺某些后来因故得势的人,不再与亲人旧朋往来的势利现实。另可用来形容因门第悬殊而被迫与相爱的人分开,两人只能形同陌路。

【出处】唐·崔郊《赠婢》诗:"公子王孙逐后尘,绿珠垂泪滴罗巾。侯门一入深如海,从此萧郎是路人。"

冠盖满京华,斯人独憔悴。

达官显贵遍布京城,唯独这个人如此困顿不得志。

【解析】杜甫在诗中为好友李白的坎坷遭遇打抱不平,认为京城里到处充斥戴着官帽、坐在装饰豪华的车里的高官权贵,却容不下一位才高气昂的李白。本句可用来形容有才能者不受重用,能力不足的人却坐享权势名位。

【出处】唐·杜甫《梦李白》诗二首之二:"浮云终日行,游子久不至。三夜频梦君,情亲见君意。告归常局促,苦道来不易。江湖多风波,舟楫恐失坠。出门搔白首,若负平生志。冠盖满京华,斯人独憔悴……"(节录)

时人莫小池中水,浅处无妨有卧龙。

世人切莫小看池塘里的水,池水虽然不深,但很可能藏有睡卧中的龙。

【解析】符载,是窦庠的好友,早年隐居山中,后入仕途却不甚顺遂,饱受世人轻蔑的眼光。窦庠深信符载只是还没有机会崭露头角而已,有朝一日必会让所有的人刮目相看。本句可用来说明世人眼光多势利短浅,经常鄙视眼下潦倒失意之士,而对方将来说不定就是一位卓杰显达的人才。

【出处】唐·窦庠《醉中赠符载》诗："白社会中尝共醉，青云路上未相逢。时人莫小池中水，浅处无妨有卧龙。"

 ## 楼前相望不相知，陌上相逢讵相识。

楼前相互看着，尚且都不知道对方是谁，
走在路上相逢，又怎么会认得出来呢？

【注释】讵：怎么、难道，表示反问的语气。

【解析】卢照邻在诗中描写长安城内的大街小巷终日车水马龙，豪门贵族成群川流于富丽堂皇的宅邸间，人多到站在楼阁前都互相不认识，更不用说到了熙熙攘攘的热闹街道上。本句可用来感叹人与人之间纵使比邻而居也互不交往，情感疏离陌生。

【出处】唐·卢照邻《长安古意》诗："……复道交窗作合欢，双阙连甍垂凤翼。梁家画阁天中起，汉帝金茎云外直。楼前相望不相知，陌上相逢讵相识？……"（节录）

 ## 翻手作云覆手雨，纷纷轻薄何须数？

掌心向上时是云，掌心向下时又变成了雨，
如此翻覆无常、轻薄无行的人比比皆是，哪里用得着细数呢？

【解析】饱受贫困所苦的杜甫，观察到人在富贵得势时，交游热络频繁，反之在失意潦倒时，身边的人便随即散去，两者之间的变化，就好比翻手覆手一样快速容易。本句可用来形容人际关系势利多变，情谊无常。另可用来形容人的行止轻浮，喜好玩弄手段，兴风作浪。

【出处】唐·杜甫《贫交行》诗："翻手作云覆手雨，纷纷轻薄何须数？君不见管鲍贫时交，此道今人弃如土。"

【 社会风气 】

人生莫作妇人身,百年苦乐由他人。

切勿生为女人之身,否则一生的痛苦和快乐都要受他人来决定。

【解析】历来封建传统社会崇尚男尊女卑,因此白居易在诗中为女子一辈子的命运全操纵在他人手上深表同情与不平。本句可用来说明古代妇女地位低下,毫无追求自我的权利。

【出处】唐·白居易《太行路》诗:"……为君熏衣裳,君闻兰麝不馨香。为君盛容饰,君看珠翠无颜色。行路难,难重陈,人生莫作妇人身,百年苦乐由他人……"(节录)

世人结交须黄金,黄金不多交不深。

世间之人结交朋友不可缺少黄金,
黄金的数量若是不多,交情必定不会深厚。

【解析】此为张谓在一户人家墙壁上的题诗,诗中道出了当时社会人与人的交情深浅,多是凭借个人身家和钱财的多寡来衡量的,换言之,出身低微的穷人是很难交到朋友的。本句可用来形容人情现实而重利。

【出处】唐·张谓《题长安壁主人》诗:"世人结交须黄金,黄金不多交不深。纵令然诺暂相许,终是悠悠行路心。"

古调虽自爱,今人多不弹。

我虽然很喜爱古老的曲调,但现今的人大多已不弹奏了。

【解析】刘长卿表面上是在写自己所偏爱的古调,遗憾其早已被世人冷落,实是借咏古调以明志,抒发世上知音难遇,只能孤芳自赏的孤独感。本句可用来比喻人们多喜欢新鲜而厌倦老旧的人或事物。另可用来形容孤高自重的心志以及不追求俗尚的坚持。

【出处】唐·刘长卿《听弹琴》诗:"泠泠七弦上,静听松风寒。古调虽自爱,今人多不弹。"

妆罢低声问夫婿,画眉深浅入时无?

梳妆打扮后轻声地问夫婿,画成这样深浅浓度的眉毛是否迎合现在的时尚?

【注释】画眉深浅:此比喻自己的写作方式。

【解析】本诗诗题为《近试上张籍水部》。从"近试"二字判断,可知这是作者朱庆馀在考前写来献给张籍的诗。唐代的科举考试盛行"行卷"的风气,即在考前会将自己的诗文写于卷轴内,呈给名人冀求赏识介绍。朱庆馀在诗中自比为新嫁妇,把时任水部(即六部之一工部所属的水部司)员外郎的张籍和主考官比成新郎和公婆,借此向张籍探询自己的写作方式能否投主考官的喜好,也道出了他心中的不安忐忑和新嫁妇拜见公婆的紧张心情是一样的。本句可用来比喻做完某事后征求他人的意见,或期待结果是他人所满意的;另可用来形容女子在丈夫面前刻意装扮后的娇羞情态。

【出处】唐·朱庆馀《近试上张籍水部》诗:"洞房昨夜停红烛,待晓堂前拜舅姑。妆罢低声问夫婿,画眉深浅入时无?"

近来时世轻先辈,好染髭须事后生。

近来社会的风气日益轻视前辈长者,既然世风如此,您就把白胡子染黑来伺候后生晚辈吧!

【解析】本诗诗题为《与歌者米嘉荣》。米嘉荣是活动于中唐时期的著名歌唱家，因歌艺超群，在当时享有不小的名气，之后社会习尚流行追捧年轻的歌者，米嘉荣便受到大众的冷落与轻视。诗中刘禹锡采用反讽笔法，表达其对米嘉荣今昔待遇天差地远的无限感慨。本句可用来形容社会只重视年轻人而轻视或忽视老年人的现象。也可用来形容老人家遭到后生晚辈的漠视而感到失落。

【出处】唐·刘禹锡《与歌者米嘉荣》诗："唱得《凉州》意外声，旧人唯数米嘉荣。近来时世轻先辈，好染髭须事后生。"

商人重利轻别离。

商人重视利益，把夫妻分离一事看得相当淡然。

【解析】白居易诗中的琵琶女自叙丈夫时常为了做生意而必须离家，一出门便要经过很长的时间才会返家，对于夫妻之情并不太在意。本句可用来形容商人以金钱财利为重，故商妇多要承受夫妻久别的寂寞。

【出处】唐·白居易《琵琶行》诗："……商人重利轻别离，前月浮梁买茶去。去来江口守空船，绕船月明江水寒。夜深忽梦少年事，梦啼妆泪红阑干……"（节录）

遂令天下父母心，不重生男重生女。

（杨贵妃的受宠）让全天下父母的心思，开始不重视生男孩子而希望生的是女孩子。

【解析】传统的封建社会向来是重男轻女的，但白居易笔下的唐玄宗时期，却因杨贵妃深获君王的宠爱，使其兄弟姐妹皆受封官爵，光耀门楣，这也让当时的父母转变原本的观念，宁可生女儿也不再像以往一样地期待生的是儿子。

【出处】唐·白居易《长恨歌》诗："……姊妹弟兄皆列土,可怜光彩生门户。遂令天下父母心,不重生男重生女……"（节录）

谁怜越女颜如玉？贫贱江头自浣纱。

有谁怜惜像越国西施那样美貌如玉的女子呢？
因为出身贫贱,只能在溪边浣纱。

【解析】王维在诗中借写春秋越国美女西施贫贱时无人怜惜,独自在溪边浣纱一事,与一名洛阳女子嫁入豪门夫家后,过着极尽奢华的生活作对比,以讽喻当时社会贫富悬殊的现象。本句可用来暗讽社会重视家世背景,有才寒士难以得到实现抱负的机遇。另可用来形容女子貌美却出身贫寒,故无人怜爱。

【出处】唐·王维《洛阳女儿行》诗："……狂夫富贵在青春,意气骄奢剧季伦。自怜碧玉亲教舞,不惜珊瑚持与人。春窗曙灭九微火,九微片片飞花璃。戏罢曾无理曲时,妆成祇是熏香坐。城中相识尽繁华,日夜经过赵李家。谁怜越女颜如玉？贫贱江头自浣纱。"（节录）

骅骝拳局不能食，蹇驴得志鸣春风。

赤色的骏马蜷曲在马槽底下难以舒展躯体,因而得不到食物；
跛脚的驴子却能在外踌躇满志,迎着春风得意嘶鸣。

【解析】李白在诗中以"骅骝"比喻良才,以"蹇驴"比喻庸才,暗指统治者识人不明,远贤近佞,导致良才有志难伸而庸才却能得意春风。本句可用来比喻才能出众的人在社会上经常受到压抑,反倒是毫无才干的人容易获得重用。

【出处】唐·李白《答王十二寒夜独酌有怀》诗："……鱼目亦笑我,谓与明月同。骅骝拳局不能食,蹇驴得志鸣春风……"（节录）

【 节日庆典 】

 七夕景迢迢，相逢只一宵。

等了漫长的一年，终于等到七月七日这个夜晚，
但（牛郎与织女）能在一起的时间却只有这一个晚上。

【解析】七夕，指农历七月七日。相传织女为天帝孙女，长年织造云锦天衣，但与牛郎结为夫妇后，逐渐荒废织事。天帝大为震怒，令两人分隔于银河两岸，终年只能遥遥相对，每年七夕才得以相会。诗僧清江在诗中描写牛郎和织女好不容易盼到了七夕的短暂相聚，却又要马上面临隔日一早的分离，语气中充满无限的悲戚。本句可用来说明七夕本为传说中的牛郎织女一年一度相聚的日子，后世以此日为情人节；另可用来形容期盼日久的会面，却如牛郎织女般就要匆匆离别的不舍。

【出处】唐·清江《七夕》诗："七夕景迢迢，相逢只一宵。月为开帐烛，云作渡河桥。映水金冠动，当风玉佩摇。惟愁更漏促，离别在明朝。"

 九月九日望乡台，他席他乡送客杯。

在九月九日重阳节这天登上望乡台远眺，
身在异乡为友人设宴饮酒送行，更添愁思满怀。

【解析】农历九月九日为重阳节，人们习惯在这一天从事登高、赏菊和饮酒等活动。王勃在诗中描述其客居成都时，于重阳节登上高台为他人送行，诗人看着自己在客乡送客的情景，心中的乡愁更加地浓郁强烈。本句可用来说明重阳节人们有相约登高以避凶厄的习俗；另可用来抒发外乡游子佳节思乡的情怀。

【出处】唐·王勃《蜀中九日》诗:"九月九日望乡台,他席他乡送客杯。人情已厌南中苦,鸿雁那从北地来?"

 三月三日天气新,长安水边多丽人。

三月三日天气晴朗,空气清新,
长安东南的曲江水边聚集了很多的美丽佳人。

【解析】古代称农历三月三日为上巳日,人们在这一天会到水边洗濯祈福,借以除去不祥,后来逐渐演变成结伴到水边春游宴饮的重要节日。杜甫在诗中描写杨国忠族兄妹于上巳日在曲江边宴游时奢华无度的情景,意在讽刺唐玄宗的昏庸与时政的腐败。本句可用来说明人们在上巳日有盛装打扮到水边游乐的习俗。

【出处】唐·杜甫《丽人行》诗:"三月三日天气新,长安水边多丽人。态浓意远淑且真,肌理细腻骨肉匀。绣罗衣裳照暮春,蹙金孔雀银麒麟……"(节录)

 天时人事日相催,冬至阳生春又来。

天地四时运转,世间事物变化,每天都在催促着人变老,
转眼间就到了冬至,之后开始白天渐长,而春天很快又要来临了。

【解析】小至,即二十四节气之一冬至的前一天,传统习俗上家家户户会在这一天捣米做汤圆,以便冬至当日全家团圆时一起食用。杜甫在诗中主要感叹韶光似箭般地催人老,过了冬至,就要再年老一岁了!其中"冬至阳生春又来"一句,可用来说明过了传统节庆冬至后,即将迎接新春的到来;另可用来形容时令变化流转,光阴流逝不复返。

【出处】唐·杜甫《小至》诗："天时人事日相催，冬至阳生春又来。刺绣五纹添弱线，吹葭六管动浮灰。岸容待腊将舒柳，山意冲寒欲放梅。云物不殊乡国异，教儿且覆掌中杯。"

火树银花合，星桥铁锁开。

四处灯火通明，像火一般灿烂的树，开着银色的绚丽花朵，装饰着花灯的桥闪烁照耀，有如天上的星桥银河，京城为庆祝上元节而取消了宵禁，城桥也打开了铁锁任由百姓通行。

【解析】农历正月十五为上元节，又称元宵节或灯节。苏味道在诗中描写了正月十五日上元节的夜晚，京城花灯繁多华丽，人群出游过节的热闹情景。本句可用来形容元宵节处处挂着灯笼，灯火辉煌，游人络绎不绝的景象。

【出处】唐·苏味道《正月十五夜》诗："火树银花合，星桥铁锁开。暗尘随马去，明月逐人来。游妓皆秾李，行歌尽落梅。金吾不禁夜，玉漏莫相催。"

直到天头无尽处，不曾私照一人家。

月光自古普照大地，未曾偏照某一户人家。

【解析】中秋节历来有赏月、吃月饼的习俗，象征合家团圆之意。曹松在中秋节这天，未能免俗地也与众人共赏皎洁圆月，当他望着月亮从海平面上冉冉升起时，不禁赞叹这天底下最公正无私的就是月亮了，因为它不会只映照所偏爱的某一家人，语意中含有对当时社会所充斥的各种徇私废公现象的不满。本句可用来说明中秋节夜空净澄，更衬托出一轮明月的光洁，以及人们争相赏月的景象。另可用来歌咏月亮光明磊落，普照人间每一角落，也反映人渴望生活在平等大同的理想国度。

【出处】唐·曹松《中秋对月》诗:"无云世界秋三五,共看蟾盘上海涯。直到天头无尽处,不曾私照一人家。"

春城无处不飞花,寒食东风御柳斜。

春天的京城里,没有一处不飘着落花,寒食节这天,宫廷花园里的柳树随春风吹拂而斜舞。

【解析】寒食节为古代传统节日,一般在每年冬至后的第一百零五日,约清明节前的一、二日。相传春秋时期晋文公为求介子推出仕而焚林,介子推抱木而死,全国哀悼,于是这一天家家户户禁火,只吃冷食。韩翃在诗中描述了寒食节时长安城内花柳随风飞舞的迷人春光,而"柳"也是寒食节的象征之物,人们会在寒食节折柳插门,以怀念介子推不慕名利的行止。本句可用来说明寒食节时正逢柳絮飞舞,同时也是纪念隐士介子推的日子。另可用来形容正值暮春的寒食节,一片花木繁盛、柳絮飞舞的缤纷景象。

【出处】唐·韩翃《寒食》诗:"春城无处不飞花,寒食东风御柳斜。日暮汉宫传蜡烛,轻烟散入五侯家。"

桑柘影斜春社散,家家扶得醉人归。

春社庆典结束,太阳下山,桑树、柘树的影子倾斜,家家户户扶着喝醉的人回家。

【注释】桑柘:指桑树和柘树,这两种树木的叶子都可用来养蚕。

【解析】社日,分春社、秋社两种,古时农家为祈求丰年,会在立春(农历二月三日、四日或五日)、立秋(农历八月七日、八日或九日)过后各举办一场祭祀土神的仪式,民众也会在春社、秋社这两天集会宴饮并进行各种娱乐表演。诗中通过描写参加春社的人们在酒足饭饱后酣醉快乐地准备返家的场景，体现了农民丰收富足，因而在过节时全都心情欢畅。本句可用来形容农村人家在春社节庆后喝到酩酊大醉的情景。

【出处】唐·王驾《社日》诗："鹅湖山下稻粱肥，豚栅鸡栖半掩扉。桑柘影斜春社散，家家扶得醉人归。"（此诗一说作者为张演）

 ## 清明时节雨纷纷，路上行人欲断魂。

清明节这天落雨纷飞，无法返家的人走在路上心情格外哀伤，显出失魂落魄的神情。

【解析】清明，是二十四节气之一，在农历四月五日或六日，民间一直流传着在清明节祭祖扫墓或是结伴踏青的习俗，历来清明的前后也多是有雨的天气。杜牧在诗中除了描述清明节这天春雨绵绵，也道出了本该和家人团聚的人却仍奔走在外，心中无限感伤。本句可用来说明潇潇细雨是清明节典型的天气特征。另可用来抒发孤身在异乡的人于清明节时的思乡心情。

【出处】唐·杜牧《清明》诗："清明时节雨纷纷，路上行人欲断魂。借问酒家何处有？牧童遥指杏花村。"

 ## 普天皆灭焰，匝地尽藏烟。

全天下都熄灭了火焰，遍地尽把烟藏了起来。

【注释】匝：满、整。

【解析】唐代有严禁在寒食节生火煮饭的规定，故无论朝野贵贱皆绝火食，如果违反这项规定是会遭到惩处的，诗中便是描写寒食节时全国上下因吃冷食而没有炊烟的景况。本句可用来说明寒食节有断火禁炊、一概冷食的习俗。

【出处】唐·沈佺期《寒食》诗："普天皆灭焰，匝地尽藏烟。不知何处火？来就客心然。"（此诗一说作者为李崇嗣）

 ## 节分端午自谁言？万古传闻为屈原。

端午节是从何人开始说起的呢？
自古以来传说是为了纪念战国时楚国的臣子屈原。

【解析】端午，为农历五月五日，相传战国时代，遭流言诋毁而被放逐的楚臣屈原，就是在这天怀石自沉于汨罗江，人们不舍其含冤而死，便以饭团投江祭祀并划舟捞救，相沿成端午节吃粽子和赛龙舟的习俗。诗僧文秀面对辽阔茫茫的江水，抒发他对一代耿介直臣的怀念与追思，同时也对屈原生前饱受冤屈的境遇表达愤恨不平。本句可用来说明端午节乃是纪念爱国诗人屈原的节日。

【出处】唐·文秀《端午》诗："节分端午自谁言？万古传闻为屈原。堪笑楚江空渺渺，不能洗得直臣冤。"

 ## 万里此情同皎洁，一年今日最分明。

虽然相隔万里之远，我们的情谊仍如同今夜的明月一样光洁，一年当中只有今天的月亮是最明净的。

【解析】中秋，为农历八月十五日，又称仲秋，历来人们认为这天的月亮最为澄澈正圆，便寄托了月圆人团圆的意义。诗人戎昱在中秋夜登上高楼倚栏赏月，他望着清朗的一轮明月，怀念其远方的旧交故友，希望自己的悠悠思念能通过月光传递给对方。本句可用来说明中秋节的月亮圆满洁净，故有亲友团聚赏月的风俗。另可用来形容中秋夜在月下怀念远方友人。

【出处】唐·戎昱《中秋夜登楼望月寄人》诗:"西楼见月似江城,脉脉悠悠倚槛情。万里此情同皎洁,一年今日最分明。初惊桂子从天落,稍误芦花带雪平。知称玉人临水见,可怜光彩有余清。"

 ## 谁家见月能闲坐?何处闻灯不看来?

有哪户人家看见月亮还能悠闲地坐着?
有谁听到元宵节放灯却不去观赏的呢?

【解析】崔液于诗中描写农历正月十五日上元节(元宵节)的夜晚,京城长安解除了宵禁,举行放灯庆祝活动,人们在这一天争先恐后地涌上街头,通宵达旦地尽情欢乐,造成灯市人声鼎沸的热闹景象。本句可用来形容人们在元宵节迫不及待出门赏灯的盛况。

【出处】唐·崔液《上元夜》诗六首之一:"玉漏银壶且莫催,铁关金锁彻明开。谁家见月能闲坐?何处闻灯不看来?"

 ## 独在异乡为异客,每逢佳节倍思亲。

独自客居他乡,每到过节时更加思念亲人。

【解析】此诗为王维十七岁独自一人在长安过重阳节时所作,诗中他运用侧笔,转以兄弟的角度书写,想象着故乡的兄弟思念着在佳节缺席的自己,流露出彼此相忆的手足情深。本句可用来说明重阳节家人团圆、登高、佩戴茱萸以避邪的风俗。另可用来形容亲友佳节团聚,而自己却独缺一人羁旅在外,心中格外地想念亲人。

【出处】唐·王维《九月九日忆山东兄弟》诗:"独在异乡为异客,每逢佳节倍思亲。遥知兄弟登高处,遍插茱萸少一人。"

二、处世交际

【 真诚 】

 人生交契无老少，论交何必先同调？

人生在世交朋友，不必有老年或少年的分别，只要是坦诚相交，又何必在乎对方是否与自己年龄或志趣相投呢？

【解析】这是杜甫赠诗给曾助朝廷平定乱事的友人李嗣业，诗中除力赞李嗣业乃戡乱时期不可多得之英才，也道出了两人虽在年龄、身份、地位上迥异，却丝毫不影响他们这段忘年的友好情谊。本句可用来说明交友贵在真心，而不是看重外在条件。

【出处】唐·杜甫《徒步归行》诗："明公壮年值时危，经济实藉英雄姿。国之社稷今若是，武定祸乱非公谁。凤翔千官且饱饭，衣马不复能轻肥。青袍朝士最困者，白头拾遗徒步归。人生交契无老少，论交何必先同调？妻子山中哭向天，须公枥上追风骠。"

 珍重主人心，酒深情亦深。

珍惜主人热情款待的一片用心，酒的颜色如此深，主人的情意也和酒的颜色一样浓厚。

【解析】韦庄在诗中描写自己出外做客，主人殷勤地设宴招待，浓厚真挚的情意就如同筵席上醇醲的酒一样，令人动容。本句可用来形容宴会上切莫辜负设宴者对待宾客的真心诚意。

【出处】唐·韦庄《菩萨蛮·劝君今夜须沉醉》词："劝君今夜须沉醉，尊前莫话明朝事。珍重主人心，酒深情亦深。须愁春漏短，莫诉金杯满。遇酒且呵呵，人生能几何？"

〖 圆融 〗

四户八窗明，玲珑逼上清。

屋内四面八方都有窗户，光线明亮充足，直逼神仙居住的环境。

【注释】玲珑：明亮的样子。
　　　　上清：仙境。

【解析】卢纶描写彭祖楼（位于今江苏徐州市境内）内的环境因四面八方都有窗户，所以室内光线显得通明透亮，宛如置身在仙境般。由于诗句提及屋子的八个面向都能透光，也称作"八面玲珑"，此语后来演变成形容人的手段巧妙圆滑，应付世情面面俱到。本句可用来比喻待人处世圆融周到。另可用来形容房屋透光明亮。

【出处】唐·卢纶《赋得彭祖楼送杨宗德归徐州幕》诗："四户八窗明，玲珑逼上清。外栏黄鹄下，中柱紫芝生。每带云霞色，时闻箫管声。望君兼有月，幢盖俨层城。"

寄言处世者，不可苦刚强。

奉劝那些在社会上与人交际的人们，行事不可太过于刚烈逞强。

【解析】白居易作此诗的目的是为了教育家中的晚辈，规谏他们在面对世间的各种情态以及自己的待人接物方面，千万不可固执己见、刚愎自用，但也不能过于软弱畏怯，而是要在强弱刚柔之间找到平衡点，方能长保顺遂，免于受人欺凌。本句可用来说明为人行事宜圆活通达,刚柔相济。

【出处】唐·白居易《遇物感兴因示子弟》诗:"……寄言处世者,不可苦刚强。龟性愚且善,鸠心钝无恶。人贱拾支床,鹘欺擒暖脚。寄言立身者,不得全柔弱。彼固罹祸难,此未免忧患。于何保终吉,强弱刚柔间……"(节录)

《谨慎》

未谙姑食性,先遣小姑尝。

因还不了解婆婆的口味,所以先请小姑来尝一尝我做的羹汤。

【解析】古代有女子新婚后三天要下厨做饭侍奉公婆的习俗。王建在诗中描写一位刚嫁入夫家的新娘,唯恐厨艺不合婆婆的口味,故先让熟悉婆婆食性的小姑来试尝看看,借此反映其聪慧机敏的细腻心思。本句可用来形容新嫁娘为讨婆家欢心的谨慎态度以及善于心计的行事手腕。也可用来比喻初到陌生的环境,必须先请教经验老练的前辈,做事才不容易出差错。

【出处】唐·王建《新嫁娘词》诗三首之三:"三日入厨下,洗手作羹汤。未谙姑食性,先遣小姑尝。"

君子忌苟合,择交如求师。

品行端正的人结交朋友最忌讳苟且凑合,
选择朋友就如同寻求好的老师一样。

【解析】此为贾岛写给科举落第的沈姓友人之忠告,希望其东归返乡后,不可因考试失败而自暴自弃,而更应该谨慎择交良朋益友,因为经常和品德美好的人往来,就如同遇到良师的指导一样，对自己的思想行为将会有莫大的影响。本句可用来说明交友宜慎重，不可轻率将就。

【出处】唐·贾岛《送沈秀才下第东归》诗："曲言恶者谁？悦耳如弹丝。直言好者谁？刺耳如长锥。沈生才俊秀，心肠无邪欺。君子忌苟合，择交如求师……"（节录）

 ## 处世忌太洁，至人贵藏晖。

做人处世的道理忌讳过于高洁，
品德修养完美的人要懂得遮掩自己闪耀的光彩。

【解析】古代高洁之士，刚洗净后必会弹去帽子上的灰尘，抖落衣服上的尘埃，意即不愿自己的清白之身受到世俗的污染。李白则认为做人应该要与世推移，对人不要过于苛求，对自己应要避免锋芒外露而惹祸上身。本句可用来说明立身处世要善于韬光养晦、深藏不露。

【出处】唐·李白《沐浴子》诗："沐芳莫弹冠，浴兰莫振衣。处世忌太洁，志人贵藏晖。沧浪有钓叟，吾与尔同归。"

 ## 结交须择善，非识莫与心。

结交朋友要选择品行好的人，不了解对方就不要把心交出去。

【解析】诗僧王梵志认为朋友之间若认识不深就毫不设防地坦露自己的心迹，极可能因交友不慎而惹祸上身。换言之，真正的好友是必须经过交往后，确定对方的人品良善方能建立情谊。本句可用来说明择善交友是一个人立身处世的根本。

【出处】唐·王梵志《劝诫诗》诗："结交须择善，非识莫与心。若知管鲍志，还共不分金。"

劝君不用分明语，语得分明出转难。

劝（鹦鹉）你不要说太过明白的言语，
话说得太透彻是很难出得了笼子的啊！

【解析】鹦鹉的特点是善于学人言语。罗隐在诗中借由告诫鹦鹉不要随便说话，以免永远被困在鸟笼中，暗喻人与人之间的相处、说话也要谨慎小心，才能避免惹祸上身。本句可用来说明言语不慎，足以招祸。

【出处】唐·罗隐《鹦鹉》诗："莫恨雕笼翠羽残，江南地暖陇西寒。劝君不用分明语，语得分明出转难。"

跻攀分寸不可上，失势一落千丈强。

琴声的高音越弹越高，当高到不能再高时，
突然从高音处降到比千丈深还要更低。

【解析】本诗诗题为《听颖师谈琴》。颖师，指的是唐宪宗元和年间一位善于弹奏古琴的僧人。韩愈在聆听了颖师的精湛琴艺后，想象琴音的起落变化就宛如凤凰昂扬激越的鸣声瞬间转成悄声低吟，把听觉感受变得具体形象化。本句可用来暗喻拥有权势地位的人，行事要更加小心谨慎，否则很容易便会跌入深渊谷底。另可用来形容音调由极高骤然降到很低。

【出处】唐·韩愈《听颖师弹琴》诗："昵昵儿女语，恩怨相尔汝。划然变轩昂，勇士赴敌场，浮云柳絮无根蒂，天地阔远随飞扬。喧啾百鸟群，忽见孤凤凰。跻攀分寸不可上，失势一落千丈强……"（节录）

三、工作谋生

二月卖新丝，五月粜新谷。

二月卖了还没生产出的蚕丝，五月卖了还没长成的稻谷。

【注释】粜（tiào）：指出售谷物。

【解析】聂夷中在诗中描写农夫迫于生计，不得不把尚未产出的农产品预先抵押出去，表面上看似解决了当下的急难，实际上就像是挖肉补疮一样，不但于事无补，甚至经济状况每况愈下。本句可用来形容农民受到不公平的剥削，过着寅吃卯粮的生活，处境穷困凄惨。

【出处】唐·聂夷中《咏田家》诗："二月卖新丝，五月粜新谷。医得眼前疮，剜却心头肉。我愿君王心，化作光明烛。不照绮罗筵，只照逃亡屋。"

只缘五斗米，辜负一鱼竿。

只为了五斗米的微薄俸禄，
便违背了自己对持着鱼竿、悠闲钓鱼生活的钟爱。

【解析】岑参在诗中抒发其为了现实所迫而出来做官的无奈，不得不割舍了原本闲适自在的隐居生活。本句可用来表达为了生计而出仕，内心仍对原本隐逸生活的依恋与不舍。

【出处】唐·岑参《初授官题高冠草堂》诗："三十始一命，宦情多欲阑。自怜无旧业，不敢耻微官。涧水吞樵路，山花醉药栏。只缘五斗米，辜负一鱼竿。"

本卖文为活,翻令室倒悬。

本来以写文章卖钱来维持生计,
反而使家里的生活更加穷困。

【注释】倒悬:头向下、脚向上地悬挂着。比喻处境极为困难。

【解析】官,为对人的尊称。杜甫在诗中描述一个和自己同样贫寒的文人斛斯融,原本是靠着写文章的酬劳来过生活,结果却连给家人基本的温饱都做不到,只好出远门去追讨以前帮人写碑文的润笔钱。本句可用来形容依赖写文稿所赚取的收入,根本不足以维持家计。

【出处】唐・杜甫《闻斛斯六官未归》诗:"故人南郡去,去索作碑钱。本卖文为活,翻令室倒悬。荆扉深蔓草,土锉冷疏烟。老罢休无赖,归来省醉眠。"

 ## 田家少闲月,五月人倍忙。

农民很少有清闲的时光,
到了五月比平日更加繁忙。

【解析】白居易在诗中借由描写观看农民割麦的情景,点出了农民终年辛勤不休,到了农忙季节尤其繁碌的事实,以表达他对农民的深切关心与同情。本句可用来形容务农生活的辛苦。

【出处】唐・白居易《观刈麦》诗:"田家少闲月,五月人倍忙。夜来南风起,小麦覆陇黄。妇姑荷箪食,童稚携壶浆。相随饷田去,丁壮在南冈。足蒸暑土气,背灼炎天光。力尽不知热,但惜夏日长……"(节录)

春种一粒粟，秋收万颗子。

春天播下一粒谷种，
秋天收获万颗稻谷。

【解析】李绅先是描写农民春耕后秋收，呈现辛勤工作后丰收的太平气象，最后一语才道破在丰年竟出现了许多受饿而死的农人，前后对比强烈，反映农夫遭到有权位者极度不合理的剥削，语意中流露出对农民处境的无限怜悯。本句可用来形容农民终年辛苦，收成全被刮削，连养活自己的能力都没有。

【出处】唐·李绅《悯农》诗二首之一："春种一粒粟，秋收万颗子。四海无闲田，农夫犹饿死。"

 ## 苦恨年年压金线，为他人作嫁衣裳。

深恨年复一年手拈金线刺绣的生活，
全是在替别人缝制出嫁时所穿的嫁衣。

【解析】秦韬玉表面是在描写一个贫女对长期辛劳工作的怨恨，实际上是借贫女的处境以自喻，抒发其因出身寒门而在仕途上不受重视的苦闷心结。本句可用来形容为他人卖命地工作，最终只成就了别人。

【出处】唐·秦韬玉《贫女》诗："……敢将十指夸针巧，不把双眉斗画长。苦恨年年压金线，为他人作嫁衣裳。"（节录）

 ## 海人无家海里住，采珠役象为岁赋。

靠海维生的人没有家，天天在海里生活，
他们潜入海底采撷珍珠，驱使大象运出珍珠来缴纳一年的征税。

【解析】王建于诗中描写采珠人冒着生命危险在海底工作，

其后再利用大象作为交通工具将珍珠运出来，年复一年的辛苦所得竟全成了上缴的赋税，足见当时统治者对底层百姓的剥削与压迫。本句可用来说明当时渔人或行船人终年在海上讨生活，收入又遭上位者横征暴敛的悲惨处境。

【出处】唐·王建《海人谣》诗："海人无家海里住，采珠役象为岁赋。恶波横天山塞路，未央宫中常满库。"

采得百花成蜜后，为谁辛苦为谁甜？

蜜蜂采花成蜜之后，却是被人们享用。
这到底是为谁辛苦、为谁酿成蜜的甜呢？

【解析】罗隐借歌咏蜜蜂采蜜的辛劳，暗喻世上很多人劳累奔波一生，却始终得不到任何的回报。本句可用来比喻认真工作，最后辛苦所得却遭他人剥削或占有的不平现象。另可用来赞美蜜蜂辛勤酿蜜，成果终为人们享用的无私奉献。

【出处】唐·罗隐《蜂》诗："不论平地与山尖，无限风光尽被占。采得百花成蜜后，为谁辛苦为谁甜？"

虚怀事僚友，平步取公卿。

持以谦虚心怀来做事的同僚友人，已经平稳顺利地升到公卿的高位。

【解析】白居易被贬谪江州期间，得知过去一同共事的友人，由于行事谦逊、言语谨慎，所以宦途一帆风顺，反观自己却因直言不讳而遭迁谪外地，两相对比，不禁感慨无限。本句可用来比喻为人虚心谦和，较能平顺获取升职的机会。

【出处】唐·白居易《浔阳岁晚寄元八郎中、庾三十二员外》诗："……封事频闻奏，除书数见名。虚怀事僚友，平步取公卿。漏尽鸡人报，朝回幼女迎。可怜白司马，老大在浔城。"（节录）

谁知盘中餐,粒粒皆辛苦。

有谁知道盘碗中的粒粒米饭,都是农夫的辛劳汗水所换来的。

【解析】李绅于诗中描写烈日当空的正午,农民仍在稻田里辛勤耕耘的景象,不禁让他感叹那些饱食终日又不事生产的人,怎能体会每天吃进嘴里的食物是他人付出汗水劳力所取得的。本句可用来表达粮食得来不易,全是农夫勤劳耕作而来,当饮水思源、避免浪费。

【出处】唐·李绅《悯农》诗二首之二:"锄禾当日午,汗滴禾下土。谁知盘中餐,粒粒皆辛苦。"

 ## 击剑夜深归甚处,披星带月折麒麟。

在深夜挥剑击刺,不知哪里是归处?为了降伏神兽,即使身披星星、头顶月亮、早出晚归,也还在奔走不歇。

【注释】麒麟:一种传说中的罕见神兽。

【解析】此诗的作者为吕岩,字洞宾,号纯阳子,道教全真道派奉其为祖师,世称吕祖。相传其手持剑器,可斩断嗔爱烦恼、度化众生,后来修道成仙。诗中他提出所谓命运的造化实是人本身的修为足以扭转,相较于世上多是汲汲名利的人,更显得自己选择这条济弱扶倾、慈悲度世的路分外的孤独,但即便如此,他还是会不辞劳苦地坚持下去。本句可用来形容工作勤奋劳苦、早出晚归或连夜赶路。

【出处】唐·吕岩《七言》诗其四十四:"向身方始出埃尘,造化功夫只在人。早使亢龙抛地网,岂知白虎出天真。绵绵有路谁留我,默默忘言自合神。击剑夜深归甚处,披星带月折麒麟。"

四、日常生活

【饮食】

淹留膳茶粥，共我饭蕨薇。

主人留我吃茶粥，和我一起分食野蕨与野薇。

【解析】储光羲描写其于炎炎夏日来到朋友家中做客，直到太阳快要下山时，朋友请他留下来用餐，招待他的食物就是以茶汁或茶粉煮成的稀饭，以及摘取山野的蕨、薇嫩叶来配粥。蕨与薇是以前贫穷人家常吃的山蔬，可见这位主人虽不富有却相当地好客，希望作者饱餐一顿后再回去。本句可用来说明古代有用茶熬粥煮饭的饮食习俗。

【出处】唐·储光羲《吃茗粥作》诗："当昼暑气盛，鸟雀静不飞。念君高梧阴，复解山中衣。数片远云度，曾不蔽炎晖。淹留膳茶粥，共我饭蕨薇。敝庐既不远，日暮徐徐归。"

紫驼之峰出翠釜，水精之盘行素鳞。

紫骆驼背上的肉是用色泽鲜艳的锅具来盛装的，
新鲜肥美的白鱼摆置在精致的水晶盘上。

【解析】杜甫在诗中描写杨贵妃的家族宴请当朝显要，场面阔绰，餐桌上全都是平民百姓吃不起的名贵食材，连放置食物的餐具也都非常讲究，旨在突显杨氏家族的肴馔珍美、排场豪奢。本句可用来形容盛宴招待客人。也可用来形容饮食奢华侈靡。

【出处】唐·杜甫《丽人行》诗："……紫驼之峰出翠釜，水精之盘行素鳞。犀箸厌饫久未下，鸾刀缕切空纷纶。黄门飞鞚不动尘，御厨络绎送八珍。箫鼓哀吟感鬼神，宾从杂遝实要津……"（节录）

 盘飧市远无兼味，樽酒家贫只旧醅。

离市场太远，所以盘子里没有几样菜肴，
由于家里贫穷，杯中只有过去家里酿的浊酒。

【解析】此诗乃杜甫向远来稀客表明自己虽有满怀的款待热情，却因离市集太远而来不及准备丰盛的菜肴，同时也因家贫而买不起高贵的酒来招待对方。本句可用来说明平日饮食的酒菜简单粗糙。

【出处】唐·杜甫《客至》诗："……盘飧市远无兼味，樽酒家贫只旧醅。肯与邻翁相对饮，隔篱呼取尽余杯。"（节录）

【 茶酒 】

 人生得意须尽欢，莫使金樽空对月。

人生得意时应当纵情欢乐，千万别让金杯空着对着天上的明月。

【解析】李白认为人的一生既然朝暮即逝，生命消亡快速，所以更要把握良辰美景，尽情痛饮，及时行乐。本句可用作宴饮聚会时，劝人饮酒作乐的话语。

【出处】唐·李白《将进酒》诗："……人生得意须尽欢，莫使金樽空对月。天生我材必有用，千金散尽还复来……"（节录）

第二篇　议论篇　215

三杯通大道，一斗合自然。

只要三杯酒喝下去，便能通往美好人生的大道，要是饮尽一斗的酒，便可和天地万物合而为一。

【解析】好酒的李白，把饮酒的趣味和理解人生、自然的道理相提并论，等同替天下所有的嗜酒者找到了喝酒的绝佳借口。本句可用来形容以酒领悟人生的真谛，进而达到和自然合一的超然境界。

【出处】唐·李白《月下独酌》诗四首之二："天若不爱酒，酒星不在天。地若不爱酒，地应无酒泉。天地既爱酒，爱酒不愧天。已闻清比圣，复道浊如贤。贤圣既已饮，何必求神仙？三杯通大道，一斗合自然。但得酒中趣，勿为醒者传。"

五碗肌骨清，六碗通仙灵，七碗吃不得也，唯觉两腋习习清风生。

喝下五碗茶后，感觉全身的肌骨清爽无比，喝下六碗茶后，感觉自己与神仙相通。七碗茶简直是吃不得了，只觉得两腋好像有清风吹拂着。

【解析】本诗诗题为《走笔谢孟谏议寄新茶》。谏议，古代官名，即谏议大夫，负责规谏朝政得失。卢仝（tóng）爱茶成癖，此诗为其感谢好友孟简寄来珍贵新茶而作，诗中生动地描述饮茶的多种妙处，若是一碗接着一碗品尝下去，甚至可以达到飘飘欲仙、两腋生风的境界。本句可用来形容茶叶甘美醇香，饮后带给人们美好满足的感受。

【出处】唐·卢仝《走笔谢孟谏议寄新茶》诗："……一碗喉吻润，两碗破孤闷。三碗搜枯肠，唯有文字五千卷。四碗发轻汗，平生不平事，尽向毛孔散。五碗肌骨清，六碗通仙灵，七碗吃不得也，唯觉两腋习习清风生……"（节录）

是时连夕雨，酩酊无所知。

这时已连续下了好几个晚上的雨，我醉得什么事情都不知道。

【解析】白居易因倾慕东晋诗人陶潜（即陶渊明）弃官归返田园的隐逸情志，于是刻意仿效其诗歌风格作此诗。诗中描述自己饮尽一杯美酒后，便一发不可收拾地狂饮不止，终喝到物我两忘，谁是谁非都已经分不清了。本句可用来形容酣醉到不省人事。

【出处】唐·白居易《效陶潜体诗》诗十六首之四："……是时连夕雨，酩酊无所知。人心苦颠倒，反为忧者嗤。"（节录）

 ## 借问酒家何处有？牧童遥指杏花村。

向人询问哪里有卖酒的店家，牧童指着远方那座开满杏花的村庄。

【解析】杜牧在诗中描写了清明节仍孤身在异乡赶路的人，情绪被纷乱春雨烦扰到低落的境地，向人打听酒家的所在，欲饮酒来排遣内心的凄迷惆怅，而报路的牧童所指的"杏花村"，后来也成了酒店的代称。本句可用来形容寻找特定事物时，幸运地得到了他人的指点。

【出处】唐·杜牧《清明》诗："清明时节雨纷纷，路上行人欲断魂。借问酒家何处有？牧童遥指杏花村。"

 ## 举杯邀明月，对影成三人。

举起酒杯，邀请天上的明月，明月、自己以及影子，仿佛三个人一同共饮。

【解析】李白原本只是一人在月下花间喝酒，他却能把天上的明月和自己的影子都拉在一起，想象成三人同欢的热闹画面，但明月、影子为无情无知之物，如此笔法，反衬出诗人内心的凄清寂静。本句可用来形容月下独自饮酒，形影相吊的情状。

【出处】唐·李白《月下独酌》诗四首之一："花间一壶酒，独酌无相亲。举杯邀明月，对影成三人。月既不解饮，影徒随我身。暂伴月将影，行乐须及春。我歌月徘徊，我舞影零乱。醒时同交欢，醉后各分散。永结无情游，相期邈云汉。"

劝君今夜须沉醉，尊前莫话明朝事。

今晚劝你务必要喝到大醉，在酒杯之前就不要说明天的事了！

【解析】韦庄在诗中描写酒席上主人劝客痛快畅饮，并请客人不要谈论明日的事情，可见将要面临的必定是令人相当苦恼的事，故欲借由酒醉来暂且忘却烦忧。本句可用来形容宴席上劝人纵情饮酒，及时行乐。

【出处】唐·韦庄《菩萨蛮·劝君今夜须沉醉》词："劝君今夜须沉醉，尊前莫话明朝事。珍重主人心，酒深情亦深。须愁春漏短，莫诉金杯满。遇酒且呵呵，人生能几何？"

劝君终日酩酊醉，酒不到刘伶坟上土。

劝你还是每天喝到烂醉吧，（因为有朝一日归于黄土，纵是酒仙刘伶）一滴酒也不会洒落到他的坟土上。

【解析】刘伶，西晋竹林七贤之一，以嗜酒闻名。李贺在饮宴上欣赏着欢歌妙舞，品尝着珍馐异馔的当下，感受到自己的生命即将消亡，遥想起即便是嗜酒如命的刘伶，到了九泉之下也喝不到后人洒在其坟上的一滴酒，故奉劝人们生前应尽情纵酒，有乐且乐，才不致死后孤寂于地下时后悔莫及。本句可用来形容劝人把握有限生命，痛饮作乐。

【出处】唐·李贺《将进酒》诗："琉璃钟，琥珀浓，小槽酒滴真珠红。烹龙炮凤玉脂泣，罗屏绣幕围香风。吹龙笛，击鼍鼓，皓齿歌，细腰舞。况是青春日将暮，桃花乱落如红雨。劝君终日酩酊醉，酒不到刘伶坟上土。"

兰陵美酒郁金香，玉碗盛来琥珀光。

兰陵出产的美酒，闻起来有着郁金香的芬芳香气，盛在精美的玉碗里，泛出琥珀般晶莹的光泽。

【解析】兰陵以产郁金香浸泡的酒而闻名，酒色金黄如琥珀，醇香扑鼻。李白来此做客，主人便盛情地拿出兰陵美酒招待，让嗜酒的诗人尝到浓郁的酒香与深厚的人情。本句可用来形容美酒的天然香味及其盛于透明碗里所呈现的透亮光泽。

【出处】唐·李白《客中作》诗："兰陵美酒郁金香，玉碗盛来琥珀光。但使主人能醉客，不知何处是他乡。"

〖 娱乐 〗

元戎小队出郊垌，问柳寻花到野亭。

你率领了一小队的士兵来到野外，
在凉亭赏玩春天柳树成荫、繁花盛开的景色。

【注释】元戎：主将、主帅。

垌：郊野。

【解析】本诗诗题为《严中丞枉驾见过》。中丞，古代官名，即御史中丞，为御史台的长官，掌理监察百官的事务。杜甫在诗中描述成都府尹兼御史中丞严武，于春季百花绽开、柳枝垂绿之时，在随从人员的陪伴下屈驾前来拜访自己，而此时也正是出外游山玩水、饱览柳绿花红的最佳时机。本句可用来形容官员带队出巡，同时玩赏繁花似锦、绿柳成荫的明媚春光。其中"问柳寻花"一词后来引申为狎妓之意。

【出处】唐·杜甫《严中丞枉驾见过》诗："元戎小队出郊垧，问柳寻花到野亭。川合东西瞻使节，地分南北任流萍。扁舟不独如张翰，白帽还应似管宁。寂寞江天云雾里，何人道有少微星。"

若待上林花似锦，出门俱是看花人。

若是等到上林苑锦簇花开之际，那时一出门就全都是要去赏花的人。

【解析】杨巨源本是要提醒人们早春才是赏花的最佳时机，此时柳叶初生，细长柔嫩，颜色参差不齐，别有一番清新风情。他认为等到花季到来时，一路上人山人海，纵然长安城内的上林苑繁花锦簇，也会因人潮拥挤而失去了赏花的兴致。本句可用来形容花季时节，人们争先恐后地前往赏花，盛况空前。另可用来比喻作者须感觉敏锐，努力开创新的境界，而不可人云亦云，不断重复那些缺乏新意的论调。

【出处】唐·杨巨源《城东早春》诗："诗家清景在新春，绿柳才黄半未匀。若待上林花似锦，出门俱是看花人。"

唯有牡丹真国色，花开时节动京城。

只有牡丹堪称是全国最美丽的花，在花开的季节惊动了整个京城。

【解析】花的种类无数，但在刘禹锡的眼中，芍药过于妖娇，荷花过于素雅，唯有牡丹才符合倾国倾城的艳美姿色，足以在花开时吸引众人前来欣赏,语气中含有对牡丹艳冠群芳、气质高雅的倾慕。本句可用来形容春天牡丹盛开时,人们争相观赏,造成轰动喧腾。另可用来歌咏牡丹雍容华贵,气质高雅,花品绝伦。

> 【出处】唐·刘禹锡《赏牡丹》诗:"庭前芍药妖无格,池上芙蕖净少情。唯有牡丹真国色,花开时节动京城。"

第六章 论艺文教育

一、论勤学

 三更灯火五更鸡,正是男儿读书时。

每天的三更半夜,以及五更鸡将啼的时候,正是男子读书的最佳时间。

【注释】五更:古代以漏刻计时,把晚上到隔日清晨分成五个时段,五更指凌晨三时到清晨五时。

【解析】书法家颜真卿认为勤奋的人,到三更时灯火还亮着在不眠苦读,熄灯休息不久,至五更鸡鸣时又起身开始读书。本句可用来比喻晚睡早起、勤学不休的精神。

【出处】唐·颜真卿《劝学》诗:"三更灯火五更鸡,正是男儿读书时。黑发不知勤学早,白首方悔读书迟。"

 少年辛苦终身事,莫向光阴惰寸功。

年轻时应辛勤努力,锻炼自己,为将来毕生的志业打下深厚的基础,千万不可在丝毫的怠惰中虚度那段宝贵时光。

【解析】此为杜荀鹤为侄子的书房所题写的诗,意在劝勉正值青春年华的侄子,不要畏惧辛劳困难而荒废了学习,否则等到年老时仍一事无成，内心纵使有再多的悔恨也唤不回光阴了。本句可用来说明年少时勤劳学习且坚持不懈，是获得人生成就的重要条件。

> 【出处】唐·杜荀鹤《题弟侄书堂》诗："何事居穷道不穷，乱时还与静时同。家山虽在干戈地，弟侄常修礼乐风。窗竹影摇书案上，野泉声入砚池中。少年辛苦终身事，莫向光阴惰寸功。"

好事尽从难处得，少年无向易中轻。

好的事情都是从困难中得到的，
年轻人不要只想着从容易做的地方求得轻松。

【解析】本诗诗题为《送谭孝廉赴举》。孝廉，汉代时指被推举出来做官的孝悌清廉人士，到科举时代成了对举人的称呼。李咸用送一位姓谭的年轻人前赴科举考试，他作此诗劝勉对方，若想要成就任何正面、良善的事情，都必须经过一番努力奋斗才会成功，期许这位年轻人不要贪图安逸，害怕困难便逃避退缩，以为选择轻松容易的方式才是便捷途径，最后终是会后悔不已的。本句可用来劝勉人想要完成大事，必先克服艰难阻碍。

> 【出处】唐·李咸用《送谭孝廉赴举》诗："鼓鼙声里寻诗礼，戈戟林间入镐京。好事尽从难处得，少年无向易中轻。也知贵贱皆前定，未见疏慵遂有成。吾道近来稀后进，善开金口答公卿。"

飞黄腾踏去，不能顾蟾蜍。

两个从小一起成长的孩子，一个好学不倦，另一个刚好相反，长大后好学的孩子仕途得意，如同神马飞驰而去，再也看不到那个庸碌不学有如蟾蜍的儿时玩伴。

【解析】此诗乃韩愈为勉励其子韩符勤勉好学而作,他举儿时一同玩耍的两个孩子为例,小时候人们还看不出来他们之间的差别,之后一个孩子勤学,另一个不好学,等到长大成人,勤学的孩子事业一帆风顺,不好学的则是庸俗平凡,谋生辛苦不易。本句可用来形容治学勤奋的人仕途称心如意,成就显赫非凡。

【出处】唐·韩愈《符读书城南》诗:"……两家各生子,提孩巧相如。少长聚嬉戏,不殊同队鱼。年至十二三,头角稍相疏。二十渐乖张,清沟映污渠。三十骨骼成,乃一龙一猪。飞黄腾踏去,不能顾蟾蜍。一为马前卒,鞭背生虫蛆。一为公与相,潭潭府中居。问之何因尔,学与不学欤。金璧虽重宝,费用难贮储。学问藏之身,身在则有余……"(节录)

 ## 富贵必从勤苦得,男儿须读五车书。

钱财和地位必须从勤劳和辛苦中获取,有志男儿应当博览群书多用功。

【解析】本诗诗题为《题柏学士茅屋》。学士,古代官名,唐代时负责起草诏书、撰集著录文章等事务。先前在朝廷任官的柏学士因避乱世而来到乡野的茅屋居住,但仍然力学不倦。诗中"五车书"一词,语本《庄子·天下》之"惠施多方,其书五车",形容人书读很多,学问渊博。杜甫认为男儿理应立定志向,博览群书,未来方能有一番成就,也唯有经过刻苦勤学而获得的利禄才可算是受之无愧的。本句可用来说明富贵功名必来自于勤奋学习。

【出处】唐·杜甫《题柏学士茅屋》诗:"碧山学士焚银鱼,白马却走身岩居。古人已用三冬足,年少今开万卷余。晴云满户团倾盖,秋水浮阶溜决渠。富贵必从勤苦得,男儿须读五车书。"

寻章摘句老雕虫，晓月当帘挂玉弓。

一直把时间投入在寻觅典籍中的章句这样的雕虫小技上，不知不觉年华已老。经常是天刚破晓，帘外的残月状似玉做成的弯弓时，我还在案前埋首苦读。

【解析】李贺在诗中描述自己毕生刻苦读书，夙夜不懈，只是遇到国家连年战乱，纵使自诩才学满腹，也毫无施展抱负的机会。本句可用来形容从年轻到老，日夜伏案苦读。

【出处】唐·李贺《南园》诗十三首之六："寻章摘句老雕虫，晓月当帘挂玉弓。不见年年辽海上，文章何处哭秋风。"

 ## 童心便有爱书癖，手指今余把笔痕。

从小就有喜爱读书的癖好，长大后也不曾间断，到了现在，手指上都还留有握笔的痕迹。

【解析】永州举人周鲁儒在参加科举考试前来拜访刘禹锡，两人交谈之后，刘禹锡发现周鲁儒自孩童时期便立志向学，勤勉不倦，手上握笔的印痕清晰可见，他相信如此认真上进的人，必然会名登金榜。果不其然，周鲁儒在唐文宗时考取进士，刘禹锡也可说是慧眼独具。本句可用来形容一直保持爱好读书、写字或写作的习惯，长年乐此不疲。

【出处】唐·刘禹锡《送周鲁儒赴举诗》诗："宋日营阳内史孙，因家占得九疑村。童心便有爱书癖，手指今余把笔痕。自握蛇珠辞白屋，欲凭鸡卜谒金门。若逢广坐问羊酪，从此知名在一言。"

 ## 读书破万卷，下笔如有神。

读过的书超过了万卷，下笔写文章时得心应手，如同受到神明的助力。

【解析】诗中杜甫自道他在少年时期的读书写作经验，其以"破万卷"的夸饰笔法来形容自己力学不倦的精神，以"如有神"来比喻融会贯通所学之后，写起文章来就能畅达传神，援笔立成。本句可用来形容知识渊博，写作时便能文思泉涌。

【出处】唐·杜甫《奉赠韦左丞丈二十二韵》诗："甫昔少年日，早充观国宾。读书破万卷，下笔如有神……"（节录）

二、论诗文

二句三年得，一吟双泪流。

两句诗不停思索了三年才写成，每次吟咏时都忍不住流下泪来。

【解析】贾岛重视锤字炼句，有"苦吟诗人"之称，诗中道出他在作品完成前所投注的呕心苦思，也正因好句得来不易，对个中甘苦的体会就更为深刻。本句可用来形容写作时反复斟酌字句的严谨认真，也可用来形容创作过程的艰辛。

【出处】唐·贾岛《题诗后》诗："二句三年得，一吟双泪流。知音如不赏，归卧故山秋。"

大海从鱼跃，长空任鸟飞。

宽阔的大海让鱼儿可以腾跃，辽远的天空让鸟儿可以任意飞翔。

【解析】此为禅僧玄览题于竹子上的一首诗，表达其自由自在的宽阔胸襟，就像大海中的鱼、天上的飞鸟般优游于广大天地间，这正是他所奉行的顺应自然、不违背事物情理的道。本句可用来形容写文章时思路顺畅通达；另可用来比喻人的心胸开阔，洒脱自如。

【出处】唐·玄览《题竹》诗："欲知吾道廓，不与物情违。大海从鱼跃，长空任鸟飞。"

 ## 大雅久不作，吾衰竟谁陈？

像《诗经·大雅》那样纯正的诗风已很久不兴盛了，我现在年迈体衰，有谁还能够发扬那样的诗篇呢？

【解析】《诗经》是中国最早的诗歌总集，采集西周初期到东周春秋中叶五百年间的歌谣和宗庙乐章，内容分为国风、大雅、小雅和颂，其中大雅多为王室贵族雅正的乐歌。李白对当时的诗歌发展充满担忧，他虽有振兴大雅之声的抱负，却也因年老而力不胜任了。本句可用来形容文学雅正风气衰微而又后继无人。

【出处】唐·李白《古风》诗五十九首之一："大雅久不作，吾衰竟谁陈？王风委蔓草，战国多荆榛。龙虎相啖食，兵戈逮狂秦。正声何微茫，哀怨起骚人……"（节录）

 ## 不薄今人爱古人，清词丽句必为邻。

我不会轻薄今人而只钟爱古人，不论是今人还是古人，只要他们的作品是清新的文辞、美好的诗句，我都一定会和他们亲近。

【解析】杜甫认为优秀的作家或作品并无今古之分，并告诫人们不要因与其他文人生在同一时代，便觉得对方的作品比不上古人。本句可用来说明学术研究应当兼容并蓄，不该厚此薄彼或重古轻今，而是要学习古今作家各自的优点，以博采众长。

【出处】唐·杜甫《戏为六绝句》诗六首之五："不薄今人爱古人，清词丽句必为邻。窃攀屈宋宜方驾，恐与齐梁作后尘。"

文章千古事，得失寸心知。

写文章是千古不朽的大事，作品的好坏只有作者的心里最明白。

【解析】此为杜甫对诗文创作过程提出其深刻的见解，毕竟优秀的作品可以流传千古，对后代世人产生极为深远的影响。本句可用来说明好的文章足以永存不朽，因而好的作家会把创作视为是一件非常严谨的事情来看待。

【出处】唐·杜甫《偶题》诗："文章千古事，得失寸心知。作者皆殊列，名声岂浪垂……"（节录）

 ## 文章憎命达。

诗词文章最憎恶命运显达的人。

【解析】此为杜甫怀想遭流放中的李白而作，表达其对文才超俗拔群的李白，命运却一路失意坎坷的愤懑不平，语意中隐约含有命途乖蹇之人，更能写出不朽的传世佳作。本句可用来说明以文章著称的人，身世命运大多困顿不顺。

【出处】唐·杜甫《天末怀李白》诗："凉风起天末，君子意如何？鸿雁几时到？江湖秋水多。文章憎命达，魑魅喜人过。应共冤魂语，投诗赠汨罗。"

 ## 方流涵玉润，圆折动珠光。

水流如玉石般温润光滑，水花如珍珠般浑圆闪亮。

【解析】张文琮在诗中借由歌咏水具有温润如玉、浑圆如珠的特质，暗喻人也该向水学习如玉石般温和柔顺的言行和如珍珠般华贵优美的仪态。本句可用来比喻文词丰美圆熟或歌声圆滑清润。另可用来形容人的品格美好耀眼。

【出处】唐·张文琮《咏水》诗："标名资上善，流派表灵长。地图罗四渎，天文载五潢。方流涵玉润，圆折动珠光。独有蒙园吏，栖偃玩濠梁。"

 ## 以文长会友，唯德自成邻。

时常通过诗文来与人相会，只有品行作风相近才会相互成为芳邻好友。

【解析】祖咏在清明节与司勋（即六部之一吏部所属的司勋司）刘郎中宴饮聚会，彼此赋诗论文，谈笑风生，这也让他深深体会到，唯有与同样热爱诗文以及德行美好的人一起讨论诗文，话题投机，自然就会交往密切，进而成为好友。本句可用来形容结交同样爱好诗文的朋友，由于志同道合，理念相近，便会经常聚首。

【出处】唐·祖咏《清明宴司勋刘郎中别业》诗："田家复近臣，行乐不违亲。霁日园林好，清明烟火新。以文长会友，唯德自成邻。池照窗阴晚，杯香药味春。檐前花覆地，竹外鸟窥人。何必桃源里，深居作隐沦。"

 ## 别裁伪体亲风雅，转益多师是汝师。

要懂得区别、裁剪那些形式内容都不好的诗，亲近《诗经》国风、大小雅那种反映现实生活的文学传统，随时向他人请教，因为他们都是你值得效法的对象。

【解析】杜甫认为诗歌创作当如《诗经》风雅的素朴写实风格，反对六朝以来仅重视形式而内容空泛的颓靡诗风，并提倡要经常以他人为师，博取众家之长，自然就能写出好的诗文。本句可用来说明主张学习《诗经》优秀的文学传统，多方师法各家前贤，不拘泥于一派一家之说。

【出处】唐·杜甫《戏为六绝句》诗六首之六："未及前贤更勿疑，递相祖述复先谁？别裁伪体亲风雅，转益多师是汝师。"

吟安一个字，捻断数茎须。

写诗时反复吟诵，为了选择一个适合的字，
不断用手指揉捏胡须，不知不觉间，胡须已经捏断了好几根。

【注释】捻：用手指揉搓。

【解析】卢延让在诗中描述其为了完成一首佳作，选字炼句的过程中绞尽脑汁的情态，由此也可看出诗人在构思作品时辛苦思索、反复推敲的认真态度。本句可用来说明写作时，一次又一次详慎斟酌用字遣词，殚精竭虑。也可用来形容人的文思不顺畅，搜索枯肠也写不出来。

【出处】唐·卢延让《苦吟》诗："莫话诗中事，诗中难更无。吟安一个字，捻断数茎须。险觅天应闷，狂搜海亦枯。不同文赋易，为著者之乎。"

李杜文章在，光焰万丈长。

李白、杜甫的诗文至今依然广为流传，
他们的成就有如万丈光芒般耀眼不凡。

【解析】韩愈生活的年代稍晚于李白、杜甫。韩愈认为即使过了数十年后，李、杜两人的作品仍深受众多后辈所推崇，是因为他们的诗文具有一股与众不同的雄奇气势。本句可用来赞美李白、杜甫两大诗人的作品历久不衰，成就非凡。

【出处】唐·韩愈《调张籍》诗："李杜文章在，光焰万丈长。不知群儿愚，那用故谤伤？蚍蜉撼大树，可笑不自量……"（节录）

为人性僻耽佳句，语不惊人死不休。

我的个性古怪，沉溺于写出好的诗句来，若是语句平凡无奇，不能引人惊奇的话，我至死也不会罢手。

【解析】这是杜甫的创作经验谈，道出他为了写出令人惊叹的绝妙好句，在文字提炼上所下的苦心钻研工夫。本句可用来形容写作过程中字句斟酌，力求完美的认真、严格态度。

【出处】唐·杜甫《江上值水如海势聊短述》诗："为人性僻耽佳句，语不惊人死不休。老去诗篇浑漫兴，春来花鸟莫深愁。新添水槛供垂钓，故着浮槎替入舟。焉得思如陶谢手，令渠述作与同游。"

 ## 若待上林花似锦，出门俱是看花人。

若是等到上林苑锦簇花开之时，一出门全都是要去赏花的人。

【解析】杨巨源本是要提醒人们早春才是赏花的最佳时机，此时柳叶初生，细长柔嫩，颜色参差不齐，别有一番清新风情。他认为等到花季到来时，一路上人山人海，纵然长安城内的上林苑繁花锦簇，也会因人潮拥挤而失去了赏花的兴致。本句可用来比喻作者须感觉敏锐，努力开创新的境界，而不可人云亦云，不断重复那些缺乏新意的论调。另可用来形容花季时节，人们争先恐后地前往赏花，盛况空前。

【出处】唐·杨巨源《城东早春》诗："诗家清景在新春，绿柳才黄半未匀。若待上林花似锦，出门俱是看花人。"

 ## 风清月冷水边宿，诗好官高能几人？

在微风清凉、月光冰冷的夜晚露宿于水畔，感叹这世上把诗写得好、官位又高的能有几个人呢？

【解析】白居易《夜题玉泉》中写有"玉泉潭畔松间宿,要且经年无一人"句,意指自己住在玉泉寺旁的松林间,长久下来却也不曾见人经过,表达了人只要置身名利场上,便会少与大自然互动。徐凝则作此诗酬答白居易,他认为正因住在风清月冷的水边,所以才能写出优秀的作品,毕竟放眼古今,位高权重又有佳作传世者实在是寥寥无几。本句可用来说明官高禄厚的人长期在宦海中争逐,或生活富贵安逸,故大多无心创作出好的作品。

【出处】唐·徐凝《和夜题玉泉寺》诗:"岁岁云山玉泉寺,年年车马洛阳尘。风清月冷水边宿,诗好官高能几人?"

借问别来太瘦生,总为从前作诗苦。

请问自从和你分别之后,你为何如此消瘦呢?总是因为以往一直在为了写诗而煎熬受苦吧!

【解析】李白与杜甫别后重逢,李白调侃杜甫为了想出好的诗句,竟把自己弄得瘦骨嶙峋,但也由此可见,杜甫的每一首诗都是抱持着严谨和勤奋的精神而完成的。本句可用来形容为了写出好的作品而绞尽脑汁,甚至废寝忘食,身形为之消瘦。

【出处】唐·李白《戏赠杜甫》诗:"饭颗山头逢杜甫,顶戴笠子日卓午。借问别来太瘦生,总为从前作诗苦。"

庾信平生最萧瑟,暮年诗赋动江关。

南朝梁人庾信的一生极为萧条凄凉,但是他晚年的诗赋却足以轰动整个江关。

【解析】庾信乃南朝梁的骈赋大家,晚年被迫羁留在北朝,无法返回南方,其作品一改早期的绮靡华丽,转为沉郁苍劲的文风。杜甫一方面替庾信的遭遇感到悲伤，一方面也借此砥砺和庾信同样历经家国动荡，同样长年漂泊在外的自己，能够写出更撼动人心的诗作。本句可用来说明生命历经艰辛坎坷之后，笔下的作品更能深刻感人。

【出处】唐·杜甫《咏怀古迹》诗五首之一："支离东北风尘际，漂泊西南天地间。三峡楼台淹日月，五溪衣服共云山。羯胡事主终无赖，词客哀时且未还。庾信平生最萧瑟，暮年诗赋动江关。"

清诗句句尽堪传。

诗风清丽新颖，每一首诗中的诗句都可以流传久远。

【解析】孟浩然去世之后，杜甫回顾起孟浩然平生的创作，认为孟浩然的诗风清新优美，句句都堪称传世佳作，可说是给予了极高的评价。本句可用来赞美写出一手好诗的人。

【出处】唐·杜甫《解闷》诗十二首之六："复忆襄阳孟浩然，清诗句句尽堪传。即今耆旧无新语，漫钓槎头缩颈鳊。"

童子解吟长恨曲，胡儿能唱琵琶篇。
文章已满行人耳，一度思卿一怆然。

儿童都能理解和吟诵你写的《长恨歌》，连边疆地区的胡人小孩都会歌唱你写的《琵琶行》。走在路上，随时都能听到有人在吟唱着你的作品，每一次想起你我就又一次地感到悲伤。

【解析】此为唐宣宗李忱为悼念白居易而作，诗中除赞美白居易的作品平易近人、广为人知之外，也对白居易的去世表达其心中的悲怆与惋惜之情。本句可用来称美白居易的作品通俗易懂，老少皆能朗朗上口，对百姓的影响极为深远。

【出处】唐·唐宣宗李忱《吊白居易》诗:"缀玉联珠六十年,谁教冥路作诗仙。浮云不系名居易,造化无为字乐天。童子解吟长恨曲,胡儿能唱琵琶篇。文章已满行人耳,一度思卿一怆然。"

笔落惊风雨,诗成泣鬼神。

笔一落下,便惊起了疾风骤雨;诗一写成,令鬼神都感动到哭泣。

【解析】杜甫在诗中运用夸饰的笔法赞美其友人李白的才思敏捷,一下笔便惊天动地,富有极大的震撼力和感染力。本句可用来形容文艺作品气势强大,语妙绝伦。

【出处】唐·杜甫《寄李十二白二十韵》诗:"昔年有狂客,号尔谪仙人。笔落惊风雨,诗成泣鬼神。声名从此大,汩没一朝伸。文彩承殊渥,流传必绝伦……"(节录)

词源倒倾三峡水,笔阵独扫千人军。

文词如水源般层出不穷,可使长江三峡的水为之倒流;笔势威猛雄健,就像一个人在战场上打败了千军万马。

【解析】诗题之下注有"别从侄勤落第归",可知此诗乃杜甫为安慰参加科举落第的堂侄杜勤而作。诗中称誉年少的杜勤才气纵横,文思有如泉涌,笔锋犀利,气势盛大磅礴,语气中隐含对他应试落第的不平与惋惜。本句可用来形容人的文思敏捷,笔力万钧。

【出处】唐·杜甫《醉歌行》诗:"陆机二十作文赋,汝更小年能缀文。总角草书又神速,世上儿子徒纷纷。骅骝作驹已汗血,鸷鸟举翮连青云。词源倒倾三峡水,笔阵独扫千人军……"(节录)

新诗改罢自长吟。

把新写好的诗仔细斟酌修改完之后,自得其乐地长声吟诵。

【解析】杜甫认为陶冶人的性情和心灵的良方,就是吟诵着自己用认真踏实的态度所完成的力作。本句可用来形容诵读、玩味自己细心推敲的得意之作。

【出处】唐·杜甫《解闷》诗十二首之七:"陶冶性灵存底物,新诗改罢自长吟。孰知二谢将能事,颇学阴何苦用心。"

 ## 尔曹身与名俱灭,不废江河万古流。

你们这些人的身躯和名声都已不存于世,但无碍于王勃、杨炯、卢照邻和骆宾王的作品像江河般流传下去。

【解析】王勃、杨炯、卢照邻、骆宾王以文词齐名,人称"初唐四杰",他们的诗文清丽新颖,一扫南朝齐、梁以来的浮艳风气。杜甫对四杰充满尊崇敬意,不满当时有人对四杰的讥笑,便在诗中直指那些嘲弄四杰的人,不久就被淹没在历史的洪流里,岂能与在文坛名垂不朽的四杰相比呢?本句可用来说明优秀的作品绝对经得起时间的考验。

【出处】唐·杜甫《戏为六绝句》诗六首之二:"王杨卢骆当时体,轻薄为文哂未休。尔曹身与名俱灭,不废江河万古流。"

 ## 蓬莱文章建安骨,中间小谢又清发。

你在犹如蓬莱仙山的秘书省担任校书郎,所写的文章有东汉建安时期的刚健风骨,而我的才思也像南朝齐时的谢朓一般清新俊发。

【注释】蓬莱:东汉时称政府藏书机构的东观为道家蓬莱山,意谓藏书非常丰富。唐代多用蓬山、蓬阁代指掌理图书典籍的秘书省。

建安：指东汉末年建安时期，曹操父子以及建安七子等人的作品所展现出来的文字生命力。

小谢：此指南朝齐时山水诗人谢朓，其与南朝宋人谢灵运并称大小谢。另有谢灵运与其族弟谢惠连并称大小谢一说。

【解析】李白在宣州谢朓楼为官拜秘书省校书郎的族叔李云设宴送别，谢朓楼为南朝齐人谢朓任宣州太守时所建，巧合的是，李白向来对谢朓推崇备至。诗中他以"蓬莱文章建安骨"来称美李云的文章，又以"中间小谢又清发"来自喻自己的诗其实也不遑多让，显示出十足的自信，也表达了他和李云之间的相惜之情。本句可用来形容人的才思恣肆敏捷，文章风骨不凡。

【出处】唐·李白《宣州谢朓楼饯别校书叔云》诗："……蓬莱文章建安骨，中间小谢又清发。俱怀逸兴壮思飞，欲上青天揽明月……"（节录）

三、论艺术

【音乐】

女娲炼石补天处，石破天惊逗秋雨。

（乐声传到了天上）把女娲用来补天的五色石震破，让上天为之惊动，秋雨倾泻而下。

【解析】本诗诗题为《李凭箜篌引》。李凭，是中唐时期以弹奏箜篌闻名的宫廷乐师。箜篌，为一种拨弦的乐器。李贺在听了李凭的弹奏后，想象着李凭巧夺天工的琴音飞上了天，使女娲所补的石也为之惊破，足见其乐音的震撼力有多么强烈。本句可用来形容乐声高亢激昂，惊天动地。另可用来比喻事物或言论出人意表，新奇惊人。

【出处】唐·李贺《李凭箜篌引》诗："……女娲炼石补天处，石破天惊逗秋雨。梦入神山教神妪，老鱼跳波瘦蛟舞。吴质不眠倚桂树，露脚斜飞湿寒兔。"（节录）

天然一曲非凡响，万颗明珠落玉盘。

（瀑布由高处奔泻而下的声音）是天然而不平凡的乐音，宛若万颗晶莹的珍珠落在玉盘一样响亮。

【解析】道士程太虚描写瀑布在苍翠的山谷间直泻而下，清脆的流水声传入耳中，就像是珍珠落玉盘般，他认为此乃大自然发出的美妙天籁，绝非凡间的曲调可与其比拟。本句可用来比喻不平凡的音乐；也可用来比喻艺术或文学作品的出色；另可用来比喻人的才能杰出。

【出处】唐·程太虚《漱玉泉》诗："瀑布横飞翠壑间，泉声入耳送清寒。天然一曲非凡响，万颗明珠落玉盘。"

古人唱歌兼唱情，今人唱歌唯唱声。

以前的人唱歌能唱出歌曲的内在情感，声情并茂，现在的人唱歌只能唱出声音来。

【解析】本诗诗题为《问杨琼》。杨琼，指的是中唐时期一位善于歌唱的酒妓，与元稹、白居易皆有往来。白居易回想起早年如杨琼这般出类拔萃的歌者，不仅歌唱技巧高超、声音美妙，而且能在歌声中寄寓歌曲的内在情感。可惜的是，杨琼之后的歌者，歌声虽依旧美妙，听来却是毫无情感可言，与前人相比，高下立判。本句可用来说明音乐、诗歌等文艺表演要声情并茂才能打动人心。

【出处】唐·白居易《问杨琼》诗:"古人唱歌兼唱情,今人唱歌唯唱声。欲说向君君不会,试将此语问杨琼。"

 ## 曲终人不见,江上数峰青。

乐曲演奏完毕,听者才刚回过神来,却发现演奏的人已不知去向,只看见江水环绕着几座青山。

【解析】本诗诗题为《湘灵鼓瑟》。湘灵,传说中是尧的女儿娥皇、女英,两人同嫁与舜,后因哀痛舜的崩殂,自溺于湘江,化为湘水之神,故称之。钱起以《楚辞·远游》中"湘灵鼓瑟"的神话为题材,写他在湘江岸边,聆听湘灵神妙精湛的演奏,曲罢耳边还萦绕着优美乐音时,湘灵早已飘然无踪,只留下怅然迷惘的他和原本就耸立在江边的绵延青山。本句可用来形容动人乐曲戛然而止,令听者余味不尽。

【出处】唐·钱起《湘灵鼓瑟》诗:"善鼓云和瑟,常闻帝子灵。冯夷空自舞,楚客不堪听。苦调凄金石,清音入杳冥。苍梧来怨慕,白芷动芳馨。流水传湘浦,悲风过洞庭。曲终人不见,江上数峰青。"

 ## 曲罢不知人在否?余音嘹亮尚飘空。

一首乐曲吹完,不知道吹笛的人还在吗?
仿佛响亮的笛声还在空中回绕不去。

【解析】赵嘏描写月夜下画楼高处的笛声响彻云霄,待一曲终了,他虽不知吹笛人是否还停驻原地,但悠扬的乐音仿佛仍在夜空中飘荡不止,令人陶醉向往。本句可用来形容演奏者的乐音悠扬动听,音乐造诣不凡。

【出处】唐·赵嘏《闻笛》诗："谁家吹笛画楼中？断续声随断续风。响遏行云横碧落，清和冷月到帘栊。兴来三弄有桓子，赋就一篇怀马融。曲罢不知人在否？余音嘹亮尚飘空。"

此曲只应天上有，人间能得几回闻？

这样悦耳的曲子应该只有在天上才能听到，
人世间哪有几次机会得以听闻呢？

【解析】杜甫先是叙说成都城内日夜歌舞升平，又描述宴会上的乐曲无比动听，宛如人间难得听闻之天籁。表面上看似在赞誉乐曲优美，实是在暗讽成都将领花惊定（一称花敬定）目无法纪，僭用天子礼乐一事，意即皇宫才能使用的乐曲，根本不该在花惊定府中的宴会上听到！本句可用来赞美音乐或歌声美妙动人；另可用来比喻罕人听闻的事件或论调。

【出处】唐·杜甫《赠花卿》诗："锦城丝管日纷纷，半入江风半入云。此曲只应天上有，人间能得几回闻？"

江城吹角水茫茫，曲引边声怨思长。

号角声在江边城市茫茫的江水上回荡着，号角吹奏着边塞歌曲，听到的人无不感到哀怨凄凉。

【解析】羁旅在润州（位于今江苏境内）的李涉，黄昏时分伫立在江岸，望着茫茫江水，耳边突然传来边地特有的号角乐音，曲音慷慨悲凉，仿佛是在替边塞将士抒发思念亲人的愁恨幽怨。本句可用来形容号角吹奏出的边塞乐曲，乐音悠扬悲切，引发怀人情思。

【出处】唐·李涉《润州听暮角》诗："江城吹角水茫茫，曲引边声怨思长。惊起暮天沙上雁，海门斜去两三行。"

别有幽愁暗恨生，此时无声胜有声。

乐声停止，一股潜藏的愁恨滋生，
这时虽然悄然无声，竟比乐曲弹奏时更加美妙。

【解析】白居易描述琵琶女弹奏时的节奏韵律，时而急促、时而低切、时而婉转、时而呜咽，技艺可谓出神入化，等到乐音停止下来，众人皆屏息无语，心神仍沉浸在乐曲的旋律之中。本句可用来形容音乐或言语中的留白予人一种意在言外、余韵无穷的感受。

【出处】唐·白居易《琵琶行》诗："……大弦嘈嘈如急雨，小弦切切如私语。嘈嘈切切错杂弹，大珠小珠落玉盘。间关莺语花底滑，幽咽泉流冰下难。冰泉冷涩弦凝绝，凝绝不通声暂歇。别有幽愁暗恨生，此时无声胜有声……"（节录）

 客心洗流水，余响入霜钟。
不觉碧山暮，秋云暗几重？

琴声好像流水般洗涤我这个旅客的心灵，那悠扬的余音，传入满是秋霜的寺院钟声里。不知时间过了多久，青山已罩上一层暮色，秋天的云又黯淡了几重？

【解析】李白描写其在倾听了来自故乡蜀地僧人浚的清妙琴声后，心灵清澈明净，乡愁也一扫而空，更没有察觉到山暮云深，整个人完全沉浸在琴音之中。本句可用来形容琴声深沉高妙，令听者心旷神怡，回味无穷而忘却了时间。

【出处】唐·李白《听蜀僧浚弹琴》诗："蜀僧抱绿绮，西下峨眉峰。为我一挥手，如听万壑松。客心洗流水，余响入霜钟。不觉碧山暮，秋云暗几重？"

嘈嘈切切错杂弹，大珠小珠落玉盘。

琵琶所弹奏出来的音乐，嘈杂的大弦和细切的小弦的声音交错夹杂在一起，听起来就好像是大小不一的珠子落在玉盘上一样的响声。

【解析】白居易在此描写琵琶女高超的演奏技巧，见其低眉信手弹拨着大弦小弦，便可发出高低轻重、抑扬起伏的节奏，乐音宛如大小珠子落在玉盘里那样清脆悦耳。本句可用来形容乐音铿锵动听。

【出处】唐·白居易《琵琶行》诗："……大弦嘈嘈如急雨，小弦切切如私语。嘈嘈切切错杂弹，大珠小珠落玉盘。间关莺语花底滑，幽咽泉流冰下难。冰泉冷涩弦凝绝，凝绝不通声暂歇。别有幽愁暗恨生，此时无声胜有声……"（节录）

 谁家玉笛暗飞声？散入春风满洛城。

是哪户人家的笛声在暗中飞扬呢？随着春风传遍了整个洛阳城。

【解析】李白漫游洛阳时，静夜里突然从远处传来哀怨动人的笛声，那位不知名的吹笛人自吹自听，完全不知洛阳全城的人都被他悠扬回荡的笛声所感动。本句可用来形容乐音悦耳美妙，远播四方。

【出处】唐·李白《春夜洛城闻笛》诗："谁家玉笛暗飞声？散入春风满洛城。此夜曲中闻折柳，何人不起故园情？"

 跻攀分寸不可上，失势一落千丈强。

琴声的高音越弹越高，当高到不能再高时，
突然从高音处直降到比千丈深还要更低。

【解析】韩愈在聆听了一位古琴名家颖师的精湛琴艺后，想象琴音的起落变化就宛如凤凰昂扬激越的鸣声瞬间转成悄声低吟，把听觉感受变得具体形象化。本句可用来形容音调由极高骤然降到很低；另可用来暗喻拥有权势地位的人，行事要更加小心谨慎，否则很容易便会跌入深渊谷底。

【出处】唐·韩愈《听颖师弹琴》诗："昵昵儿女语，恩怨相尔汝。划然变轩昂，勇士赴敌场。浮云柳絮无根蒂，天地阔远随飞扬。喧啾百鸟群，忽见孤凤凰。跻攀分寸不可上，失势一落千丈强……"（节录）

〖书画〗

 左盘右蹙如惊电，状同楚汉相攻战。

字体的笔势左盘旋右收缩，像是令人震撼的闪电，形状犹如楚汉相互争夺天下时的激烈战斗。

【解析】相传李白晚年获赦归来后游零陵（位于今湖南永州市境内）时，年少僧人怀素慕名前来求诗，李白亦相当赏识怀素的才情，因而写了这首诗相赠。怀素，为盛唐时期的书法家，精擅草书，与张旭齐名，时称"张颠素狂"或"颠张醉素"。李白在诗中称赞怀素的草书笔势如惊风掣电般狂奔肆意，字形又如楚汉鏖战般错综复杂、变化万千。本句可用来形容挥毫时运笔疾速自如、气韵飞动不凡。

【出处】唐·李白《草书歌行》诗："……起来向壁不停手，一行数字大如斗。恍恍如闻神鬼惊，时时只见龙蛇走。左盘右蹙如惊电，状同楚汉相攻战。湖南七郡凡几家，家家屏障书题遍……"（节录）

凌烟功臣少颜色，将军下笔开生面。

凌烟阁中的功臣肖像因颜色褪去，
曹霸将军奉命重新摹绘，结果赋予画像崭新的面貌。

【注释】凌烟功臣：唐太宗为表彰二十四位功臣，在凌烟阁内悬挂阎立本所画的功臣画像。

【解析】杜甫描述画家曹霸在开元年间，受到唐玄宗的赏识，重新描绘凌烟阁内的功臣画像，曹霸一下笔便使原本褪色的面貌变得气韵生动。本句可用来形容画作本已褪色，后经人重画更显得富有生气。其中"下笔开生面"后演变成"别开生面"一词，另可用来比喻开创新的格局或形式。

【出处】唐·杜甫《丹青引赠曹将军霸》诗："……开元之中常引见，承恩数上南熏殿。凌烟功臣少颜色，将军下笔开生面。良相头上进贤冠，猛将腰间大羽箭。褒公鄂公毛发动，英姿飒爽来酣战。先帝天马玉花骢，画工如山貌不同……"（节录）

〖舞蹈〗

 回裾转袖若飞雪，左铤右铤生旋风。

回旋衣襟，转动衣袖，好像雪花在飞舞；左旋右转，
舞者的身影仿佛生出一股旋风。

【注释】裾：衣服的后襟。

铤：本为刺杀之意，此指舞剑的姿势。

【解析】本诗诗题为《田使君美人舞如莲花北铤歌》。北铤，为一种胡人舞蹈。岑参在诗中描写其参加了一场歌舞宴会，欣赏了美丽舞者如莲花般的美艳舞姿，对于舞者的旋转动作感到惊为天人。本句可用来形容女子舞蹈的姿态优美，旋转翩飞。

【出处】唐·岑参《田使君美人舞如莲花北铤歌》诗:"美人舞如莲花旋,世人有眼应未见。高堂满地红氍毹(qú shū),试舞一曲天下无。此曲胡人传入汉,诸客见之惊且叹。慢脸娇娥纤复秾,轻罗金缕花葱茏。回裾转袖若飞雪,左铤右铤生旋风……"(节录)

弦鼓一声双袖举,回雪飘飖转蓬舞。

在弦乐声和鼓声同时响起时,舞者双袖举起,
舞姿像空中的雪花般飘摇回旋,又像蓬草般迎风旋转。

【解析】胡旋女,指的是舞蹈胡旋舞的女子。胡旋舞,为一种古代西北民族的舞蹈,在唐代传入中原后即刻倾倒朝野,深获大众的喜爱。白居易在诗中描写胡旋女扬袖起舞的姿态,动作轻如雪花、蓬草般回旋飘舞,左旋右转也不感到疲倦,千圈万转也不知道休止,令观众叹为观止。本句可用来形容舞姿轻盈美妙,旋转疾速如风。

【出处】唐·白居易《胡旋女》诗:"胡旋女,胡旋女。心应弦,手应鼓。弦鼓一声双袖举,回雪飘飖转蓬舞。左旋右转不知疲,千匝万周无已时。人间物类无可比,奔车轮缓旋风迟……"(节录)

昔有佳人公孙氏,一舞剑器动四方。

过去有一位姓公孙的美丽女子,
她挥舞剑器舞蹈的神韵足以震动四方。

【解析】杜甫年幼时曾在郾城(位于今河南漯河市境内)见过剑舞名家公孙大娘的表演,公孙大娘的舞技高超,容貌姣丽,令杜甫印象深刻;五十年后,他在夔州有幸看到公孙大娘的弟子李十二娘舞剑器,舞技和公孙大娘一脉相承,但看起来也不年轻

了，诗人抚今追昔，心中不由感慨无限。本句可用来称许舞者的舞蹈技艺拔类超群。

【出处】唐·杜甫《观公孙大娘弟子舞剑器行》诗："昔有佳人公孙氏，一舞剑器动四方。观者如山色沮丧，天地为之久低昂。㸌如羿射九日落，矫如群帝骖龙翔。来如雷霆收震怒，罢如江海凝清光……"（节录）

〖 棋艺 〗

得势侵吞远，乘危打劫赢。

投子侵入到对方的势力范围，并占据多数的空点，便能取得棋局的优势。双方对杀时，反复争夺一个可互相牵制的棋眼，趁对方危乱时就进行攻掠，赢得胜利。

【解析】杜荀鹤诗中描写其在一旁观赏棋手弈棋的心得，传神地摹绘出棋盘上一场机关算尽、你争我夺的激战。本句可用来形容下围棋时，棋手运用布局发动激烈攻势，以获得赢棋。

【出处】唐·杜荀鹤《观棋》诗："对面不相见，用心同用兵。算人常欲杀，顾己自贪生。得势侵吞远，乘危打劫赢。有时逢敌手，当局到深更。"

雁行布陈众未晓，虎穴得子人皆惊。

对弈时，看着棋盘上的棋子排列如群雁飞行，井然有序，所有人都不知道棋手接下来会怎么下，突然见他提去了对方的棋子，众人全都惊叹不已。

【解析】一位与刘禹锡有往来的围棋僧友儇（xuān）师，专程带着新的棋谱从长沙到连州探望被远放的刘禹锡。由于儇师走遍各地都遇不到对手，又不甘天分遭到埋没，因而准备赴京赌取声名，临行前刘禹锡特作此诗相赠。诗中极力赞扬僧师的棋艺高明，当众人都还在捉摸僧师弈棋的思路对策时，见他已围住并吃下对方的棋子，致使满座皆惊。本句可用来形容棋艺精湛，令人叹为观止。

【出处】唐·刘禹锡《观棋歌送僧师西游》诗："……初疑磊落曙天星，次见搏击三秋兵。雁行布陈众未晓，虎穴得子人皆惊。行尽三湘不逢敌，终日饶人损机格。自言台阁有知音，悠然远起西游心。商山夏木阴寂寂，好处徘徊驻飞锡。忽思争道画平沙，独笑无言心有适。蔼蔼京城在九天，贵游豪士足华筵。此时一行出人意，赌取声名不要钱。"（节录）

第七章 论国家社会

一、政治国事

一封朝奏九重天,夕贬潮阳路八千。

早晨才向朝廷呈上一封奏章,晚上便被贬到八千里外的潮州。

【解析】唐宪宗派遣使者迎回佛骨,韩愈因反对迷信佛骨的行为而上奏了《论佛骨表》,皇帝看完后大怒,立即将他远贬至潮州(位于今广东境内)。在前往潮州的路上,途经蓝关(即蓝田关,位于今陕西西安市境内),侄孙韩湘前来送行,韩愈见到亲人,悲愤更甚,他自认提出的是替朝廷除弊的谏言却无端获罪,诗中抒发其内心的沉痛以及对自身前途未卜的感伤。本句可用来形容官场上稍有不慎,便遭严谴。

【出处】唐·韩愈《左迁至蓝关示侄孙湘》诗:"一封朝奏九重天,夕贬潮阳路八千。欲为圣朝除弊事,肯将衰朽惜残年。云横秦岭家何在?雪拥蓝关马不前。知汝远来应有意,好收吾骨瘴江边。"

字人无异术,至论不如清。

抚治百姓没有什么特别的方法,
最高明的论述也比不上清正廉明地施行政务。

【解析】杜荀鹤的友人准备到吴县(位于今江苏境内)担任县令,诗人作此诗相赠并予以勉励,提出为官之道没有诀窍,面对百姓,只要多加安抚体恤便足矣,与其耗费心神在高谈阔论上,不如切实执行廉洁政风,毕竟市井小民只在乎官员有无施行德政,不想听巧言辞令。本句可用来说明当官的要爱护百姓,清廉施政。

【出处】唐·杜荀鹤《送人宰吴县》诗:"海涨兵荒后,为官合动情。字人无异术,至论不如清。草履随船卖,绫梭隔水鸣。唯持古人意,千里赠君行。"

 ## 家国兴亡自有时,吴人何苦怨西施。

一个国家的兴盛或衰亡自然有它的原由,
春秋吴国的人民何必埋怨越国西施致使吴国亡国呢!

【解析】历来人们多将春秋吴国亡国的责任,归咎在吴王夫差所宠爱的越国美女西施身上,但罗隐认为一个国家的兴衰自有其背后深层而复杂的因素,若西施的美人计能使吴国灭亡,那么后来越国的君主并没有沉溺女色,不也终究亡国了吗?本句可用来说明国家兴亡并非由于君王沉溺于美色,而有其更深沉的原因。

【出处】唐·罗隐《西施》诗:"家国兴亡自有时,吴人何苦怨西施。西施若解倾吴国,越国亡来又是谁?"

 ## 疾风知劲草,板荡识诚臣。

经过猛烈的风,才知道哪些是刚劲有力的草;
历经动荡不安,才能分辨谁是忠诚的臣子。

【解析】此诗为唐太宗李世民赐赠其臣子萧瑀之作，其以"疾风知劲草"之喻，除了感激萧瑀曾协助自己挺过一场宫廷皇位的血腥斗争外，更借此称扬这位贤臣对朝廷君上的忠贞如一。本句可用来说明唯有经历危急艰难的考验，才能看出一个人的品格高下及其对国家的忠奸之心。

【出处】唐·太宗李世民《赐萧瑀》诗："疾风知劲草，板荡识诚臣。勇夫安识义？智者必怀仁。"

理国无难似理兵，兵家法令贵遵行。

治理国家并不困难，就像治理军队一样，
关键在于严格执行军法律令。

【解析】周昙认为治国之道是全国不分地位高下都必须遵守法令，如同将领治军一样，军令如山，将士因而不敢有所违抗。换言之，如果权势、人情或金钱足以影响违法者的裁决，那么纵有再完备的法律条文，也只适用于无权无势的人，如此一来，必然造成人心不平，社会秩序失衡，国家也将走向衰败一途。本句可用来说明法度严明是治理国家的关键。

【出处】唐·周昙《孙武》诗："理国无难似理兵，兵家法令贵遵行。行刑不避君王宠，一笑随刀八阵成。"

圣代无隐者，英灵尽来归。

圣明的时代没有隐居的人，
全天下的英才都来为朝廷贡献一己之力。

【注释】圣代：古人对自己所处时代的美称。

【解析】綦毋潜落第后准备还乡，好友王维作诗劝慰对方，希望他不要因为一时失意便放弃科举，选择隐居江湖。他认为当时政治开明,社会安定,贤能俊秀都该竭尽所能来为朝廷献力。綦毋潜得了王维的这番鼓励,之后果然再接再厉考取进士。本句可用来说明政治太平之时,才能出众的人都愿意出来为国效力。

【出处】唐·王维《送綦毋潜落第还乡》诗:"圣代无隐者,英灵尽来归。遂令东山客,不得顾采薇……"(节录)

历览前贤国与家,成由勤俭破由奢。

综观历代的圣贤治理国家,
成功是由于勤劳节俭,衰败是由于奢华浪费。

【解析】李商隐借由回顾前朝圣贤治国治家的经验教训,以古鉴今,归纳出勤俭能使家国昌盛,而奢靡必使家国走向灭亡。本句可用来形容勤俭或奢侈乃是国家兴衰或政权成败的关键。

【出处】唐·李商隐《咏史》诗:"历览前贤国与家,成由勤俭破由奢。何须琥珀方为枕,岂得真珠始是车。运去不逢青海马,力穷难拔蜀山蛇。几人曾预南熏曲,终古苍梧哭翠华。"

兴废由人事,山川空地形。

国家的兴盛或衰废取决于人的作为,
人的作为若是不对,纵使山川形势优越也是徒然的。

【解析】金陵(即今南京)北临长江,周遭群山环抱,地势雄伟险要,向来有"龙蟠虎踞"之称,历来许多朝代的君王皆定都于此。刘禹锡认为金陵虽有山河作为屏障,城防坚固无虞,但改朝换代的事件仍接连发生,这不也证明了地形的优势并不足以成为国家长治久安的凭恃,唯有上位者的施政好坏才是社稷存亡的关键。本句可用来说明国家的成败兴衰取决于施行政务的表现,而不是地势险阻就能获得保障。

【出处】唐·刘禹锡《金陵怀古》诗："潮满冶城渚,日斜征虏亭。蔡洲新草绿,幕府旧烟青。兴废由人事,山川空地形。后庭花一曲,幽怨不堪听。"

二、讽谕针砭

一种风流一种死,朝歌争得似扬州?

在朝歌的宫殿中酒池肉林的商纣,最后落得自焚而死的下场,但商纣的死怎么能和长期逗留在扬州纵情享乐,最后遭人弑杀的隋炀帝的死相比呢!

【注释】朝歌:地名,商朝后期的都城,位于今河南鹤壁市淇县东北,商纣即在附近的牧野为周武王所灭。

争:同"怎"字,如何。

【解析】作者罗隐全诗都没有提到人名,但从他点出的"朝歌""扬州"两地,可知其讥讽的对象乃历史上公认的末代暴君商纣和隋炀帝。"朝歌"是商朝后期的政治中心,"扬州"为隋炀帝生前钟爱的城市,曾多次到此居住,也各是两人临死之所在。诗中以"风流"来讽刺他们的"死"实是荒淫无道所致,同时也导致国家灭亡。本句可用来提醒上位者若耽于淫逸,误国殃民,终会留下像商纣和隋炀帝一样的千古恶名。

【出处】唐·罗隐《江北》诗："废宫荒苑莫闲愁,成败终须要彻头。一种风流一种死,朝歌争得似扬州?"

一双笑靥才回面,十万精兵尽倒戈。

生有一对酒窝的西施才刚回眸一笑,
吴王的十万精兵便已放下武器投降敌人了。

【解析】春秋越王勾践采范蠡之计，将本为浣纱女的西施献给吴王夫差以乱其政，夫差果然为西施所惑而疏于朝政，后遭越国消灭。鱼玄机在诗中援引西施与吴越相争的这段历史，意在强调统治者若沉溺于女色，国家终会走向衰败甚至亡国一途。本句可用来形容上位者沉湎淫逸，导致兵败国亡。

【出处】唐·鱼玄机《浣纱庙》诗："吴越相谋计策多，浣纱神女已相和。一双笑靥才回面，十万精兵尽倒戈。范蠡功成身隐遁，伍胥谏死国消磨。只今诸暨长江畔，空有青山号苎萝。"

 一骑红尘妃子笑，无人知是荔枝来。

差使骑着驿马疾驰，身后扬起一片红色沙尘，长安宫廷里的妃子见到差使奔来，开心地笑了，沿途没有人知道送来的是远在南方的荔枝。

【解析】杜牧路过唐玄宗与杨贵妃昔时游乐之地华清宫，有感于唐玄宗荒淫误国而作此诗。唐玄宗为了讨杨贵妃的欢心，不惜派人专程到南方送来杨贵妃爱吃的新鲜荔枝，人们见到一路飞奔的驿马，还以为差使正在奔波公务，孰知竟是皇帝为了博取妃子嫣然一笑的荒谬行径。本句可用来讽刺上位者不惜劳民伤财来满足一己私欲，终将把国家带往衰颓之路。

【出处】唐·杜牧《过华清宫》诗："长安回望绣成堆，山顶千门次第开。一骑红尘妃子笑，无人知是荔枝来。"

 日暮汉宫传蜡烛，轻烟散入五侯家。

在寒食节这天的傍晚，汉宫里传送着赏赐给王侯的蜡烛，淡淡上升的烛烟散入王侯们的家中。

【注释】汉宫：此代指唐朝宫廷。

五侯：一说指西汉汉成帝的母舅王谭、王根、王立、王商、王逢时等五人同日封侯；另一说指东汉桓帝借宦官单超、徐璜、具瑗、左悺、唐衡等五人铲除外戚梁冀及其亲党，五人同日受封为侯。此代指中唐时期宦官专权之势力。

【解析】寒食，本应是全国禁火的节日，韩翃（hóng）诗中借写汉宫内升起冉冉烟雾，乃皇帝赏赐与近亲宠臣蜡烛所点燃的烛烟，暗讽其所处的唐朝宫中，亦充斥着权贵之家可以不遵守常礼的跋扈行径，朝政日趋腐败。本句可用来讽刺有权势的人可以超越俗礼规范，享有特殊的权利，而一般人就必须受到严格的限制。

【出处】唐·韩翃《寒食》诗："春城无处不飞花，寒食东风御柳斜。日暮汉宫传蜡烛，轻烟散入五侯家。"

世无洗耳翁，谁知尧与跖？

世间现在没有像许由那样品德高尚的人，谁能分辨出尧的贤德和跖的残暴呢？

【注释】洗耳翁：指上古高士许由。据传尧帝要将天下让给许由，许由听到这些话后觉得耳朵受到污染，便去水边清洗耳朵。

尧与跖：尧，相传是古代明君；跖，相传是古代的大盗。

【解析】李白借古人古事暗喻当时朝政的腐败，因皇上不辨忠奸，使小人嚣张跋扈，有才德的人也难以出头。本句可用来讽刺统治者是非不分，小人得志。

【出处】唐·李白《古风》诗五十九首之二十四："大车扬飞尘，亭午暗阡陌。中贵多黄金，连云开甲宅。路逢斗鸡者，冠盖何辉赫。鼻息干虹蜺，行人皆怵惕。世无洗耳翁，谁知尧与跖？"

可怜夜半虚前席，不问苍生问鬼神。

西汉汉文帝在半夜接见贾谊，身体不由自主地向贾谊靠近，可惜汉文帝向贾谊请教的不是国家民生大事，而是与鬼神有关的事情。

【解析】李商隐意在借古讽今，诗中叙述西汉汉文帝深夜召见政论家贾谊，但汉文帝并不是为了天下苍生的福祉来向贾谊请教，而是想要聆听贾谊对鬼神由来的议论。晚唐皇帝多沉溺于佛道而荒废政事，造成国祚逐渐衰弱，李商隐一方面为贾谊的怀才不遇感到不平，另一方面也为自己处于和贾谊同样有志难伸之境感慨万千。本句可用来讽刺上位者不关心百姓生计，而迷信于鬼神之事。

【出处】唐·李商隐《贾生》诗："宣室求贤访逐臣，贾生才调更无伦。可怜夜半虚前席，不问苍生问鬼神。"

 ## 冷眼静看真好笑，倾怀与说却为冤。

用冷静的眼光在旁观察，就会发现阿谀小人的言行十分可笑，也看见有人敢直言劝谏，但却受到冤枉和遭到罢黜。

【解析】徐夤描述其长期在官场冷眼旁观形形色色人物的感触，借此劝诫人们唯有三缄其口才能在政治舞台上明哲保身。本句可用来形容政治名利场上多虚伪，直言之人难以生存。另可用以形容在现实生活中，应冷静旁观周遭的人或事物，以免惹祸上身。

【出处】唐·徐夤《上卢三拾遗以言见黜》诗："骨鲠如君道尚存，近来人事不须论。疾危必厌神明药，心惑多嫌正直言。冷眼静看真好笑，倾怀与说却为冤。因思周庙当时诫，金口三缄示后昆。"

 ## 官仓老鼠大如斗，见人开仓亦不走。

官府粮仓里的老鼠，每只都肥大得像量米的斗一样，即使看见有人来开粮仓也不逃走。

【解析】曹邺描述官仓里的老鼠因粮食丰富而体型硕大无比，甚至见了人也不害怕的夸张行止，意在揭发官吏大力搜刮民脂民膏，其肆无忌惮的行径就像诗人笔下的官仓硕鼠一样，丝毫不惧被举发或受到制裁，足见当时官场政治之黑暗。本句可用来讽刺贪官污吏中饱私囊，上下沆瀣一气的恶行恶状。

【出处】唐·曹邺《官仓鼠》诗："官仓老鼠大如斗，见人开仓亦不走。健儿无粮百姓饥，谁遣朝朝入君口？"

炙手可热势绝伦，慎莫近前丞相嗔。

丞相杨国忠的气焰盛大，权势大到当今朝中无人可比，
奉劝大家谨慎小心，千万不要走到他的面前，丞相可是会发怒的。

【解析】杜甫在诗中描写杨贵妃的族兄杨国忠仗恃着杨贵妃的得宠而权倾朝野，盛气凌人。本句可用来说明居高位者气焰灼人，令人感到惧怕，也隐含有玩弄权势的下场，便是加速国家朝政的败坏。

【出处】唐·杜甫《丽人行》诗："……后来鞍马何逡巡，当轩下马入锦茵。杨花雪落覆白𬞟，青鸟飞去衔红巾。炙手可热势绝伦，慎莫近前丞相嗔。"（节录）

春宵苦短日高起，从此君王不早朝。

埋怨春夜过于短暂，直到太阳高升才起身离床，
自此君王早上便不到朝廷处理政事了。

【解析】白居易描写唐玄宗迷恋杨贵妃的美色，两人不仅在夜晚共度春宵，到了白天仍一同宴饮游乐，形影难分。唐玄宗荒废国政的结果，就是社会日益动乱，国家一步步走向衰败。本句可用来形容统治者沉溺女色而荒于国事或重要事务。另诗中"春宵

苦短"可用来比喻欢乐时光总是过得很快。

【出处】唐·白居易《长恨歌》诗:"……春寒赐浴华清池,温泉水滑洗凝脂。侍儿扶起娇无力,始是新承恩泽时。云鬓花颜金步摇,芙蓉帐暖度春宵。春宵苦短日高起,从此君王不早朝……"(节录)

狡吏不畏刑,贪官不避赃。

狡诈的奸吏不怕犯下刑罚,贪婪的官员不避讳获得赃物。

【解析】皮日休借由描写拾橡老妇的悲惨境遇,揭发官吏贪赃枉法的恶行。当时不肖官员利用耕种期间以官粮向农民发放私债,等到农耕结束,官员赚饱了厚利,再把本钱归回官仓,等同农民辛苦收成的结果全部白费,只好去捡拾本不该是粮食的橡实来充饥。本句可用来形容官吏肆无忌惮地剥削百姓,完全无惧遭到刑罚的惩处。

【出处】唐·皮日休《橡媪叹》诗:"……持之纳于官,私室无仓箱。如何一石余,只作五斗量。狡吏不畏刑,贪官不避赃。农时作私债,农毕归官仓。自冬及于春,橡实诳饥肠。吾闻田成子,诈仁犹自王。吁嗟逢橡媪,不觉泪沾裳。"(节录)

相逢尽道休官好,林下何曾见一人。

做官的人相遇都说辞退官职才是上策,
但清幽山林之下未曾见过一个辞官人的踪影。

【解析】此为僧人灵澈在庐山东林寺时回复给韦丹刺史的一首诗。韦丹在寄给灵澈的诗中表达自己动了归隐山林的念头,灵澈在回信中先是说明了修行生涯的恬淡寡欲和物质生活的寒微简陋,之后不忘揶揄韦丹以及所有仍在宦海沉浮的人们,明明留恋官位却又口是心非地说要拂袖归去，"休官"两字不过是留在嘴边却永不会兑现的空话罢了。本句可用来形容当官的人贪恋禄位，对外却又想要博取隐士清高的美誉。

【出处】唐·灵澈《东林寺酬韦丹刺史》诗："年老心闲无外事，麻衣草座亦容身。相逢尽道休官好，林下何曾见一人。"

美人首饰侯王印，尽是沙中浪底来。

美女穿戴的金饰和王侯使用的金印，都是淘金女从浪底的一粒粒沙子中淘洗出来的。

【解析】刘禹锡于诗中描写淘金女的工作辛劳，表面上看似在赞颂她们为社会所创造的不凡价值，实是暗讽王公贵族生活豪奢以及对底层百姓的剥削，同时也对淘金女的遭遇寄予无限的同情。本句可用来说明权贵富豪的奢华生活是建筑在平民的辛苦劳累之上的。

【出处】唐·刘禹锡《浪淘沙》诗九首之六："日照澄洲江雾开，淘金女伴满江隈。美人首饰侯王印，尽是沙中浪底来。"

珠玉买歌笑，糟糠养贤才。

用珠宝和美玉买歌者的笑颜，却用酒渣和谷皮培养才德能士。

【解析】李白意在揭露当权者生活挥霍奢靡，宁可拿着珍宝去赏赐为其歌舞作乐的人，也不愿重视为朝政竭智尽力的贤才。本句可用来感叹权贵贪图享乐，怀才之士有志难伸。

【出处】唐·李白《古风》诗五十九首之十五："燕昭延郭隗，遂筑黄金台。剧辛方赵至，邹衍复齐来。奈何青云士，弃我如尘埃。珠玉买歌笑，糟糠养贤才。方知黄鹤举，千里独徘徊。"

商女不知亡国恨,隔江犹唱后庭花。

歌女不懂得亡国的痛苦,隔着河畔还在唱《玉树后庭花》的靡靡之音。

【注释】后庭花:指的是南朝陈后主作的《玉树后庭花》乐曲。陈后主因沉湎于声色,终导致国家为隋所灭,因此后人多以《后庭花》代称靡靡之音或亡国之音。

【解析】南京秦淮河沿岸一带,乃六朝金粉荟萃之地,出入多是当时的显贵人家。杜牧夜泊于此,见歌女们正唱着过去的亡国之君留下的绮靡曲调,便在诗中借陈后主荒淫误国的史事,讽刺晚唐的当权者仍然醉生梦死,无视于朝政的日渐衰败。本句可用来讽刺国家危难之际,有人只图眼前的享乐,全然不关心国事。

【出处】唐·杜牧《泊秦淮》诗:"烟笼寒水月笼沙,夜泊秦淮近酒家。商女不知亡国恨,隔江犹唱后庭花。"

渔阳鼙鼓动地来,惊破霓裳羽衣曲。

安禄山在渔阳一带起兵叛变,战鼓声震天动地,惊乱了宫廷里正沉醉于《霓裳羽衣曲》的人们。

【注释】渔阳:唐代郡名,位于今天津市蓟县。本由平卢、范阳、河东三镇节度使安禄山管辖,后安禄山自此兴兵反唐。

鼙鼓:鼙,古代军中使用的战鼓。

霓裳羽衣曲:乐曲名,原为西域乐舞,唐玄宗开元年间传进中原,后经唐玄宗加以改编而成。

【解析】白居易在《长恨歌》中描述唐玄宗和杨贵妃沉浸在歌舞乐音中,不料却传来安禄山自渔阳造反的消息,叛军迅速攻陷洛阳、长安。唐玄宗和杨贵妃随军队往西南避难,但西行到百里外的马嵬坡时，军队不愿再前进，要求皇帝必须赐死杨贵妃，唐玄宗只能无奈接受。本句可用来形容战乱发生或敌人入侵，方才惊醒了沉溺于安逸享乐的人们。

【出处】唐·白居易《长恨歌》诗："……骊宫高处入青云，仙乐风飘处处闻。缓歌慢舞凝丝竹，尽日君王看不足。渔阳鼙鼓动地来，惊破霓裳羽衣曲。九重城阙烟尘生，千乘万骑西南行。翠华摇摇行复止，西出都门百余里。六军不发无奈何，宛转蛾眉马前死……"（节录）

总为浮云能蔽日，长安不见使人愁。

太阳总是容易被天上的浮云所遮蔽，举目不见长安使人心里发愁啊！

【解析】李白登临高台，本欲远望他日夜思念的京城长安，然而长安却被浮云遮住，这让他有感于"浮云"好比是朝廷中的小人当道，"蔽日"就像是皇帝被小人所包围一样，致使自己无法为国尽忠。本句可用来比喻上位者为邪佞小人所蒙蔽，有志之士难以一展抱负。

【出处】唐·李白《登金陵凤凰台》诗："……三山半落青天外，二水中分白鹭洲。总为浮云能蔽日，长安不见使人愁。"（节录）

难将一人手，掩得天下目。

凭恃一人之手就想遮住天下人的眼睛，这是很困难的事啊！

【解析】曹邺在读了西汉史学家司马迁的《史记·李斯列传》后抒发心得。他认为秦相李斯玩弄权术，欺上瞒下，本以为凭着自己的能耐，便能遮蔽所有人的耳目，最后的下场却是遭宦官赵高所陷害,被腰斩于市。本句可用来比喻倚仗权势、欺瞒蒙骗的行径,终难取信于天下人。

【出处】唐·曹邺《读李斯传》诗:"一车致三毂,本图行地速。不知驾驭难,举足成颠覆。欺暗尚不然,欺明当自戮。难将一人手,掩得天下目。不见三尺坟,云阳草空绿。"

三、战事风云

〖 谋略 〗

和雪翻营一夜行,神旗冻定马无声。

全营上下冒着大雪,连夜行军,军旗已经结了冰,战马无声地向敌军阵营前进着。

【解析】本诗诗题为《赠李愬仆射》。仆射,古代官名,即尚书仆射,分左、右仆射,唐初相当于宰相的职权,后权力逐渐被削减,到了唐玄宗时,多为用来加授有功战将的虚衔。李愬,中唐名将,唐宪宗元和年间助朝廷平定淮西乱事的一大功臣,后被加封检校尚书左仆射。王建于诗中描写李愬领兵在雪夜中行军,人马无声,军纪严整,以迅雷不及掩耳的速度夜袭敌军,一夜便攻下了蔡州(位于今河南境内),生擒还在睡梦中的叛将吴元济,史称"雪夜下蔡州"。王建写这首诗主要表达其对李愬的指挥才能与深谙兵机的崇高敬意。本句可用来说明作战时采用攻其不备、出其不意的战术而获胜。

【出处】唐·王建《赠李愬仆射》诗二首之一:"和雪翻营一夜行,神旗冻定马无声。遥看火号连营赤,知是先锋已上城。"

射人先射马,擒贼先擒王。

要射倒一个人,就要先射中他骑的马;
要捉拿一群贼寇,就要先抓到带领他们的首脑。

【解析】杜甫在诗中提出战事活动的制胜谋略,直指唯有攻击敌人的要害,才能达到事半功倍的成效,也不会导致更多战士的无辜伤亡。本句可用来说明打击敌人必须先铲除他们的领头者;另可用来比喻做事要能把握关键环节。

【出处】唐·杜甫《前出塞》诗九首之六:"挽弓当挽强,用箭当用长。射人先射马,擒贼先擒王。杀人亦有限,列国自有疆。苟能制侵陵,岂在多杀伤?"

《 边防 》

 一夫当关,万夫莫开。

只要一个人守住要塞关口,即使有一万人攻上来也都别想冲破。

【解析】李白借描写山川的险峻来突显蜀道(从陕西入四川的道路)之难行,而如此崎岖高危的地形,正好形成一座天然坚固的防御关塞。本句可用来比喻地势险要,易守难攻。另可用来比喻一个人的本事极大,众人都无法与之匹敌。

【出处】唐·李白《蜀道难》诗:"……剑阁峥嵘而崔嵬,一夫当关,万夫莫开。所守或匪亲,化为狼与豺。朝避猛虎,夕避长蛇。磨牙吮血,杀人如麻。锦城虽云乐,不如早还家。蜀道之难难于上青天,侧身西望长咨嗟。"(节录)

但使龙城飞将在，不教胡马度阴山。

要是汉朝戍守龙城的飞将军李广还在的话，就不会让匈奴的兵马越过阴山了。

【注释】龙城：一说指的是匈奴祭祀祖先的地方；另一说指的是卢龙城，古要塞名，也就是汉朝的右北平郡，位于今河北喜峰口附近。

飞将：一说指西汉名将李广，曾任右北平太守，匈奴称其"汉之飞将军"；另一说认为不是单指李广一人，而是泛指汉代抗击匈奴的将领。

阴山：位于今内蒙古北部一带。自汉武帝讨伐匈奴夺得此山后，便成为历朝北方的屏障。

【解析】王昌龄借写汉朝时匈奴对"龙城飞将"李广的畏惧而不敢犯境，反映了当时人们期盼唐军也能出现像李广一样骁勇善战的将领，方能平息终年不止的战事。本句可用来感叹上位者任命防守边塞的人不得其所，造成国家战争频繁，同时也表达了人民迫切渴望良将出现以安定边防的心理。

【出处】唐·王昌龄《出塞》诗二首之一："秦时明月汉时关，万里长征人未还。但使龙城飞将在，不教胡马度阴山。"

落日照大旗，马鸣风萧萧。

夕阳照映在军中的大旗上，战马在萧萧风声中嘶鸣。

【解析】杜甫于诗中描写黄昏时分的塞外，落日余晖下战旗飞扬，萧飒风声交织着戎马的嘶鸣，展现了部队在关塞行进时的雄浑苍劲风光。本句可用来形容边塞将士在暮野行军时的壮阔庄严景象。

【出处】唐·杜甫《后出塞》诗五首之二:"朝进东门营,暮上河阳桥。落日照大旗,马鸣风萧萧。平沙列万幕,部伍各见招。中天悬明月,令严夜寂寥。悲笳数声动,壮士惨不骄。借问大将谁?恐是霍嫖姚。"

〖 英勇善战 〗

一身能擘两雕弧,虏骑千重只似无。

一个人便可以拉开雕着图纹的弓,纵使被敌人的骑兵层层包围,也好像眼前根本没有人一样神情自若。

【解析】王维在诗中描写年轻战士除了拥有不凡的射箭技艺,更具有大敌当前临危不乱的英勇气概,为了保卫国家,他们可以义无反顾地挺身而出,杀敌致果。本句可用来形容战士的本领高强,面对强敌环伺也毫不畏惧。

【出处】唐·王维《少年行》诗四首之三:"一身能擘两雕弧,虏骑千重只似无。偏坐金鞍调白羽,纷纷射杀五单于。"

一身转战三千里,一剑曾当百万师。

光凭一人便能驰骋战场三千里,光持一柄剑便能挡下敌人的百万大军。

【解析】王维在诗中描写了沙场老将年轻时那段气吞山河、骁勇无敌的英雄过往。即使现已老迈,仍渴望请缨报国,再立不朽战功。本句可用来形容战将雄奇威武,勇猛善战,无人能与之对抗。

【出处】唐·王维《老将行》诗:"……一身转战三千里,一剑曾当百万师。汉兵奋迅如霹雳,虏骑崩腾畏蒺藜。卫青不败由天幸,李广无功缘数奇……"(节录)

少年十五二十时，步行夺得胡马骑。

在年少十五、二十岁的时候，即使徒步也能夺下胡军的马来骑乘。

【解析】王维于诗中描述老将在其年少时奋勇破敌、功勋卓著，但晚年却过得落寞凄凉、乏人闻问，然而老将的心中仍满怀着爱国热忱，随时准备再赴战场杀敌建功。本句可用来形容年轻战士身手矫健敏捷，豪气干云。

【出处】唐·王维《老将行》诗："少年十五二十时，步行夺得胡马骑。射杀中山白额虎，肯数邺下黄须儿……"（节录）

功名只向马上取，真是英雄一丈夫。

功业名声唯有在英勇作战中取得，这样才算得上是一名真正的英雄好汉。

【解析】本诗诗题为《送李副使赴碛西官军》。副使，古代官名，在唐代指节度副使。这首诗是岑参为送别友人远赴碛西（为唐时对西域的称呼）之作，诗中完全不言离别感伤或不舍友人日后边塞生活之艰难，而是鼓舞对方驰骋沙场，立下汗马功劳。本句可用来形容战士不畏生死，奋力作战，留下一世英名。

【出处】唐·岑参《送李副使赴碛西官军》诗："火山六月应更热，赤亭道口行人绝。知君惯度祁连城，岂能愁见轮台月。脱鞍暂入酒家垆，送君万里西击胡。功名只向马上取，真是英雄一丈夫。"

孰知不向边庭苦，纵死犹闻侠骨香。

明明知道不应该去边境受苦，却情愿奔赴前往，
纵然战死也还能闻得到侠义风骨的芳香。

【解析】王维在诗中描写少年战士出征前已抱持视死如归的决

心,即便奋勇杀敌后为国捐躯也是在所不辞。本句可用来形容从军士兵壮志豪云、不畏战死的英勇情操。

【出处】唐·王维《少年行》四首之二:"出身仕汉羽林郎,初随骠骑战渔阳。孰知不向边庭苦,纵死犹闻侠骨香。"

黄沙百战穿金甲,不破楼兰终不还。

在黄沙弥漫的沙场上,历经百战的将士们身上的坚硬铁甲都已经磨穿了,没有彻底消灭敌人前誓不还乡。

【注释】楼兰:古国名,位于今新疆境内,汉时为通往西域的要冲。此泛指进犯唐代西北边境的外敌。

【解析】王昌龄于诗中描述戍守边疆的战士们,长期处在黄沙风暴的恶劣环境下和敌军浴血奋战,纵使内心思念家人,但为了保卫国家也只能先抛开个人情感,全力破敌。本句可用来形容将士奋勇杀敌的大无畏精神和抱持必胜的决心。

【出处】唐·王昌龄《从军行》诗七首之四:"青海长云暗雪山,孤城遥望玉门关。黄沙百战穿金甲,不破楼兰终不还。"

瞳瞳白日当南山,不立功名终不还。

清晨时分,终南山的天空刚刚由暗转亮,
这次出征若没有立下功绩绝不回来。

【解析】唐宪宗元和年间,宰相裴度亲赴前线讨伐叛乱藩镇,王建于此诗中即是描述了这次出征战士誓言拼死也要赢得胜利,建立功勋的决心。本句可用来形容从军将士对建功立业的热烈渴望。

【出处】唐·王建《东征行》诗:"……男儿生杀在手里,营门老将皆忧死。瞳瞳白日当南山,不立功名终不还。"(节录)

【 征战苦楚 】

 大漠风尘日色昏,红旗半卷出辕门。

广大的沙漠上风沙弥漫,天色显得格外昏暗,战士们半卷着红旗打开军营的门,准备出发作战。

【解析】王昌龄诗中描述位在边塞的唐军,于风沙遮天蔽日之时出兵攻打敌人,为了减少风的阻力,唐军将旗帜半卷,以便加快行军速度,而这场在风沙滚滚中进行的军事行动,最终获得了胜利。本句可用来形容军队在沙漠地区或风沙漫天中辛苦出征的情景。

【出处】唐·王昌龄《从军行》诗七首之五:"大漠风尘日色昏,红旗半卷出辕门。前军夜战洮河北,已报生擒吐谷浑。"

 可怜无定河边骨,犹是春闺梦里人。

可怜那些在无定河边的枯骨,都是家中妻子梦里想念的人啊!

【注释】无定河:为黄河支流,位于今陕西北部,因流急沙多、深浅不定而得名。

【解析】陈陶主要在诗作中反映战争的残酷无情,尤其是描写后方梦寐期待将士返家团圆的妻子们,完全不知丈夫早已化成河边白骨的事实,其以闺中梦境的痴心渴望对比真实世界的悲惨绝望,更能激发人们内心强烈的回响。本句可用来形容赴沙场征战的将士死去,其家人仍在日夜等待他们平安归来;也可用来形容战事造成百姓生活的巨大苦难。

【出处】唐·陈陶《陇西行》诗四首之二:"誓扫匈奴不顾身,五千貂锦丧胡尘。可怜无定河边骨,犹是春闺梦里人。"

生女犹得嫁比邻,生男埋没随百草。

生女儿还可以嫁给附近的邻居,
生儿子却只能像被埋没的野草一样死在战场上。

【解析】封建社会中重男轻女的观念向来根深蒂固,杜甫在此诗中却言生女比生男好,反映的是当时被征调前线的男子,大多躲不过战死的厄运,造成无数的家庭妻离子散、家破人亡。本句可用来说明国家连年出兵,大量的男丁命丧沙场,人们因而渴望生女胜过生男,以免于骨肉日后难逃死于战场的劫难。

【出处】唐·杜甫《兵车行》诗:"……长者虽有问,役夫敢申恨?且如今年冬,未休关西卒。县官急索租,租税从何出?信知生男恶,反是生女好。生女犹得嫁比邻,生男埋没随百草。君不见青海头,古来白骨无人收。新鬼烦冤旧鬼哭,天阴雨湿声啾啾。"(节录)

 ## 田园寥落干戈后,骨肉流离道路中。

战争过后,家乡的田园早已荒废,血亲骨肉流落离散在各地的道路上。

【解析】白居易在诗中倾诉其历经战乱的切身之痛,不仅家园因饥荒而成了一片荒芜,兄弟姐妹也为此各自流亡到异乡。本句可用来形容战火造成家园残破、家人被迫分离的悲惨境遇。

【出处】唐·白居易《望月有感》诗:"时难年荒世业空,弟兄羁旅各西东。田园寥落干戈后,骨肉流离道路中……"(节录)

 ## 年年战骨埋荒外,空见蒲桃入汉家。

每年有多少战死的士兵埋骨于荒郊野外,
只换得区区西域的葡萄进贡到汉廷来。

【解析】李颀在诗中借写汉朝皇帝为开通西域，穷兵黩武，不体恤将士性命之事，表达其对当时唐玄宗用兵政策的愤恨和不满。本句可用来讽刺统治者为了满足个人喜好而发动战争，导致将士无谓的牺牲。

【出处】唐·李颀《古从军行》诗："白日登山望烽火，黄昏饮马傍交河。行人刁斗风砂暗，公主琵琶幽怨多。野云万里无城郭，雨雪纷纷连大漠。胡雁哀鸣夜夜飞，胡儿眼泪双双落。闻道玉门犹被遮，应将性命逐轻车。年年战骨埋荒外，空见蒲桃入汉家。"

车辚辚，马萧萧，行人弓箭各在腰。

兵车行走的声音辚辚，战马嘶鸣的声音萧萧，出征的士兵们都把弓箭佩挂在他们的腰间。

【解析】杜甫在诗中描写新兵队伍即将出发前的情形，但这些士兵实是官方四处抓兵而来的，也正是源于战事的节节失利，朝廷才会急于补充兵源，迫使更多无辜百姓不得不和至亲分离。本句可用来形容军队武装行进时的景象，也隐含有频年征战，造成亲人离散的痛楚。

【出处】唐·杜甫《兵车行》诗："车辚辚，马萧萧，行人弓箭各在腰。爷娘妻子走相送，尘埃不见咸阳桥。牵衣顿足拦道哭，哭声直上干云霄……"（节录）

羌笛何须怨杨柳，春风不度玉门关。

胡地的笛音何必吹奏出凄凉的《折杨柳》曲子，
春天和煦的风从来吹不到玉门关外来。

【解析】这首诗主要表现戍守边地将士所处环境之荒寒艰苦。古来有折柳赠别的习俗，乐府中有音调甚为哀怨的《折杨柳》曲，诗中"杨柳"一词双关柳树与《折杨柳》曲，借由羌笛的吹奏声，触动将士的离愁别怨。"春风不度玉门关"表面上是说玉门关地处偏僻，连春风都吹不进来，实是暗喻君主对远方将士的漠视。本句可用来形容统治者不关心边防战士的疾苦，使其有被遗弃的感受。

【出处】唐·王之涣《凉州词》诗二首之一："黄河远上白云间，一片孤城万仞山。羌笛何须怨杨柳，春风不度玉门关。"

秦时明月汉时关，万里长征人未还。

秦汉时的月亮和关塞至今仍旧存在，
但是过去那些万里征战的将士们，却是一去就不再归返。

【解析】王昌龄在诗中描述了自秦汉以来，边塞便一直征战不歇，而在万里之外的后方百姓，则世世代代饱尝家人戍守边境未归的痛苦。本句可用来说明连年战事不止，人民生活不得安宁，更被迫与至亲生离死别。

【出处】唐·王昌龄《出塞》诗二首之一："秦时明月汉时关，万里长征人未还。但使龙城飞将在，不教胡马度阴山。"

欲将轻骑逐，大雪满弓刀。

正要率领轻骑去追赶敌人，沿途大雪纷飞，
将士的弓刀上已沾满了雪花。

【解析】卢纶在诗中描写边塞将士于雪夜中轻装策马、奋勇追击敌人的矫健英姿，同时也反映出边地军旅生活的艰苦。本句可用来形容战士无畏严寒大雪，出兵袭敌的情景。

【出处】唐·卢纶《塞下曲》诗六首之三："月黑雁飞高，单于夜遁逃。欲将轻骑逐，大雪满弓刀。"

牵衣顿足拦道哭,哭声直上干云霄。

亲友们扯着征夫的衣服,挡在道路上跺脚痛哭,
那嚎啕的哭声直冲上了天际。

【解析】杜甫在诗中描写兵车队伍即将带走征夫远赴边疆,父母妻子在送别时哭声震野,宛如是一场生离死别。本句可用来说明统治者穷兵黩武,战士死伤无数,面对亲人从军,家属捶胸顿足、哭天喊地的悲惨情状。

【出处】唐·杜甫《兵车行》诗:"车辚辚,马萧萧,行人弓箭各在腰。爷娘妻子走相送,尘埃不见咸阳桥。牵衣顿足拦道哭,哭声直上干云霄……"(节录)

 ## 醉卧沙场君莫笑,古来征战几人回?

纵使醉倒在战场上,请你也不要笑我!
自古出征打战的人,有几人是能平安回来的呢?

【解析】王翰在诗中真实刻画了边塞战士的生活和情感,看似在军旅宴饮场合尽情酣醉的可笑举动,实是点出战争背后残酷的死亡本质。本句可用来形容军人在赴战场前的洒脱豪饮和视死如归的旷达气概。

【出处】唐·王翰《凉州词》诗二首之一:"葡萄美酒夜光杯,欲饮琵琶马上催。醉卧沙场君莫笑,古来征战几人回?"

 ## 凭君莫话封侯事,一将功成万骨枯。

请求你不要再谈论封官晋爵的事了,一个将军的功成名就,
可是由上万士兵战死沙场以及众多无辜百姓的性命所换来的啊!

【解析】曹松在诗中描述将军只在意其个人封赏的浮名虚

荣，全然漠视战事造成了多少士兵和百姓的伤亡，借以揭露战争的残酷无情。本句可用来说明一名战将的成就，是用无以计数的性命所换来的。另可从用来比喻某人成功的背后，是源于众人的奉献和牺牲。

【出处】唐·曹松《己亥岁》诗二首之一："泽国江山入战图，生民何计乐樵苏。凭君莫话封侯事，一将功成万骨枯。"

战士军前半死生，美人帐下犹歌舞。

士兵们奋勇在前线作战，大半都已经阵亡，
统帅却还在营帐里和美人一同歌舞。

【解析】高适于诗中将前方战士保家卫国，不顾个人生死的英勇精神，对比高层将领只顾寻欢作乐而玩忽职守的荒唐行为，意在揭露朝廷用人不当，造成士兵的大量伤亡。本句可用来说明战士在前线拼命杀敌，领军的将帅却沉溺享乐，腐败无能。

【出处】唐·高适《燕歌行》诗："……山川萧条极边土，胡骑凭陵杂风雨。战士军前半死生，美人帐下犹歌舞。大漠穷秋塞草腓，孤城落日斗兵稀。身当恩遇恒轻敌，力尽关山未解围……"（节录）

四、忧国忧民

今来县宰加朱绂（fú），便是生灵血染成。

今年再来胡城县时，县令已经升官了，
系着官印的红丝绳，是用百姓的鲜血染成的。

【注释】朱绂：指用以系印环用的红丝绳。

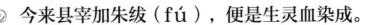

【解析】杜荀鹤于此诗中描述去年到胡城县（位于今安徽阜阳市境内）时，百姓早已怨声载道，生活苦不堪言，今年他再经过此地，县令却得以受到奖励而升官，可见他对百姓的压榨变本加厉，于是便把县令身上系着官印的红丝绳和百姓的鲜血作对比，暗喻恶政杀人。本句可用来说明贪官污吏的加官晋爵是靠着残害百姓的生命所换来的。

【出处】唐·杜荀鹤《再经胡城县》诗："去岁曾经此县城，县民无口不冤声。今来县宰加朱绂，便是生灵血染成。"

可怜身上衣正单，心忧炭贱愿天寒。

可怜（卖炭翁）身上的衣服如此单薄，心里却还在担心着天气若不够冷，炭价会跌得更低，因此宁愿天气更加寒冷。

【解析】白居易通过描写在寒天里卖炭的老人衣着单薄，却希望天气更冷才能把炭卖出的矛盾心理，刻画当时生活在社会底层人家的困苦遭遇。本句可用来表达贫困百姓在艰辛处境下奋力挣扎、以求生存的辛酸。

【出处】唐·白居易《卖炭翁》诗："卖炭翁，伐薪烧炭南山中。满面尘灰烟火色，两鬓苍苍十指黑。卖炭得钱何所营？身上衣裳口中食。可怜身上衣正单，心忧炭贱愿天寒……"（节录）

白水暮东流，青山犹哭声。

河水在暮色中东流而去，青山下还能听得到出征士兵亲人的哭泣声。

【解析】杜甫途经新安（位于今河南洛阳市境内），亲眼目睹官吏为了应急，到处抓壮丁的场景。眼见天色昏暗，征人早已走远，但沿途送行的亲人却还迟迟不忍离去，呜咽声不绝于耳，仿佛知道被抓走的孩子将一去不复返。本句可用来表达战争带给百姓巨大的创伤和苦痛。

【出处】唐·杜甫《新安吏》诗："……肥男有母送，瘦男独伶俜。白水暮东流，青山犹哭声。莫自使眼枯，收汝泪纵横。眼枯即见骨，天地终无情……"（节录）

任是深山更深处，也应无计避征徭。

任凭躲到深山里头更偏僻的地方，也恐怕没有办法避开赋税与徭役。

【解析】杜荀鹤在诗中描写山中寡妇孤贫苦难的际遇，她因丈夫战死而被迫搬到深山中的茅屋，终日蓬头垢面，衣衫褴褛，但让她更痛苦的是，由于兵连祸结，田园早已荒芜，三餐多靠野菜果腹，还要被官府征收繁重的赋税与劳役，不禁感叹即使逃到天涯海角，也逃离不了苛政的天罗地网。本句可用来形容黎民百姓面对统治者的搜刮掠夺，无所遁逃的绝望。

【出处】唐·杜荀鹤《山中寡妇》诗："夫因兵死守蓬茅，麻苎衣衫鬓发焦。桑柘废来犹纳税，田园荒尽尚征苗。时挑野菜和根煮，旋斫（zhuó）生柴带叶烧。任是深山更深处，也应无计避征徭。"

安得广厦千万间，大庇天下寒士俱欢颜，风雨不动安如山！

怎样才能得到千万间宽敞的房子，庇护普天下贫苦的人，好让他们都能展露欢颜，即使风雨来袭，房子仍稳固如山。

【解析】杜甫晚年在成都浣花溪畔盖了一间茅屋，日子虽然穷苦，但比先前到处逃难时安定。不料却遇上一场暴风雨吹破茅屋，他在饥寒冻馁的当下，想到若是牺牲了自己的房子，而能为天下穷人换得遮风避雨的住所也就无所怨尤，表现出其敦厚的情怀以及崇远的胸襟。本句可用来形容关心百姓疾苦，渴盼天下人得到衣食温饱、居住安稳的博大胸怀。

【出处】唐·杜甫《茅屋为秋风所破歌》诗："……安得广厦千万间，大庇天下寒士俱欢颜，风雨不动安如山！呜呼！何时眼前突兀见此屋，吾庐独破受冻死亦足。"（节录）

拜迎长官心欲碎，鞭挞黎庶令人悲。

面对那些下拜迎接长官的事，让我心力交瘁，
奉命驱遣百姓更让人感到悲哀。

【注释】鞭挞：本指用鞭子抽打之意，此指驱遣。

【解析】此诗为高适担任封丘（位于今河南境内）县尉时所作，抒发其在官场上除了要面对繁文缛节之外，对上还要奉迎长官，对下竟得驱遣黎民，使其内心充满无奈与矛盾，也可看出当时政治的黑暗。本句可用来说明官僚政治中，职位低的官多要趋奉上司，对平民百姓下达不合理的命令，不愿同流合污者便会对为官感到失望，并同情人民所承受的苦楚。

【出处】唐·高适《封丘作》诗："我本渔樵孟诸野，一生自是悠悠者。乍可狂歌草泽中，宁堪作吏风尘下。只言小邑无所为，公门百事皆有期。拜迎官长心欲碎，鞭挞黎庶令人悲……"（节录）

苗疏税多不得食，输入官仓化为土。

由于山地贫瘠，禾苗长得稀疏，收成自然减少，但国家的征税却相当繁重，家人没有食物可吃，粮食都被收入官府的粮仓内，一直放到腐烂后变成泥土。

【解析】诗题一作《山农词》。张籍在诗中描述山中老农辛苦耕作的结果，却是全家衣食无着，足见当时的赋税制度对农人甚

为不公，更为讽刺的是，已是一贫如洗的农人，缴纳到官仓里的谷物，最后竟被摆放到腐败成土。眼见自己的心血遭到践踏，农夫的锥心苦痛可想而知。本句可用来形容赋税沉重，农民受尽剥削，但官仓内的粮食却多到腐坏的地步。

【出处】唐·张籍《野老歌》诗："老农家贫在山住，耕种山田三四亩。苗疏税多不得食，输入官仓化为土。岁暮锄犁傍空室，呼儿登山收橡实。西江贾客珠百斛，船中养犬长食肉。"

 ## 虐人害物即豺狼，何必钩爪锯牙食人肉？

虐待百姓，伤害万物，就是像豺狼般狠毒的恶人，
为什么一定要长着如钩锯一样的爪子牙齿，才是吃人肉的豺狼呢？

【解析】唐宪宗元和四年，江南发生大规模的旱灾，此时担任左拾遗的白居易上书请求皇帝减免农民租税。唐宪宗名义上虽然颁布了免税令，底下的贪官污吏却仍然阳奉阴违，赶在诏令下达地方前急着对农民征敛，没有收成的农民只好典桑卖地，等到皇帝豁免租税的诏令在乡里公告时，农民早被催税的官员逼迫到缴完了税，完全没有获得免税的实惠。诗中便是通过描写住在杜陵的老农夫惨遭无情剥削，痛斥地方官员如豺狼一样贪狠残暴的行为，这也应验了人祸实比天灾更为可怕。本句可用来形容人民受到上位者的压迫虐待、巧取豪夺，生活被逼迫到无以为继。

【出处】唐·白居易《杜陵叟，伤农夫之困也》："杜陵叟，杜陵居，岁种薄田一顷余。三月无雨旱风起，麦苗不秀多黄死。九月降霜秋早寒，禾穗未熟皆青干。长吏明知不申破，急敛暴征求考课。典桑卖地纳官租，明年衣食将何如？剥我身上帛，夺我口中粟。虐人害物即豺狼，何必钩爪锯牙食人肉？……"（节录）

路旁老人忆旧事，相与感激皆涕零。

路边的老人回忆起战争时的往事，
都对这位拯救百姓免受战乱之苦的英雄李愬感动到涕泪纵横。

【解析】唐宪宗元和九年，淮西节度使（中唐时辖区主要位于今河南一带）吴少阳之子吴元济发动叛变，唐宪宗派兵讨伐。历经多年的纷乱，唐将李愬于元和十二年攻破蔡州，结束了这场内乱。刘禹锡于诗中描写唐军在战胜之后，城里响起了和平的乐音，年长的人们回想起战争时不安的过往，都对李愬让百姓得以重拾平和的日子感动不已。本句可用来形容人们在饱尝战争之苦后，对于能够平息战乱的将领表达由衷感谢之意。

【出处】唐·刘禹锡《平蔡州》诗三首之二："汝南晨鸡喔喔鸣，城头鼓角音和平。路旁老人忆旧事，相与感激皆涕零。老人收泣前致辞：'官军入城人不知。忽惊元和十二载，重见天宝承平时。'"

 ## 闻道长安似弈棋，百年世事不胜悲。

听说长安的局势就如下棋一样，彼此争夺，变动不定，百年下来所发生的纷争世事，令人不胜唏嘘。

【解析】杜甫感叹京城长安数十年来动乱不安，纷扰的情形就宛如棋局般诡谲多变，不仅时时得被人步步紧逼，输赢也没有定数，着实让人忧心不已。本句可用来表达对国家多灾多难的忧愤之情。

【出处】唐·杜甫《秋兴》诗八首之四："闻道长安似弈棋，百年世事不胜悲。王侯第宅皆新主，文武衣冠异昔时。直北关山金鼓振，征西车马羽书迟。鱼龙寂寞秋江冷，故国平居有所思。"

第三篇 叙事写物篇

第八章 叙说事理

一、事理寓意

九曲黄河万里沙，浪淘风簸自天涯。

曲折的黄河奔流而来，一路夹带着随滔滔巨浪和狂风颠簸万里的泥沙，从遥远的天涯一直来到这里。

【解析】刘禹锡在诗中主要描写曲折多致的黄河，随浪潮卷来大量泥沙的雄伟气势。本句可用来暗喻人生道路的波折坎坷。另可用来形容黄河水流的蜿蜒曲折，泥沙滚滚。

【出处】唐·刘禹锡《浪淘沙》诗九首之一："九曲黄河万里沙，浪淘风簸自天涯。如今直上银河去，同到牵牛织女家。"

人怜巧语情虽重，鸟忆高飞意不同。

鹦鹉的主人深爱着会学人说话的鹦鹉，但鹦鹉却是一心想着要离开鸟笼，高飞远走，鹦鹉的心思和主人的想法是完全不同的啊！

【解析】鹦鹉，善于模仿人说话，又称为"能言鸟"，古代官宦权贵之家多有饲养。白居易于诗中描写长期被关在笼里的鹦鹉，渴望高飞远方，和那些自以为爱怜鹦鹉，却又唯恐鹦鹉飞走而残忍剪短鹦鹉翅膀的主人，两者想法迥异，借此表达他对鹦鹉的同情以及对鹦鹉主人虚情假意的不以为然。本句可用来暗喻掌握权势者剥削弱者。

【出处】唐·白居易《鹦鹉》诗："陇西鹦鹉到江东，养得经年嘴渐红。常恐思归先剪翅，每因喂食暂开笼。人怜巧语情虽重，鸟忆高飞意不同。应似朱门歌舞妓，深藏牢闭后房中。"

丈夫盖棺事始定，君今幸未成老翁。

有理想的男儿一生功过是非，要等到死后才可评断论定，庆幸的是，你还没有年老力衰，只要有心肯定会有一番作为。

【解析】这是杜甫勉励隐居的友人应该出来为社会做事，他认为杰出的人才不该埋没在山林里，更直指人要到死了之后，世人方可对其一生作出公正评价，所以该趁着还有机会发挥所长时尽心贡献一己之力。本句可用来表明人一生的是非功过，到死才得定论，所以应珍惜青春，加紧努力。

【出处】唐·杜甫《君不见简苏徯》诗："君不见道边废弃池，君不见前者摧折桐。百年死树中琴瑟，一斛旧水藏蛟龙。丈夫盖棺事始定，君今幸未成老翁。何恨憔悴在山中，深山穷谷不可处，霹雳魍魉（wǎng liǎng）兼狂风。"

千呼万唤始出来，犹抱琵琶半遮面。

经过很多次的邀请才肯走出来，还抱着琵琶遮住了半边的脸。

【解析】白居易于诗中描写其在船上为友人饯行时，耳边传来技艺精湛的琵琶乐音，他便邀请琵琶女移船相见，然女子似乎有所矜持或有难以言喻的苦衷，经白居易再三催请才勉强上船来，并道出了自己饱经风霜的人生遭遇。本句可用来比喻人或事物被大家渴盼很久后才出现,但出现后却不愿完全坦然真实以对;另可用来形容女子不好意思轻易露脸的羞涩模样。

【出处】唐·白居易《琵琶行》诗:"……忽闻水上琵琶声,主人忘归客不发。寻声暗问弹者谁?琵琶声停欲语迟。移船相近邀相见,添酒回灯重开宴。千呼万唤始出来,犹抱琵琶半遮面……"(节录)

夕阳无限好,只是近黄昏。

夕阳的景色虽然美不胜收,可惜已临近黄昏,很快便会消失。

【解析】傍晚时分,人在京城长安的李商隐,本欲借登上高原缓解心中不快,然而见到落日余晖虽美而黄昏将至,夜幕随即笼罩大地,有感好景无法常驻,进而对生命的美好时光平添无限感怀。本句可用来比喻人或事物由极盛转衰。另可用来表达对人生晚景的留恋,只是来日不多,故要更加珍惜光阴。

【出处】唐·李商隐《登乐游原》诗:"向晚意不适,驱车登古原。夕阳无限好,只是近黄昏。"

大都好物不坚牢,彩云易散琉璃脆。

大概天底下美好的事物都不长久,
就像天上的彩云容易消散,漂亮的琉璃容易破碎。

【解析】此诗乃白居易为哀悼一位名唤苏简简的女孩而作,不舍其在十三岁的璀璨年华便香消玉殒。诗中他宽慰苏简简的父母莫要悲伤,深信这位早慧的女孩必定是天上仙女下凡,也正因其如此完美脱俗,所以才难以在人间久留。本句可用来比喻美好的人或事物总是不易掌握或停留短暂。

【出处】唐·白居易《简简吟》诗："苏家小女名简简，芙蓉花腮柳叶眼。十一把镜学点妆，十二抽针能绣裳。十三行坐事调品，不肯迷头白地藏。玲珑云髻生花样，飘飘风袖蔷薇香。殊姿异态不可状，忽忽转动如有光。二月繁霜杀桃李，明年欲嫁今年死。丈人阿母勿悲啼，此女不是凡夫妻。恐是天仙谪人世，只合人间十三岁。大都好物不坚牢，彩云易散琉璃脆。"

女娲炼石补天处，石破天惊逗秋雨。

（乐声传到天上）把女娲用来补天的五色石震破，让上天为之惊动，秋雨倾泻而下。

【解析】李贺在听了宫廷乐师李凭的弹奏后，想象着李凭巧夺天工的琴音飞上了天，使女娲所补的石也为之惊破，足见乐音的震撼力有多么强烈。本句可用来比喻事物或言论出人意表，新奇惊人。另可用来形容乐声高亢激昂，惊天动地。

【出处】唐·李贺《李凭箜篌引》诗："……女娲炼石补天处，石破天惊逗秋雨。梦入神山教神妪，老鱼跳波瘦蛟舞。吴质不眠倚桂树，露脚斜飞湿寒兔。"（节录）

山光物态弄春晖，莫为轻阴便拟归。

春天的阳光照耀山林，万物争相展现自己的独特光彩，请你千万不要因为天色微阴就有了回去的打算啊！

【解析】张旭通过对春日山中景致生机勃勃的描绘，劝说友人别因天色微暗欲雨便失去春游的雅兴，以免错过了欣赏春景的最佳时机。本句可用来比喻切莫对环境有轻微不适应或遇到一点挫折，便丧失信心而放弃。另可用来表达对春天山中风景的热爱。

【出处】唐·张旭《山行留客》诗:"山光物态弄春晖,莫为轻阴便拟归。纵使晴明无雨色,入云深处亦沾衣。"

 ## 手中十指有长短,截之痛惜皆相似。

手上的十根手指头长短不一,截断哪一根的痛楚都是一样的。

【解析】东汉才女蔡琰身陷胡地十二年,其后曹操虽用金璧将其赎归,但返回中原的蔡琰仍日夜思念在胡地的子女,作有《胡笳十八拍》《悲愤诗》等。刘商在诗中模仿蔡琰的口吻,抒发其迫于现实而与子女分隔两地的无奈。本句可用来比喻事物有所差别本是一种必然的现象;另可用来形容同出的子女性情虽各有不同,但父母对他们的疼爱都是一样的,根本无法取舍。

【出处】唐·刘商《胡笳十八拍》诗十八首之十四:"莫以胡儿可羞耻,恩情亦各言其子。手中十指有长短,截之痛惜皆相似。还乡岂不见亲族,念此飘零隔生死。南风万里吹我心,心亦随风渡辽水。"

 ## 只在此山中,云深不知处。

他虽身在这座山林中,但因云雾重重,所以不知他到底在山中的何处。

【解析】诗人贾岛到山中寻访隐者却正巧不遇,通过童子的回答,一方面写出隐者远离尘嚣的闲逸生活,另一方面也表达出其对隐者高洁如白云以及德行如高山的景仰之情。本句可用来比喻所要找的人或事物,只知大概范围,却不知确切之所在。另可用来形容山林深密、云雾缭绕的样子,不知人或事物在哪里。

【出处】唐·贾岛《寻隐者不遇》诗:"松下问童子,言师采药去。只在此山中,云深不知处。"(此诗一说作者为孙革,诗题则作《访羊尊师》)

可怜日暮嫣香落，嫁与春风不用媒。

可惜原本娇艳的春花，到了黄昏时随风飘落，
就好像是嫁给了春风一样，根本不需要找媒人。

【解析】李贺见原本百花齐放、娇艳芬芳的南园，于日暮时分花儿凋零，随风纷飞，便兴起了春花犹似待嫁女孩般，等到时间或机缘成熟时，就会顺理成章地嫁与某人了。本句可用来比喻女子在某种因缘巧合或青春盛年已过时便会自然而然地成婚；另可用来形容残花满地、随风飞舞的情景。

【出处】唐·李贺《南园》诗十三首之一："花枝草蔓眼中开，小白长红越女腮。可怜日暮嫣香落，嫁与春风不用媒。"

 ## 向使当初身便死，一生真伪复谁知？

假使在事情的真相未清楚之前，周公和王莽便先死去，那么他们一生人品的真诚或虚假又有谁知道呢？

【解析】白居易在诗中举周公和王莽生平为例，回顾周公摄政期间，流言四起，众人指其将要篡位，周公为此也感到恐惧；王莽在辅佐汉平帝时，是大家公认的礼贤下士的谦恭君子，但历史证明，王莽后来成了篡汉之人。由两人的事例可见，对人或事都要经过长期观察才能看清真相。本句可用来表达分辨人心真伪，需要时间的考验，否则便会被一时所见给蒙蔽而冤枉好人或误信小人。

【出处】唐·白居易《放言》诗五首之三："赠君一法决狐疑，不用钻龟与祝蓍。试玉要烧三日满，辨材须待七年期。周公恐惧流言日，王莽谦恭未篡时。向使当初身便死，一生真伪复谁知？"

此曲只应天上有，人间能得几回闻？

这样悦耳的曲子应该只在天上才能听到，人世间哪有几次机会得以听闻呢？

【解析】杜甫先是叙说成都城内日夜歌舞升平，又描述宴会上的乐曲无比动听，宛如人间难得听闻之天籁。表面上看似在赞誉乐曲优美，实是在暗讽成都将领花惊定（一称花敬定）目无法纪，僭用天子礼乐一事，意即皇宫才能使用的乐曲，根本不该在花惊定府中的宴会上听到！本句可用来比喻罕人听闻的事件或论调；另可用来赞美音乐或歌声美妙动人。

【出处】唐·杜甫《赠花卿》诗："锦城丝管日纷纷，半入江风半入云。此曲只应天上有，人间能得几回闻？"

 ## 何必奔冲山下去，更添波浪向人间。

山上的清泉为何要奔冲到山下去，给原本多事的人间增添波澜。

【解析】白居易见苏州天平山上的白云泉，是何等逍遥自在，为何执意要往山下飞泻奔流，反而翻弄出更多的波澜呢？便有感而发写下此诗，寄寓他知足知止的思想。本句可用来比喻人应保持心境如山泉般从容悠闲，远离令人困扰的世俗纷争。

【出处】唐·白居易《白云泉》诗："天平山上白云泉，云自无心水自闲。何必奔冲山下去，更添波浪向人间。"

 ## 忽闻海上有仙山，山在虚无缥缈间。

听闻在海上有一座仙山，山就隐约坐落在云雾缥缈之间。

【解析】《长恨歌》后段诗中描写道士受唐玄宗请托，费尽千辛万苦的寻寻觅觅后，终于在海上一座云雾缥缈的仙山中，发现山里楼阁中住有不少风姿绰约的仙子，仔细询问之下，确认其中一位美貌仙子就是杨贵妃的芳魂。本句可用来比喻与现实世界相去甚远的幻想或梦境；另可用来形容远山或远方岛屿弥漫在云雾中的景象。

【出处】唐·白居易《长恨歌》诗："……忽闻海上有仙山，山在虚无缥缈间。楼阁玲珑五云起，其中绰约多仙子。中有一人字太真，雪肤花貌参差是……"（节录）

抽刀断水水更流，举杯消愁愁更愁。

想要抽出刀子来切断水流，水却更加奔流不止；
想要饮酒来消除愁绪，烦恼却是愈益增多。

【解析】李白在诗中表达其急欲摆脱一切烦恼苦闷，但结果却是忧愤的情绪更加剧烈。本句可用来比喻想要阻止某种事物的发展，或运用某种方法来消除某种现象，结果却是适得其反。另可用来形容满腹的愁苦无以排解。

【出处】唐·李白《宣州谢朓楼饯别校书叔云》诗："……抽刀断水水更流，举杯消愁愁更愁。人生在世不称意，明朝散发弄扁舟。"（节录）

东风不与周郎便，铜雀春深锁二乔。

倘若当时东风不给孙吴大将周瑜提供方便的话，恐怕孙吴的两大美人大乔、小乔都会被曹操掳去，并将她们锁在春色幽深的铜雀台中。

【注释】东风：春风。此指赤壁之战时，孙吴与蜀汉联军，蜀相诸葛亮借东风，烧毁曹魏的战船，大败曹魏于赤壁一事。

铜雀：为曹操筑于魏都邺城之高台，故址位于今河北邯郸市境内。

二乔：指大乔、小乔姐妹，两人皆貌美。孙策纳大乔、周瑜纳小乔。

【解析】此为杜牧回顾赤壁之战这段史实，兴起对事情成败之慨叹，他认为当时吴、蜀两国若不得东风之便，风又助火势烈焰，或许后来孙吴的两大美人便成了铜雀台里曹操的战利品，这也意味着孙吴将为曹魏所灭。本句可用来说明某一条件，对于事情的成败有非常关键的作用。另可用来说明赤壁之战的胜利，并非全靠吴、蜀两国的英雄人物便可以达成，若非外在条件的影响，历史极有可能改写。

【出处】唐·杜牧《赤壁》诗："折戟沉沙铁未销，自将磨洗认前朝。东风不与周郎便，铜雀春深锁二乔。"

为爱好多心转惑，遍将宜称问傍人。

因为爱好太多，内心反而更加困惑，
只好到处请教旁人，询问自己的妆扮是否合宜？

【解析】韩偓在诗中描写一名待嫁女子的婚期将近，她一心希望自己的穿着打扮在婚礼上表现完美，可是又担心喜爱的过多，反而不知哪种妆扮才真正适合自己，于是紧张得四处询问人们的意见。其中"为爱好多心转惑"一句，可用来比喻一个人心意不专，兴趣广泛庞杂，结果便是无一专精，一事无成；另可用来形容女子在婚礼前兴奋不安的情绪。

【出处】唐·韩偓《新上头》诗："学梳蝉鬓试新裙，消息佳期在此春。为爱好多心转惑，遍将宜称问傍人。"

红颜未老恩先断。

容貌还没有衰老，恩情便先断绝。

【解析】白居易在诗中描述一名后宫女子深夜不寐，苦盼君王亲临而未能如愿，女子不禁想着，如果是自己的容颜衰老也就罢了，偏偏姿色未衰就先失去了君王的恩宠，不禁伤心欲绝，诗意中也隐约流露出作者在政治上被皇帝疏离的失望之情。本句可用来比喻人还没有老或事物尚未过时就被疏远或弃用；另可用来形容女子的美色仍在，却惨遭心上人厌弃。

【出处】唐·白居易《后宫词》诗："泪湿罗巾梦不成，夜深前殿按歌声。红颜未老恩先断，斜倚熏笼坐到明。"

凌烟功臣少颜色，将军下笔开生面。

在凌烟阁的功臣肖像因颜色褪去，
曹霸将军奉命重新摹绘，赋予画像崭新的面貌。

【解析】杜甫描述画家曹霸在开元年间，受到唐玄宗的赏识，重新描绘凌烟阁内的功臣画像，曹霸一下笔便使原本褪色的图画变得气韵生动。其中"下笔开生面"后演变成"别开生面"一语，可用来比喻开创新的格局或形式；另可用来形容画作本已褪色，经人重画后更显生气。

【出处】唐·杜甫《丹青引赠曹将军霸》诗："……开元之中常引见，承恩数上南熏殿。凌烟功臣少颜色，将军下笔开生面。良相头上进贤冠，猛将腰间大羽箭。褒公鄂公毛发动，英姿飒爽来酣战。先帝天马玉花骢，画工如山貌不同……"（节录）

射人先射马，擒贼先擒王。

要射倒一个人，要先射中他骑的马；
要捉拿一群贼寇，得先抓到带领他们的首脑。

【解析】杜甫在诗中提出其战事活动的制胜谋略，直指唯有攻击敌人的要害，才能达到事半功倍的成效，也不会导致更多战士的无辜伤亡。本句可用来比喻做事要能把握关键；另可用来说明攻击敌人必须先铲除他们的领头者。

【出处】唐·杜甫《前出塞》诗九首之六："挽弓当挽强，用箭当用长。射人先射马，擒贼先擒王。杀人亦有限，列国自有疆。苟能制侵陵，岂在多杀伤？"

时来天地皆同力，运去英雄不自由。

时运来了，天地都会与你同心协力；
时运去了，纵使是英雄也有身不由己的慨叹。

【解析】本诗诗题为《筹笔驿》。筹笔驿，古地名，位于今四川广元市北部，相传蜀相诸葛亮出兵攻打曹魏时，便是在此地筹划军事。罗隐在诗中援引诸葛亮善于掌握天时（如靠东风火攻，烧毁曹魏战船）、地利（如靠长江之险，因曹魏军队不习水战）而赢得了赤壁之战，否则以当时蜀汉、孙吴两家的兵力，联合起来还是不敌曹魏。换言之，若是机遇来时，不懂得及时把握，就算是英雄豪杰也会遭受挫败而抱憾终生。本句可用来说明时机、运气的重要，足以导致人事的成败。

【出处】唐·罗隐《筹笔驿》诗："抛掷南阳为主忧，北征东讨尽良筹。时来天地皆同力，运去英雄不自由。千里山河轻孺子，两朝冠剑恨谯周。唯余岩下多情水，犹解年年傍驿流。"

海日生残夜，江春入旧年。

黑夜还没有消尽，太阳已从海上升起，
旧的一年还没有过完，江上已呈现春天的气息。

【注释】海日：海上的太阳。此指长江水面。
【解析】岁末泛舟夜行于长江之上的王湾，借写旭日东升和春意初动驱走了黑夜与旧岁,表达了时序更迭而年华也匆匆不再的心境。本句可用来比喻新生的事物即将取代旧有的事物;另可用来抒发时光流逝,岁不我与的喟叹;还可用来形容岁暮早春前,天将破晓时的江海风光。

【出处】唐·王湾《次北固山下》诗:"……海日生残夜,江春入旧年。乡书何处达?归雁洛阳边。"(节录)

泾溪石险人兢慎,终岁不闻倾覆人。
却是平流无石处,时时闻说有沉沦。

溪流中有很多暗礁险滩,人们经过时都会小心翼翼,整年没听说翻船的消息。倒是水流平稳没有礁石的地方,常常听到有人溺水的消息。

【解析】作者借由描写人们经过险途时都会战战兢兢,但经过坦途时往往会掉以轻心,意在告诫人处于安定中,更要有忧患意识,以免突然发生危急时措手不及。本句可用来比喻一件事情如果人人都知道有风险,就会因谨慎留心而成功;反之,一件事情如果人人都觉得很容易,便会因疏忽懈怠而失败。

【出处】唐·杜荀鹤《泾溪》诗:"泾溪石险人兢慎,终岁不闻倾覆人。却是平流无石处,时时闻说有沉沦。"(此诗一说作者为罗隐)

草木有本心,何求美人折?

芳草树木自有美好的本质,何曾希望被美丽的女子攀折欣赏呢?

【解析】此诗为张九龄被贬谪外地时所作,诗中他以"草木有本心"隐喻有志节的人同清雅高洁的芳草、温润茂盛的树木一样,自有不为外力所移的本性,不管身处高下都会保持洁身自好,又以"美人折"代指来自外界的美誉或受到君王的举用。本句可用来说明事物的状况或人的行为举止是由其本性所致,并非想借此来博取他人的称誉或提拔。

【出处】唐·张九龄《感遇》诗十二首之一:"兰叶春葳蕤,桂华秋皎洁。欣欣此生意,自尔为佳节。谁知林栖者,闻风坐相悦。草木有本心,何求美人折?"

蚍蜉撼大树,可笑不自量。

大蚂蚁竟然想要搬动大树,真是可笑又不自量力。

【解析】韩愈在诗中对李白、杜甫两人的文学成就予以极高的评价,并对当时有人批评李、杜的诗文感到不以为然,故讽喻那些人就好比渺小的蚍蜉一样,居然妄想搬动如雄伟大树般的李、杜之才。本句可用来讥讽才能或势力微小的人,想要超越才能或势力比其强大的人或事物。

【出处】唐·韩愈《调张籍》诗:"李杜文章在,光焰万丈长。不知群儿愚,那用故谤伤?蚍蜉撼大树,可笑不自量……"(节录)

欲穷千里目,更上一层楼。

想要看到更远的景物,就要再爬上更高的一层楼。

【解析】鹳雀楼,故址位于今山西永济市境内,因时有鹳雀栖其上,故名之,后为河流所冲没。王之涣借由登楼极目远眺壮丽山川景致,从中领悟到要站得更高才能看得更远的道理。本句可用来比喻要将事物看得更清楚,就要站到更高的位置。也可用来鼓舞人积极进取,不断地向上提升自己。

【出处】唐·王之涣《登鹳雀楼》诗:"白日依山尽,黄河入海流。欲穷千里目,更上一层楼。"

欲觉闻晨钟，令人发深省。

清早睡醒时，听到了寺院的钟声，顿时引发人们深刻的思考而有所醒悟。

【解析】佛寺中朝课之前都会有报时的钟声。杜甫夜宿洛阳龙门山的奉先寺，当清晨的钟声响起时，他感受到内心也受到了晨钟的激荡，顷刻间有了深切的感悟。本句可用来比喻使人警惕或觉悟的力量。

【出处】唐·杜甫《游龙门奉先寺》诗："已从招提游，更宿招提境。阴壑生虚籁，月林散清影。天阙象纬逼，云卧衣裳冷。欲觉闻晨钟，令人发深省。"

 ## 野火烧不尽，春风吹又生。

小草任由野火焚烧是烧不尽的，只要春风吹起，小草又会蓬勃生长。

【解析】白居易以古原上的小草为喻，意指不管所处的环境如何恶劣，富有生命力的东西都绝不会被毁灭。本句可用来比喻人的毅力坚强无比，难以被外力击垮；也可用来比喻恶势力难以被连根拔除，只要一有机会，便会死灰复燃，继续作恶；另可用来形容草木顽强旺盛的生命力。

【出处】唐·白居易《赋得古原草送别》诗："离离原上草，一岁一枯荣。野火烧不尽，春风吹又生。远芳侵古道，晴翠接荒城。又送王孙去，萋萋满别情。"

 ## 曾经沧海难为水，除却巫山不是云。

曾经见过大海的壮阔，就觉得其他地方的水都不能称作是水，看过了巫山的云后，就觉得别处的云也不能算是云了。

【解析】此诗为元稹为亡妻韦丛而作,诗中表达其对已逝妻子的无限追怀,即便众多美貌的女子出现在眼前也不为所动,因为在他的心目中,韦丛永远是独一无二,也是其他女子所无可取代的。本句可用来比喻人的见识愈广,眼界就愈开阔,追求的目标自然也就更高;另可用来形容对爱情的专一。

【出处】唐·元稹《离思》诗五首之四:"曾经沧海难为水,除却巫山不是云。取次花丛懒回顾,半缘修道半缘君。"

无边落木萧萧下,不尽长江滚滚来。

一眼望去,无边无际的落叶萧萧飘落,无穷无尽的长江水滚滚奔来。

【解析】杜甫晚年客居他乡,生活窘迫潦倒,此时他拖着老病的身躯登高瞭望远方,见枯叶被秋风萧萧吹落的声势,以及长江滚滚壮阔的气势,不由发出青春不再的慨叹。明人胡应麟在《诗薮》中评论此诗:"当为古今七言律第一。"给予极高的评价。本句可用来比喻旧的人或事物逐渐衰亡,转而被新生的人或事物所取代;另可用来形容树叶纷纷落下与江水奔腾的景象。

【出处】唐·杜甫《登高》诗:"风急天高猿啸哀,渚清沙白鸟飞回。无边落木萧萧下,不尽长江滚滚来……"(节录)

睫在眼前长不见,道非身外更何求?

眼睫毛就长在眼睛的前方,人却长期看不见,
真理从来不在身体之外,人还要到何处去寻求呢?

【解析】杜牧在池州担任刺史期间,仕途不顺的友人张祜前来探访,两人同游当地名胜九峰楼。杜牧在诗中一方面肯定张祜的才能,讽刺当时握有权位者识人不明,竟对如此优秀的人才视而

不见，但另一方面也劝慰张祜，既有无形的品格操守在身上，又何必去追求有形的官宦名利呢？本句可用来比喻人只见远而不能见近；另可用来说明真理本来就存在于每个人的心中，离开人的本心，真理便不存在。

【出处】唐·杜牧《登池州九峰楼寄张祜》诗："百感衷来不自由，角声孤起夕阳楼。碧山终日思无尽，芳草何年恨即休。睫在眼前长不见，道非身外更何求？谁人得似张公子，千首诗轻万户侯。"

蛱蝶纷纷过墙去，却疑春色在邻家。

蝴蝶一只只飞过墙去，让人疑心春天的景色是不是只在隔壁邻居的家里。

【解析】王驾雨后漫步庭园时，发现雨前所见的花朵多已残败零落，又见蝴蝶翩翩飞过墙壁，不由生起美好的春光已被邻人悄悄偷去的念头，语气中流露出对满园残春景象的叹息不舍。其中"却疑春色在邻家"一句，可用来比喻怀疑自己失去的心爱事物已为他人所拥有；另可用来形容蝴蝶飞舞追逐春色，使人心生寻春、惜春之情。

【出处】唐·王驾《雨晴》诗："雨前初见花间蕊，雨后兼无叶里花。蛱蝶纷纷过墙去，却疑春色在邻家。"

过尽千帆皆不是。

眼前驶过了无数的船只，全都不是你所坐的船。

【解析】温庭筠在词中描写一名女子倚楼眺望归船，从船只来来去去看到船尽江空，仍然不见思念之人的失落心情。本句可用来比喻殷切期待某人、事、物的出现，最后却事与愿违，希望完全落空。另可用来形容女子渴盼情人或丈夫返家，却久等不至的失望哀伤。

【出处】唐·温庭筠《望江南·梳洗罢》词："梳洗罢，独倚望江楼。过尽千帆皆不是，斜晖脉脉水悠悠，肠断白蘋洲。"

嫦娥应悔偷灵药，碧海青天夜夜心。

想必嫦娥应该后悔当初偷吃了灵药，如今只能在月宫中对着碧海般的天空，孤独地度过每一个夜晚。

【解析】嫦娥是神话传说中后羿之妻，因偷吃了西王母送给后羿的灵药而飞上月宫。李商隐在诗中借写嫦娥奔月后，日夜饱尝孤寂，暗喻自己对已经无法挽回的感情或事物的追悔。本句可用来比喻对于自己过去已成定局的决定感到悔不当初；另可用来形容生活与世隔绝，导致寂寞难耐而后悔不已。

【出处】唐·李商隐《嫦娥》诗："云母屏风烛影深，长河渐落晓星沉。嫦娥应悔偷灵药，碧海青天夜夜心。"

鸣声相呼和，无理只取闹。

虾蟆的鸣声相互应和，其实并没有什么道理，就只是无缘无故地喧闹而已。

【解析】此诗为韩愈回复好友柳宗元而作，诗中他描述了虾蟆的特性，认为他们不断地发出鸣叫声相和，不过是没来由地为了喧哄吵嚷。本句可用来比喻无端闹事或蛮横无理的行为。

【出处】唐·韩愈《答柳柳州食虾蟆》诗："虾蟆虽水居，水特变形貌。强号为蛙蛤，于实无所校。虽然两股长，其奈脊皴疱。跳踯虽云高，意不离汙淖。鸣声相呼和，无理只取闹……"（节录）

凭君莫话封侯事，一将功成万骨枯。

请求你不要再谈论封官晋爵的事了，一个将军的功成名就，可是由上万士兵战死沙场以及众多无辜百姓的性命所换来的啊！

【解析】曹松在诗中描述将军只在意其个人封赏的浮名虚荣，而漠视战事造成了多少士兵和百姓的伤亡，借以揭露战争的残酷无情。本句可用来比喻某人成功的背后，是源于众人的奉献和牺牲；另可用来说明一名战将的成就，是用无以计数的性命所换来的。

【出处】唐·曹松《己亥岁》诗二首之一："泽国江山入战图，生民何计乐樵苏。凭君莫话封侯事，一将功成万骨枯。"

 ## 丑女来效颦，还家惊四邻。

容貌丑陋的女子模仿西施皱着眉头的模样，返家时把周遭的邻居全都吓着了！

【解析】春秋越国美女西施因患有心病而经常蹙眉捧心，人们看了觉得别具风姿，更增美态。李白在诗中描写相貌丑陋的人也想要学西施的动作，结果邻人见状后反而受到惊吓。本句可用来比喻不衡量自身条件，只是盲目模仿他人，往往得到的是反效果；另可用来形容女子容貌难看，却喜欢效法古代美人西施蹙眉，让人感到怪异而惊恐。

【出处】唐·李白《古风》诗五十九首之三十五："丑女来效颦，还家惊四邻。寿陵失本步，笑杀邯郸人……"（节录）

 ## 馨香岁欲晚，感叹情何极。

花期就要结束，芳草的香气也快要消失，我心中的感慨无穷无尽。

【解析】张九龄被贬谪外地时，看着时序即将迈入秋天，不忍空谷幽兰转眼就要被露水摧残而逐渐凋零，芳香也跟着花谢而消逝，因而兴起怜花悲秋的喟叹。本句可用来比喻人或事物虽然美好，但仍躲不过岁月催促而衰老或消歇的遗憾。另可用来形容芳草逢秋，花季已晚，不由令人发出无限的悲叹。

【出处】唐·张九龄《感遇》诗十二首之十："汉上有游女，求思安可得。袖中一札书，欲寄双飞翼。冥冥愁不见，耿耿徒缄忆。紫兰秀空蹊，皓露夺幽色。馨香岁欲晚，感叹情何极。白云在南山，日暮长太息。"

二、人事变化

一丸五色成虚语，石烂松薪更莫疑。

五种颜色的长生不老药丸终是一句空虚的话语，
石头经风化粉碎，松木最后变成柴薪，更是不用怀疑的道理。

【解析】此诗为杜牧重游旧地时所作，诗人看着去年见到的风光景物，今昔对比，不由兴起对生命有限以及世事无常的感叹。本句可用来比喻人或事物历久必有变化。

【出处】唐·杜牧《题桐叶》诗："去年桐落故溪上，把笔偶题归燕诗。江楼今日送归燕，正是去年题叶时。叶落燕归真可惜，东流玄发且无期。笑筵歌席反惆怅，明月清风怆别离。庄叟彭殇同在梦，陶潜身世两相遗。一丸五色成虚语，石烂松薪更莫疑……"（节录）

人世几回伤往事，山形依旧枕寒流。

人世间历经多少个朝代兴亡的伤心往事，如今高山依然和过往一样，枕靠着潺潺寒冷的江流。

【解析】西塞山（位于今湖北黄石市境内）为长江中游的天险，被六朝视作重要的军事堡垒。刘禹锡在诗中借六朝改朝换代之频繁，暗喻国家兴废的关键在于上位者的治理能力，而不是仅靠地形屏障便足以御敌的。本句可用来说明人事转移改变迅速，唯山川景貌恒久不变。

【出处】唐·刘禹锡《西塞山怀古》诗："西晋楼船下益州，金陵王气黯然收。千寻铁锁沉江底，一片降幡出石头。人世几回伤往事，山形依旧枕寒流。今逢四海为家日，故垒萧萧芦荻秋。"

 ## 人事有代谢，往来成古今。

世事在兴衰中新旧交替，往者已去，来者复至，接连成古今有别的历史。

【解析】孟浩然登高抒怀，诗中感叹世事总是有盛有衰，相互消长，而时间也是匆匆流逝，谁也逃脱不了有生有死的命运。本句可用来说明古往今来的世事或政局不断更替变化，由此构成了历史。

【出处】唐·孟浩然《与诸子登岘山》诗："人事有代谢，往来成古今。江山留胜迹，我辈复登临。水落鱼梁浅，天寒梦泽深。羊公碑尚在，读罢泪沾襟。"

**山围故国周遭在，潮打空城寂寞回。
淮水东边旧时月，夜深还过女墙来。**

环绕旧时都城的群山依然存在，潮水拍打着空荡的城都，又寂寞地退去。当年从秦淮河东边升起的明月，夜深时分还是会偷偷地爬过城墙来。

【解析】石头城，指金陵（南京的旧称），也就是人称金粉六朝的国都所在，而秦淮河曾是六朝王公贵族醉生梦死的游乐之地，故六朝的国祚都极为短暂，很快地便遭到亡灭。刘禹锡在诗中借写过去金迷纸醉的金陵，如今只留下城外群山耸立，城内一片荒凉空寂，以抒发人事兴替盛衰之感，也含有以古事为今人借镜之意。本句可用来表达江河明月依旧而人事全非的感伤。

【出处】唐·刘禹锡《石头城》诗："山围故国周遭在，潮打空城寂寞回。淮水东边旧时月，夜深还过女墙来。"

 天上浮云如白衣，斯须改变如苍狗。

天上飘浮的云，原本好像是一件白衣裳，转瞬间却又变成了灰狗的模样。

【解析】杜甫的友人王季友本以卖鞋为生，但仍终日好学不倦、甘贫守分，但其妻子无法忍受穷苦的生活选择与其仳离，孰知王季友之后时来运转，得到朝中大臣李勉的赏识而做了官，命运和先前相比简直天差地别，这也让杜甫感叹世上任何出乎意料的事情，其实都是有可能发生的。本句可用来比喻世事多变无常。

【出处】唐·杜甫《可叹》诗："天上浮云如白衣，斯须改变如苍狗。古往今来共一时，人生万事无不有……"（节录）

 天翻地覆谁可知，如今正南看北斗。

谁知道真有天地翻转过来的一天，自己会面对着南方观看北斗七星。

【注释】北斗：星座名。共有七星，因在北方，聚成斗形，故称之。

【解析】刘商在诗中叙述东汉才女蔡琰遭胡骑掳至北方十二年，看到了和故乡全然迥异的风土人情，不禁感叹自己的人生际遇就像是天地翻覆一样，任谁也都料想不到。本句可用来形容发生巨大的变化。

【出处】唐·刘商《胡笳十八拍》诗十八首之六："怪得春光不来久，胡中风土无花柳。天翻地覆谁得知，如今正南看北斗。姓名音信两不通，终日经年常闭口。是非取与在指㧑（huī），言语传情不如手。"

玄都观里桃千树，尽是刘郎去后栽。

长安城内玄都观里有上千棵的桃树，全都是我离开长安后才栽种的。

【解析】刘禹锡参与革新运动失败而被贬谪为朗州（位于今湖南境内）司马，十年后才被召回长安，他在诗中借由到玄都观里赏花来暗讽朝中权贵就像成千棵的桃树一样，全都是靠打压他人才得势的小人。此诗一出，当朝小人又开始大做文章，诬陷刘禹锡对朝廷饱含怨愤，结果他又被远放外地十四年才返回长安，历经了前后共二十多年的谪宦生涯。本句可用来形容旧地重游时景物已变，人事也与以往大不相同。

【出处】唐·刘禹锡《元和十年，自朗州召至京，戏赠看花诸君子》诗："紫陌红尘拂面来，无人不道看花回。玄都观里桃千树，尽是刘郎去后栽。"

别来沧海事，语罢暮天钟。

与你分别以来，世事如同沧海桑田般变化无常，我们畅谈不止，直到远处传来了寺院的钟声。

【解析】李益在诗中描写其与表弟从小因战乱而分开,长大后意外相遇时还得问起对方的姓名才知道彼此是久别重逢的亲人,两人虽有很多话欲倾吐,却又急于各自赶路,只能匆匆话别。本句可用来形容亲友阔别多年后相见叙旧,感慨彼此已发生种种变化。

【出处】唐·李益《喜见外弟又言别》诗:"……别来沧海事,语罢暮天钟。明日巴陵道,秋山又几重?"(节录)

来如春梦几多时,去似朝云无觅处。

来的时候就像春天的梦一样短促,走的时候好似早晨的云那般飘散无踪。

【注释】春梦:春天做的梦。因春天易睡也易醒,故常用来比喻短暂易逝的事。

【解析】白居易有感于生活中出现过的美好的人或事物都难以恒常拥有,故借"春梦""朝云"为喻,表达对逝去之人或事物的深深追念。本句可用来比喻人或事物来去匆匆,让人捉摸不定,也无处寻觅。

【出处】唐·白居易《花非花》诗:"花非花,雾非雾,夜半来,天明去。来如春梦几多时,去似朝云无觅处。"

明年此会知谁健?醉把茱萸仔细看。

明年九月九日大家再度相聚时,不知还有谁能平安健在?趁着现在先喝得烂醉,把佩戴在身上的茱萸仔细地看清楚。

【解析】古人有九月九日重阳登高、饮酒的习俗,人们在这天会把一种名叫茱萸的植物插在头或手臂上以作避邪之用。杜甫于九月九日登高时,在蓝田崔氏庄与友人畅饮欢聚,但早已饱经岁月风霜的他，一想到来年此时大家不知能否健朗再见，不免流露出满怀的忧伤。本句可用来感慨人生寿命有限，世事变化无常。

【出处】唐·杜甫《九日蓝田崔氏庄》诗："……蓝水远从千涧落，玉山高并两峰寒。明年此会知谁健？醉把茱萸仔细看。"（节录）

昔人已乘黄鹤去，此地空余黄鹤楼。

从前的仙人已乘黄鹤飞去，这里只留下一座空荡荡的黄鹤楼了。

【解析】崔颢借仙人驾鹤而去的神话传说，点出眼前的黄鹤楼早已人去楼空。足见其对此诗的推崇。本句可用来表示人或事物早已消逝改变，仅空留遗迹。

【出处】唐·崔颢《黄鹤楼》诗："昔人已乘黄鹤去，此地空余黄鹤楼。黄鹤一去不复返，白云千载空悠悠……"（节录）

宫女如花满春殿，只今惟有鹧鸪飞。

当初艳美如花的越国宫女，让整座宫殿笼罩在明媚的春光里，如今却只有鹧鸪在此飞来飞去。

【解析】越中，为唐代越州的别名，位于今浙江境内。此诗为李白游览越州时有感而发之作，诗中描述春秋越国灭了吴国后，战士凯旋，在宫中举行庆祝宴会的热闹场景，如今昔时的繁华早已不在，只剩下鹧鸪在此地飞翔，今昔对比，不由让人兴起世事盛衰无常的慨叹。本句可用来表达对昔盛今衰、人非物换的感慨；另可用来形容宫殿古迹的颓败荒凉。

【出处】唐·李白《越中览古》诗："越王勾践破吴归，义士还乡尽锦衣。宫女如花满春殿，只今惟有鹧鸪飞。"

庭树不知人去尽，春来还发旧时花。

庭园中的树木不知人早已离散，春天来时仍然开着像从前一样的花。

【解析】岑参游梁园时见园中萧条荒败，然庭树上的花依然盛开，不禁心生人事盛衰无常，而自然永恒无尽之感慨。本句可用来抒发人去楼空，而景色依旧的感伤。

【出处】唐·岑参《山房春事》诗二首之二："梁园日暮乱飞鸦，极目萧条三两家。庭树不知人去尽，春来还发旧时花。"

 鸟去鸟来山色里，人歌人哭水声中。

鸟在青翠山色的掩映中来去飞翔，
人在潺潺水声中夹着歌声和哭声逐渐地老去。

【解析】此为杜牧在宣州任官期间游开元寺、登临水阁时有感而发之题作，他望着鸟围绕山间飞来又飞去，想着宛溪两岸的人家世代定居此地，不论欢喜歌唱或悲伤痛哭，从生到死都离不开宛溪水声的陪伴，古今以来，变的是人和鸟，不变的是山色水声，生命的起落便在鸟的往返、人的歌哭声中代代更迭而过。清人杨逢春《唐诗绎》评曰："此诗言人事有变易，而清景则古今不变易。"本句可用来说明自然山水常存，而生命有限且世事无常。

【出处】唐·杜牧《题宣州开元寺水阁，阁下宛溪，夹溪居人》诗："六朝文物草连空，天淡云闲今古同。鸟去鸟来山色里，人歌人哭水声中。深秋帘幕千家雨，落日楼台一笛风。惆怅无因见范蠡，参差烟树五湖东。"

 闲云潭影日悠悠，物换星移几度秋。

白云的影子投映在滕王阁前的潭水中，
日复一日，任时光冉冉流逝，不知过了多少个年头。

【解析】本诗诗题为《滕王阁诗》。滕王阁,位于今江西南昌市境内。王勃看着这座过去由唐高祖幼子滕王李元婴一手打造的华丽楼阁,经过了时序推移,如今已不复往昔大宴宾客的热闹景象,心中有感而发。本句可用在对世事更替、景物改变的表述上。

【出处】唐·王勃《滕王阁诗》诗:"……闲云潭影日悠悠,物换星移几度秋。阁中帝子今何在?槛外长江空自流。"(节录)

诗侣酒徒消散尽,一场春梦越王城。

昔日结伴作诗饮酒的好友一个个都离散逝去,回想以往欢聚的情景,就仿佛是做了一个短促易逝、游越王古城的幻梦。

【注释】越王城:指春秋越国的国都会稽,位于今浙江绍兴市。越王勾践消灭吴国后,国力强盛,城都也曾热闹繁华一时。

【解析】卢延让在诗中回忆和好友李郢生前相聚的欢乐时光,他一想到周遭友人逐渐凋零老死,便不禁感叹世事无常就如同一场很快便会醒来的春梦,梦醒时一切也已消散无踪。本句可用来比喻世事无常,美好时光转瞬即逝。

【出处】唐·卢延让《哭李郢端公》诗:"军门半掩槐花宅,每过犹闻哭临声。北固暴亡兼在路,东都权葬未归茔。渐穷老仆慵看马,着惨佳人暗理筝。诗侣酒徒消散尽,一场春梦越王城。"

种桃道士归何处?前度刘郎今又来。

种植桃花的道士如今去了哪里?以前来过这里的我今天又重游旧地。

【解析】刘禹锡在贬谪期间曾一度被召回长安,他游玄都观时写了一首诗,其中"玄都观里桃千树,尽是刘郎去后栽"一句惹恼了朝中权贵,结果又惨遭外放。十四年后,刘禹锡再回到当年因诗获罪的玄都观,而过去那些陷害他的权贵早已不知去向,他有感而发写下此诗,以"种桃道士"来比喻以前那些弄权者,而自己这个"刘郎"仍是无所畏惧地又来到同一地点写诗。足见"诗豪"的美誉,刘禹锡果然当之无愧。本句可用来形容重回旧地,人事已非。

【出处】唐·刘禹锡《再游玄都观》诗:"百亩庭中半是苔,桃花净尽菜花开。种桃道士归何处?前度刘郎今又来。"

凤凰台上凤凰游,凤去台空江自流。

凤凰台上曾经有凤凰聚集遨游,如今凤凰离去,留下这座空台,唯独江水仍不断地流着。

【注释】凤凰台:故址位于今江苏南京市之南。相传南朝宋时,有凤凰集结于此,因而得名。

【解析】凤凰台所在位置金陵(今南京),曾是六朝的国都,历经一段悠久的浮靡绮丽风华。李白在此借凤去台空之喻,象征往昔这座古城的昌盛荣景也已一去不复返,唯大自然得以永恒长存。本句可用来形容抚今思昔,兴起景物依旧而人事已非之慨。

【出处】唐·李白《登金陵凤凰台》诗:"凤凰台上凤凰游,凤去台空江自流。吴宫花草埋幽径,晋代衣冠成古丘……"(节录)

繁华事散逐香尘,流水无情草自春。

过去的繁盛荣华都已随着当时的芳香尘灰而消散,潺潺的水无情地流着,草木自然生长。

【解析】本诗诗题为《金谷园》。金谷园,为西晋富豪石崇所建造的一座园林别馆,故址位于今河南洛阳市境内。杜牧来到早已荒废的金谷园，感慨此地昔日富丽堂皇、宾客如云，如今那些挥金霍玉、追逐享乐的往事犹如尘灰般地过眼无踪，不论世间历经多少人非物换，园林中的流水和草木依旧，不受任何的影响。本句可用来形容过往的繁荣显赫已随人事变迁而消逝，风景却如昔。

【出处】唐·杜牧《金谷园》诗："繁华事散逐香尘，流水无情草自春。日暮东风怨啼鸟，落花犹似坠楼人。"

 ## 旧时王谢堂前燕，飞入寻常百姓家。

从前在王导、谢安两大望族厅堂前筑巢的燕子，如今仍在同地筑巢，只是屋里住的是普通百姓。

【解析】乌衣巷，指的是东晋时期，王导、谢安两大名门聚居在金陵城内的一条街巷，因其子弟喜穿乌衣而得名。刘禹锡此诗意在表达乌衣巷昔日不可一世的荣景早已消逝不见，王、谢家族也随着几番朝代的更迭而走入了历史，徒留堂前燕子见证今昔的兴衰变化。本句可用来形容过去的繁华之地或显赫人家，已不复以往的风光。

【出处】唐·刘禹锡《乌衣巷》诗："朱雀桥边野草花，乌衣巷口夕阳斜。旧时王谢堂前燕，飞入寻常百姓家。"

 ## 离别家乡岁月多，近来人事半消磨。

离开家乡很多年了，如今回来，发现家乡的人和事物大半都已经改变了。

【解析】贺知章在诗中描述其离乡背井数十年，返家后会访亲友，得知原来的亲人旧朋大多已经不在了，不禁发出时过境迁、物是人非的叹息。本句可用来形容离家日久而人事已非的感伤。

【出处】唐·贺知章《回乡偶书》诗二首之二："离别家乡岁月多，近来人事半消磨。惟有门前镜湖水，春风不改旧时波。"

三、事物状态

上穷碧落下黄泉，两处茫茫皆不见。

道士上了青天、入了黄泉，到处都找遍了，就是看不到贵妃的魂魄。

【解析】《长恨歌》诗中后段描写唐玄宗极度想念死去贵妃的消息传遍了民间，有一位自称能和亡灵相通的道士得知皇帝的心事，便派方士们上天入地四处探寻，却仍然找不到贵妃魂魄的踪影。本句可用来形容欲寻找某人或某种事物，却始终遍寻不着；也可用来比喻纯属虚构的事物或脱离现实的生活，不可能出现在真实人生中。

【出处】唐·白居易《长恨歌》诗："……临邛道士鸿都客，能以精诚致魂魄。为感君王辗转思，遂教方士殷勤觅。排空驭气奔如电，升天入地求之遍。上穷碧落下黄泉，两处茫茫皆不见……"（节录）

川上风雨来，须臾满城阙。

河川上风雨骤至，才一瞬间，整座城楼就全都笼罩在风雨之中。

【解析】本诗为韦应物在洛阳同德寺中目睹大雨后写给元侍御、李博士之作。博士，古代官名，指从事教学的官职，唐时有国子、太学、算学博士等。韦应物在诗中描写城市很快就被飘风急雨给覆盖住，可见这场风雨来势汹汹，后来"满城风雨"一词便是从这两句诗脱化而出。本句可用来比喻事情一经传开后便流言四起。另可用来形容风雨交加的景象。

【出处】唐·韦应物《同德寺雨后寄元侍御、李博士》诗："川上风雨来，须臾满城阕。岧峣青莲界，萧条孤兴发。前山遽已净，阴霭夜来歇。乔木生夏凉，流云吐华月。严城自有限，一水非难越。相望曙河远，高斋坐超忽。"

 ## 日暮酒醒人已远，满天风雨下西楼。

黄昏酒醒时，人已经远离，整个天空都笼罩着风雨，我独自走下了西楼。

【解析】作者许浑在谢亭送别友人乘舟离去，自己因不胜酒力而睡去，酒醒后早已不见行舟的踪影，在暮色苍茫、风雨凄迷中，黯然孤寂地步下楼来。诗人在诗中不直抒满怀离愁，而是借凄凉迷蒙的景色来衬托离情。其中"满天风雨下西楼"一句，可用来形容重要人士在纷乱扰攘的局势中下台；另可用来形容与友人饯别后情绪低落，又遇到凄风苦雨的天气，更使人发愁。

【出处】唐·许浑《谢亭送别》诗："劳歌一曲解行舟，红叶青山水急流。日暮酒醒人已远，满天风雨下西楼。"

 ## 他生未卜此生休。

来生将会如何是无法预知的事，但今生的缘分已经休止。

【解析】本诗诗题为《马嵬》。马嵬，即马嵬坡，位于今陕西兴平市境内。安史之乱时，唐玄宗奔蜀途中，六军不发，他不得已命人在此地缢死杨贵妃。在李商隐生活的年代，陈鸿的《长恨歌传》早为人们口耳相传，故事描写唐玄宗因对死去的杨贵妃思念不已，令道士上天入地遍寻芳踪，后在海外仙山找到了杨贵妃，杨贵妃又托道士转达唐玄宗莫忘来世的定情誓言。李商隐认为唐玄宗、杨贵妃的悲剧今生已然结束，如果贵为天子都保不住自己心爱的人，那么相约来生不过只是一场空话罢了。本句可用来形容今生的某件事情已经终了或毫无任何扭转情势的希望。

【出处】唐·李商隐《马嵬》诗二首之二："海外徒闻更九州，他生未卜此生休。空闻虎旅传宵柝，无复鸡人报晓筹。此日六军同驻马，当时七夕笑牵牛。如何四纪为天子，不及卢家有莫愁。"

司空见惯浑闲事，断尽苏州刺史肠。

这么盛大的宴席场面，对曾任司空的李绅看来应是极为平常的事，但对于在江南当过刺史的我却是开了眼界，两相对比，真令人柔肠寸断啊！

【注释】司空：古代官名，为太尉、司徒、司空三公之一，但隋、唐时司空多仅是一种崇高的虚衔。此指李绅。

刺史：古代官名，古时掌管地方纠察的官，后沿称地方长官。此为刘禹锡的自称。

【解析】据唐代诗话孟棨《本事诗·情感》记载，刘禹锡因仕途乖舛，外调多年后才回到朝廷。曾官拜司空的李绅仰慕其名，邀到家中设宴招待，席间安排歌妓表演，刘禹锡对宴会的隆重盛大感到十分惊奇，却见李绅面不改色、习以为常的样子，不免心生感伤，当场吟赋此诗，李绅听后便把歌妓赠予刘禹锡。本句可用来比喻普遍常见、不足为奇的事情。

【出处】唐·刘禹锡《赠李司空妓》诗："高髻云鬟宫样妆，春风一曲杜韦娘。司空见惯浑闲事，断尽苏州刺史肠。"

春潮带雨晚来急，野渡无人舟自横。

春天的傍晚，一场骤雨使潮水急剧升高，水势湍急，郊野的渡口，毫无人烟，只有一艘小船横在水面上，随意漂浮着。

【解析】此为韦应物担任滁州刺史期间所作,写其春游城西郊外的一条溪涧,突然暮雨奔腾,潮水上涨,而此时整个村野渡口只见一叶孤舟在雨中漂移晃荡,在如此恶劣天气的当下,表现出一种任舟漂泛遨游的恬适情怀。其中"春潮带雨晚来急"一句,可用来比喻事情的状况急速变化到难以掌控的趋势,或形容一股来势汹汹到无法抵挡的社会潮流。另可用来形容人在风雨危急时仍能保持闲适淡泊的心境。还可用来形容春日晚潮,大雨滂沱,小船任流水自在摇晃的景象。

【出处】唐·韦应物《滁州西涧》诗:"独怜幽草涧边生,上有黄鹂深树鸣。春潮带雨晚来急,野渡无人舟自横。"

 ## 轩然大波起,宇宙隘而妨。

洞庭湖涌起了巨大的波涛,连天地看起来都显得狭隘而有所妨碍似的。

【解析】本诗诗题为《岳阳楼别窦司直》。司直,古代官名,为唐代掌理司法的大理寺之属官。韩愈在岳阳楼与官拜大理司直的岳州刺史窦庠在岳阳楼饯别,诗中以夸饰的笔法描写洞庭湖的雄伟壮阔,直指洞庭湖所扬起的高耸波涛和宇宙相比也毫不逊色。本句可用来比喻重大的纠纷或事件。另可用来形容汹涌盛大的波浪。

【出处】唐·韩愈《岳阳楼别窦司直》诗:"洞庭九州间,厥大谁与让。南汇群崖水,北注何奔放。潴为七百里,吞纳各殊状。自古澄不清,环混无归向。炎风日搜搅,幽怪多冗长。轩然大波起,宇宙隘而妨……"(节录)

 ## 除却天边月,没人知。

(我的一片深情)除了天边的明月,又有谁知道呢?

【解析】韦庄在词中描写一女子与情人相别正好届满周年,期间女子饱尝相思苦楚,承受的煎熬无人可讲,难以排遣的情思只好对着天上的明月倾诉。本句可用来比喻事情极为隐秘,不敢让人知道。另可用来形容对某人用情至深,但对方却远在天边或毫不知情。

【出处】唐·韦庄《女冠子·四月十七》词:"四月十七,正是去年今日,别君时。忍泪佯低面,含羞半敛眉。不知魂已断,空有梦相随。除却天边月,没人知。"

无情最是台城柳,依旧烟笼十里堤。

最无情的就是台城的杨柳,
(无论世事如何沧桑变化)它们依旧像轻烟般地笼罩在十里长堤上。

【解析】诗题一作《台城》。此为韦庄凭吊六朝古都台城之作,诗人表面上虽言台城的柳树最为无情,实是借杨柳堆烟、茂盛如昔之美景,昭示台城的以往荣景早已不复存在,仅存一城破败遗址,以反衬心中对朝代兴衰、人世沧桑的沉重伤痛。其中"依旧烟笼十里堤"一句,可用来比喻某些事物长久以来兴盛不衰。另可用来抒发不论世事历经多少更迭变迁,河堤上的烟柳依然如故的慨叹。

【出处】唐·韦庄《金陵图》诗:"江雨霏霏江草齐,六朝如梦鸟空啼。无情最是台城柳,依旧烟笼十里堤。"

溪云初起日沉阁,山雨欲来风满楼。

溪流上方的云层渐渐升起,夕阳从楼阁边慢慢落下。
骤起的风布满西边的城楼,一场山雨即将降临。

【解析】许浑登楼远眺,看着暮云升起,太阳西落,此时忽有阵阵强风迎面袭来,让他感受到一种骤雨将至的肃杀气息。许浑身处国祚已日暮西山的唐王朝,诗句表面上看似在描绘山雨欲来的景况,实际上则含有对国家危机迫在眉睫的警示。本句可用来比喻重大事件发生前的征兆或紧张气氛;另可用来描写云升日落,大风吹起,雨也将随后而到的情景。

【出处】唐·许浑《咸阳城东楼》诗:"一上高城万里愁,蒹葭杨柳似汀洲。溪云初起日沉阁,山雨欲来风满楼。鸟下绿芜秦苑夕,蝉鸣黄叶汉宫秋。行人莫问当年事,故国东来渭水流。"

蜀道之难难于上青天。

通往巴蜀的山路非常难走,甚至比上青天还要困难。

【解析】此诗为李白初抵长安时所作,诗中主要描写蜀道的奇绝凶险、崎岖难行,借此透露出他对未来前途的关切与忧虑。本句可用来比喻事情难以达成或人生道路坎坷多险。另可用来形容四川或其他地方的道路险阻,极难行走。

【出处】唐·李白《蜀道难》诗:"……蜀道之难难于上青天,使人听此凋朱颜。连峰去天不盈尺,枯松倒挂倚绝壁……"(节录)

乐往必悲生,泰来犹否极。

快乐来到时,便表示悲伤的事情即将发生了,
厄运走到了尽头,就表示平顺即将到来。

【解析】白居易在诗中援引《易》中的卦名"否""泰"示意情况坏到极点后逐渐好转,也正是"否极泰来"的意思。同样的道理,极尽的享乐背后,往往就有不幸的事情正准备发生,也就

是所谓的"乐极生悲"。诗人一方面提醒人们处于安乐时,就要提早想到可能出现的危险,另一方面也安慰处于困厄的人,只要一遇到机会便会重获生机,人生由逆转顺。本句可用来说明凡事到了极点,必然会有反向的发展。

【出处】唐·白居易《遣怀》诗:"乐往必悲生,泰来犹否极。谁言此数然,吾道何终塞。尝求詹尹卜,拂龟竟默默。亦曾仰问天,天但苍苍色。自兹唯委命,名利心双息。近日转安闲,乡园亦休忆。回看世间苦,苦在求不得。我今无所求,庶离忧悲域。"

第九章 描写人物

一、形貌仪态

【貌美】

 一枝红艳露凝香。

一枝红艳的花朵沾湿了露水,仿佛香气还凝结在露水上面一样。

【解析】李白诗中意在褒扬杨贵妃的美艳尊贵,有如带露凝香的牡丹花一样,自是深获唐玄宗的宠爱。本句可用来形容女子天姿国色。

【出处】唐·李白《清平调》诗三首之二:"一枝红艳露凝香,云雨巫山枉断肠。借问汉宫谁得似?可怜飞燕倚新妆。"

 人面不知何处去,桃花依旧笑春风。

如今可与桃花争艳的女子已不知在哪里,
只留下桃花依然在春风里含笑盛开着。

【解析】崔护相隔一年后重游长安城南,去年同日在此地偶遇的那位心仪女子,今年却已不见芳踪,他心中怅然若失,只好在深锁的门扉上题诗,抒发这段思念一年后重访未遇的落寞心情。诗中两句合成"人面桃花"一语,可用来形容女子容貌美丽,可与桃花争艳。另可用来形容景物一如往昔,但曾在此地见过的人已离去或死去的感伤。

【出处】唐·崔护《题都城南庄》诗:"去年今日此门中,人面桃花相映红。人面不知何处去,桃花依旧笑春风。"

天生丽质难自弃,一朝选在君王侧。
回眸一笑百媚生,六宫粉黛无颜色。

她天生的美丽本质和连自己都无法掩饰的美貌,使她终于有天被选入朝中侍奉君主。她轻轻转动眼珠,微微一笑,显得无比娇媚,使后宫所有美女全都相形失色了。

【注释】粉黛:本指妇女的脂粉和画眉颜料,后多代指美女。

【解析】白居易在诗中描写杨贵妃因国色天香而被选入皇宫,她惊为天人的美貌,即使置身在美女如云的后宫中,都很难不被发现,因此很快就获得唐玄宗的宠爱。本句可用来形容女子的姿色出众,千娇百媚,使其他人相形见绌。其中"天生丽质难自弃"一句,可用来形容天生美丽的人或天然美好的事物,即使自甘寂寞,也终究会被发现。

【出处】唐·白居易《长恨歌》诗:"……天生丽质难自弃,一朝选在君王侧。回眸一笑百媚生,六宫粉黛无颜色……"(节录)

玉容寂寞泪阑干,梨花一枝春带雨。

秀丽的脸上满是落寞的神情,
泪水扑簌簌地流下,就好像一枝沾着春天雨珠的梨花。

【注释】泪阑干：泪水纵横貌。

【解析】白居易在诗中描述杨贵妃死后，唐玄宗朝暮思念，命令道士上天入地寻觅芳踪，终于在海上一座仙山招到杨贵妃的魂魄；当杨贵妃听闻唐玄宗仍不忘昔往缱绻恩爱，不禁感动得泪流满面。本句可用来形容美女流泪时，惹人怜爱的娇弱模样。

【出处】唐·白居易《长恨歌》诗："……风吹仙袂飘飘举，犹似霓裳羽衣舞。玉容寂寞泪阑干，梨花一枝春带雨。含情凝睇谢君王，一别音容两渺茫。昭阳殿里恩爱绝，蓬莱宫中日月长。回头下望人寰处，不见长安见尘雾……"（节录）

名花倾国两相欢，常得君王带笑看。

名贵的牡丹花伴着绝色美人多么令人心欢，因此得到君王满脸带笑的注视。

【解析】李白在诗中将名花和美人联系到一起，借以描写杨贵妃的倾国美色，也难怪能因而赢得君王的注视目光以及对她的爱怜情意。本句可用来形容女子的美貌和让人怜惜疼爱的样子。

【出处】唐·李白《清平调》诗三首之三："名花倾国两相欢，常得君王带笑看。解释春风无限恨，沉香亭北倚阑干。"

秀色掩今古，荷花羞玉颜。

秀丽的姿容，让古往今来的佳人全都相形失色，就连荷花都自叹不如而感到羞愧不已。

【解析】李白在诗中借出水荷花都自觉不如西施之美为喻，意在歌颂春秋越国美人西施空前绝后的出色容貌。本句可用来形容女子姿色姣好动人，冠绝古今。

【出处】唐·李白《西施》诗："西施越溪女，出自苎萝山。秀色掩今古，荷花羞玉颜。浣纱弄碧水，自与清波闲。皓齿信难开，沉吟碧云间。勾践徵绝艳，扬蛾入吴关。提携馆娃宫，杳渺讵可攀？一破夫差国，千秋竟不还。"

宗之潇洒美少年，
举觞白眼望青天，皎如玉树临风前。

崔宗之是一位风度翩翩的俊秀年轻人，他抬头高举酒杯，用睥睨一切的眼神仰望天空，醉酒时的神情好似玉般的美树在风中摇曳。

【解析】杜甫在诗中描写友人崔宗之年少俊美，鄙视世间一切庸俗人事，故以白眼望天，表现其桀骜不驯的性格，及其醉酒时的神态宛如玉树般随风摆动，风姿潇洒。本句可用来形容人的才貌出众、性情高傲、翩然俊雅。

【出处】唐·杜甫《饮中八仙歌》诗："知章骑马似乘船，眼花落井水底眠。汝阳三斗始朝天，道逢曲车口流涎，恨不移封向酒泉。左相日兴费万钱，饮如长鲸吸百川，衔杯乐圣称避贤。宗之潇洒美少年，举觞白眼望青天，皎如玉树临风前……"（节录）

芙蓉如面柳如眉。

见到芙蓉，就想起她的面容，看见杨柳，就想起她的眉毛。

【解析】白居易在诗中描写唐玄宗因思念已逝的杨贵妃，一见到娇艳的芙蓉与细长的杨柳便追忆起心上人的美貌与秀眉。本句可用来形容女子的容貌艳美如花，眉毛细如柳叶。

【出处】唐·白居易《长恨歌》诗:"……君臣相顾尽沾衣,东望都门信马归。归来池苑皆依旧,太液芙蓉未央柳。芙蓉如面柳如眉,对此如何不泪垂……"(节录)

春风十里扬州路,卷上珠帘总不如。

在春风中走过了十里长的扬州路,把沿路上一家家的珠帘卷上来,总觉得里头没有一个女子比你美丽动人。

【注释】扬州:位于今江苏境内,是唐朝商业往来的运输中心以及海内外交通的重要港口,繁盛热闹。

【解析】早已心有所属的杜牧走在繁闹的扬州路上,看着卷上珠帘里那些打扮得花枝招展的美女,全都不如自己心仪的那名女子来得标致可人。本句可用来形容女子的面貌姣好出众。另可用来形容对自己意中人的痴心恋慕。

【出处】唐·杜牧《赠别》诗二首之一:"娉娉袅袅十三余,豆蔻梢头二月初。春风十里扬州路,卷上珠帘总不如。"

借问汉宫谁得似?可怜飞燕倚新妆。

请问汉朝宫廷中有哪个美人和她相像呢?只有那西汉汉成帝可爱的皇后赵飞燕,凭恃着刚化好的妆,方可以和她媲美吧!

【解析】李白在诗中描写堪称绝代美人的西汉汉成帝的皇后赵飞燕都要靠新妆才能掳获皇帝的心,借此衬托出不施脂粉的杨贵妃之国色天香。本句可用来形容女子出众脱俗的美貌。

【出处】唐·李白《清平调》诗三首之二:"一枝红艳露凝香,云雨巫山枉断肠。借问汉宫谁得似?可怜飞燕倚新妆。"

鬓云欲度香腮雪。

像云般的鬓发覆盖在她那雪白的脸颊上。

【解析】温庭筠在词中描写一女子初醒后，慵懒地卧在床上还不想起身，散乱着一头秀发的娇柔姿态。本句可用来形容女子鬓丝撩乱的娇美睡态。

【出处】唐·温庭筠《菩萨蛮·小山重迭金明灭》词："小山重迭金明灭，鬓云欲度香腮雪。懒起画蛾眉，弄妆梳洗迟。照花前后镜，花面交相映。新帖绣罗襦，双双金鹧鸪。"

 ## 谁怜越女颜如玉？贫贱江头自浣纱。

有谁怜惜像越国西施那样美貌如玉的女子呢？
因为出身贫贱，只能在溪边浣纱。

【解析】王维在诗中借写春秋越国美女西施贫贱时无人怜惜，独自在溪边浣纱一事，与洛阳女子嫁入豪门夫家后，过着极尽奢华的生活作对比，以讽谕当时社会贫富悬殊的现象。本句可用来形容女子貌美却出身贫寒，故无人怜爱。另可用来暗讽社会重视家世背景，有才寒士难以得到伸展抱负的机遇。

【出处】唐·王维《洛阳女儿行》诗："……狂夫富贵在青春，意气骄奢剧季伦。自怜碧玉亲教舞，不惜珊瑚持与人。春窗曙灭九微火，九微片片飞花璅。戏罢曾无理曲时，妆成祇是熏香坐。城中相识尽繁华，日夜经过赵李家。谁怜越女颜如玉？贫贱江头自浣纱。"（节录）

【 青春 】

 娉娉袅袅十三余，豆蔻梢头二月初。

十三岁的少女身材轻盈袅娜，
就好像早春二月在枝头含苞待放的豆蔻花一样。

【注释】豆蔻：植物名，夏天初期开花，花未开时已显得非常丰满，俗有"含胎花"之称，后常被当作是少女的象征。

【解析】杜牧在诗中以初春快要露出新芽的豆蔻为喻，借以描写十三岁少女柔嫩清新、美姿娇态的惹人怜爱模样。本句可用来形容年轻少女姿态婀娜多姿、青春洋溢。

【出处】唐·杜牧《赠别》诗二首之一："娉娉袅袅十三余，豆蔻梢头二月初。春风十里扬州路，卷上珠帘总不如。"

 杨家有女初长成，养在深闺人未识。

杨家有个女孩子刚刚长大，养在闺房里还没有人知道。

【解析】白居易在诗中描写杨贵妃尚未被选入宫前，天生绝色的美貌不为外界所知的情形。本句可用来形容女孩子初长成人，正值芳华，还未与外界接触。

【出处】唐·白居易《长恨歌》诗："汉皇重色思倾国，御宇多年求不得。杨家有女初长成，养在深闺人未识……"（节录）

 隔户杨柳弱袅袅，恰似十五女儿腰。

隔着门墙外面的杨柳树，那纤细柔弱的柳枝条，就好像十五岁少女的细腰一样。

【解析】杜甫借着柳条柔弱细长的特点,来喻比十五岁少女的腰如柳条般纤细柔软。本句可用来形容青春少女轻盈美好、婀娜多姿的动人体态。

【出处】唐·杜甫《绝句漫兴》诗九首之九:"隔户杨柳弱袅袅,恰似十五女儿腰。谁谓朝来不作意,狂风挽断最长条。"

 秾丽最宜新著雨,娇娆全在欲开时。

被雨淋过的海棠看起来格外艳丽,含苞待放的海棠则最为娇媚。

【解析】郑谷在诗中赞美春风微雨后的海棠色泽妍丽、姿态娇美,花瓣上的晶莹水珠,使花朵更显得艳光四射,含苞将要开放的花,神采耀眼夺目。本句可用来比喻少女俏丽动人的艳容和娇姿。另可用来形容细雨后的海棠亮丽妩媚,令人倾慕不已。

【出处】唐·郑谷《海棠》诗:"春风用意匀颜色,销得携觞与赋诗。秾丽最宜新著雨,娇娆全在欲开时。莫愁粉黛临窗懒,梁广丹青点笔迟。朝醉暮吟看不足,羡他蝴蝶宿深枝。"

【 含羞 】

 千呼万唤始出来,犹抱琵琶半遮面。

经过很多次的邀请才肯走出来,还抱着琵琶遮住了半边的脸。

【解析】白居易于诗中描写其在船上为友人饯行时,耳边传来技艺精湛的琵琶乐音,他便邀请琵琶女到船上相见,然女子似乎有所矜持或有难以言喻的苦衷,经白居易再三催请才勉强上船来,并道出了自己饱经风霜的人生遭遇。本句可用来形容女子不好意思轻易露脸的羞涩模样;另可用来比喻人或事物被大家渴盼很久后才出现，但出现后却不愿完全坦然真实以对。

【出处】唐·白居易《琵琶行》诗："……忽闻水上琵琶声，主人忘归客不发。寻声暗问弹者谁？琵琶声停欲语迟。移船相近邀相见，添酒回灯重开宴。千呼万唤始出来，犹抱琵琶半遮面……"（节录）

妆罢低声问夫婿，画眉深浅入时无？

梳妆打扮后轻声问夫婿，
画成这样深浅浓度的眉毛是否迎合现在的时尚？

【解析】朱庆馀在诗中自比为新嫁妇，把时任水部员外郎的张籍和主考官比成新郎和公婆，借此向张籍探询自己的写作方式能否投主考官的喜好，也道出了他心中的不安忐忑和新嫁妇拜见公婆的紧张心情是一样的。本句可用来形容女人在丈夫面前刻意装扮后的娇羞情态；另用来比喻做完某事后征求他人的意见或期待结果是他人所满意的。

【出处】唐·朱庆馀《近试上张籍水部》诗："洞房昨夜停红烛，待晓堂前拜舅姑。妆罢低声问夫婿，画眉深浅入时无？"

【 妆扮 】

云想衣裳花想容。

看到了天上的云彩，就想到了她的衣裳，
看到了花，就想起了她的容颜。

【解析】相传唐玄宗和杨贵妃正在宫中观赏牡丹时，特地把当时担任翰林学士的李白召来作诗助兴，诗中李白借云和花来比拟杨贵妃的服饰绚丽与容貌姣好的美人形象。本句可用来形容女子

第三篇 叙事写物篇 —— 321 —

爱美以及善于装扮。

【出处】唐·李白《清平调》诗三首之一："云想衣裳花想容，春风拂槛露华浓。若非群玉山头见，会向瑶台月下逢。"

 ## 照花前后镜，花面交相映。

戴上花朵，用前后两面镜子照着看，花和人的面容在镜子里互相辉映。

【解析】温庭筠于词中描写一女子对着镜子整饰妆容的情景，借由一前一后的镜子里出现自己的面孔和头后的簪花，仔细端详妆容是否打理妥当。本句可用来形容女子对镜妆扮的娇美神态。也可用来形容女子顾影自赏的样子。

【出处】唐·温庭筠《菩萨蛮·小山重迭金明灭》词："小山重迭金明灭，鬓云欲度香腮雪。懒起画蛾眉，弄妆梳洗迟。照花前后镜，花面交相映。新帖绣罗襦，双双金鹧鸪。"

 ## 学梳蝉鬓试新裙，消息佳期在此春。

一面学着把鬓发梳理成像蝉翼般细薄动人，
一面又忙着试穿新的裙子，因为大好佳期就在今年春天啊！

【解析】本诗诗题为《新上头》。上头，指的是古代女子出嫁，将头发挽起结成发髻的仪式。韩偓在诗中描写一名正准备新婚的女子对镜学着梳理已婚妇女的鬓式和试穿新裙的行止，表现其十分在意自己的妆容，以及对即将到来的婚礼充满期待的喜悦心情。本句可用来形容待嫁女儿用心梳妆打扮的样子。

【出处】唐·韩偓《新上头》诗："学梳蝉鬓试新裙，消息佳期在此春。为爱好多心转惑，遍将宜称问傍人。"

懒起画蛾眉，弄妆梳洗迟。

醒来后，懒洋洋地起身描画自己细长而弯曲的眉毛，
慢吞吞地梳头整理自己的妆容。

【解析】温庭筠在词中描写一女子早晨醒来，意兴阑珊地梳理妆容的情态，抒发其不知要为谁而装扮的寂寞感伤。本句可用来形容女子梳妆时娇慵柔美的神态；另可用来形容女子睡醒后心情低落，意态懒散。

【出处】唐·温庭筠《菩萨蛮·小山重叠金明灭》词："小山重叠金明灭，鬓云欲度香腮雪。懒起画蛾眉，弄妆梳洗迟。照花前后镜，花面交相映。新帖绣罗襦，双双金鹧鸪。"

【 高雅 】

 天寒翠袖薄，日暮倚修竹。

天气寒冷，但她的身上只穿着翠色的薄衣，
在黄昏时分，倚立在长竹的旁边。

【解析】杜甫诗中的"天寒"除点明天气外，其实也暗喻佳人当时处境之艰难，以"翠袖薄"描写佳人衣衫单薄，身形纤弱，以"倚修竹"比拟佳人的清高志节正如耐寒又挺拔的竹柏，坚忍不屈。本句可用来形容女子风姿轻盈，人品高洁。

【出处】唐·杜甫《佳人》诗："……在山泉水清，出山泉水浊。侍婢卖珠回，牵萝补茅屋。摘花不插鬓，采柏动盈掬。天寒翠袖薄，日暮倚修竹。"（节录）

绝代有佳人，幽居在空谷。

她是这一代绝无仅有的美丽佳人，居住在深隐僻静的山谷之中。

【解析】杜甫在举家迁移的途中，偶遇一位出身良家的绝世佳人，她因兄弟死于战乱，丈夫见其娘家败落而将她抛弃，后来女子来到荒山野谷，展开其与草木为邻的幽居岁月。杜甫意在赞美这位居住在深谷中的绝世佳人其高洁、幽雅的人品。本句可用来形容女子貌美与品格高尚。

【出处】唐·杜甫《佳人》诗："绝代有佳人，幽居在空谷。自云良家子，零落依草木。关中昔丧败，兄弟遭杀戮。官高何足论？不得收骨肉……"（节录）

【 矫捷 】

身轻一鸟过，枪急万人呼。

身影轻捷，就像是一只鸟儿在眼前飞过般，
枪法迅疾，使得上万人都惊呼不已。

【解析】此诗是杜甫为当时名将哥舒翰的部属蔡希曾都尉送行时所作，诗中称誉蔡都尉勇决善战，在前线奋力杀敌，利落的身手就跟飞鸟一样快捷灵活，娴熟的枪法更赢得了全军上下的喝彩，众人无不心悦诚服。本句可用来形容动作敏捷，武艺高强。

【出处】唐·杜甫《送蔡希曾都尉还陇右，因寄高三十五书记》诗："蔡子勇成癖，弯弓西射胡。健儿宁斗死，壮士耻为儒。官是先锋得，材缘挑战须。身轻一鸟过，枪急万人呼……"（节录）

草枯鹰眼疾,雪尽马蹄轻。

野草枯萎,猎鹰的目光特别锐利而使猎物更无遗漏、积雪消融,猎人的马飞奔时格外轻快无阻,很快地便追到猎物。

【解析】王维在诗中借着写鹰、马助猎人捕获猎物之得心应手,来展现猎人驰骋追逐时身手轻敏迅捷。本句可用来形容猎人在寒冬将尽时出猎的矫健身姿与不凡气势。

【出处】唐·王维《观猎》诗:"风劲角弓鸣,将军猎渭城。草枯鹰眼疾,雪尽马蹄轻。忽过新丰市,还归细柳营。回看射雕处,千里暮云平。"

《衰丑》

 多病多愁心自知,行年未老发先衰。

心中明白自己的病痛不少又多愁善感,
年纪虽然还没有到老,但头发早已稀疏而显得面容衰老。

【解析】白居易在诗中主要感叹自己虽尚未年老,但缘于病痛缠身,以致外貌和心态早已出现各种老化的迹象。本句可用来形容人还不到老年,外表样貌和身心状态已迈入衰颓。

【出处】唐·白居易《叹发落》诗:"多病多愁心自知,行年未老发先衰。随梳落去何须惜?不落终须变作丝。"

 丑女来效颦,还家惊四邻。

容貌丑陋的女子模仿西施皱着眉头的模样,
返家时把周遭的邻居全都吓着了!

【解析】春秋越国美女西施因患有心病而经常蹙眉捧心，人们看了觉得别具风姿，更增美态。李白在诗中描写相貌丑陋的人也想要学西施的动作，结果邻人见状后反而受到惊吓。本句可用来形容女子容貌难看，却喜欢效法美人蹙眉，让人感到怪异而惊恐；另可用来比喻不衡量自身的条件，只是盲目地模仿他人，往往得到的是反效果。

【出处】唐·李白《古风》诗五十九首之三十五："丑女来效颦，还家惊四邻。寿陵失本步，笑杀邯郸人……"（节录）

二、言语行为

平生不解藏人善，到处逢人说项斯。

我一生不懂得把人的优点藏起来不说，所以看到人都会说项斯的好。

【解析】杨敬之在诗中表达其看了项斯的文章后，便很喜爱项斯的文章，后来知道项斯的人品也好，故逢人就会称扬他。本句可用来形容喜欢到处夸奖别人的优点；也可用来比喻替他人游说说情。

【出处】唐·杨敬之《赠项斯》诗："几度见诗诗总好，及观标格过于诗。平生不解藏人善，到处逢人说项斯。"

含情欲说宫中事，鹦鹉前头不敢言。

满怀幽怨想要诉说宫里的事情，看到鹦鹉在面前便不敢说出来了。

【解析】朱庆馀在诗中描写两名宫女本欲互诉衷肠，但一见到会学人话的鹦鹉便有所畏忌而不敢多言了，以此暗示在宫中说话必须提防隔墙有耳，以免遭到有心人的诋毁，反而为自己招来不测，由此也可看出宫中生活的幽闭与黑暗。本句可用来形容想说的话当着某人的面不敢说出口。也可用来形容因有第三者在旁，自己的想法或心事不愿被其听见或担心其中伤，故忍着不说出来。

【出处】唐·朱庆馀《宫词》诗："寂寂花时闭院门，美人相并立琼轩。含情欲说宫中事，鹦鹉前头不敢言。"

《 纯真 》

郎骑竹马来，绕床弄青梅。
同居长干里，两小无嫌猜。

回忆儿时你骑着竹马过来，我们围绕着井栏投掷着青梅玩耍。我们同住在长干里，从小一起长大，用不着躲避嫌疑或旁人的猜忌。

【解析】李白在诗中借一女子的口吻，自述其从童年到步入婚姻，以至于后来丈夫离家未归的过程。其中"骑竹马""弄青梅"都是在叙述两人稚龄时的玩耍游戏，可见她和丈夫是从小相识的玩伴，累积了相当深厚的感情基础。本句可用来形容男女幼童纯真无邪的嬉戏情景。

【出处】唐·李白《长干行》诗二首之一："妾发初覆额，折花门前剧。郎骑竹马来，绕床弄青梅。同居长干里，两小无嫌猜。十四为君妇，羞颜未尝开。低头向暗壁，千唤不一回。十五始展眉，愿同尘与灰。常存抱柱信，岂上望夫台。十六君远行，瞿塘滟滪（yù）堆。五月不可触，猿声天上哀……"（节录）

遥怜小儿女，未解忆长安。

可怜我那远方的幼小儿女们，
还不懂得他们的母亲为何会如此地思念长安。

【解析】离开鄜（fū）州的妻小，只身在长安的杜甫，对着皎皎明月，想象着他年幼的儿女陪着妻子看着月亮的情景，由于儿女年纪尚小，自是不能理解母亲望月思念父亲的心情，借此抒发自己对家人的想念。本句可用来形容孩童天真无邪，未谙人情世事。

【出处】唐·杜甫《月夜》诗："今夜鄜州月，闺中只独看。遥怜小儿女，未解忆长安。香雾云鬟湿，清辉玉臂寒。何时倚虚幌？双照泪痕干。"

〖 狂放 〗

 ## 我本楚狂人，凤歌笑孔丘。

我原本就像春秋楚国的狂人接舆一样，高唱"凤兮凤兮！何德之衰"的歌来嘲笑孔丘。

【解析】楚狂人，指的是春秋楚国隐士陆通，字接舆。《论语·微子》中记载接舆曾唱出"凤兮凤兮！何德之衰"的歌来讽刺到楚国游说楚王的孔子，意在规劝孔子于乱世中不要眷恋仕途，以免惹祸上身。李白在此借用前人典故，自比楚狂人接舆的纵情恣意，任性而为，对政治前景不抱希望。本句可用来形容人言行狂放不羁，不受世俗束缚。

【出处】唐·李白《庐山谣寄卢侍御虚舟》诗："我本楚狂人，凤歌笑孔丘。手持绿玉杖，朝别黄鹤楼……"（节录）

李白斗酒诗百篇,长安市上酒家眠。

李白只要喝下一斗酒,就能立刻诗兴大发作出上百篇的诗来,他经常到长安街上去喝酒,喝醉了就在酒店酣眠。

【解析】杜甫以幽默谐谑的笔调描摹文坛上八位友人喝酒后的神态,包括贺知章、李琎、李适之、崔宗之、苏晋、李白、张旭和焦遂,杜甫称他们为"八仙"。诗中也道出了李白只要黄汤一下肚便诗兴大发、文采飞扬,喝到烂醉后还直接倒卧酒家酣睡,完全不在乎他人的异样眼光。本句可用来形容李白不仅嗜酒,还能借酒助诗兴,以及其不拘小节的豪放形象。

【出处】唐·杜甫《饮中八仙歌》诗:"……苏晋长斋绣佛前,醉中往往爱逃禅。李白斗酒诗百篇,长安市上酒家眠。天子呼来不上船,自称臣是酒中仙。张旭三杯草圣传,脱帽露顶王公前,挥毫落纸如云烟。焦遂五斗方卓然,高谈雄辩惊四筵。"(节录)

 ## 花须连夜发,莫待晓风吹。

百花须得连夜齐放,不可等到天亮风吹时才绽开。

【解析】诗题一作《腊日宣诏幸上苑》。武则天武曌(zhào)于农历腊月初八欲至上苑(即上林苑,秦汉时期的皇家园林)赏花,由于时序正值寒冬,还未到花开时节,武则天便作诗传诏给管理百花的春神,令其催促上苑里的花连夜盛开。相传第二天武则天连同文武百官游上苑时,原本含苞待放的花果然全都开放。植物开花原本就得按时间、季节的先后顺序,武则天却为了提前赏花而下诏书给春神,乍听之下像是无稽之谈,但这也正是此诗要传达的意图,就是武则天自诩为负有天命的皇帝,暗示有心叛变的臣子不可违逆上天的旨意,否则将会招致天谴。本句可用来形容一代女皇武则天号令天下、主宰一切的狂傲气概。

【出处】唐·武则天武曌《催花》诗:"明朝游上苑,火急报春知。花须连夜发,莫待晓风吹。"

科头箕踞长松下,白眼看他世上人。

不戴帽子,两腿分开坐在大松树下,眼睛朝上,冷冷地看着世俗中人。

【注释】科头:泛指不戴帽子。

箕踞:两腿舒展而坐,形如畚箕,是一种随意不拘或倨傲无礼的表现。

【解析】王维与友人卢象一同去拜访表弟崔兴宗,他见崔兴宗幽居山林,生活逍遥自在,举止不拘礼节,眼里看不起那些在俗世中追逐名利的人,便作此诗称许崔兴宗不同于流俗的孤傲性格。本句可用来形容人自命清高,性情狂傲,故对世俗名利之徒表现出鄙薄厌恶的行止。

【出处】唐·王维《与卢员外象过崔处士兴宗林亭》诗:"绿树重阴盖四邻,青苔日厚自无尘。科头箕踞长松下,白眼看他世上人。"

气岸遥凌豪士前,风流肯落他人后?

气概高傲,远远超过那些豪放人士,放荡不羁,又岂肯落于他人的后面?

【解析】李白晚年遭流放夜郎,诗中他回顾自己年轻时期,曾在京城长安和权贵们开怀畅饮,当时傲岸不羁的气概,令豪杰志士都为之佩服,以及他那放诞不受拘束的态度,从来不肯落后于人,只是昔日豪情万千对比他今日的穷途落魄,内心自是抑郁难平。本句可用来形容人意气风发、狂放不羁的样子。

【出处】唐·李白《流夜郎赠辛判官》诗:"昔在长安醉花柳,五侯七贵同杯酒。气岸遥凌豪士前,风流肯落他人后?夫子红颜我少年,章台走马着金鞭。文章献纳麒麟殿,歌舞淹留玳瑁筵。与君自谓长如此,宁知草动风尘起。函谷忽惊胡马来,秦宫桃李向明开。我愁远谪夜郎去,何日金鸡放赦回?"

痛饮狂歌空度日,飞扬跋扈为谁雄?

你成天痛快地饮酒,纵情高歌消磨日子,
如此意气飞扬,是为了在谁的面前称雄呢?

【解析】杜甫在诗中描写李白因得罪权贵而不得不离开翰林供奉一职后每天狂饮度日,行止放肆不羁。纵使仕途失意,壮志难伸,如飘蓬般云游四海的李白依然意态狂傲,潇洒自若,绝不与现实妥协。本句可用来形容人终日饮酒,恣情放纵,任性而为。

【出处】唐·杜甫《赠李白》诗:"秋来相顾尚飘蓬,未就丹砂愧葛洪。痛饮狂歌空度日,飞扬跋扈为谁雄?"

新丰美酒斗十千,咸阳游侠多少年。

新丰县的美酒一斗值十千钱,咸阳城里的游侠多是少年郎。

【注释】新丰:地名,位于今陕西西安市境内,以产美酒闻名。

【解析】诗中"咸阳"本是秦朝国都,王维在此代指唐都长安。诗中描写长安城里聚集了不少年轻侠士,他们皆是喜好交游、看轻生死且重情重义之人,彼此一见如故,便开怀纵饮起闻名遐迩的新丰美酒。本句可用来形容少年游侠豪迈不羁、意气风发的形象。

【出处】唐·王维《少年行》四首之一:"新丰美酒斗十千,咸阳游侠多少年。相逢意气为君饮,系马高楼垂柳边。"

【 挥霍 】

 一掷千金浑是胆,家无四壁不知贫。

在外挥霍大笔的钱财时胆量很大,
无所畏忌,家里空无一物还不知道自己的贫穷。

【解析】吴象之在诗中描述一名陪皇帝打猎的少年,把皇帝赐予的大量金钱全都花在结交富贵朋友上,即便家中屋内穷到一无所有也毫不在乎。本句可用来形容一个人恣意浪费钱财、毫不节制的行为。

【出处】唐·吴象之《少年行》诗:"承恩借猎小平津,使气常游中贵人。一掷千金浑是胆,家无四壁不知贫。"

 六博争雄好彩来,金盘一掷万人开。

为了赢得彩头而在博弈时与众人竞争输赢,
豪迈地往棋盘上掷下所有的赌注,在场的人全都高声喊叫起来。

【注释】六博:古代赌博游戏的一种,由棋子、棋盘和箸三种器具组成。两人相博,每人六枚棋子,按照各自掷箸上的数目,以决定在棋盘上走棋的步数,行棋时相互攻逼致对方死棋为止。六博中的箸,即相当于后来的骰子。

好彩:此指赌博中获胜者的丰厚奖金或奖品。彩,即彩头,指参加竞赛或赌博时赢得的钱物。

【解析】本诗诗题为《送外甥郑灌从军》,乃李白送给即将参军入伍的外甥郑灌之作,诗中借写在赌博场上为争赢而孤注一掷,众人见状惊呼连连的情景,来比喻郑灌得到了报效国家、建立汗马功劳的机会,就如同博弈时获得好彩头一样幸运,鼓励其在战场上杀敌立功,凯旋而归。本句可用来形容不惜金钱的豪赌行为。

【出处】唐·李白《送外甥郑灌从军》诗三首之一:"六博争雄好彩来,金盘一掷万人开。丈夫赌命报天子,当斩胡头衣锦回。"

 黄金买歌笑,用钱不复数。

用贵重的黄金来买歌者的笑颜,耗费的钱财多到数都数不清。

【解析】王维借写战国时赵国女子及其丈夫擅长用歌舞表演、斗鸡技能来取悦齐王,暗讽当时的君王沉溺于声色享乐以及浪掷金钱的行径。本句可用来形容用钱如水,挥霍无度。

【出处】唐·王维《偶然作》诗六首之五:"赵女弹箜篌,复能邯郸舞。夫婿轻薄儿,斗鸡事齐主。黄金买歌笑,用钱不复数……"(节录)

【随便】

 翻手作云覆手雨,纷纷轻薄何须数?

掌心向上时是云,掌心向下时又变成了雨,
如此翻覆无常、轻薄无行的人比比皆是,哪里用得着细数呢?

【解析】饱受贫困所苦的杜甫,观察到人在富贵得势时,交游热络频繁,反之,在失意潦倒时,所有人便随即散去,两者之间的变化,就好比翻手覆手一样快速容易。本句可用来形容人的行止轻浮,喜好玩弄手段,兴风作浪。另可用来形容与人交往势利多变,情谊无常。

【出处】唐·杜甫《贫交行》诗:"翻手作云覆手雨,纷纷轻薄何须数?君不见管鲍贫时交,此道今人弃如土。"

颠狂柳絮随风舞,轻薄桃花逐水流。

疯狂的柳絮随风飞舞,轻佻的桃花逐水而流。

【解析】此诗表面上是在描写柳絮漫天飘飞、桃花随水漂流的暮春美景,实际上是杜甫刻意借"颠狂""轻薄"之语来讽刺人的言行放荡轻浮,正与柳絮、桃花一样,没有确定的立场也不坚守原则,终究会丧失自我、随波逐流。本句可用来形容人的言行举止轻浪浮薄。另可用来形容柳絮满天飞扬、顺着水流而行的景象。

【出处】唐·杜甫《绝句漫兴》诗九首之五:"肠断春江欲尽头,杖藜徐步立芳洲。颠狂柳絮随风舞,轻薄桃花逐水流。"

【 虚伪 】

白鹭之白非纯真,外洁其色心匪仁。

白鹭的羽毛虽然洁白,但并不单纯真诚,
它只是外表的颜色看似洁净,内心却是不仁慈的。

【解析】这是一首舞曲的歌词,李白先是歌颂白鸠性情温驯良善、知足平和,接着描写白鹭表面看似纯白干净,实是喜好不劳而获,个性贪婪残忍,正与真诚高尚的白鸠互成对比,意在批判当时朝中的权贵口蜜腹剑,假仁假义。本句可用来比喻人表里不一,虚伪作假。

【出处】唐·李白《白鸠辞》诗:"铿鸣钟,考朗鼓。歌白鸠,引拂舞。白鸠之白谁与怜,霜衣雪襟诚可珍。含哺七子能平均，食不噎，性安驯，首农政，鸣阳春。天子刻玉杖，镂形赐耆人。白鹭之白非纯真，外洁其色心匪仁。阙五德，无司晨，胡为啄我葭下之紫鳞。鹰鹯雕鹗，贪而好杀。凤凰虽大圣，不愿以为臣。"

晚将末契托年少，当面输心背面笑。

晚年将情谊托付给年轻人，
但他们当着你的面表现出亲热交心的样子，背后却在讥笑你。

【注释】末契：长者对晚辈的交谊。

【解析】杜甫视天下友人如胶漆，纵使与年轻晚辈往来也是真诚相待，不过当他发现这些人的言行表里不一时，自是难掩心中的失望，故在诗中奉劝世人别将心思用在争斗和相互猜疑上。本句可用来形容真心与人交往，但对方却是人前一套，人后一套。

【出处】唐·杜甫《莫相疑行》诗："男儿生无所成头皓白，牙齿欲落真可惜。忆献三赋蓬莱宫，自怪一日声烜赫。集贤学士如堵墙，观我落笔中书堂。往时文采动人主，此日饥寒趋路旁。晚将末契托年少，当面输心背面笑。寄谢悠悠世上儿，不争好恶莫相疑。"

三、才能学识

【优秀】

一夫当关，万夫莫开。

只要一个人守住关口要塞，即使有一万人攻上来也都别想冲破。

【解析】李白在诗中借描写山川的险峻来突显蜀道之难行，而如此崎岖高危的地形，正好形成一座天然坚固的防御关塞。本句可用来比喻一个人的本事极大，众人都无法与之匹敌；另可用来比喻地势险要，易守难攻。

【出处】唐·李白《蜀道难》诗："……剑阁峥嵘而崔嵬，一夫当关，万夫莫开。所守或匪亲，化为狼与豺。朝避猛虎，夕避长蛇。磨牙吮血，杀人如麻。锦城虽云乐，不如早还家。蜀道之难难于上青天，侧身西望长咨嗟。"（节录）

 ## 三分割据纡筹策，万古云霄一羽毛。

诸葛亮为三国鼎立的局面费心筹谋策划，
千秋万代以来，他的才能就像是翱翔在高空中的一只大鸟。

【解析】杜甫在诗中表扬三国蜀相诸葛亮的卓越才智与杰出胆识，对于他为蜀汉所立下的奇功伟业予以极高的评价。本句可用来赞美诸葛亮拔萃出群的才干。

【出处】唐·杜甫《咏怀古迹》诗五首之五："诸葛大名垂宇宙，宗臣遗像肃清高。三分割据纡筹策，万古云霄一羽毛。伯仲之间见伊吕，指挥若定失萧曹。福移汉祚难恢复，志决身歼军务劳。"

 ## 天恐文章中道绝，再生贾岛在人间。

上天唯恐孟郊的文章会随其去世而中断，所以又生了贾岛来到人间。

【解析】韩愈对孟郊的诗文十分推崇，孟郊去世后，与其诗歌风格相近的贾岛，在韩愈的心目中便承继了孟郊的文学命脉，地位显著，世称齐名的两人"郊寒岛瘦"。本句可用来赞美以清奇幽峭诗风著称的贾岛在历史上的文学成就。

【出处】唐·韩愈《赠贾岛》诗:"孟郊死葬北邙山,日月星辰顿觉闲。天恐文章中道绝,再生贾岛在人间。"

天然一曲非凡响,万颗明珠落玉盘。

(瀑布由高处奔泻而下的)声音是天然而不平凡的乐音,宛若万颗晶莹的珍珠落在玉盘一样响亮。

【解析】道士程太虚描写瀑布在苍翠的山谷间直泻而下,清脆的流水声传入耳中,就像是珍珠落玉盘般,他认为此乃大自然发出的美妙天籁,绝非凡间的曲调可与其比拟。本句可用来比喻人的才能杰出;另可用来比喻不平凡的音乐;也可用来比喻艺术或文学作品的出色。

【出处】唐·程太虚《漱玉泉》诗:"瀑布横飞翠壑间,泉声入耳送清寒。天然一曲非凡响,万颗明珠落玉盘。"

世人皆欲杀,吾意独怜才。

世上的人大都认为李白该杀,我的心里却是独独爱惜他的才气。

【解析】李白因永王李璘叛乱而受到牵连,当时很多人要求将李白处以极刑,后来李白被判流放夜郎,直到遇到朝廷大赦才得返。已十多年没见到李白的杜甫,不忍好友遭到当朝权贵的排挤非议,甚至还想要杀了他,语气中流露出对李白怀才不遇的哀怜悲痛。本句可用来表达对具有才华却犯众怒之人的宽容与支持。

【出处】唐·杜甫《不见》诗:"不见李生久,佯狂真可哀。世人皆欲杀,吾意独怜才……"(节录)

功盖三分国,名成八阵图。

三国鼎立时,诸葛亮的功业盖世,他所创制的八阵图,天下闻名。

【解析】八阵图是三国蜀相诸葛亮以石所布的阵式,由天、地、风、云、龙、虎、鸟、蛇八种阵势所构成,于两军对垒时作困敌之用。杜甫认为诸葛亮的功业超过三国时代的任何人,并在诗中借诸葛亮所排布的八阵图来突显其卓越的军事才干。本句可用来颂扬三国蜀相诸葛亮的伟大功绩及其在军事上的卓绝成就。

【出处】唐·杜甫《八阵图》诗:"功盖三分国,名成八阵图。江流石不转,遗恨失吞吴。"

 ## 白也诗无敌,飘然思不群。

李白的诗文天下无敌,才思更是洒脱不羁、高超不凡。

【解析】杜甫在诗中主要抒发其对李白的赞誉与思慕之情,更直指李白创作诗歌的才气情思卓异超群,冠绝当代。本句可用来形容李白的才学思想超凡脱俗,出群拔萃。

【出处】唐·杜甫《春日忆李白》诗:"白也诗无敌,飘然思不群。清新庾开府,俊逸鲍参军……"(节录)

 ## 兵法五十家,尔腹为箧笥。

熟读历来各家的兵书,腹中的知识丰富到就像是大箱子里装满了东西一样。

【注释】箧笥:竹编的箱子。

【解析】这是杜甫为送别堂弟杜亚将要赴河西(指河西节度使的治所凉州)就任判官而作,诗中大力称赞杜亚不仅饱读兵书、学问渊博,而且与人应对圆融通达,必然会是朝廷不可多得的人才。本句可用来比喻人精通兵法,辩才无碍。

【出处】唐·杜甫《送从弟亚赴河西判官》诗:"……兵法五十家,尔腹为箧笥。应对如转丸,疏通略文字……"(节录)

宣父犹能畏后生,丈夫未可轻年少。

连孔子都说过后生可畏的话,堂堂大丈夫又岂能如此轻视年轻人啊!

【解析】李白年轻时意气风发,他对当时的名士李邕在晚辈面前展现出的那种自视甚高、轻慢无礼的态度颇不以为然,故借孔子在《论语·子罕》中说过的"后生可畏"来反讥李邕难道认为自己比孔子还要了不起吗?怎么可以这样小看年轻人的本事呢!本句可用于说明年轻人的才学成就将来极有可能超越前辈,不可看轻。也可用来勉励年长者,如果只会倚老卖老而不多加努力,很快便会被后辈追赶超越。

【出处】唐·李白《上李邕》诗:"大鹏一日同风起,扶摇直上九万里。假令风歇时下来,犹能簸却沧溟水。世人见我恒殊调,闻余大言皆冷笑。宣父犹能畏后生,丈夫未可轻年少。"

桐花万里丹山路,雏凤清于老凤声。

传说中的凤凰产于丹山路上,途中桐花盛开一片,从梧桐树上传来幼小凤鸟的鸣声,这声音要比老凤鸟的叫声更加清脆圆润。

【注释】雏凤:凤的幼鸟,后多比喻出色的子弟或年轻人。

【解析】晚唐诗人韩偓,小名冬郎,他的父亲韩瞻与李商隐同年,两人也是连襟关系,即韩偓要称李商隐为姨丈。年少时的韩偓,曾在一场为李商隐饯行的筵席上赋诗送别,吟毕满座皆惊;其后李商隐写诗寄赠韩瞻父子,便在诗中以雏凤的初试啼声更胜老凤为喻,意在称许韩偓的诗才敏捷更胜父亲韩瞻。本句可用来比喻青年才俊或有才干的后生晚辈崭露头角。

【出处】唐·李商隐《韩冬郎即席为诗相送,一座尽惊。他日余方追吟:"连宵侍坐徘徊久"之句有老成之风,因成二绝寄酬,兼呈畏之员外》诗二首之一:"十岁裁诗走马成,冷灰残烛动离情。桐花万里丹山路,雏凤清于老凤声。"

将略兵机命世雄,苍黄钟室叹良弓。

韩信拥有将帅善于用兵的谋略与机智,是闻名于世的英雄人物,可惜世事变化太快,最后他在汉宫钟室被杀,不禁让人发出人才来不及避祸的感叹。

【注释】苍黄:本指青色和黄色,此比喻事情仓促忙乱,变化很快。

钟室:此指韩信被处死的长乐宫悬钟之室。

良弓:本指好弓,此指有功劳的人。韩信曾言"高鸟尽,良弓藏",原意是指猎人用强弓射杀猎物后就把它搁置一边,后多引申为功臣辅助上位者灭敌后,就要尽快隐遁,否则功高震主必会招来灾祸。

【解析】刘禹锡途经祭祀韩信的庙宇时,慨叹这位深通韬略、善晓兵机的将才,曾为西汉建国立下丰伟功业,却惨遭高祖的皇后吕后诛杀。他认为韩信若当时能把握时机,急流勇退,或许就可以避开被杀戮的厄运。其中"将略兵机命世雄"一句,可用来形容人的军事才能高超,用兵如神,机谋远虑,堪称一代豪杰。另可用来抒发功劳盖世或忠君爱国的臣子,因遭到上位者猜疑忌妒而被弃用或杀害的怨愤不平。

【出处】唐·刘禹锡《韩信庙》诗:"将略兵机命世雄,苍黄钟室叹良弓。遂令后代登坛者,每一寻思怕立功。"

敏捷诗千首，飘零酒一杯。

李白的文思敏捷，作有诗歌上千余首，只是时运不济，四处漂泊，唯有借酒来消解心中愁闷。

【解析】杜甫许久未见好友李白，辗转听闻李白被流放夜郎后又遇赦的消息，不禁对这位怀有绝世才情的友人竟蒙受政治上的不白之冤，自此过着飘零纵酒的日子深表不舍。本句可用来形容才华横溢却落拓的才子。

【出处】唐·杜甫《不见》诗："……敏捷诗千首，飘零酒一杯。匡山读书处，头白好归来。"（节录）

莫言马上得天下，自古英雄尽解诗。

不要说刘邦只是坐在马背上就得到了天下，
自古以来，许多英勇豪杰都是懂诗的人。

【解析】本诗诗题为《歌风台》。歌风台，位于今江苏徐州市沛县境内，相传汉高祖刘邦平定淮南王英布乱事时经过沛县，曾在此地置酒击筑、吟唱《大风歌》，当地百姓为纪念其衣锦还乡而建造歌风台。林宽认为历来不少人品评刘邦时，多直指刘邦不过是凭借武力获得天下，毫无文才学养，其对此说法相当不以为然，他相信能写出"大风起兮云飞扬，威加海内兮归故乡，安得猛士兮守四方"这样诗句的人，绝不可以等闲人物视之，意即颂扬刘邦实是一位允文允武的盖世雄才。本句可用来说明草莽英雄、勇将武夫当中，也有许多满腹经纶，文采出众的人。

【出处】唐·林宽《歌风台》诗："蒿棘空存百尺基，酒酣曾唱《大风词》。莫言马上得天下，自古英雄尽解诗。"

莫愁前路无知己，天下谁人不识君？

请不必担忧日后找不到知心好友，天底下有哪个人不认识您呢？

【解析】此为高适为董庭兰送别之作，诗人在诗中安慰好友不要为离别而感到忧伤，他相信凭借着董庭兰的卓越才情和美好名声，不管到哪里都会受到大家的喜爱。本句可用来赞美某人的才气和声誉天下皆知。另可用来劝勉即将远行的友人勇敢出去冒险，未来必定前程似锦。

【出处】唐·高适《别董大》诗二首之一："千里黄云白日曛，北风吹雁雪纷纷。莫愁前路无知己，天下谁人不识君？"

鸟啼花落人何在？竹死桐枯凤不来。

鸟儿啼鸣，花儿凋谢，你的人如今到了哪里？竹子已死，梧桐已枯，凤凰鸟不会再飞回来。

【解析】崔珏为李商隐的好友，他得知李商隐的死讯后悲痛不已，不舍好友还来不及展现凌云万丈的才识与抱负便撒手人寰。因自古有凤凰非梧桐不栖，非竹实不食的说法，常被用来比喻贤人俊士，故诗人在诗中以"竹死桐枯凤不来"来悲悼李商隐怀才却饮恨而终的潦倒一生，也可看出崔珏对李商隐的坎坷仕途表现出的愤懑难平。本句可用来形容才智贤明的人不幸去世。

【出处】唐·崔珏《哭李商隐》诗二首之二："虚负凌云万丈才，一生襟抱未曾开。鸟啼花落人何在？竹死桐枯凤不来。良马足因无主踠，旧交心为绝弦哀。九泉莫叹三光隔，又送文星入夜台。"

摇落深知宋玉悲，风流儒雅亦吾师。

看到草木凋零的景况，就深深理解到战国楚人宋玉当时的悲痛，像他这样文藻出众和风度高雅的人，真的可以做我的老师了。

【解析】杜甫亲临战国楚人宋玉的故宅，看到草木摇落、万物萧条的景象，不禁触景生情，对宋玉生前怀才不遇的悲伤深有同感，诗中更推崇宋玉深厚的学养以及雍容的气度。本句可用来赞美战国楚人宋玉的才华与风度，堪称人们的典范。

【出处】唐·杜甫《咏怀古迹》诗五首之二："摇落深知宋玉悲，风流儒雅亦吾师。怅望千秋一洒泪，萧条异代不同时。江山故宅空文藻，云雨荒台岂梦思？最是楚宫俱泯灭，舟人指点到今疑。"

腹中贮书一万卷，不肯低头在草莽。

你的腹中就好像藏有一万卷书籍那样才学丰富，
当然不愿低声下气地在民间过一辈子。

【解析】李颀在诗中称赞好友陈章甫的学问渊博，具有处理政事的能力，而如此优秀的人才，自然想要出仕成就一番功绩事业，不甘湮没无闻、无所作为地度过一生。本句可用来形容一个人满腹经纶，才识丰富，不愿只当个平凡百姓，而希望有机会出来做官，立功立事。

【出处】唐·李颀《送陈章甫》诗："……陈侯立身何坦荡？虬须虎眉仍大颡。腹中贮书一万卷，不肯低头在草莽……"（节录）

〖 低劣 〗

生来不读半行书，只把黄金买身贵。

出生以来便不喜读书，只想拿黄金来提高自己的身份地位。

【解析】诗题中的"啁"字，通"嘲"字。李贺意在讽刺那些成天不学无术、沉迷享乐的富家子弟，认为他们只知道用家里的财富来炫耀自己的身份尊贵，完全不肯用心在研求学问上。本句可用来形容人毫无真才实学，只会用金钱或不正当的手段来博取虚名，高抬身价。

【出处】唐·李贺《啁少年》诗："……自说生来未为客，一身美妾过三百。岂知剸地种苗家，官税频催勿人织。长得积玉夸豪毅，每揖闲人多意气。生来不读半行书，只把黄金买身贵。少年安得长少年，海波尚变为桑田。荣枯递传急如箭，天公不肯于公偏。莫道韶华镇长在，发白面皱专相待。"（节录）

 ## 声色狗马外，其余一无知。

除了嗜好歌声、美色、养狗、骑马之外，对其余的事情全部一无所知。

【解析】白居易在此讽喻王公贵族子弟，年纪轻轻便能继承爵位，却终日不学无术，纵情于声色犬马，对其余的事情一概不了解也不愿意学习。本句可用来比喻人愚昧无知，沉迷于荒淫享乐之中。

【出处】唐·白居易《悲哉行》诗："……沉沉朱门宅，中有乳臭儿。状貌如妇人，光明膏粱肌。手不把书卷，身不擐戎衣。二十袭封爵，门承勋戚资。春来日日出，服御何轻肥。朝从博徒饮，暮有倡楼期。平封还酒债，堆金选蛾眉。声色狗马外，其余一无知……"（节录）

 # 四、思想风范

 ## 丹青不知老将至，富贵于我如浮云。

（曹霸）一心专攻在绘画方面，根本不知道老年已经到来，看待荣华富贵就像是天上的浮云般淡薄。

【注释】丹青：绘画时所用的颜料。此代指绘画。

【解析】这首诗是杜甫写来送给当时著名的画家曹霸，赞美曹霸一生都致力于绘画领域的精进，画工精湛绝伦，名声显赫，却从来不追求富贵。本句可用来形容因追求艺术或实践理想而没有察觉年岁渐老，心境安然淡泊，不慕名利。

【出处】唐·杜甫《丹青引赠曹将军霸》诗："将军魏武之子孙，于今为庶为清门。英雄割据虽已矣，文采风流犹尚存。学书初学卫夫人，但恨无过王右军。丹青不知老将至，富贵于我如浮云……"（节录）

天地英雄气，千秋尚凛然。

三国蜀国君主刘备的英雄气概充满天地，历经千年依然令人肃穆起敬。

【解析】人在夔州的刘禹锡，前来瞻仰三国蜀汉开国君主刘备的庙堂，其回顾刘备生前气盖山河、叱咤风云的英勇事迹，认为即使时间已过了千余年，刘备所立下的功业仍足以为后世的楷模。本句可用来赞美某位才德超群的豪杰气魄非凡，精神久留人间。

【出处】唐·刘禹锡《蜀先主庙》诗："天地英雄气，千秋尚凛然。势分三足鼎，业复五铢钱。得相能开国，生儿不象贤。凄凉蜀故妓，来舞魏宫前。"

古人日以远，青史字不泯。

古代的前贤先哲虽已离我们远去，
但是史册上所记载的他们的事迹却是永远抹灭不掉的。

【解析】杜甫诗中意在表达人的生命纵使有其限度，但在世的不凡作为和伟大功绩，都会被记录在史书上，并且世代相传下去。本句可用来说明圣贤文人没而不朽，精神功业永存于世间。

【出处】唐·杜甫《赠郑十八贲》诗:"……羁离交屈宋,牢落值颜闵。水陆迷畏途,药饵驻修辀。古人日以远,青史字不泯……"(节录)

吾爱孟夫子,风流天下闻。
红颜弃轩冕,白首卧松云。

我敬爱孟先生,他那高尚的人品和超逸的才情是天下人都知晓的。
他在年轻时放弃功名爵禄的追求,在年老时隐居于幽静山林。

【注释】轩冕:古代卿大夫的座车礼帽。后多借代官位或显贵的人。

【解析】李白在诗中描写好友孟浩然风度翩翩、才华卓绝以及品格清高,因而赢得了世人对他的尊敬。本句可用来表达对某位前辈高人不慕荣华的高风亮节之钦敬仰慕。

【出处】唐·李白《赠孟浩然》诗:"吾爱孟夫子,风流天下闻。红颜弃轩冕,白首卧松云。醉月频中圣,迷花不事君。高山安可仰?徒此揖清芬。"

我身虽殁心长在,暗施慈悲与后人。

我的身体虽然终会离开人世,但我的心意仍然可以长存,
暗中施惠于后人安乐以及解决他们的痛苦。

【解析】位于洛阳龙门山下的八节石滩,是白居易生活时期的著名险滩,经过的船只不时在此地翻覆,造成伤亡无数。高龄七十三岁的白居易,早已赋闲在家,没有官职在身,他虽知自己来日无多,仍自掏腰包,捐献家财,主持经营开凿,誓言要让这段险滩变成通畅安全的津渡,之后在众人一心的努力下,这项艰巨的工程终于完成,而白居易如此人溺己溺、悲天悯人的胸怀,也永存于世人

的心中。本句可用来表达人在世时，尽自己能力所及，关怀人间疾苦，即使有朝一日去世，生前行谊、事迹仍然会继续嘉惠后人。

【出处】唐·白居易《开龙门八节石滩》诗二首之二："七十三翁旦暮身，誓开险路作通津。夜舟过此无倾覆，朝胫从今免苦辛。十里叱滩变河汉，八寒阴狱化阳春。我身虽殁心长在，暗施慈悲与后人。"

到门不敢题凡鸟，看竹何须问主人？

登门拜访时即使没有遇见你，但参观你幽雅的居住环境又何必询问你呢？

【注释】凡鸟：为"凤"字的分写，平凡的鸟，喻指才能平庸。据《世说新语·简傲》记载，三国魏人嵇康和吕安交好，某日吕安到嵇康家，正好嵇康不在，嵇康的兄长嵇喜出门迎接，吕安在门上写了"凤"字便离去，意在嘲讽嵇喜是凡鸟，不屑与其往来。

看竹：欣赏雅竹，喻指种竹的人是隐逸高士。据《晋书·王羲之传》记载，王羲之的儿子王徽之听说吴中有户人家种了好竹，即驱车前往观赏竹子而没有去造访主人。此指即使没有见到屋主，只见到其种的竹子，也能得知屋主肯定是一位幽人雅士。

【解析】王维和好友裴迪一同到长安城内的新昌里去探访一位姓吕的隐士，两人虽未能见到吕逸人一面，但王维仍难掩对吕逸人之景仰，诗中援引了前人典故来表达他内心的钦慕之情。本句可用来称赞人闭门隐居，人品清雅绝尘。

【出处】唐·王维《春日与裴迪过新昌里，访吕逸人不遇》诗："桃源一向绝风尘，柳市南头访隐沦。到门不敢题凡鸟，看竹何须问主人？城上青山如屋里，东家流水入西邻。闭户著书多岁月，种松皆老作龙鳞。"

春蚕到死丝方尽，蜡炬成灰泪始干。

春天的蚕到临死前还在吐丝，蜡烛烧成灰时蜡泪才会流干。

【解析】李商隐在诗中借春蚕的"丝"谐音双关相思的"思"，借蜡烛燃烧时滴落的蜡泪暗喻相思的"泪"，表现出对爱情的执着无悔，至死方休。本句可用来形容品格高尚的人为了追求某种理想而奉献终生，死而后已。另可用来形容忠诚坚贞的爱情。

【出处】唐·李商隐《无题》诗："相见时难别亦难，东风无力百花残。春蚕到死丝方尽，蜡炬成灰泪始干。晓镜但愁云鬓改，夜吟应觉月光寒。蓬山此去无多路，青鸟殷勤为探看。"

 ## 遥想吾师行道处，天香桂子落纷纷。

我在遥远的地方想念老师您所实践的修行，就好像芳香的桂花如雨般从空中翩然飘落。

【解析】韬光禅师为杭州天竺寺的僧人，是白居易在杭州担任刺史时所结识的好友，后来白居易转任苏州刺史，思念友人而作此诗寄赠。诗中他推崇韬光禅师开山立寺、修行讲道的功德，有如满天飘香花雨，落英缤纷。本句可用来颂赞修行者的高尚德行。也可用来称扬师长的风采器识令后辈景仰。

【出处】唐·白居易《寄韬光禅师》诗："一山门作两山门，两寺原从一寺分。东涧水流西涧水，南山云起北山云。前台花发后台见，上界钟声下界闻。遥想吾师行道处，天香桂子落纷纷。"

 ## 诸葛大名垂宇宙。

诸葛亮的大名将永远流传在天地间，不会被磨灭。

【解析】杜甫在诗中歌咏三国蜀相诸葛亮肃穆清高的风范,其为蜀汉所成就的不凡功业和最终鞠躬尽瘁的伟大情操,必然为后人所宗仰。本句可用来颂扬三国蜀相诸葛亮毕生为国尽忠,死而后已,美好名声永世长存。

【出处】唐·杜甫《咏怀古迹》诗五首之五:"诸葛大名垂宇宙,宗臣遗像肃清高。三分割据纡筹策,万古云霄一羽毛。伯仲之间见伊吕,指挥若定失萧曹。福移汉祚难恢复,志决身歼军务劳。"

五、人性心态

〖 光明 〗

 东门酤酒饮我曹,心轻万事如鸿毛。

平日你在东门买酒请我们喝,
对于世上所有的事情都看得和鸿毛一样轻微。

【解析】李颀的好友陈章甫仕途不顺,经常与同事畅饮,之后决定罢官返乡,李颀对陈章甫的际遇虽有不舍,却也理解好友不甘于屈就在成日争逐权势的官场上的心情,故也不多作挽留。他写此诗赠别好友,称许其心怀磊落,率性洒脱,才能将世态炎凉置之度外。本句可用来形容一个人的心地坦荡,面对事情时态度自若豁达。

【出处】唐·李颀《送陈章甫》诗:"……东门酤酒饮我曹,心轻万事如鸿毛。醉卧不知白日暮,有时空望孤云高……"(节录)

洛阳亲友如相问,一片冰心在玉壶。

你到了洛阳后,那边的亲友如果向你问起我,就说我的心像玉壶中的冰一样晶莹洁净。

【解析】王昌龄在润州芙蓉楼送别友人辛渐返回洛阳,他托辛渐带口信给亲友,传达自己纵使遭到毁谤而被贬官,但仍坚持操守的心志。故诗中其以玉壶之冰自比,表明自己行事光明磊落,内心纯洁无愧。本句可用来形容心地坦荡,人品清明高洁。

【出处】唐·王昌龄《芙蓉楼送辛渐》诗二首之一:"寒雨连江夜入吴,平明送客楚山孤。洛阳亲友如相问,一片冰心在玉壶。"

〖 难测 〗

 天可度,地可量,唯有人心不可防。

天的高度可以测算,地的广度可以丈量,只有人的心思难以猜测和防范。

【解析】此诗为白居易描写官场上的奸恶小人如何巧言令色、笑里藏刀,以及为达目的而不择手段的观察感触。本句可用来说明人心叵测。

【出处】唐·白居易《天可度》诗:"天可度,地可量,唯有人心不可防。但见丹诚赤如血,谁知伪言巧似簧……"(节录)

 长恨人心不如水,等闲平地起波澜。

经常感叹人心还不如水,总会无缘无故地从平地掀起波澜。

【解析】刘禹锡面对艰险重重的瞿塘峡,领悟出江河波涛虽然险急,却还是显见而可提早预防的,然而人心的叵测凶险,喜好无事生非，就像无端从平地掀起巨大波澜般，实在令人防不胜防。本句可用来说明人心起伏变化，难以预料。也可用来比喻人心善于引发事端，兴风作浪。

【出处】唐·刘禹锡《竹枝词》诗九首之七："瞿塘嘈嘈十二滩，此中道路古来难。长恨人心不如水，等闲平地起波澜。"

 ## 海枯终见底，人死不知心。

海水干枯时，终会有看见海底的那一天，
但是人却是等到死去时，都还是很难了解他们的心思。

【解析】杜荀鹤在诗中以海水枯涸便能看见海底为喻，对比人的心思纵使走到生命的尽头，仍然不容易揣度其内心真正的想法，亦即人心比深海还要诡谲莫测。本句可用来说明人心莫测，难以猜透。

【出处】唐·杜荀鹤《感寓》诗："大海波涛浅，小人方寸深。海枯终见底，人死不知心。"

 ## 楚客莫言山势险，世人心更险于山。

来楚地的客人不要说这里的山势有多么险阻，
世上的人心比这里的山势来得更为凶险。

【解析】雍陶由家乡成都出发，舟行经过楚地峡谷时，见到两岸悬崖陡峭，兴起了山势纵然危峻，但人心实比山更为险恶的感触。诗中先以否定句否定山险，再道出比山更可怕的乃是人心，传神地表达出人心之险远远胜过耸峙高山。本句可用来说明世道人心的奸险凶恶、阴沉难测。

【出处】唐·雍陶《峡中行》诗："两崖开尽水回环，一叶才通石罅（xià）间。楚客莫言山势险，世人心更险于山。"

第十章 绘写景物

一、自然景观

【山水】

 九曲黄河万里沙，浪淘风簸自天涯。

曲折的黄河奔流而来，一路夹带着随巨浪滔滔和狂风颠簸万里的泥沙，从遥远的天涯一直来到这里。

【解析】刘禹锡在诗中主要在描写曲折多致的黄河，随浪潮卷来大量泥沙的雄伟气势。本句可用来形容黄河水流的蜿蜒曲折、泥沙滚滚。另可用来暗喻人生道路的波折坎坷。

【出处】唐·刘禹锡《浪淘沙》诗九首之一："九曲黄河万里沙，浪淘风簸自天涯。如今直上银河去，同到牵牛织女家。"

 山随平野尽，江入大荒流。

山峦随着低平的原野展开而渐渐消失，江水向着辽阔的荒野滚滚奔流。

【解析】李白从家乡蜀地出发，乘舟出三峡，渡过荆门山时，看到长江两岸的山峦平野广袤无边和江水滔滔的雄壮景象而写下此诗。本句可用来形容山野一望无际，水流壮阔奔腾。

【出处】唐·李白《渡荆门送别》诗："渡远荆门外，来从楚国游。山随平野尽，江入大荒流。月下飞天镜，云生结海楼。仍怜故乡水，万里送行舟。"

 ## 古木无人径，深山何处钟？

走在满是高树丛林的小路上，完全看不到人的踪迹，荒僻深远的山里，不知丛哪里传来了敲钟的声响？

【解析】王维描写其第一次走访长安附近山林的香积寺，沿途古木参天，渺无人烟，而此时山里忽然传来悠扬的钟声，更衬托出林密深山的幽邃静寂，同时也指引了诗人前往香积寺的确切方向。本句可用来形容山中古树丛密，荒僻幽静，人迹罕至。

【出处】唐·王维《过香积寺》诗："不知香积寺，数里入云峰。古木无人径，深山何处钟……"（节录）

 ## 只在此山中，云深不知处。

他就在这座山中，但因云雾重重，所以不知他到底在山中何处。

【解析】诗人到山中寻访隐者却正巧不遇，通过童子的回答，一方面写出隐者远离尘嚣的闲逸生活，另一方面也表达出其对隐者高洁如白云以及德行如高山的景仰之情。本句可用来形容山林深密、云雾缭绕的样子，不知人或事物去哪里找寻。另可用来比喻所要找的人或事物，只知大概范围，却不知确切之所在。

【出处】唐·贾岛《寻隐者不遇》诗："松下问童子，言师采药去。只在此山中，云深不知处。"（此诗一说作者为孙革，诗题则作《访羊尊师》）

第三篇　叙事写物篇

白日依山尽，黄河入海流。

太阳贴近山的尽头渐渐西沉，黄河向着大海滚滚奔流。

【解析】王之涣描写其登高临远，把落日依山而尽，黄河奔腾入海的壮阔景致尽收眼底，展现出一股雄浑不凡的气势。本句可用来形容落日山河的壮观景色。

【出处】唐·王之涣《登鹳雀楼》诗："白日依山尽，黄河入海流。欲穷千里目，更上一层楼。"

 ## 江流天地外，山色有无中。

江水奔流浩荡，好像流到那遥远的天地尽头，远山在云雾围绕中时隐时现，似有若无。

【解析】王维描写其行舟入汉江时，望见江水浩瀚，源远流长，山色隐约朦胧，虚无缥缈的山水景色。本句可用来形容江水滚滚不绝，山色苍茫迷蒙的景致。

【出处】唐·王维《汉江临泛》诗："楚塞三湘接，荆门九派通。江流天地外，山色有无中。郡邑浮前浦，波澜动远空。襄阳好风日，留醉与山翁。"

 ## 吴楚东南坼，乾坤日夜浮。

位于东南的吴地和楚地像是被洞庭湖划分开来似的，天与地像是日夜漂浮在洞庭湖面上一样。

【注释】吴楚：本指春秋时期的吴国和楚国，此指江苏、浙江、湖南、湖北一带。

【解析】杜甫来到岳州，登上他心目中向往已久的名胜岳阳楼，望着洞庭湖浩瀚壮阔、水势动荡的景象而写下这首诗。本句可用来形容洞庭湖水浩渺无边的宏伟气势。

【出处】唐·杜甫《登岳阳楼》诗："昔闻洞庭水，今上岳阳楼。吴楚东南坼，乾坤日夜浮……"（节录）

 ## 忽闻海上有仙山，山在虚无缥缈间。

听闻在海上有一座仙山，山就隐约地坐落在云雾缥缈之间。

【解析】《长恨歌》的后段描写道士费尽千辛万苦的寻寻觅觅后，终于在海上一座云雾缥缈的仙山中，发现山里楼阁中住有不少风姿绰约的仙子，仔细询问之下，确认其中一位美貌仙子就是杨贵妃的芳魂。本句可用来形容远山或远方岛屿弥漫在云雾中的景象。另可用来比喻与现实世界相去甚远的幻想或梦境。

【出处】唐·白居易《长恨歌》诗："……忽闻海上有仙山，山在虚无缥缈间。楼阁玲珑五云起，其中绰约多仙子。中有一人字太真，雪肤花貌参差是……"（节录）

 ## 空山不见人，但闻人语响。

空寂的山林中看不见一个人影，却隐约听得到有人说话的声音。

【解析】王维在诗中用"以动写静"的笔法，借由人声来描写静景，更能衬托出山林的幽静，所以才会连不见人踪的说话声音都能听见。本句可用来形容山林幽深寂静的景象。

【出处】唐·王维《鹿柴》诗："空山不见人，但闻人语响。返景入深林，复照青苔上。"

春潮带雨晚来急,野渡无人舟自横。

春天的傍晚,一场骤雨使潮水急剧升高,水势湍急,
郊野的渡口,毫无人烟,只有一艘小船横在水面上,随意漂浮着。

【解析】此为韦应物担任滁州刺史期间所作,写其春游城西郊外的一条溪涧,突然暮雨奔腾,潮水上涨,而此时整个村野渡口只见一叶孤舟在雨中漂移晃荡,在如此恶劣天气的当下,表现出一种任舟漂泛邀游的恬适情怀。本句可用来形容春日晚潮,大雨滂沱,小船任流水自在摇晃的景象。另可用来形容人在风雨危急时仍能保持闲适淡泊的心境。其中"春潮带雨晚来急"一句,还可用来比喻事情的状况急速变化到难以掌控的趋势,或形容一股来势汹汹到无法抵挡的社会潮流。

【出处】唐·韦应物《滁州西涧》诗:"独怜幽草涧边生,上有黄鹂深树鸣。春潮带雨晚来急,野渡无人舟自横。"

 泉声咽危石,日色冷青松。

泉水从高耸的石头流过,发出低微的呜咽声,
日光照在苍青的松林上,发出凄清冷寒的光芒。

【解析】王维描写其于傍晚穿过古木森丛的山林,在前往香积寺的途中,耳闻泉声呜咽,目睹夕日晚翠,写出了寺院之外清静幽冷的景状。本句可用来形容山中的清泉流过石间,日光映照林木的景色。

【出处】唐·王维《过香积寺》诗:"……泉声咽危石,日色冷青松。薄暮空潭曲,安禅制毒龙。"(节录)

流波将月去,潮水带星来。

江上的流水随着月影而去,潮水带着星星而来。

【解析】隋炀帝杨广于春日黄昏远眺浩淼江水,直到夜色降临,他看着月光照耀着水面,月影随着波光泛动,潮水映照着星辰,不禁被眼前的景象给深深吸引而写下此诗。本句可用来形容月夜星空下江河辽阔、水波荡漾的景致。

【出处】隋·隋炀帝杨广《春江花月夜》诗二首之一:"暮江平不动,春花满正开。流波将月去,潮水带星来。"

飞流直下三千尺,疑是银河落九天。

飞泻的瀑布向下奔流三千尺,
让人怀疑是天上的银河从那九重天上坠落下来。

【注释】九天:天的最高处。古人认为天有九层。

【解析】位于九江的庐山瀑布向来以雄伟奔放闻名,李白诗中以"三千尺""落九天"的夸饰手法,来描写庐山瀑布临空落下的强劲气势,以"直下"表明山势陡峭,也造就了瀑流直泻而下的奇景。本句可用来形容瀑布从高山往下飞腾直落的壮观景致。

【出处】唐·李白《望庐山瀑布水》诗二首之二:"日照香炉生紫烟,遥看瀑布挂前川。飞流直下三千尺,疑是银河落九天。"

桃花流水窅(yǎo)然去,别有天地非人间。

桃花落下来的花瓣随着流水缓缓流向远方,
而那里是一个世外天地,不是凡俗人间可以比拟的。

【注释】窅然:深远的样子。

【解析】此诗为李白隐居山中时所作,诗中描绘了桃花随流水漂逝远去的景色，更言桃花最终流向之所在乃是与世俗隔绝的另一方天地，充分显露出作者的神往之情。本句可用来形容大自然幽静的山水景象犹如世外桃源。

【出处】唐·李白《山中问答》诗："问余何意栖碧山，笑而不答心自闲。桃花流水窅然去，别有天地非人间。"

桃花尽日随流水，洞在清溪何处边？

一片片的桃花瓣成天随着溪水不停地流着，不知桃花源的洞口是在清澈溪水的哪一边呢？

【注释】清溪：清澈干净的溪水。

【解析】张旭借东晋陶潜《桃花源记》的意境写成《桃花溪》诗。诗中描写桃源山下的桃花溪沿岸桃林遍布，风景秀丽，并通过向渔夫探询进入桃花源的洞口，抒发其对桃花源这处人间乐土的向往之情。本句可用来形容清溪落英缤纷，宛如通往世外桃源的秘境。

【出处】唐·张旭《桃花溪》诗："隐隐飞桥隔野烟，石矶西畔问渔船。桃花尽日随流水，洞在清溪何处边？"

气蒸云梦泽，波撼岳阳城。

云梦泽上水气弥漫蒸腾，湖面波浪汹涌，仿佛足以撼动整座岳阳城。

【注释】云梦泽：古沼泽名，横跨今湖北境内长江南北两侧，古称江北为云泽，江南为梦泽。后来大部分的面积已变成了陆地，只剩下洞庭湖。

【解析】孟浩然于诗中描写洞庭湖浩瀚壮丽的景象与雄伟磅礴的气势，意在歌颂大唐王朝圣主英明，以致国运昌盛的太平气象。本句可用来形容洞庭湖波澜壮阔、水势浩大的景象。

【出处】唐·孟浩然《望洞庭湖赠张丞相》诗："八月湖水平，涵虚混太清。气蒸云梦泽，波撼岳阳城……"（节录）

 ## 海日生残夜，江春入旧年。

黑夜还没有消尽，太阳已从海上升起，
旧的一年还没有过完，江上已呈现春天的气息。

【注释】海日：海上的太阳。此指长江水面。

【解析】岁末泛舟夜行于长江之上的王湾，借写旭日东升和春意初动驱走了黑夜与旧岁，表达了时序更迭而年华也匆匆不再的心境。本句可用来形容岁暮早春前，天将破晓时的江海风光。另可用来抒发时光流逝，岁不我与的喟叹。还可用来比喻新生的事物即将取代旧有的事物。

【出处】唐·王湾《次北固山下》诗："……海日生残夜，江春入旧年。乡书何处达？归雁洛阳边。"（节录）

 ## 海风吹不断，江月照还空。

海风吹不断瀑布，在江上月光的映照下，就好像一片空无似的。

【解析】李白描写庐山瀑布从山顶直落而下，连强劲的海风都无法吹断绵长的瀑布，江月照在瀑布上，呈现一片莹白澄澈的景象。本句可用来形容瀑布水流连绵不绝，空灵雄伟。

【出处】唐·李白《望庐山瀑布水》诗二首之一："西登香炉峰，南见瀑布水。挂流三百丈，喷壑数十里。欻如飞电来，隐若白虹起。初惊河汉落，半洒云天里。仰观势转雄，壮哉造化功。海风吹不断，江月照还空……"（节录）

轩然大波起,宇宙隘而妨。

洞庭湖涌起了巨大的波涛,连天地看起来都显得狭隘而有所妨碍似的。

【解析】韩愈在岳阳楼与官拜大理司直的岳州刺史窦庠饯别,诗中以夸饰的笔法描写洞庭湖的雄伟壮阔,直指洞庭湖所扬起的高耸波涛和宇宙相比也毫不逊色。本句可用来形容汹涌盛大的波浪。另可用来比喻重大的纠纷或事件。

【出处】唐·韩愈《岳阳楼别窦司直》诗:"洞庭九州间,厥大谁与让。南汇群崖水,北注何奔放。潴为七百里,吞纳各殊状。自古澄不清,环混无归向。炎风日搜搅,幽怪多冗长。轩然大波起,宇宙隘而妨……"(节录)

造化钟神秀,阴阳割昏晓。

大自然将神奇秀美的灵气都集中在泰山上,由于山势高耸,把山的南北两边分割成一边昏暗、一边明亮。

【解析】杜甫在诗中主要描写泰山的巍峨高大,由于山的背面为日光所不到,正与山的前面犹如刀割一样分成一暗一明。本句可用来形容高山雄奇险峻、阴阳分明的奇丽景色。

【出处】唐·杜甫《望岳》诗:"岱宗夫如何?齐鲁青未了。造化钟神秀,阴阳割昏晓……"(节录)

黄河远上白云间,一片孤城万仞山。

黄河的水好像是从白云处奔流而下似的,一座孤立的城池耸立在万丈高峰之下。

【注释】万仞:形容山势很高。仞,量词,古代计算长度的单位,一说以八尺为一仞。另一说以七尺为一仞。

【解析】王之涣于诗中描写边塞战士驻守的一座孤城,坐落在高山大河的环抱之中,借以展现边塞环境之险恶,气氛之荒寒。本句可用来形容黄河的源远流长,边塞的广漠无垠,以及群山簇拥孤城的雄阔苍凉。

【出处】唐·王之涣《凉州词》诗二首之一:"黄河远上白云间,一片孤城万仞山。羌笛何须怨杨柳,春风不度玉门关。"

 ## 烟销日出不见人,欸乃一声山水绿。

烟雾消散,太阳出来,仍不见人的行踪,只听见船桨欸乃一声,小舟已划过了一片碧绿山水。

【注释】欸乃:一说指行船时摇橹的声音;另一说指行船时所唱的歌。

【解析】柳宗元于诗中描写一名独来独往的渔翁夜宿西山河边,天亮晓雾散去后太阳升起,放眼望去,不见一人的身影,却清楚地听到山水之间传来渔翁准备离去的摇橹声或放歌声,划破了原本静寂无声的早晨,等到欸乃声渐行渐远,只见山光水色相交融合,景色翠绿秀美。本句可用来形容清早小舟独行于江上,沿途山青水绿、景色秀丽的情景。

【出处】唐·柳宗元《渔翁》诗:"渔翁夜傍西岩宿,晓汲清湘燃楚竹。烟销日出不见人,欸乃一声山水绿。回看天际下中流,岩上无心云相逐。"

 ## 远上寒山石径斜,白云生处有人家。

一条弯弯斜斜的石头小路,远远地通往寒冷的山中,在那白云生成的深山里住有人家。

【解析】此为杜牧山中行旅之作,他先是描绘了秋日山路绵长蜿蜒的景色，再言顺着山路远望，山顶除了白云缭绕之外还有袅袅炊烟，足见山势虽高，山里还是住有居民，并非一片死寂。本句可用来形容山道曲折，以及山路的尽头云雾升腾而有人烟生气。

【出处】唐·杜牧《山行》诗："远上寒山石径斜，白云生处有人家。停车坐爱枫林晚，霜叶红于二月花。"

潮平两岸阔，风正一帆悬。

潮水上涨，使两岸的视野显得更加开阔，
小船顺风行进，扬起的孤帆直直正正地高挂着。

【解析】王湾乘舟顺流而下，途中经过北固山下，见江面与江岸几乎相平，连成一线。诗人通过行舟这一小景，映衬出江河辽阔无边的大景。明末清初学者王夫之《姜斋诗话》评曰："以小景传大景之神。"本句可用来形容江平岸阔，帆船在江上顺风航行的情景。

【出处】唐·王湾《次北固山下》诗："客路青山外，行舟绿水前。潮平两岸阔，风正一帆悬……"（节录）

〖 田园 〗

渡头余落日，墟里上孤烟。

夕阳在河边渡口快要落下了，村落里已经升起一缕炊烟。

【解析】王维在诗中借写渡头暮色余晖，村里炊烟初升，勾勒出黄昏时分的素朴乡野风情。本句可用来形容夕日映照河岸，炊烟在村野人家中袅袅升起的景色。

【出处】唐·王维《辋川闲居赠裴秀才迪》诗："……渡头余落日，墟里上孤烟。复值接舆醉，狂歌五柳前。"（节录）

 ## 绿波春浪满前陂，极目连云罢亚肥。

在春风的吹拂下，层层的绿色波浪在前方的水田里翻滚着，穷极目力远眺，稻子长得丰壮无比，就像是直接天际与白云相连般。

【注释】陂：本指池塘或山坡，此指山坡上的梯田。

罢亚：水稻的别名，也指水稻摇动的样子。

【解析】韦庄在诗中描写春天稻禾长势丰硕，清风吹来，满坡的绿色稻浪翻腾滚动，景色绿意盎然，清新宜人。本句可用来形容水田中的稻禾肥壮，风吹如绿波荡漾，连云无际。

【出处】唐·韦庄《稻田》诗："绿波春浪满前陂，极目连云罢亚肥。更被鹭鸶千点雪，破烟来入画屏飞。"

 ## 绿树村边合，青山郭外斜。

绿树围绕在村子的四周，青山在城外横斜地伸展着。

【解析】孟浩然在诗中描写他进入农村后所见的景致，仿佛一整片青翠的山岭以及葱茏的树林就近在眼前般，给人一种视野开阔的清新感受。本句可用来形容绿树环抱、青山相伴的田园景致。

【出处】唐·孟浩然《过故人庄》诗："故人具鸡黍，邀我至田家。绿树村边合，青山郭外斜。开轩面场圃，把酒话桑麻。待到重阳日，还来就菊花。"

二、四季风景

【春】

千里莺啼绿映红,水村山郭酒旗风。

江南的春天,千里内都听得到黄莺的啼鸣,绿树红花交互辉映,傍水的村庄和依山的城墙,到处都能看见酒店的旗子在迎风飘扬。

【解析】杜牧在诗中主要描写江南春天的明丽自然风光,以及城乡人口稠密,百姓富饶丰足的景象。本句可用来形容春天莺啼燕语、花红柳绿以及城乡富庶的情景。

【出处】唐·杜牧《江南春绝句》诗:"千里莺啼绿映红,水村山郭酒旗风。南朝四百八十寺,多少楼台烟雨中。"

山光物态弄春晖,莫为轻阴便拟归。

春天的阳光照耀山林,万物争相展现自己的独特光彩,请你千万不要因为天色微阴就有了回去的打算啊!

【解析】张旭通过对春日山中景致生机勃勃的描绘,劝说友人别因天色微暗欲雨便失去春游的雅兴,以免错过了欣赏春景的最佳时机。本句可用来表达对春天山中风景的热爱。另可用来比喻切莫对环境有轻微的不适应或遇到一点挫折,便丧失信心而放弃。

【出处】唐·张旭《山行留客》诗:"山光物态弄春晖,莫为轻阴便拟归。纵使晴明无雨色,入云深处亦沾衣。"

天街小雨润如酥，草色遥看近却无。

京城长安的街道上小雨纷纷，像是酥油般细密滑腻，
远远望去，春草连成碧绿一片，走近一看，却发现绿意稀疏，若有似无。

【解析】此为韩愈写给当时任职水部员外郎张籍之作，诗中把初春被细雨润泽的草芽与暮春满城的烟柳作对比，意在突显草色柔嫩淡碧，大地一片生机盎然的早春风景，绝对比绿柳成荫的晚春景致更加秀雅讨喜。本句可用来形容早春细雨润泽、小草新绿的景色。

【出处】唐·韩愈《早春呈水部张十八员外》诗二首之一："天街小雨润如酥，草色遥看近却无。最是一年春好处，绝胜烟柳满皇都。"

 ## 日出江花红胜火，春来江水绿如蓝。

太阳出来时，江边的花朵比火还要艳红，春天来了，
江里的水碧绿得就像是蓝色一样。

【解析】白居易在其青壮时期，曾停驻江南一带颇长的时间，到了晚年，他虽已离开江南许久，却依然对江南的美景念念不忘，故在词中追忆起江南春天的明媚阳光、红花绿水时，语气中流露出的仍是无限的眷恋。本句可用来形容江南春天的风景明艳动人。

【出处】唐·白居易《忆江南·江南好》词："江南好，风景旧曾谙。日出江花红胜火，春来江水绿如蓝。能不忆江南？"

 ## 夜来风雨声，花落知多少？

昨晚一整夜的风雨声，不知花朵被吹落了多少？

【解析】孟浩然描写其在听了一夜的春风春雨后，不忍见到外头一地残败的落花，意含有对春花的怜惜以及对春日将尽的不舍

之情。本句可用来形容风雨过后,花瓣飘落满地的景象。

　　【出处】唐·孟浩然《春晓》诗:"春眠不觉晓,处处闻啼鸟。夜来风雨声,花落知多少?"

春城无处不飞花,寒食东风御柳斜。

春天的京城里,没有一处不飘着落花,
寒食节这天,宫廷花园里的柳树随春风吹拂而斜舞。

　　【解析】韩翃在诗中描述了寒食节时长安城内花柳随风飞舞的迷人春光,而"柳"也是寒食节的象征之物,人们会在寒食节折柳插门,以怀念介子推不慕名利的行止。本句可用来形容正值暮春的寒食节,一片花木繁盛、柳絮飞舞的缤纷景象。另可用来说明寒食节时正逢柳絮飞舞,同时也是纪念隐士介子推的日子。

　　【出处】唐·韩翃《寒食》诗:"春城无处不飞花,寒食东风御柳斜。日暮汉宫传蜡烛,轻烟散入五侯家。"

春眠不觉晓,处处闻啼鸟。

春日容易酣睡,醒来时都不知早已天亮,耳际随处传来鸟的啼声。

　　【解析】孟浩然在诗中抒写其经过了春夜好眠一觉,心情格外舒畅,醒来时耳边又伴随着鸟雀婉转的啼鸣声,更增添他对春日明媚晨光的美好感受。本句可用来形容春意盎然,处处展现出生机蓬勃的景象。

　　【出处】唐·孟浩然《春晓》诗:"春眠不觉晓,处处闻啼鸟。夜来风雨声,花落知多少?"

恻恻轻寒翦翦风，小梅飘雪杏花红。

轻薄的晚风拂面吹过，带来刺人的寒意，
小小的梅花如白雪般飘落，红色的杏花正盛开着。

【注释】恻恻：形容寒意刺人。

翦翦：形容风吹的样子。

【解析】韩偓在诗中描写正值暮春时节的寒食夜晚，此时的凉风吹来还带有轻微的寒意，气候乍暖还寒，冷热不定，已经开过的梅花随风飘落，更迭上阵的是杏花的红艳娇姿。本句可用来形容轻风吹拂，梅花飘落而杏花绽放的晚春风情。

【出处】唐·韩偓《寒食夜》诗："恻恻轻寒翦翦风，小梅飘雪杏花红。夜深斜搭秋千索，楼阁朦胧烟雨中。"

 乱花渐欲迷人眼，浅草才能没马蹄。

野花绽放，让人渐渐地感到眼花缭乱，草刚初生，正好能遮没马蹄。

【解析】此为白居易担任杭州刺史期间游西湖之作，描写其于初春骑马郊行时见到花草繁盛、春意盎然的情景。本句可用来形容早春百花盛开，嫩草如茵，人们骑马游春的景象。

【出处】唐·白居易《钱塘湖春行》诗："孤山寺北贾亭西，水面初平云脚低。几处早莺争暖树，谁家新燕啄春泥？乱花渐欲迷人眼，浅草才能没马蹄。最爱湖东行不足，绿杨阴里白沙堤。"

 簇锦攒花斗胜游，万人行处最风流。

花朵锦绣地聚集在一起斗艳枝头，
如此美丽动人的景象吸引了汹涌的人潮出来游赏。

【解析】施肩吾于诗中描写少妇春日出游的情景,而此时正值百花妍丽盛开之际,也是人们出外踏青郊游的最佳时机。本句可用来形容春天繁花茂盛,颜色缤纷亮丽,人群争相出来赏花游乐的情景。

【出处】唐·施肩吾《少妇游春词》诗:"簇锦攒花斗胜游,万人行处最风流。无端自向春园里,笑摘青梅叫阿侯。"

《夏》

 南州溽暑醉如酒,隐几熟眠开北牖。

江南潮湿炙热的天气让人困到像是喝醉了一样,于是打开北边的窗户,靠着桌子酣然沉睡。

【解析】习居北方的柳宗元被远谪到永州这块江南之地,由于溽暑难耐,虽是白昼却已让人昏沉欲睡,意兴阑珊。本句可用来形容夏日气候酷热,人们靠窗熟眠的闲逸情景。

【出处】唐·柳宗元《夏昼偶作》诗:"南州溽暑醉如酒,隐几熟眠开北牖。日午独觉无余声,山童隔竹敲茶臼。"

 荷风送香气,竹露滴清响。

荷塘上的微风送来荷花的香气,竹叶上的露珠滴落,发出清脆的响声。

【解析】孟浩然叙写夏天其在亭园纳凉时的情景,鼻子扑来风吹荷花的清新芳香,耳边传来竹露滴落的悦耳声响,将夏日闲适、宁静的风情刻画入微。本句可用来形容夏日风送荷花、翠竹滴露的清美景色。

【出处】唐·孟浩然《夏日南亭怀辛大》诗："山光忽西落，池月渐东上。散发乘夕凉，开轩卧闲敞。荷风送香气，竹露滴清响。欲取鸣琴弹，恨无知音赏。感此怀故人，中宵劳梦想。"

《 秋 》

 八尺龙须方锦褥，已凉天气未寒时。

在八尺长的龙须草席上铺了一条方形华丽的锦绣被褥，此时天气已经转凉，只是还没有到真正寒冷的时候。

【解析】韩偓在诗中先是描写一间精致华贵的卧房的摆设和布置，再借由房内床上的草席铺加了一层被褥，带出时序正值夏去秋来，天气刚刚转凉之时。本句可用来形容秋意凉爽的时节。

【出处】唐·韩偓《已凉》诗："碧阑干外绣帘垂，猩血屏风画折枝。八尺龙须方锦褥，已凉天气未寒时。"

 山明水净夜来霜，数树深红出浅黄。

秋日山光明朗、水色澄净，夜里降下一场轻霜，树叶逐渐由深红转为浅黄色。

【解析】刘禹锡在诗中勾勒秋日山水明净，晚来飞霜，树叶红黄深浅相间、错落有致的景色，表达其对清雅秋光的喜爱，胜过那撩拨人心的艳丽春色。本句可用来形容秋色净明幽雅，浓淡合宜。

【出处】唐·刘禹锡《秋词》诗二首之二："山明水净夜来霜，数树深红出浅黄。试上高楼清入骨，岂如春色嗾（sǒu）人狂。"

空山新雨后，天气晚来秋。

空寂的山中，刚刚下过一场雨，晚间的天气，使人感觉到阵阵凉爽的秋意。

【解析】王维于诗中描写他在山中居所的雨后秋日晚景，其中"空山"也点出了诗人幽居山林间的宁静恬适心境。本句可用来形容秋天晚间山中雨后空明清冷的景色。

【出处】唐·王维《山居秋暝》诗："空山新雨后，天气晚来秋。明月松间照，清泉石上流。竹喧归浣女，莲动下渔舟。随意春芳歇，王孙自可留。"

 ## 青山隐隐水迢迢，秋尽江南草未凋。

青山隐约可见，绿水源远流长，已是深秋季节，江南的草木还没有凋零落尽。

【解析】杜牧寄赠此诗给在扬州担任判官的友人韩绰，诗中除问候韩绰的近况外，也借由江南山水秋色的描写，表达其对扬州风光的美好印象。本句可用来形容山清水秀、草木未凋的明媚秋景。

【出处】唐·杜牧《寄扬州韩绰判官》诗："青山隐隐水迢迢，秋尽江南草未凋。二十四桥明月夜，玉人何处教吹箫？"

 ## 秋色从西来，苍然满关中。

秋天的景色从西边弥漫而来，青葱的色泽充塞了整个关中一带。

【注释】关中：位于今陕西省境内。东至函谷关，南至武关，西至散关，北至萧关，因位于四关之中，故称之。

【解析】此诗为岑参和好友高适、薛据等人同游长安慈恩寺，登临塔顶时所见各方景色之作，诗中描摹了秋日高耸雄伟的慈恩寺塔顶周遭一片苍茫迷蒙的山色。本句可用来形容秋天满目苍翠幽寂的景致。

【出处】唐·岑参《与高适、薛据登慈恩寺浮图》诗："……连山若波涛，奔凑似朝东。青槐夹驰道，宫馆何玲珑？秋色从西来，苍然满关中。五陵北原上，万古青蒙蒙……"（节录）

朔风吹海树，萧条边已秋。

北方寒风吹着海边的树木，萧条的边塞已经是秋天了。

【解析】陈子昂在诗中描写深秋冷风凛冽，海岸边的树木荒凉萧瑟，万物呈现出一片了无生机的景貌。本句可用来形容秋风冷寒瑟瑟，草木凋零的景象。

【出处】唐·陈子昂《感遇》诗三十八首之三十四："朔风吹海树，萧条边已秋。亭上谁家子，哀哀明月楼……"（节录）

停车坐爱枫林晚，霜叶红于二月花。

停下车来，只为了看那傍晚夕阳映照下的枫林，
那些经过秋霜染红的枫叶，比起二月的春花更加艳红。

【注释】坐：因为。

【解析】杜牧在诗中描写深秋山林的美景，尤其见到绚丽的晚霞映着满山的枫红，让他心动到流连忘返，不忍驱车离去。本句可用来形容山中夕照、枫林晚景的秋色。

【出处】唐·杜牧《山行》诗："远上寒山石径斜，白云生处有人家。停车坐爱枫林晚，霜叶红于二月花。"

晚色霞千片，秋声雁一行。

傍晚时，天空云霞千千片，成群的飞雁排成一行，鸣声在空中回荡着。

【解析】令狐楚描写其在重阳节时刚好寄身他乡,无法返家过节,此时节令已至深秋,诗人远望霞光满天,雁声嘤嘤,眼前情景似一幅秋日晚景图,美不胜收。本句可用来形容秋天日落时分,晚霞灿烂,秋雁南飞的景象。

【出处】唐·令狐楚《九日言怀》诗:"二九即重阳,天清野菊黄。近来逢此日,多是在他乡。晚色霞千片,秋声雁一行。不能高处望,恐断老人肠。"

树树皆秋色,山山唯落晖。

每一棵树都呈现了秋天金黄的色泽,每一座山都沾染了落日的余晖。

【解析】王绩通过对眼前满是萧瑟秋色的层层树林,以及撒遍夕阳余晖的重重山峦的描绘,流露出他彷徨孤寂的心境,因而更加缅怀像伯夷、叔齐那样在山中采野菜生活的隐士。本句可用来形容秋日山林夕照的辽阔景致。

【出处】唐·王绩《野望》诗:"东皋薄暮望,徙倚欲何依。树树皆秋色,山山唯落晖。牧人驱犊返,猎马带禽归。相顾无相识,长歌怀采薇。"

【冬】

千山鸟飞绝,万径人踪灭。

连绵的群山中,不见鸟儿在飞翔,众多的小路上,不见行人的踪迹。

【解析】柳宗元在诗中借由描写广大寥廓、杳无人迹的江上雪景,意在突显一渔翁在风雪中独钓的孤绝形象。本句可用来形容冬天大地一片冷清寂静的景象。

【出处】唐·柳宗元《江雪》诗："千山鸟飞绝，万径人踪灭。孤舟蓑笠翁，独钓寒江雪。"

风吹雪片似花落，月照冰文如镜破。

风吹着片片白雪就好像花瓣落下一样，
月光映照的冰纹就好像镜子破裂似的。

【解析】吕温描写其在冬天的深夜里，因心头的愁绪难遣导致他终夜无法成眠，不寐的他，对于眼前的冰雪景物提出一番如花似镜的灵动比喻。本句可用来形容冬天的飞雪犹如落花漫舞，月下的冰纹宛若破镜裂痕。

【出处】唐·吕温《冬夜即事》诗："百忧攒心起复卧，夜长耿耿不可过。风吹雪片似花落，月照冰文如镜破。"

三、日夜天象

【日】

大漠孤烟直，长河落日圆。

广大的沙漠中，升起一缕直长的烽烟；
长长的大河上，映照一轮红圆的落日。

【解析】此诗记录了王维奉命出使边塞时，途中所见的漠野风光与心情感触，大漠上孤立挺拔的浓烟和浑圆温暖的落日，更使人对大漠苍茫壮丽的景致加深了印象。本句可用来形容沙漠、江岸等地旁夕阳西下的雄浑壮美景色。

【出处】唐·王维《使至塞上》诗:"单车欲问边,属国过居延。征蓬出汉塞,归雁入胡天。大漠孤烟直,长河落日圆。萧关逢候骑,都护在燕然。"

 ## 日轮当午凝不去,万国如在洪炉中。

中午的太阳在天空停滞不动,全天下就好像是置身在大火炉当中。

【解析】王毂在诗中描绘了盛夏时节日正当中,炽热的阳光令人感到痛苦难耐,万物犹如被囚禁在一座洪炉里,完全无处可逃,诗人不由得期待秋天尽快到来,才能早日摆脱炎夏大毒日头的折磨。本句可用来形容烈日当空,阳光强烈逼人。

【出处】唐·王毂《苦热行》诗:"祝融南来鞭火龙,火旗焰焰烧天红。日轮当午凝不去,万国如在洪炉中。五岳翠干云彩灭,阳侯海底愁波竭。何当一夕金风发?为我扫却天下热。"

 ## 赫赫炎官张火伞。

太阳的光芒耀眼,热气旺盛,就像是火神炎官撑开了一把火伞。

【解析】本诗诗题为《游青龙寺赠崔大补阙》。补阙,古代官名,负责对皇帝进行规谏和举荐人才。此为韩愈与友人游长安青龙寺时所作的一首赠诗,由于当时烈日当空,诗人以神话中的火神"炎官"来代称太阳,以"火伞"来比喻整个大地都笼罩在强烈的阳光之下。本句可用来形容炽热的阳光。

【出处】唐·韩愈《游青龙寺赠崔大补阙》诗:"秋灰初吹季月管,日出卯南晖景短。友生招我佛寺行,正值万株红叶满。光华闪壁见神鬼,赫赫炎官张火伞。然云烧树火实骈,金乌下啄赪虬卵……"(节录)

【夜】

 人闲桂花落,夜静春山空。

山中寂静无声,桂花轻轻地飘落一地,仿佛春夜里整座山都空无一物般。

【解析】王维在诗中主要描写春天夜里山中空旷寂静的景象。夜晚大地静谧无声,人心也跟着平静下来,屏除了一切思虑杂念,便能感受到桂花从树上掉落的细微声响。诗人以动写静,意在突显夜的宁静与人心的闲适。本句可用来形容夜里山中的幽静空寂。

【出处】唐·王维《鸟鸣涧》诗:"人闲桂花落,夜静春山空。月出惊山鸟,时鸣春涧中。"

 小时不识月,呼作白玉盘。

小时候不认识月亮,便把它称为白玉盘。

【解析】李白于诗中描述童年时的天真无邪,望见天上晶莹浑圆的月亮,就称它为白玉盘,表现出孩童对月亮的烂漫遐想,也反映出一轮圆月的皎白可爱。本句可用来形容月亮银白圆满,宛如白玉做成的盘子。

【出处】唐·李白《古朗月行》诗:"小时不识月,呼作白玉盘。又疑瑶台镜,飞在青云端。仙人垂两足,桂树何团团。白兔捣药成,问言谁与餐……"(节录)

月光如水水如天。

月光照映江水,江水与月光融合为一。

【解析】赵嘏于诗中描写其在一个清寂的夜晚,独自登上江边一处高楼,望见皎洁的月色倒映在波光粼粼的水面上,月光轻柔如水般清丽动人。本句可用来形容月夜下水天一色的幽美景象。

【出处】唐·赵嘏《江楼感旧》诗:"独上江楼思渺然,月光如水水如天。同来玩月人何在?风景依稀似去年。"

 ## 可怜九月初三夜,露似真珠月似弓。

九月三日的夜景真是令人怜爱,露水似圆润珍珠,月亮像是一把弯弓。

【解析】白居易于江行途中,从欣赏一江暮色,直到天上弯月如弓,他看着江边草木上的露珠在清辉照映下闪烁光亮,不禁被眼前的清妙幽景深深吸引而咏写此诗。本句可用来形容秋露新月的静夜美景。

【出处】唐·白居易《暮江吟》诗:"一道残阳铺水中,半江瑟瑟半江红。可怜九月初三夜,露似真珠月似弓。"

 ## 回乐烽前沙似雪,受降城外月如霜。

回乐县烽火台前的黄沙,在月光的映照下呈现如雪般冷白,受降城外的明月皎洁,令人感觉犹如白霜般寒凉。

【注释】回乐烽:指唐代回乐县附近的烽火台,故址位于今宁夏回族自治区灵武市境内。

受降城:唐代在黄河以北筑有东、中、西三座受降城,此处指的是西受降城,是当时防御突厥、吐蕃的前方要地,故址位于今内蒙古自治区境内。

【解析】李益写其在夜晚登上战地前线受降城的所见所感，将塞外沙漠一片荒寒凄清的景象，如历眼前。本句可用来形容沙漠、沙滩等地夜里月寒沙白的景色。

【出处】唐·李益《夜上受降城闻笛》诗："回乐烽前沙似雪，受降城下月如霜。不知何处吹芦管，一夜征人尽望乡。"

 江上柳如烟，雁飞残月天。

江面上的柳丝如烟云般茂密绵长，雁子在空中飞翔着，一弯残月高挂在天边。

【解析】温庭筠在词中描写一位住在临江楼阁的女子，因彻夜思念着情人而辗转难眠，直到月残天将破晓之前，雁群已在天上高飞，她仍对着江水旁的垂柳迟迟不能入睡。本句可用来形容深夜月下，江边一片朦胧凄迷的景色。

【出处】唐·温庭筠《菩萨蛮·水精帘里颇黎枕》词："水精帘里颇黎枕，暖香惹梦鸳鸯锦。江上柳如烟，雁飞残月天。藕丝秋色浅，人胜参差剪。双鬓隔香红，玉钗头上风。"

 江天一色无纤尘，皎皎空中孤月轮。

江水和天空连成一色，没有任何微尘，
只有一轮皎洁的明月孤独地悬挂在天上。

【解析】张若虚于诗中描写春夜江畔在洁白如霜的月光照映下的幽美景色。本句可用来形容江天澄净无瑕，皎月高挂夜空的景象。

【出处】唐·张若虚《春江花月夜》诗："……江流宛转绕芳甸，月照花林皆似霰。空里流霜不觉飞，汀上白沙看不见。江天一色无纤尘，皎皎空中孤月轮……"（节录）

明月出天山,苍茫云海间。

一轮明月从天山升起,沉浮在那片旷远迷茫的云海之间。

【注释】天山:横亘于今新疆中部一带的大山。

【解析】李白在诗中描写戍守边疆的将士远望着广阔云海中浮出的雄立天山与皎洁明月的图景,进而兴起了思归的念头。本句可用来形容山河辽阔壮丽,云月渺茫幽远。

【出处】唐·李白《关山月》诗:"明月出天山,苍茫云海间。长风几万里,吹度玉门关。汉下白登道,胡窥青海湾。由来征战地,不见有人还。戍客望边邑,思归多苦颜。高楼当此夜,叹息未应闲。"

 ## 明月松间照,清泉石上流。

明亮的月光映照在松林间,清澈的泉水从石头上流过。

【解析】王维在诗中描写了山中夜里皓月朗照松林间的静景,以及清洌泉水在石头上潺潺流过的动景,静中有动,而淙淙的流水声更加衬托出山村夜色的静谧幽远。本句可用来形容松林间月影斑驳和山泉流于石上的夜景。

【出处】唐·王维《山居秋暝》诗:"空山新雨后,天气晚来秋。明月松间照,清泉石上流。竹喧归浣女,莲动下渔舟。随意春芳歇,王孙自可留。"

 ## 松月生夜凉,风泉满清听。

月照松林,更能感觉夜晚的清凉,满耳都是风和泉水的清新响声。

【解析】丁大,即丁凤,孟浩然的好友。孟浩然与丁凤相约一同夜宿僧人业师的山中寺院，直到天黑，丁凤仍然未至，诗中便是描写其等候友人时目见松林月色，耳闻风中流泉声的情景，使其备感山幽夜凉。本句可用来形容松间月下的清冷凉意，风泉声清新悦耳。

【出处】唐·孟浩然《宿业师山房待丁大不至》诗："夕阳度西岭，群壑倏已暝。松月生夜凉，风泉满清听。樵人归欲尽，烟鸟栖初定。之子期宿来，孤琴候萝径。"

星垂平野阔，月涌大江流。

星光照耀辽阔平坦的原野，月光倒映水面，随着水波涌动，江水浩荡无尽地奔流。

【解析】杜甫于诗中描写他夜泊长江岸边，放眼远望所见的雄浑壮阔夜景。本句可用来形容夜晚星月垂照广阔平野、滚滚江流之景观。

【出处】唐·杜甫《旅夜书怀》诗："细草微风岸，危樯独夜舟。星垂平野阔，月涌大江流……"（节录）

春江潮水连海平，海上明月共潮生。

春天江水涨潮，仿佛与大海连成一片，明月随着潮水徐徐升起。

【解析】张若虚于诗中描写春季江潮连海、月共潮生的壮阔夜景。本句可用来形容江海浩荡，浪淘奔腾，以及映着月光的潮水起浮流动的景象。

【出处】唐·张若虚《春江花月夜》诗："春江潮水连海平，海上明月共潮生。滟滟随波千万里，何处春江无月明……"（节录）

鸟宿池边树，僧敲月下门。

鸟儿在池边的树上休息，僧人在月夜来访，轻轻敲响了大门。

【解析】贾岛早年出家为僧，之后还俗。诗中描写他拜访友人李凝未遇一事，由于当时夜深人静，万籁俱寂，即便是轻微的叩门声响也足以打破原本的宁静气氛。本句可用来形容幽静的夜晚，月下有人敲门更反衬出夜的寂静，以动形容静，使静的感受更加强烈。

【出处】唐·贾岛《题李凝幽居》诗："闲居少邻并，草径入荒园。鸟宿池边树，僧敲月下门。过桥分野色，移石动云根。暂去还来此，幽期不负言。"

 ## 雁引愁心去，山衔好月来。

雁子带走了忧愁的心绪，青山衔来了美好的明月。

【解析】李白于唐肃宗乾元年间在流放的途中遇赦，乘舟返回江陵的途中，与友人齐游洞庭湖，同登岳阳楼，两人痛饮大醉，回旋乱舞。此时在诗人的眼中，天空成群的飞雁，就像是专程前来带走他的阴霾，月升山头，仿佛是青山特地为他衔来了一轮清辉，人间景物，无不有情重义，烘托出其历经大难后又遇赦的开怀情绪。本句可用来形容秋雁高飞、山月相伴的景色。另可用来形容苦尽甘来，忧戚烦闷的心情一扫而空。

【出处】唐·李白《与夏十二登岳阳楼》诗："楼观岳阳尽，川迥洞庭开。雁引愁心去，山衔好月来。云间连下榻，天上接行杯。醉后凉风起，吹人舞袖回。"

【气象】

一叶叶,一声声,空阶滴到明。

雨不停地下着,一声接着一声拍打一叶又一叶的梧桐,
滴落在空荡荡的石阶上,一直到天明。

【解析】温庭筠在此借景抒情,描写一名正为离情而伤心不已的女子,整夜听着滴答的雨声直到天亮,可见她内心怀抱的凄苦有多么深,才导致其彻夜难眠。本句可用来形容雨久下不停,敲打着树叶。另可用来形容雨夜冷清寂寥,更添人心的悲愁情绪。

【出处】唐·温庭筠《更漏子·玉炉香》词:"玉炉香,红蜡泪,偏照画堂秋思。眉翠薄,鬓云残,夜长衾枕寒。梧桐树,三更雨,不道离情正苦。一叶叶,一声声,空阶滴到明。"

大雪满初晨,开门万象新。

清晨下了一场铺天盖地的大雪,
打开门来就看到一切景物都显露出崭新的面貌。

【解析】薛能于诗中描写其在早晨的一场大雪过后,发现门外的景色全都被白雪给铺盖住,展露出与平时截然不同的新风貌。本句可用来形容历经一场落雪纷飞的洗礼,所有的景物或景象全都变得焕然一新。

【出处】唐·薛能《新雪八韵》诗:"大雪满初晨,开门万象新。龙钟鸡未起,萧索我何贫……"(节录)

川上风雨来，须臾满城阙。

河川上风雨骤至，才一瞬间，整座城楼就全都笼罩在风雨之中。

【解析】韦应物于诗中描写其在洛阳同德寺目睹了城市很快就被飘风急雨给覆盖，可见这场风雨来势汹汹，后来"满城风雨"一词便是从这两句诗脱化而出。本句可用来形容风雨交加的景象。另可用来比喻事情一经传开后便流言四起，众人议论纷纷。

【出处】唐·韦应物《同德寺雨后寄元侍御、李博士》诗："川上风雨来，须臾满城阙。岩峣青莲界，萧条孤兴发。前山遽已净，阴霭夜来歇。乔木生夏凉，流云吐华月。严城自有限，一水非难越。相望曙河远，高斋坐超忽。"

 ## 白雪却嫌春色晚，故穿庭树作飞花。

白雪不满意春色来得太晚，故意穿过庭院的树木，把自己打扮成飞花的样子。

【解析】韩愈在诗中运用了拟人笔法，将白雪赋予了人的情感，以逗趣的口吻叙述本应随着寒冬而离开的白雪，因不满春意姗姗来迟，为了妆点春色，便把自己当成了春花，在庭院中漫天飞舞起来，给人间带来了欣喜的春意。本句可用来形容春天雪花纷飞的景致。

【出处】唐·韩愈《春雪》诗："新年都未有芳华，二月初惊见草芽。白雪却嫌春色晚，故穿庭树作飞花。"

 ## 忽如一夜春风来，千树万树梨花开。

雪花飘落在树枝上，像是忽然一夜之间春风已经吹来，千万棵梨树上的梨花争相盛开似的。

【解析】岑参在诗中把塞外寒风凛冽、大雪纷飞的冬景,比拟为南方梨花盛开的春景,尤以梨花来比喻雪花,意境清新壮美,使人几乎忘记野外冰寒而心生一股欣喜温暖。本句可用来形容大地披上一片银白冰雪的景象。

【出处】唐·岑参《白雪歌送武判官归京》诗:"北风卷地白草折,胡天八月即飞雪。忽如一夜春风来,千树万树梨花开……"(节录)

风头如刀面如割。

冷风像是尖锐的刀子般割在脸上。

【解析】岑参于诗中描写边疆将士在走马川(位于今新疆境内)一带行军的艰苦,其以凛冽寒风如刀为喻,借此衬托大军不畏艰难、冒着风雪前进的英勇精神。本句可用来形容风势凄冷锐利。

【出处】唐·岑参《走马川行奉送封大夫出师西征》诗:"……半夜军行戈相拨,风头如刀面如割。马毛带雪汗气蒸,五花连钱旋作冰。幕中草檄砚水凝,虏骑闻之应胆慑。料知短兵不敢接,车师西门伫献捷。"(节录)

溪云初起日沉阁,山雨欲来风满楼。

溪流上方的云层渐渐升起,夕阳从楼阁边慢慢落下。骤起的风布满西边的城楼,一场山雨即将降临。

【解析】许浑登楼远眺,看着暮云升起,太阳西落,此时忽有阵阵强风迎面袭来,让他感受到一种骤雨将至的肃杀气息。许浑身处国祚已日暮西山的唐王朝,诗句表面上看似在描绘山雨欲来的景况,实际上则含有对国家危机迫在眉睫的警示。本句可用来描写云升日落，大风吹起，雨也将随后而到的情景。另可用来比喻重大事件发生前的征兆或紧张气氛。

【出处】唐·许浑《咸阳城东楼》诗："一上高城万里愁，蒹葭杨柳似汀洲。溪云初起日沉阁，山雨欲来风满楼。鸟下绿芜秦苑夕，蝉鸣黄叶汉宫秋。行人莫问当年事，故国东来渭水流。"

随风潜入夜，润物细无声。

春雨随风在夜里悄悄地落下，无声地滋润着万物。

【解析】春天万物复苏，新生植物都需要靠雨水来促进生长，杜甫在诗中描写春夜降雨，随风飘落，润泽大地万物的美好景象，令其心情欣悦无比。本句可用来形容春夜伴随着微风细雨，无声无息地滋润着万物。

【出处】唐·杜甫《春夜喜雨》诗："好雨知时节，当春乃发生。随风潜入夜，润物细无声。野径云俱黑，江船火独明。晓看红湿处，花重锦官城。"

四、人文环境

【 城乡 】

二十四桥明月夜，玉人何处教吹箫？

明月映照扬州佳景二十四桥，俊秀如您今夜在何处教美人吹箫呢？

【注释】二十四桥：一说指唐代扬州城内的二十四座桥。另一说为相传古时有二十四位美人一起吹箫于桥上而得名。

玉人：指年轻貌美的女子或俊美的男子。此指杜牧的友人韩绰。

【解析】杜牧借传说中二十四桥曾有美人吹箫的典故来调侃友人韩绰，询问韩绰是否正与佳人在桥上吹箫作乐、共赏扬州夜景？语气中带有对扬州美景的无限眷恋。本句可用来形容扬州的桥在月夜时的美丽景貌。

【出处】唐·杜牧《寄扬州韩绰判官》诗："青山隐隐水迢迢，秋尽江南草未凋。二十四桥明月夜，玉人何处教吹箫？"

人人尽说江南好，游人只合江南老。

每个人都说江南的风景美好，来江南游玩的人都说应该在江南住到终老。

【解析】此词为韦庄在江南躲避战乱时所写的作品，描述其客居地江南的风景秀美，值得人们在此颐养天年。本句可用来形容江南风光明丽，景物令人依恋，适宜人们久居。

【出处】唐·韦庄《菩萨蛮·人人尽说江南好》词："人人尽说江南好，游人只合江南老。春水碧于天，画船听雨眠……"（节录）

人生只合扬州死，禅智山光好墓田。

人生只适合老死在扬州，禅智山的景色正是人百年后最好的墓地。

【注释】禅智山光：指扬州禅智山的景色。禅智山因有禅智寺而得名。

【解析】张祜为表达他对扬州这座城市的钟爱，直指人不仅活着的时候要在扬州终老，纵使生命结束也得安葬在扬州。本句可用来称赞扬州宜人的山水风光，是人们居住与入土为安的最佳所在。

【出处】唐·张祜《纵游淮南》诗："十里长街市井连，月明桥上看神仙。人生只合扬州死，禅智山光好墓田。"

天下三分明月夜,二分无赖是扬州。

若把天下明月的光华等量分割成三等分的话,娇媚可爱的扬州肯定就占了其中的两等分了!

【注释】无赖:此作亲昵可爱之意。

【解析】徐凝在这首诗中明写怀念扬州明月之美,实是要表达其所爱的女子人在扬州,两人分隔两地,不得相见,因此扬州也成了他魂牵梦系的牵挂之地。本句可用来形容扬州的月夜美景天下绝伦。

【出处】唐·徐凝《忆扬州》诗:"萧娘脸薄难胜泪,桃叶眉尖易觉愁。天下三分明月夜,二分无赖是扬州。"

 ## 初因避地去人间,及至成仙遂不还。

当初是为了躲避战乱而离开尘俗世间,
来到这块神仙境地后便不想再回去了。

【解析】此乃王维取材自东晋陶渊明《桃花源记》而作成的诗。诗中叙述桃源村落的人民因避乱世,却意外来到这处宛如仙境的人间净土,从此世代定居于此,与外在世界完全隔绝,这也正是王维为了勾勒其心目中向往的理想住所。本句可用来比喻某一处适合人们避世隐居、与世无争的美好乐土。

【出处】唐·王维《桃源行》诗:"……初因避地去人间,及至成仙遂不还。峡里谁知有人事?世中遥望空云山……"(节录)

 ## 姑苏城外寒山寺,夜半钟声到客船。

半夜时分,姑苏城外寒山寺的敲钟声,传到了我客居在外所乘坐的船上。

【注释】寒山寺:位于今江苏苏州市境内,初建于南朝梁时，后因唐代诗僧寒山曾住于此而得名。

【解析】舟船夜泊于寒山寺附近枫桥的旅人张继，借由夜里忽然传来寺庙悠远的钟响，更衬托出原本夜的静谧气氛。本句可用来形容寒山寺半夜的钟声，惊醒了正沉浸于愁思的旅人，也突显了深夜的宁静。

【出处】唐·张继《枫桥夜泊》诗："月落乌啼霜满天，江枫渔火对愁眠。姑苏城外寒山寺，夜半钟声到客船。"

洛阳城里春光好，洛阳才子他乡老。

此时的洛阳城里正春光明媚，
而我这个洛阳才子却流落他乡，随着时间逐渐地衰老。

【注释】洛阳才子：此为韦庄的自称，因其成名作《秦妇吟》便是在洛阳写成的，还赢得了"秦妇吟秀才"之美誉，故对洛阳有着深厚的情感。

【解析】身在江南的韦庄，纵使眼前风景秀丽如画，他仍心系往昔在洛阳时的春日美景，此时的他欲归不得，只能空叹自己满腹才学与年华终将在异乡虚耗老去。本句可用来形容洛阳春色优美，住过的人即使日后到了外地仍会对洛阳怀念不已。另可用来形容自恃才华出色的人在他乡落拓失意，感伤岁月流逝却一无所成。

【出处】唐·韦庄《菩萨蛮·洛阳城里春光好》词："洛阳城里春光好，洛阳才子他乡老。柳暗魏王堤，此时心转迷。桃花春水渌，水上鸳鸯浴。凝恨对残晖，忆君君不知。"

香稻啄余鹦鹉粒，碧梧栖老凤凰枝。

地上到处都是鹦鹉啄食后剩余的米粒，凤凰经常栖息在梧桐树的枝头。

【解析】此为杜甫追忆其年少游历京城长安附近一带时，曾经见证过的那段百姓生活富裕繁华的荣景,其中"香稻"和"碧梧"正是喻指当地的食物丰盛和景物美好。本句可用来形容某个地方的物产富庶,风物华美。

【出处】唐·杜甫《秋兴》诗八首之八:"昆吾御宿自逶迤,紫阁峰阴入渼陂。香稻啄余鹦鹉粒,碧梧栖老凤凰枝。佳人拾翠春相问,仙侣同舟晚更移。彩笔昔曾干气象,白头吟望苦低垂。"

国破山河在,城春草木深。

国家遭到战火破坏,但山河依旧存在,春天的长安城内草木长得茂盛浓密。

【解析】杜甫在诗中描写安史之乱时,京城长安遭叛军攻陷后的破败萧条,其以"山河在"表明除与大自然长存的山河之外,完全不见任何富有生气的春景;以"草木深"表明理应是人群聚集的繁华京都,此时除荒草杂生之外,满城竟然渺无人烟。本句可用来形容战乱后城市残破、人烟稀少以及草木丛生的荒芜景象。

【出处】唐·杜甫《春望》诗:"国破山河在,城春草木深。感时花溅泪,恨别鸟惊心……"(节录)

〖 园林建筑 〗

四户八窗明,玲珑逼上清。

屋内四面八方都有窗户,光线明亮充足,直逼神仙居住的环境。

【注释】玲珑:明亮的样子。

上清:仙境。

【解析】卢纶描写彭祖楼的环境因四面八方都有窗户,所以室内光线显得相当通明透亮，宛如置身在仙境般。由于诗句提及屋子的八个面向都能透光，也称作"八面玲珑"，此语后来演变成形容人的手段巧妙圆滑，应付世情面面俱到。本句可用来形容房屋透光明亮。另可用来比喻待人处世圆融周到。

【出处】唐·卢纶《赋得彭祖楼送杨宗德归徐州幕》诗："四户八窗明，玲珑逼上清。外栏黄鹄下，中柱紫芝生。每带云霞色，时闻箫管声。望君兼有月，幢盖俨层城。"

南朝四百八十寺，多少楼台烟雨中。

南朝宋、齐、梁、陈四朝在江南一带修建了四百八十座以上的寺庙，这么多寺庙的楼台全都笼罩在迷蒙的细雨当中。

【解析】杜牧在诗中除描绘江南春色的明媚多彩之外，也道出了全都建都在南京的南朝，当时遗留下来众多的佛寺在烟雨中若隐若现着，此情此景，更增添朝代更迭兴亡的历史沧桑感。本句可用来形容江南寺庙林立，被蒙蒙细雨所包围时，呈现出一片朦胧不清的迷离景致。

【出处】唐·杜牧《江南春绝句》诗："千里莺啼绿映红，水村山郭酒旗风。南朝四百八十寺，多少楼台烟雨中。"

宫女如花满春殿，只今惟有鹧鸪飞。

当初艳美如花的越国宫女，让整座宫殿笼罩在明媚的春光里，如今却只有鹧鸪在这里飞来飞去。

【解析】此诗为李白游览越州时有感而发之作，诗中描述春秋越国灭了吴国后，战士凯旋而归，在宫中举行庆祝宴会的热闹场景，如今昔时的繁华早已不在，只剩下鹧鸪在此地飞翔，今昔对比，不由让人兴起世事盛衰无常的慨叹。本句可用来形容宫殿古迹的颓败荒凉。另可用来抒发昔盛今衰、人非物换的感慨。

【出处】唐·李白《越中览古》诗："越王勾践破吴归，义士还乡尽锦衣。宫女如花满春殿，只今惟有鹧鸪飞。"

 画栋朝飞南浦云，珠帘暮卷西山雨。

早晨，有彩绘装饰的梁柱飞上了南浦的云；傍晚，有贯串了珍珠的帘子卷入了西山的雨。

【注释】南浦：地名，位于今江西南昌市境内。另可意指南边的水岸，后多泛指送别之地。

西山：位于今江西南昌市境内。

【解析】王勃在诗中描述唐高祖之子滕王李元婴，一手打造了这座雕梁画栋、珠帘卷云的滕王阁，然而经过物换星移，曾在此地笙歌鼎沸的帝子早已离去，华丽的画栋珠帘再也无人欣赏，唯有南浦的云和西山的雨为伴。本句可用来形容建筑物的装饰豪华精美。

【出处】唐·王勃《滕王阁诗》诗："滕王高阁临江渚，佩玉鸣鸾罢歌舞。画栋朝飞南浦云，珠帘暮卷西山雨……"（节录）

〖 交 通 〗

 山从人面起，云傍马头生。

山好像是贴着人的脸升起，云好像是靠着马的头涌出。

【解析】友人准备入蜀，李白为其饯行，他叮嘱友人蜀地道路险恶，不仅沿途山崖陡峭，栈道狭窄，山壁仿佛迎着人面压来，且因山势高峻，云雾围绕，骑马前进时就像是腾云驾雾般。本句可用来形容山路崎岖险阻，不易通行。

【出处】唐·李白《送友人入蜀》诗:"见说蚕丛路,崎岖不易行。山从人面起,云傍马头生。芳树笼秦栈,春流绕蜀城。升沉应已定,不必问君平。"

 两岸猿声啼不住,轻舟已过万重山。

两岸的猿猴不停地叫着,小船已经越过了万重青山。

【解析】白帝城,位于今四川重庆市奉节县东部的长江北岸。此诗为李白被流放夜郎途中忽闻获释后所写,诗中描述他从白帝城搭船顺流直下江陵,路程虽遥但船快如飞,听着两岸阵阵猿啸声,不知不觉间,小船已经穿过无数座山了,而由船行疾速,也可看出李白急于返家的畅快心情。本句可用来形容舟船在江水中轻快疾行的情景。

【出处】唐·李白《早发白帝城》诗:"朝辞白帝彩云间,千里江陵一日还。两岸猿声啼不尽,轻舟已过万重山。"

 蜀道难,难于上青天。

通往巴蜀的山路非常难走,甚至比上青天还要困难。

【解析】此诗为李白初抵长安时所作,诗中主要描写蜀道的奇绝凶险、崎岖难行,借此透露出他对未来前途的关切与忧虑。本句可用来形容四川或其他地方的道路险阻,极难行走。另可用来比喻事情难以达成或人生道路坎坷多险。

【出处】唐·李白《蜀道难》诗:"蜀道难,难于上青天,使人听此凋朱颜。连峰去天不盈尺,枯松倒挂倚绝壁……"(节录)

五、花木鸟兽

 一树春风千万枝,嫩于金色软于丝。

一株柳树在春风吹拂下,千万条低垂的柳枝随风飘动,柳枝新长出来的细叶嫩芽比金色还要嫩黄,比丝线还要柔软。

【解析】白居易在诗中主要描写春日杨柳枝条的繁盛,新枝的嫩软及其在春风中飞舞的袅娜多姿。本句可用来形容春天千丝万缕的柳树枝条随风飘拂时的婀娜娇态。

【出处】唐·白居易《杨柳枝词》诗:"一树春风千万枝,嫩于金色软于丝。永丰西角荒园里,尽日无人属阿谁?"

 不知细叶谁裁出?二月春风似剪刀。

不知这样细长的柳叶是谁剪裁出来的呢?
应该就是像剪刀一样锐利的二月春风吧!

【解析】贺知章见早春二月随风飘逸的丝丝垂柳,不禁赞叹如此细致灵巧的柳叶,定是春风的巧夺天工之作。本句可用来形容春天柳叶碧绿细长,随风拂动。

【出处】唐·贺知章《咏柳》诗:"碧玉妆成一树高,万条垂下绿丝绦。不知细叶谁裁出?二月春风似剪刀。"

 可怜日暮嫣香落,嫁与春风不用媒。

可惜原本娇艳的春花,到了黄昏时便随风飘落,
就好像是嫁给了春风一样,根本不需要找媒人。

【解析】李贺见原本百花齐放、娇艳芬芳的南园，于日暮时分花儿凋零，随风纷飞，便兴起了春花犹似待嫁女孩般，等到时间或机缘成熟时，就会顺理成章地嫁与某人了。本句可用来形容残花满地、随风飞舞的情景。另可用来比喻女子在某种因缘巧合或青春盛年已过时便会自然而然地成婚。

【出处】唐·李贺《南园》诗十三首之一："花枝草蔓眼中开，小白长红越女腮。可怜日暮嫣香落，嫁与春风不用媒。"

自去自来堂上燕，相亲相近水中鸥。

厅堂上梁间的燕子自由自在地飞来飞去，
江水中的鸥鸟亲近相爱地游来游去。

【解析】诗中"堂上燕"一说作"梁上燕"。杜甫描写堂上燕子来去自如以及水中鸥鸟出入相随，丝毫不存任何机心，宛若勾画出一幅乡村江畔充溢恬然优雅、物我忘机的风景图。本句可用来形容堂上燕子活泼自在地飞舞，水中鸥鸟彼此亲昵不离的景象。

【出处】唐·杜甫《江村》诗："清江一曲抱村流，长夏江村事事幽。自去自来堂上燕，相亲相近水中鸥……"（节录）

西塞山前白鹭飞，桃花流水鳜鱼肥。

西塞山前的白鹭鸶飞翔着，桃花盛开，流水潺潺，水里的鳜鱼长得很肥美。

【解析】张志和以渔人的角度观看山林流水、青山白鹭以及禽飞鱼肥，让人感受到大地一片生机盎然。本句可用来形容花开水流、鸟飞鱼游的秀丽风光。

【出处】唐·张志和《渔歌子·西塞山前白鹭飞》词："西塞山前白鹭飞，桃花流水鳜鱼肥。青箬笠，绿蓑衣，斜风细雨不须归。"

两个黄鹂鸣翠柳，一行白鹭上青天。

一对黄莺在绿柳间婉转鸣唱，一整队白鹭鸶展翅飞上蓝天。

【解析】此诗为杜甫寓居成都浣花草堂时，受到春日生机勃勃的感染而作，诗中描写了黄莺在绿柳枝上怡然自得地啼鸣，以及成群的白鹭鸶在蔚蓝的天空自由地飞翔，摹绘出一幅交织"黄""绿""白""青"四种颜色的鲜艳动人的画面，可谓声色俱全。本句可用来形容明媚春日禽鸟欢唱、飞翔的情景。

【出处】唐·杜甫《绝句》诗四首之三："两个黄鹂鸣翠柳，一行白鹭上青天。窗含西岭千秋雪，门泊东吴万里船。"

洛阳城东桃李花，飞来飞去落谁家？

洛阳城东边的桃花和李花，落花随着风飞舞，不知会飞落到哪一户人家？

【解析】刘希夷在诗中描写洛阳红颜少女目睹满城春花漫天纷飞，不知最后花落谁家，进而生出对自己未来婚配对象的期待以及婚姻安排无法自主的感伤情怀。本句可用来形容暮春落花随风轻柔飘动的景象。另可用来形容未婚女子对自己终身归宿的憧憬与惶恐之情。

【出处】唐·刘希夷《代悲白头翁》诗："洛阳城东桃李花，飞来飞去落谁家？洛阳女儿惜颜色，坐见落花长叹息。今年花落颜色改，明年花开复谁在……"（节录）

穿花蛱蝶深深见，点水蜻蜓款款飞。

蝴蝶在花丛深处往来穿梭，若隐若现；蜻蜓轻轻点着水面，款款飞动。

【解析】杜甫目睹春花、蝴蝶、蜻蜓等风光景物如此明媚动人，不禁兴起留住春天的念头，期盼眼前美景别像光阴一样一瞥间就消失无踪。本句可用来形容蝴蝶在花间翩翩飞舞，蜻蜓在水上轻盈飞扬的景致。

【出处】唐·杜甫《曲江》诗二首之二:"……穿花蛱蝶深深见,点水蜻蜓款款飞。传语风光共流转,暂时相赏莫相违。"(节录)

娟娟戏蝶过闲幔,片片轻鸥下急湍。

蝴蝶以轻盈的舞姿穿过舟上的布幔,鸥鸟灵活地飞过湍急的水面。

【解析】杜甫在诗中描写其搭乘着一叶小舟,看着彩蝶、鸥鸟一路伴随着小舟轻快飞舞的情景。本句可用来形容乘船时,沿途蝴蝶、鸥鸟悠然自在、往来自如的景象。

【出处】唐·杜甫《小寒食舟中作》诗:"……娟娟戏蝶过闲幔,片片轻鸥下急湍。云白山青万余里,愁看直北是长安。"(节录)

桂子月中落,天香云外飘。

桂树的种子在月夜中飘落下来,天然的香气直飘散到云外。

【解析】相传月宫中有桂树,每年秋天农历八月,常有豆大的颗粒从月宫飘落到灵隐寺,香味奇异,人们认为那就是从月宫落下的桂子,宋之问在诗中即是描摹秋天杭州灵隐寺周遭桂花香气四溢的情景。本句可用来形容秋天桂花绽放,香气怡人。

【出处】唐·宋之问《灵隐寺》诗:"鹫岭郁岧峣,龙宫锁寂寥。楼观沧海日,门对浙江潮。桂子月中落,天香云外飘……"(节录)

桃花一簇开无主,可爱深红爱浅红?

一团桃花即使无人照料也能自在地盛开,
究竟是喜欢深红色的桃花,还是浅红色的桃花呢?

【解析】杜甫在诗中描写其于成都浣花溪畔漫步时,看见桃花繁茂盛开、色彩绚烂的景象,不由得生起一股欣悦之情。本句可用来形容春天盛开的桃花多彩缤纷的样子。

【出处】唐·杜甫《江畔独步寻花七绝句》诗七首之五："黄师塔前江水东，春光懒困倚微风。桃花一簇开无主，可爱深红爱浅红？"

留连戏蝶时时舞，自在娇莺恰恰啼。

流连不去的蝴蝶在花间嬉戏飞舞，自由自在的黄莺在树上娇声啼鸣。

【解析】杜甫记叙其沿着浣花溪畔，独自前往近邻黄四娘家赏花的情景，诗中将"戏蝶""娇莺"拟人化，更能表达诗人陶醉在蝶舞莺歌中，与大自然融合为一的亲切感受。本句可用来形容花香蝶舞、枝间鸟鸣的春日景色。

【出处】唐·杜甫《江畔独步寻花七绝句》诗七首之六："黄四娘家花满蹊，千朵万朵压枝低。留连戏蝶时时舞，自在娇莺恰恰啼。"

野火烧不尽，春风吹又生。

小草任凭野火怎么烧也是烧不尽的，
只要春风吹起，小草又会开始蓬勃生长。

【解析】白居易以古原上的小草为喻，意指不管所处的环境如何恶劣，只要是富有生命力的东西就绝不会被毁灭。本句可用来形容草木顽强旺盛的生命力；另可用来比喻人的毅力坚强无比，难以被外力击垮；也可用来比喻恶势力难以被连根拔除，只要一有机会，便会死灰复燃，继续作恶。

【出处】唐·白居易《赋得古原草送别》诗："离离原上草，一岁一枯荣。野火烧不尽，春风吹又生。远芳侵古道，晴翠接荒城。又送王孙去，萋萋满别情。"

无边落木萧萧下,不尽长江滚滚来。

一眼望去,无边无际的落叶萧萧地飘下,无穷无尽的长江水滚滚地奔来。

【解析】杜甫晚年客居他乡,生活窘迫潦倒,此时他拖着老病的身躯登高瞭望远方,见枯叶被秋风萧萧吹落的声势,以及长江滚滚壮阔的气势,不由发出青春不再的慨叹。本句可用来形容树叶纷纷落下与江水奔腾的景象。另可用来比喻旧的人或事物逐渐衰亡,转而被新生的人或事物所取代。

【出处】唐·杜甫《登高》诗:"风急天高猿啸哀,渚清沙白鸟飞回。无边落木萧萧下,不尽长江滚滚来……"(节录)

漠漠水田飞白鹭,阴阴夏木啭黄鹂。

广阔苍茫的水田上有白鹭振翅飞起,夏日浓密的树林里有黄鹂在婉转啼鸣。

【解析】这首诗是王维晚年隐居辋川别业时所作,诗中借由广漠水田上白鹭飞行和葱茂夏木间黄鹂歌唱,两处景象相互映衬,表现出夏日雨后的原野自然风光。本句可用来形容田野辽阔、绿树浓荫以及禽飞鸟鸣的情景。

【出处】唐·王维《积雨辋川庄作》诗:"积雨空林烟火迟,蒸藜炊黍饷东菑。漠漠水田飞白鹭,阴阴夏木啭黄鹂。山中习静观朝槿,松下清斋折露葵。野老与人争席罢,海鸥何事更相疑?"

数丛沙草群鸥散,万顷江田一鹭飞。

船只经过沙滩边的水草丛,一群群鸥鸟惊飞四散,万顷水田上只看见一只白鹭掠空飞过。

【解析】温庭筠于诗中描写其在利州(位于今四川境内)渡船时,群鸥原本栖息在水草间,因船过而惊飞散去,唯有一只白鹭在万顷江田上自在翱翔,诗人历历如绘,宛如让人看见一幅空阔旷远又充满生机的风景图。本句可用来形容船在渡江时惊动了江边的鸥鸟和白鹭在一望无际的水田上飞翔的情景。

【出处】唐·温庭筠《利州南渡》诗："澹然空水对斜晖,曲岛苍茫接翠微。波上马嘶看棹去,柳边人歇待船归。数丛沙草群鸥散,万顷江田一鹭飞。谁解乘舟寻范蠡,五湖烟水独忘机。"

涧户寂无人,纷纷开且落。

山谷中的溪水口空寂无人,任由花朵接连开放又逐渐凋落。

【解析】王维于诗中描写辛夷花生长在无人的山谷溪涧,花萼火红,随着每年的花期亮丽绽开又逐渐凋谢,表面上是在写辛夷花寂静悠闲的自然本性,实际上也寄寓了另一层面的含义,即人应该学习辛夷花自在从容地来与去,不必在乎红尘纷扰与他人目光。本句可用来形容花在无人山涧自开自落的景象。另可用来抒发隐居山中,与世无争,且对生死一事看得很淡泊。

【出处】唐·王维《辛夷坞》诗："木末芙蓉花,山中发红萼。涧户寂无人,纷纷开且落。"

颠狂柳絮随风舞,轻薄桃花逐水流。

疯狂的柳絮随风飞舞,轻佻的桃花逐水而流。

【解析】此诗表面上是在描写柳絮漫天飘飞、桃花随水漂流的暮春美景,实际上是杜甫刻意借"颠狂""轻薄"之语来讽刺人的言行放荡轻浮,正与柳絮、桃花一样,没有确定的立场也不坚守原则,终究会丧失自我、随波逐流。本句可用来形容柳絮满天飞扬、顺着水流而行的景象。另可用来形容人的言行举止轻浪浮薄。

【出处】唐·杜甫《绝句漫兴》诗九首之五："肠断春江欲尽头,杖藜徐步立芳洲。颠狂柳絮随风舞,轻薄桃花逐水流。"